# 心霊学の理論

ユング＝シュティリング
牧原豊樹＝訳

幻戯書房

HEINRICH JUNG.

亡霊には肉も骨もないが、あなたがたに見えるとおり、私にはそれがある。

ルカによる福音書、第二十四章三十九節

Wahre Abbildung der hin und wieder erscheinenden Sogenannten
Weissen Frau
Agnes Gräfin von Orlamünda
genannt.

# お知らせ

右ページの銅版画は、十四世紀に実際に生きていたある婦人の肖像画である。この婦人の名をアグネスといった。メラーノ[001]の王女で、一三四〇年頃に亡くなった、オルラミュンデ[002]の伯爵二世の妃であった。この結婚で二人の子どもが生まれたが、彼女はニュルンベルクの城伯アルベルト・プルヒャーに恋をした。道ならぬ恋を成就させようと、彼女は自分の二人の子どもを殺害し、それがためにかえってこの試みは完全に失敗した。この婦人がいま、あの有名な「白い婦人」としてときどき出没するという。本当に「白い婦人」が、このアグネスなのか、それとも、ローゼンベルク[003]から嫁いだリヒテンシュタインのベルタのほうなのか、それともこの両者がともに出没しているのか、いずれ私はしっかり調べてみるつもりだ[004]。

# 目次

第十節　この本の目的はこれらの党派すべてに向けられている。私の動機を述べる――038
第十一節　第一の党派には、無数の虚構話の中にそれでも真実の現象があることを示す――039
第十二節　第一の党派の別のグループは説明不可能なことをなんでもかんでも超自然的なものと思ってはいけない。それは恐るべき狂信の源泉――039
第十三節　第二、第三の党派の間違い。彼らはすべてを自然界の法則に則って説明する。その動機は三つある――040
第十四節　第一の動機は、機械論的哲学体系を覆すことができないと信じているから――041
第十五節　第二の動機は迷信の権威を失墜させること。だが彼らは迷信の何たるかをそもそも知らない。真理を愛する読者への忠告――041
第十六節　第三の動機は、霊界など存在しないでほしいという望みであり、これは魂の不死を間違って理解した結果である――042

第一章　機械論的哲学の吟味とその反証
第十七節　ユダヤ人と異教徒のもとで、予感・心霊現象への信仰が恐ろしく濫用されたこと。キリストと彼の使徒たちによるその是正――047
第十八節　最初のキリスト教会が抱いた霊界のイメージ――048

## 第二章　人間本性についての省察

第六十七節　具体描写。夢遊状態と魂の高揚感――090
第六十八節　鳩尾《みぞおち》のあたりに視覚がある。催眠者の周囲の明るい光。催眠者の考えが見えるようになる驚異――090
第六十九節　催眠者を介して別の人物とつながられてもその人の内部が見える。ラポール状態で極度に高揚した意識は鳩尾のあたりで見ることができる――091
第七十節　磁気睡眠中の人間についての注目すべき冊子。きわめて興味深いリヨンの「夢遊病者」の話――092
第七十一節　この話へのコメント――095
第七十二節　磁気催眠にかけられた者は他人の魂の中にある考えを読む。別の例――096
第七十三節　磁気睡眠中の者は霊界から情報を得て、驚くべき事柄を語り、遠隔の地で起こることも知っている――097
第七十四節　たとえどれほど教養がなかろうと、磁気催眠をかけられた者は、自分の肉体の病気を正確に認識し、治療に効く薬剤を自ら指示する――098
第七十五節　磁気睡眠中の者はしばしば夢遊病の患者と同じように振る舞う――098
第七十六節　高名な医師たちが以上の事柄を真実と宣言していても、機械論的体系と矛盾するがゆえに、そこから結論を引き出す者がいない――099

第七十七節　エーテルについて。光と音（＝響き）の理論は不十分ゆえ認められない――100
第七十八節　エーテルが感覚世界と霊界をつなぐ媒介項である証拠――101
第七十九節　神経力、あるいは動物精気がエーテルの正体――102
第八十節　「光の存在」と「理性的な霊」が肉体の中でいかに結びつくか――102
第八十一節　人間をつくる三つの原理。肉体、光の覆い、霊。後二者をまとめて「人間霊魂」と呼ぶ――103
第八十二節　人間霊魂の特徴の詳細。半分は動物、半分は天使――104
第八十三節　霊魂は自然状態では目に見えないが、磁気催眠をかけられた者の目には、水色の光の輝きとして、体の周りに靄としてまとわれているように見える――105
第八十四節　霊魂は自然状態で脳神経を通して作用するが、磁気催眠をかけると脳神経から切り離されていても作用する――105
第八十五節　磁気睡眠に陥ったときのほうが、脳神経を通したときよりも霊魂は遥かに活発に、遥かに高揚した状態で作用する。しかし、ラポール状態でつながった人間を除いて、感覚世界からは何も感じない――106
第八十六節　この驚くべき事実から心理学的に当然引き出されるべき帰結が、引き出されていないことは理解しがたい――107
第八十七節　永遠の霊には媒介項が備わっていなければならない。その媒介項を通じて、霊は自ら感じ、

また感知される。その媒介項がエーテルである――108
第八十八節　動物磁気の実験の結論。これらの実験は「光の存在」の実在を証明しており、霊魂が肉体を必要とするのはひとえに感覚世界ゆえであり、肉体がないほうが霊魂は遥かに完璧になること等々――108
第八十九節　死に際して霊魂に起こることを詳述する――109
第九十節　磁気睡眠中の者が脳神経を必要としているはずだという異議に対する反駁――110
第九十一節　死後の魂の状態に関する、さらに重要な結論――111
第九十二節　ヒステリー状態での恍惚も、ヒポコンデリー（＝心気症）状態での恍惚も「夢遊状態」の一種にすぎない――112
第九十三節　恍惚状態で起きる幻視、啓示はすべて、この「夢遊状態」の結果にすぎず、神的なものではなく、病気の作用である――112
第九十四節　自然状態で生じる磁気睡眠の原因――113
第九十五節　肉欲はその原因の恐るべき源泉のひとつ。複数の注目すべき恐ろしい実例――114
第九十六節　この状態では善なる霊も騙されるという明確な証拠――116
第九十七節　人間に与えられた重要な使命とそこから導き出される義務――117
第九十八節　神経が原因の病で現れる特異な現象。それらは目覚めている場合にも、恍惚状態の場合にも現れるが、どこまでが人間本性に根ざしたもので、どこからは違うのか――118

## 第四章　幻視と心霊現象

可能性が高い――381
第二百五十一節　彼女はヨーハン・フォン・リヒテンシュタインと結婚したが、不幸な結婚に終わり、それで彼女には恨みが残り、それが彼女の往生を妨げている――382
第二百五十二節　未亡人になった彼女はノイハウスの城を建て、毎年恒例の貧者のための「甘い粥《かゆ》」のチャリティーを始めた――382
第二百五十三節　白い婦人の出現場所の詳細――383
第二百五十四節　白い婦人が天国に召されぬままあちこちに出現する理由――384
第二百五十五節　彼女はまだ救われ得る。それにもかかわらず、彼女の状態は望ましいものではない。彼女は間違っている。心霊現象がいくらあっても人々は魂の不死を容易に信じない。本書の結論――385

## 第五章　心霊学の理論のまとめと結論

第一節〜第五十五節――391

# 心霊学の理論

予感・幻視・心霊現象の何を信じ、何を信じてはいけないか

ロゴ・イラスト——丸山有美
装丁——小沼宏之[Gibbon]

# 序論

もし、モーセと預言者に耳を傾けないのなら、たとえ死者の中から生き返る者があっても、
その言うことを聞き入れはしないだろう。

ルカによる福音書、第十六章三十一節

## 第一節　霊界の影響はあらゆる民族によっていつの時代も信じられてきた

人類の歴史を太古まで遡ると、それが人間を超えた善なる存在、あるいは人間以下の悪の存在の影響に、縄のようにあざなわれていたのが分かる。それらの存在とは何か。それは、その現象も実体も、自然界の掟とは感覚的にどうしても合わないように思われ、それゆえかえって、地上のあらゆる民族によって大昔から現代にいたるまで、その実在を信じられてきたものたちである。

## 第二節　民族の性格に照応する霊の存在

これらの何者かの存在は、すべて、それらを信じ、崇拝し、忌み嫌ってきた民族の性格と、文化の発展の度合いに正確に照応しているという一見奇妙な指摘は、しかし、じつにまったくもって正しい。古代エジプト、古代ギリシア、古代ローマ人の神話を、アイスランドの『エッダ』の素朴な民謡や、インドのブラフマンの神話に出てくる奇怪な迷宮や、古代インカの化け物たちと比べてみるがいい。そうすれば、各々の民族の神々は、あたかもそれらの国に住む人間たちと同じようであることに気づくだろう。善い神々は、その国の民衆が「上品で教養ある階級」と考えるような階級の生活習慣通りに振る舞うし、悪い神々は、そこの民衆が悪徳と見なすようなことを平気で行うからだ。

## 第三節　それゆえ生じた、霊界の実在に対する疑念

この指摘は、これらの存在は、いつの時代も、どの民族においても、夢か、さもなければ想像力のまやかしか、あるいは虚構である、あった、という、今日、啓蒙された人々の間で支配的な考えに、なにがしかの本当らしさを与える。しかし、この本当らしさは、本当「らしさ」以上でも以下でもない。そのことは容易に証明可能だ。以下の問いを偏見をもたず、落ち着いて、良心的に吟味してみてほしい。

## 第四節　この疑念に対する反駁と、霊界の実在の証拠

人間の想像力は、まったく素材のないところから何かを虚構したり、創造したりできるものだろうか。理性的に、誠実に考えることができる人なら誰しも、否と答えるだろう。人間の想像力は、感覚されないことをイメージすることはけっしてできない。それゆえ必然的に、われわれ人間は目に見えない霊の世界や、死後も続くわれわれの存在や、

聖霊や悪霊、さらには神々について、もしそれらの超感覚的なものたちが、われわれの感覚にその姿を現さなければ、その予感を遠くから感じることさえできないことになる。なぜわれわれは、動物の霊の世界について何も知らないのか？　なぜ人はかわいがっていたペットや家禽の生まれ変わりについて話をしないのか？　もちろん、そんな世界が人間に開示されたことがかつてなかったからに他ならない。ならば人は、事実に立脚した、体系的理論を立てることができるほど確実で「理性的な」霊の世界の開示をどこに見つけることができるだろうか。

## 第五節　真理の正真正銘の源、それは聖書。だが聖書への信仰には党派がある

本物のイスラエル人と真のキリスト教徒は「聖書の中に見つけることができる」と即座に自信をもって答えるだろう。よろしい。しかし、私がいま書いているこの本の読者は、必ずしもこの聖なる文書（聖書）と同じ観念を奉じる党派の読者とは限らない。

## 第六節　第一の党派は聖書を神の啓示と取るが、さらに二グループに分かれる。最初のグループは、使徒の時代以降、あらゆる現象をまやかし、あるいは手品と見なす

第一の党派の人々は聖書で語られるすべてをなんの躊躇いもなく神の言葉として受け取る。だが、これらの人々は二つの主なグループに分けられる。プロテスタントの教会に固く帰依する人々は、聖書で語られる霊界由来のあらゆる現象を信じるが、使徒の時代以降のことは何も受けつけない。そして、否定しようのない事実が提示されると、彼らはそれを認めて自分たちの体系を損なうよりは、むしろあくまで否定して、それを悪魔の手品か、あるいは天使のせいにする。

## 第七節　もう一つのグループはすべてを信じ、聖書が語る現象と警告を重視する

もう一つの主なグループは、聖書の中のすべての超感覚的な現象を単に信じるのみならず、それらが現代に至るまで存続していると信じている。しかし、これらの人々は他方であまりに逸脱してしまう。彼らは、通常の人間の理性では捉えられない、想像力や物理的な自然の作用をすべて「超自然的」なものと見なし、殊に、霊界由来の現象を過

度に重視しがちである。——この点が、私がこの本を書く主要な理由と関係している。以下に読者のみなさまにそれをご提示する。

## 第八節　第二の党派は聖書を理性の批判に晒し、すべてを単なる道徳に還元する

第二の党派の人々は、聖書からあらゆる東洋的修飾をはぎ取る。彼らは、彼らの啓蒙された理性が、脳の中のいかなる部屋にも置き場所を指定できないイメージを——なぜなら、その部屋の家具とぜんぜん合わないから——すべて、そのように「東洋的修飾」と呼ぶ。聖書の無味乾燥なお話を彼らはほぼ信じている。ただし、批判的理性の監視のもとで。しかし、道徳と倫理学は、神による啓示が問題になるとき、本来もっとも重要なものである。

## 第九節　第三の党派は何も信じない。彼らは今日支配的な党派である

最後の第三の党派の人々は、聖書も霊界も信じない。彼らは、死後、自分たちの生が存続するのか否か、するとすればどのようにか、ということに関心がない。彼らの関心は感覚の悦び、そして感覚世界の学問にある。この学問か

ら説明されえないこと、何よりも明白なこの学問の諸原則から説明されえないことを、彼らは受けつけない。今日、この党派の人々は支配的な人々である。彼らをあらゆる行動において導く神こそが時代の精神である。モードのように絶えず変化する哲学が彼らの啓示である。信仰は、たとえ信じるに値することに関してさえ、問題になることはない。

## 第十節　この本の目的はこれらの党派すべてに向けられている。私の動機を述べる

この本の目的は、これら四つのすべての党派に向けられている。どうか最後まで書かせておくれ！　この試みは難しい。しかし、私はこれまでの長く、奇特な人生において、この種のことを観察する多くの機会をもち、また、すべてを導く神の配慮によって、これらの現象を解明する深く秘められた鍵を見いだし、これら現象の最大の原因を発見し、そしていま、ある非常に尊敬すべき人物[005]から、私の理論を印刷して公開するように要請されたのであるから、そしてこの要請を断ることなど、その人物の善にして高潔な意図に鑑み不可能であるからして、私は、神の名において、これを試みなければならない。そして、我が読者に、どうか落ち着いて、偏見のない気持ちでこの作品を注意深く読んで吟味していただきたいとお願いする者である。しばしば注目に値する現象が報告され、それによって善なる魂が唯一者の真の足跡から外れて過った道へ導かれている現今、この書には現代へ向けた言葉が含まれていると信じている。

## 第十一節　第一の党派には、無数の虚構話の中にそれでも真実の現象があることを示す

それゆえ私は、第一の党派（の最初のグループ）の人々に、無数にある夢、幻視、虚構話、空想話の中に、それでも否定しようのない、けっして悪魔や天使が関係したのではない、真実の予感、幻視、心霊現象がいくつかは存在することを示そうと思う。ローマ教会が昔からこれらの現象をあまりにも濫用してきたために、改革派の人々は信仰告白によって、そういう濫用に制限を課してきた。しかし、経験が教えるところでは、改革派の人々はそうすることによって、反対の極端に走り、本当はその真ん中あたりにあった真実の輝かしい道から、むろんローマ教会より危険は少なくではあるが、やはり大きく外れてしまったのである。

## 第十二節　第一の党派の別のグループは説明不可能なことをなんでもかんでも超自然的なものと思ってはいけない。それは恐るべき狂信の源泉

第一の党派の二つ目のグループの人々には、その原因を霊界、あるいは神の影響の中に探しても見当たらず、しかし一〇〇パーセント人間界の物理的自然の中に根拠をもつ、重大で、説明不可能に見える現象がたくさんあることを

証明しようと思う。それらの現象の深層は、どんな慧眼な研究者によっても、それが十分に究められ、発見されることはないであろう。そのように善良で、しかし十分に指導されていない魂の持ち主たちによる誤謬が、途方もない狂信行動をはじめとした嘆かわしい結果につながるきっかけとなった。それゆえ、純粋なキリスト教信仰にとっては恥辱となるセクトが複数誕生した。私がかつて書いた『テーオバルト、あるいは狂信者たち』を参照してほしい。

## 第十三節　第二、第三の党派の間違い。彼らはすべてを自然界の法則に則って説明する。その動機は三つある

第二の党派の人々と、第三の党派の人々は、彼らがすべて何もまったく信じず、すべてをまやかしか錯誤、あるいは人間にはまだ隠されている力の影響と見なす点で一致している。しかし、それにもかかわらず、その歴史的確実性を否定できない事実が存在するので、彼らは、かつて故ケストナー氏[006]が言ったように、もしそれらが真実ならば、自分たちの説明で片付けることができるより大きな奇跡であるという説明を試みる。

彼ら、容易に信じないすべての人々は三種の動機に導かれている。

## 第十四節　第一の動機は、機械論的哲学体系を覆すことができないと信じているから

第一の動機は機械論的哲学体系で、彼らは全感覚世界の事象、物理的自然力とさらに霊界の事象を語る際の彼らの説明に、この機械論的哲学体系を基準にして、それを覆すことができない真実と考えている。

## 第十五節　第二の動機は迷信の権威を失墜させること。だが彼らは迷信の何たるかをそもそも知らない。真理を愛する読者への忠告

第二の動機は、迷信とその根絶を目的としている。彼らは、他にしようがないのだからと、もっともナンセンスな説明を提出して恬《てん》として恥じることがない。つまり、嘘の説明だ。彼らが迷信と信じることに、それで致命的な打撃を与えることができるのだから、それでいいじゃないかと。しかし、迷信とはいったい何か。狂信とはいったい何か。一連の鎖の一方の端において、イエスの宗教は、そのもっとも純粋な形においてすでに狂信的な迷信である。他方の端に来るのは、真実の代わりに、もっともナンセンスでもっとも野蛮な夢想である。——読者諸君、君たちが偏見をもたず、神に恭順で、真実を愛する気持ちをもって、けっして奇跡や異常な出来事を求めたりせず、霊界の隠された

秘密を詮索などせず、ただあの輝くばかりの宝石を得ることだけを目標にし、十字架に磔にされたイエス・キリスト以外の何者をも知ろうとしなければ、諸君はこの暗い、いくつもの脇道が張りめぐらされた人生の大道で、必ずや真実という名の、この聖なる導き手と出遭うことができるだろう。もし、どこかで隠された神秘的世界から来た何ものかと遭遇したら、そのときは、私がこの本で提示する教えに倣って対処してほしい。そうして、それらのものに長く関わることなく、次へと進んでほしい。

## 第十六節　第三の動機は、霊界など存在しないでほしいという望みであり、これは魂の不死を間違って理解した結果である

最後に第三の動機は、彼らにとっては嘆かわしいもので、彼らが容易にやり過ごすことができる類いのものだ。つまり、予感、幻視、心霊現象は、この世を去った魂や、良い天使や悪い天使、さらには霊たちがそこに留まる、目に見えない霊界の存在を証明しているというものだ。それらの予感、幻視、心霊現象は、われわれの魂が死後も、生前の存在のはっきりとした意識を保ったまま、過ぎ去ったこの世での生全体の記憶とともに永続することを証明している、というものだ。さらに、死後の報奨と罰という大いなる真実までおまけにつく。しかし、これはある種の人々にとっては目に刺さった棘である。彼らは、右に述べたことがすべて真実ならば、いったい自分たちにどのような運命

が待ち構えているのだろうかと不安に感じるだろう。思考している現在の存在が、何らかの形で続くのだと考える人もいるが、彼らはその存在がこの世での生を記憶し続けることは信じない。この世での生の記憶はない、まったく新しい存在になると夢想している。それは、現在の存在よりも一段階、より高貴でより善良な新しい存在であり、しかも、この世で送った生からの影響はまったく受けない存在である。しかし、この考えは、死後の存在の全面的否定と同じである。なぜなら、もし私が現在の生を、私がこの世で辿った命運のすべてを、私の妻を、子どもたちを、私の友人たちを、私の大好きなものを、私が生きている間になした善行を、もはや完全に思い出すことができないのだとするならば、それはもはやこの同じ私ではない。もはや同じ人間ではない。そうではなく、まったく新しい何かである。神よ、後生ですから、そのような未来をわれわれに与え給うことなかれ！　そして、聖書と、あらゆる時代のあらゆる民族の普遍的人間理性と、さらに多くの疑いようもない経験の数々が、まさにその反対を証していることに対して、神に感謝と賞讃ぞあれ！

これらの誤った動機はすべて、機械論的哲学から導き出された結論なのである。したがって、私の最初の試みは、これらの危険な要害を乗り越え、それを破壊し、解体することである。

# 第一章　機械論的哲学の吟味とその反証

## 第十七節　ユダヤ人と異教徒のもとで、予感・心霊現象への信仰が恐ろしく濫用されたこと。キリストと彼の使徒たちによるその是正

あらゆる民族とその言語において、予感、幻視、心霊現象を否定する民族は一つとしてない。反対に、ある個人がそれらすべてを何も信じないほど賢く、啓蒙されている場合、その人は、死後に重い罰を受けざるを得ない「神を否定する者」として忌み嫌われる。どれほど多くの唾棄すべき詐欺とまやかしと、いかがわしい迷信が、純粋で単純な真実にこじつけられ、結びつけられてきただろうか。とくに異教徒の民族間においてそうであっただろうか。それについては歴史がぞっとするような例をたくさん伝えている。そこに、人類全体を祝福するために、われわれが崇拝する救済者イエス・キリストが現れた。キリストとその使徒たちは、純粋な天界の真理をわれわれに教え、いたるところで、ユダヤ人と異教徒たちの迷信と謬見と闘った。しかし、民衆の予感や幻視、そして心霊現象を信じる気持ちは否定しなかった。反対に、彼らは自らそのような経験をしたと語った。二、三の例を挙げる必要があるとは思わない。読者のみなさまがたが自ら思いつく例が聖書の中にあるだろう。

## 第十八節　最初のキリスト教会が抱いた霊界のイメージ

一般的キリスト教会が予感、幻視、心霊現象について昔からもっていた考えは、本質的に以下のイメージに拠っている。そもそも彼らは目に見えない霊界を信じており、それを三つの場所に分けて考える。一つは、至福の場所、天国であり、二つ目は劫罰の場所、地獄であり、三つ目は、聖書が冥界、あるいは「死者の容れ物」と呼ぶ場所である。この冥界では、天国か地獄に行けるほどまだ熟していない魂が、今生《こんじょう》でもっとも習熟したものに完全になりきるための準備をする場所である。しかし、これらの三つの場所にもそれぞれの住人がいる。天高く、星々の上にあると想像されている天国は、至高の支配者、神の居所であり、そこでの市民は、天使と聖なる霊の群れである。地獄は地球の内部の空洞の空間であり、悪魔がかつて、地上での役割を終えたあと、手下の堕天使とともに追放された場所である。そして、ここがまた不幸な人間たちの魂の居所でもある。一般的キリスト教会が想像するこの世の仕組みは以下のようなものだ。

## 第十九節　キリスト教会が抱く宇宙体系

地球が物理的自然の主対象となる。彼らが単に繊細な「光る物」としてしか見なしていない太陽や輝く星々は、ただ地球のために、人類のためにのみ存在する。これらの星々は、地球とそこの住人たちへ大きな影響を行使しているとされる。彼らは地球とその住人たちを、神が物理的自然と道徳的自然を支配する際に利用する「道具」と見なしている。この観念に従えば、地球は全宇宙の中心にあり、天空全体は、そのすべての権威もろとも、二十四時間かけて地球の周りを一周しなければならないことになる。

## 第二十節　霊界には天使と堕天使、それから亡くなった人の魂がいる

霊界に関して言えば、そこでは悪魔が堕天使たちとともに浮かんでいて、人間たちに強大な影響を行使していると彼らは信じている。しかし、同時に天使たちも人間たちの周囲にいて、同様に人間たちに影響を及ぼしている、と彼らは信じている。亡くなった魂が、それぞれの個々の事情に応じて、再び姿を現すことがあるということは、彼らにとって一切疑いを入れない事柄である。

## 第二十一節　キリスト教会が抱く霊界のイメージが聖書とも、また当時支配的だったプラトン哲学とも一致していること

キリスト教会全般が抱くこの世の仕組みのこのイメージに対して、聖書はいかなる異議も提出していない。当時の学者たちの理性を支配していたアリストテレス的・プラトン的・スコラ的哲学も、このイメージに完全に満足している。たとえときどき透徹たる知性をもった独立独歩の思索者が、個々の点に無理があると感じようとも、あるいは熱いグノーシス主義者が世界と霊界についてのこのイメージにいくつもの疑義を提出しようとも、せいぜい机上の論争と「異端」論議を誘うばかりで、主たる考え方は、東方教会においても、西方教会においても巌《いわお》のごとく堅固《けんご》で、規範であり続けたのである。それとともに、彼らが神霊、天使、亡くなった魂のせいとした予感、幻視、心霊現象もまた、規範的考えの枠内にとどまったのである。

## 第二十二節　霊界が誤解され濫用されるようになったのは、キリスト教会の聖職者たちの高慢と支配欲が原因である

次第次第にキリスト教会は「あなたがたのうちでいちばん偉い人は、仕える者になりなさい」[007]というキリストの金言を忘れていった。その傾向は結構早く、コンスタンティヌス大帝[008]の時代にすでに始まっていた。キリストの御言葉とは反対に、彼らはますます大きな名誉を求め、全世界を統べる神の王国をさえ希求した。彼らは世俗の武器をほとんど、あるいはまったく持たなかったので、宗教上の武器を創造した。その際、霊界は彼らにとって無尽蔵の武器庫となった。キリスト教会は悪霊を支配し、それを追放した。というのも、やっかいな病気に罹った人がいて、医者がその原因を究明できない場合、その病人は悪魔に憑りつかれた者と見なされ、聖職者が呼ばれて悪魔祓いの祈禱が行われるからだ。かつては、聖職者以外の誰も手なずけることができない魔女や魔法使いがいると考えられた。その影響を抑えることができるのは聖職者だけだと考えられたのだ。今ではそれだけでなく、もともと苦悩から解放された場所と考えられていた冥界も、盲従、偽善、異端迫害に協力しなかったために「列聖」に値しないと見なされる亡くなった魂が、その中で銀や金のように製錬される「浄化の炉」に造り変えられた。今やこの冥界は特別に強力な手段となり、どんな最強の軍隊を持った王国をも、どんなキリスト教の民族をも、教会の権威の下に置くことを可能にした。なぜなら、キリスト教会は、自分たちこそが煉獄（＝冥界）への鍵を持っていると主張し、人々もそれを信じたからだ。自分たちだけが、哀れな魂を高額の「死者ミサ」と祈りで解放し、列聖者へと引き上げることができるのだと主張したからだ。

## 第二十三節　迷信の中でももっともナンセンスな迷信の源泉。その根絶は真実を否定することでなされてはならない

これらの動機や、さらに他の動機が、キリスト教会に、教義の最重要な論点として、霊界は人間界に強大な影響を及ぼしており、彼らキリスト教会はそれさえも統御していることを肝に銘じさせた。ここにもっともナンセンスで、もっとも腹立たしいこの迷信、必ずや根絶されずにはおかないこの迷信の主要な源泉をわれわれは見るのである。しかし、この迷信の根絶は、否定できない事実を否定することによってではなく、聖なる真実を純粋に、まっさらに提示することによって行われなければいけない。

## 第二十四節　コペルニクスによる太古のプトレマイオス的世界体系（＝天動説）の失墜と、これに関する懸念

キリスト教会が奉じる右に述べた霊界および物理的世界の体系は千五百年の間、揺らぐことなく存続した。そして突然、ニコラウス・コペルニクス[009]が登場した。彼は大胆に地球を創造の中心から外し、代わりにそこに太陽を置いた。

そして、地球は一年をかけて太陽の周りを回っており、また二十四時間かけて己が軸の周りを一回転しているとした。この幸運な発見により、多くの理解し難かったことが理解できるようになり、多くの説明し難かったことが説明可能になった。教皇とキリスト教会の聖職者たちは目を丸くし、呪詛と破門をちらつかせて脅迫した。だが、コペルニクス自身はこの脅迫を逃れた[010]。今や地球は回り続けていた。いかなる破門宣告もそれを止められなかった。キリスト教会の否認と恐れに十分な理由があったことは、コペルニクスの体系がもたらした結果が十分証明している。というのは、今や次第次第に、すべての恒星は太陽であり、おそらくすべての太陽には惑星が随伴しており、したがって、地球はこの計測不能な巨大な宇宙の中で取るに足らない一点に過ぎないことが分かってしまったからである。しかし、一般に認められるようになったこの世界の体系の中で、なお一つ、あるいは幾つかの検討すべき事柄が残されていないかどうか、それを以下に見ていこうと思う。

## 第二十五節　宗教改革の結果、別の誤謬が生じたこと。コペルニクスの体系が不動のものに

この間、聖ルターとその同志たちが、教会の教義の側からキリスト教会に大変革をもたらした。聖書が再び信仰と生活の唯一の判定者になり、プロテスタント教会の聖職者たちは霊界の支配を諦めた。彼らは冥界をやめて地獄を拡大した。もはや浄化の中間段階は完全になくなり、亡くなったすべての魂はすぐに個々の目的地、すなわち天国か地

獄へ移行することになった。彼らがここでやり過ぎてしまったことは、しかるべき場所で証明するつもりだ。やり過ぎたというのは、こういうことだ。冥界を煉獄にするのはたしかに不当なことだ。しかし、だからといって、煉獄と一緒に冥界を葬り去ってしまうのも行き過ぎだということだ。

一方で、聖職者たち自身は、コペルニクス的体系にはあまり関心を寄せなかった。彼らはそれをキリスト教の教義にはあまり影響を及ぼさない事柄と見なしたのだ。しかし、それは間違いだった。というのは、コペルニクスに続く天文学者たちがこの体系をさらに改良し、それがどこから見ても検証に耐え得るものであると分かったからだ。そしてついに、デカルトやニュートンといった、あの偉大な人々が現れた。彼らは、自らの発明と発見によって、この問題に決定打をもたらした。今や、コペルニクス的体系は、すべての学者にとって反論の余地ないものとなった。なぜなら、この体系に従って星々の運行を計算すると、寸毫《すんごう》も違わずその通りに星は動いていたからである。

## 第二十六節　コペルニクス的体系がキリスト教の教義にもたらした重大な帰結

このコペルニクス的体系がキリスト教の教義に不利になるかもしれないことを予感していたのは教皇と枢機卿会議だけであった。しかし今や、彼らは間違っていなかったことが、次第次第に明らかになった。なぜなら、論理的に考えることができる人なら、以下のことに思い至らざるを得なかったからである。すなわち、地球と人類が創造の中心ではあり得ない、と。地球は取るに足らない小さな惑星である。計測不能な宇宙の中の一個の惑星にすぎない。その他の立派で、遥かに大きな天体のほうが創造者の目には遥かに価値をもつに違いない、と。そして、それら天体の住人たちは、人類よりも遥かに優れているに違いない、と。しかし、神の息子、すなわち全宇宙を創造したロゴスは、この取るに足らない辺境の一角で、人類という自然をお引き受けになり、これを全宇宙の玉座に引き上げられた。したがって、今や霊界さえも毎年、地球とともに太陽の周りを回る旅をせざるを得ないのだ……、と。

## 第二十七節　コペルニクス的体系が真でも、ご安心あれ

この見せかけの根拠に惑わされないよう読者にお願いしたい。私は以下で読者のみなさまに、自然とも、理性とも、聖書とも矛盾しない巌のごとき根拠を提示しようと思う。それをご覧いただき、本質を観るに至れば、みなさまの信仰は、揺らぐことなく安らぐことができる。

## 第二十八節　科学の進歩に露呈したキリスト教会の筋の通らない態度

キリスト教会はすべてを無視するか、さもなければ、できる限り教義と合一させようと骨を折った。ローマ・カトリック教会は霊界に対する支配を継続した。プロテスタント教会のほうは霊界を無視した。予感、幻視、心霊現象はまやかしか、錯覚か幻覚であった。あるいは、その事実が否定しようのないときは、それを悪魔とその手下の堕天使たちの出没と見なした。敬虔な者は死後すぐに天国へ、神を認めぬ者は地獄へ行く掟により、死せる魂にこの世へ引き返すための扉は閉ざされた。

## 第二十九節　機械論的哲学の起源。決定論と運命論

新しい機械論的世界体系は、人間の理性にさらなる探求のための扉を開いた。それゆえ人間理性は、その機械論的自然法則をたずさえて大胆にも霊界に打って出て、まさにそこで運命という鉄のごとき必然性への信仰の端緒が開かれたのだ。運命という名の必然性、これこそあらゆる不信仰、あらゆる自由精神、一言でいえば、真のキリスト教信仰からの堕落、恐るべき「反キリスト教」の生みの親である。機械論的世界観を主張する人々は、全自然界には物質

と力以外の何物も存在しないという原則を最終的に確立したのである。物質は自然学[011]で探求された。あらゆる研究がなされ、とくに化学はこの分野で実り多い結果をもたらした。それによって、優れた、人間生活に多大な益をもたらす数多くの発見がなされ、それにたずさわった人々は永遠に感謝されている。しかし、それらの探求の際に、もともと物質に備わっている力以外の力の存在が発見されなかったので、あるいは、仮に隠れた力の存在が認められても、すぐにそれはやはり物質的な力のひとつであり、さらに探求が進めばその正体に迫ることが可能であると考えられ、実際そうなることが通常だったので、物質的力以外の力は存在しないという見解は取り消せないものと考えられた。この命題を基礎づけたのは以下の推論である。すなわち、天体も含め、物質のあらゆる力は永遠不変の法則に従って作用しており、全宇宙は物質とその諸力によって成り立っており、したがって、宇宙におけるあらゆる作用もまた、永遠不変の法則に従って起きている、というものだ。

この推論からさらに恐ろしくもあり、実り豊かでもある次の結論が導かれた。

## 第三十節　機械としての世界。神の影響を受けないその独立性。だが霊界の影響は？

もし、宇宙におけるあらゆる作用が、無限に多様な目的をもつ物質の中に据えられた永遠不変の法則に従って起きているのだとしたら、世界は一個の機械になる。ということは、その全装置は機械的なものになる。しかし、一個の機械に外から作用する影響は、どんな影響であれ、目的を阻害する障害になるのだから、したがって、この物質世界に影響を及ぼすことができる、そのような存在は存在しないことになる。もし、世界統治のためにそのような存在と、その存在の自然に対する作用が必要であるとするならば、全宇宙は一個の非常に不完全な機械になってしまうだろう。そして、そのような不完全な機械を、世界を創造した完全無欠の建築家（＝神）が創ることはあり得ない。

## 第三十一節　機械論的体系を人間の自由意志と統合しようとする哲学の試み

だがしかし、理性的魂をもった人間という存在がいた！　人間たちは、初めは慎重にこの問題に対処した。というのも、右に述べた機械論的体系をつくった人々、少なくとも彼らの中の最重要人物たちに、宗教を毀損しようという意図がなかったことは確実だからだ。彼らは、彼らの体系が宗教の墓標になることを、予感することさえなかった。それゆえ、彼らは当然のごとく、人間をもまた世界という大きな機械の中の歯車と見なした。だが、同時に彼らは人間には自由意志があると、したがって理性によって規定される自由な行動があると主張した。一方で「自由な行動」と、他方ですべては必然で他の起こり方はあり得ないことになる「永遠不変の自然法則」の間の矛盾は、神は世界の礎石を置く前に、この世界を最善のものにするための、いわば設計図を用意しただけだ、と主張することによって克服できると彼らは考えた。神はこの世界に、純粋に理性的で、自由な作用を及ぼす存在としての人類を受け容れた。

神は全知全能の者として、自由な存在として行動する個々の人間が何を選択し、何をするのかを知っていたのであるから、神は善行も悪行も、あらゆる人間の行為が収まり、すべてが創造という偉大な目的に導かれるように設計図を描いたのだと、彼らは主張した。

## 第三十二節　それゆえ「最善世界の体系」は意味をなさない

自由に行動する人類の作用を組み込んだ、そのような設計図の考えを、彼らは「最善世界の体系」と呼んだ。誠実な神学者も含め、物を考えることができる人の大部分が、このイチジクの葉の前隠しに満足し、それ以上詮索しなかった。だが、覆われていない裸の部分があることに気づいた人々がいた。彼らは、神が人間たちの自由な行動を、永遠不変の自然法則に撚り合わせたのならば、人間たちの「自由な」行動も「不変」になり、したがってそれは「必然」になり、人間の自由という概念は、まやかしになると主張した。

## 第三十三節　最善世界の体系の恐るべき帰結。だがこれが啓蒙の光のじつは核心であり、それは永遠の堕落に通じる

この結論は最善世界の原則から至極当然に導かれるものだ。最善世界の原則が正しいのならば、この結論もまた正しいことになる。しかし、これは神と人間を愛する者にとっては想像するだに身体が震えるほど恐ろしい考えだ。なぜなら、あらゆる罪とおぞましき凶行が、アダムの初めから最近の出来事に至るまで、すべて神の御心に適うものになってしまうからだ。というのは、神はそれら罪と凶行を最善世界の設計図に取り入れたことになるからだ。少なくとも、それは創造者の目的にとって必要なものになるからだ。なぜなら、神はそれを回避しようとはしなかったのだから。これより恐ろしいことを他に想像することができるだろうか。だから、誰かがこの上ない罪を犯したとしても、その者は、この行為は最善世界の設計図の中にあらかじめ入っていたものだ。そうでなければ神は私にその罪を犯させなかったはずだから。神がその罪をあらかじめ設計図の中に入れていたということは、神はそのことで私を罰することはできない、と考えることができる。これらの命題から至極論理的に導かれることは、どれも地獄のようにおぞましく、また腹立たしいことばかりで、遠くから触れるのも憚《はばか》られることばかりだ。そこではあらゆる神の啓示は停止する。聖書の言葉のすべて、神の子としての使命、彼の救済の御業のすべてが停止する。そこではそもそも、いかなる宗教ももはや可能ではない。もし神が存在するとしても、神はわれわれには何の関係ももたない。あるいは、た

とえ神が万物に作用を及ぼす自然力だとしても、それはわれわれには何の役にも立たない。なぜなら、神はすべてを永遠不変の自然法則に従って統治するのであり、その自然法則の中では永遠に何も変えられないのだから。

我が友人諸君！　今日、あれほど賞讃された「啓蒙」というものが、永遠の堕落に向かって止まることなく歩んでいるのが、まさにこの道である。そして、大量の人間たちもまたこの「啓蒙」の道を一緒に進んでいる。これは宗教の仮面を被った非宗教、罪深き人間たちの非宗教である。

## 第三十四節　最善世界の体系の発明者ライプニッツはこの帰結を予感せず。彼の弁神論

あの偉大なライプニッツが、最善世界の原則の発明者である。ライプニッツ自身は、最善世界の原則からそのような結論が導かれるとは少しも予感していなかったに違いない。あるイギリス人の哲学者がライプニッツにそのことを指摘したのだ。そこでライプニッツは彼の『弁神論』を執筆した。鋭敏な感覚の深い思索から生まれた傑作である。しかし、結局『弁神論』は、極限の技術も悪を擁護することはできないということ以上の何も証明していない。

## 第三十五節　すべての啓蒙された人々が堕落しているわけではない。だがその途上にはある

むろん私は、この機械論的哲学体系を信奉する人がすべて、右に述べた恐るべき結論にまで堕していると は思わない。「啓蒙」された人々の間にも無限に多くのニュアンスの違いがあり、それに応じた段階がある。しかし、それらの段階のどれもが、非宗教のあの地獄の理念をたゆまず希求しているのであるから、永遠の堕落に通じていることは否定できない。論理的に考えることができる者で、機械論的体系を受け容れた者なら、他にやりようがない。その者の理性は間違いなくあの恐るべき目標に彼を導く。したがって、この機械論的体系は根本的に間違っている。そうならざるを得ない。そうであることを以下において、反駁しようがないほど示してみせようと思う。

## 第三十六節　私の心霊学の理論の障害となるものは取り除かれねばならない

読者のみなさま、私がこの本の目的から逸脱しているとお考えになりなさるな。心霊学の理論を揺るぎないものとして確立しようと思えば、この道に分け入って、まず最初にどのような障害が行く手に立ちはだかっているのかを提示しておかねばならないのです。

## 第三十七節　神も天使も霊も必要としない機械論的世界こそ障害

もし世界が一個の機械で、外からの一切の助力を受けつけず、ただ創造の際に賦与された独自の諸力によってのみ動くものだとしたら、しかも神すら何の影響力も行使できないものだとするならば、当然そこには天使も堕天使も何の影響も与えることができないことになる。啓蒙主義はこの命題を確定的なものにした。啓蒙主義の主張に従えば、この世界に影響を与えることができるようなそのような存在もまた存在しないことになる。もし仮に存在するとしても、それはわれわれ人類には関わりがない。仮に存在するとしても、それはわれわれ人類にとっては宇宙人みたいに関わりがない。そのような存在について聖書が言っていることは、単なる比喩である、ということになる。

ああ、なんという冷たい、慰めのない理性の賢《さか》しらであることか。啓蒙の理性は天なる父を知らず、救済者を知らない。この体系を受け容れた不幸な者が、絶望して頭に銃弾をぶち込んで自殺してしまわないのが不思議ではないか。

## 第三十八節　それにもかかわらず迷信を固く信じる一般民衆

偉大な哲学者たちがこの恐るべきバジリカの伽藍を考え出していた間、彼らは霊界も予感も、幻視も心霊現象も放っておいた。しかし、一般民衆はそれらを相変わらず固く信じていた。相変わらずあちこちで幽霊は出没していた。人々は夢を解釈していたし、狼男やワイルドハント[012]も出現していた。鬼火は恐ろしい霊的存在に属すと考えられ、魔法や妖術は至る所で行われていた。これらの野蛮な迷信がときどき驚くべき事態を引き起こしていたことは間違いない。しかし、人々は同時に神を信じ、救世主イエス・キリストを信じていた。心から神を信頼し熱心に祈り、地獄を恐れ、天国に行けることを願った。真理の天秤の片方の皿に、これらの敬虔な信仰もろとも前述の迷信を、もう一方の皿に現今流行の不信仰を置いてみよう。そうすれば、どちらに軍配が上がるかすぐに結果が出るだろう。当世の風習と比べれば、かつての信仰風習のほうが、はるかに聖なるイェルサレムの正しさを証明している。つまり、「こんな不信仰がはびこるぐらいなら、スペインの異端審問のほうがまだましだ」というものだ。

だが、神よ、我らをこの両者から守り給え！

## 第三十九節　機械論的哲学に攻撃された迷信。迷信とともに捨て去られた信仰。バルタザール・ベッカーとトマジウス

この間、蒙昧な迷信がもたらした事態は、機械論的哲学体系がもたらした事態よりも目に余るようになった。それゆえ人々は、機械論的哲学体系では奈落に堕ちるとも知らず、それが宗教の純粋性の極致を具現していると誤解した。

だから、人々は、哲学が与えてくれる武器を手に迷信を攻撃した。迷信をその玉座から引きずり下ろし、しかし、それと同時にキリスト者としての聖なる信仰も捨て去ってしまった。本当はそこまでするつもりはなかったのに。オランダのバルタザール・ベッカー[013]と、ドイツのトマジウス[014]が、迷信を玉座から引きずり下ろした功績で名を残した。

## 第四十節　迷信と信仰を非難する者たちが主張する根拠。無神論とその帰結

これら、迷信と一緒に真の信仰も攻撃することになってしまった論難者たちが、自らの砲列を設えた、いまも設えているその基台（＝根拠）を示すことができなければ、どうも中間あたりにありそうな真の神聖な真実を発見し、迷信と不信仰の両方を追い落とすことは不可能であるように思われる。最善世界の考え方では、物理的・道徳的世界は、創造の際に賦与された独自の諸力によって、ただそれのみによって統治されることが決まってしまう。そして、神も、天使も堕天使も、霊たちもこの世界に影響を及ぼすことはないことになる。しかし、機械論的哲学体系の信奉者たちはさらに、そもそも聖書が言うような意味での霊も、天使も堕天使も存在しない。このことは反証不能なほど証明されていた、と信じるまでにいたった。神が存在すること、これは彼らも信じていた。しかし、それは体面からそう振る舞っていただけで、それすらも否定するほど無作法な者たちが出現した。彼らは、もし神がこの世界に何の影響も及ぼさ

ないのなら、神はわれわれとは何の関係も持たないことになる。ということは、神が存在するのか否かも、われわれにとってはどうでもいいことになる、と論理的に考えた。世界は永遠の昔からあったのかもしれないし、この世界を統べる神は、じつはこの世界自身であったかもしれない、と彼らは考えた。ご覧ください、読者のみなさま。箍《たが》の外れた人間理性は、こんな途方もない考えにまで至ってしまったのです。

## 第四十一節　天使も堕天使も存在しない証拠とされるもの

天使（＝善なる天使）も堕天使（＝悪なる天使）も存在しない証拠は、以下の命題に基づく。

（1）神と自然は余計なものは何ひとつ創造しない。全宇宙の物質にはそれに相応しい諸力がもともと備わっているのだから、それ以外の外からやって来て影響を及ぼすような存在を物質は必要としない。もし仮に、物質がそのような存在を必要とするとしたら、その物質は完全な作品ではないことになる。しかし、神が不完全な作品を創ることはあり得ない。神は最善の、完璧な作品しか創らない。そして、

（2）もし、神のほかに理性的存在があるとしたら、そのような存在はわれわれとは何の関わりもない他の世界に属するものである。そのような存在が神に比肩することはあり得ず、所詮有限で制限された存在であるから、それらの存在は間違いと過ちの危険に常に晒されている。つまり、それらの存在は完全に善であることも、完全に悪であるこ

ともあり得ないのである。したがって、まったき善なる存在も、まったき悪なる存在もないことになる。

## 第四十二節　単子論、予定調和で人間世界を説明することの困難。この考えでは魂は肉体がなければ何もできないことになってしまうこと

しかし、人間にとって最大の謎は人間自身である。人間の中の思考する存在は、そのもって生まれたあらゆる本能も含め、物質の諸力からは説明できない。これらの諸力をどう組み合わせても、自意識も、判断力も、知性も、理性も、記憶力も、想像力も、その他も生じない。

だから、機械論の哲学者たちには、この未知の何物かを大きな「世界機械」に、すなわち、物質と力とに調和させることが困難だった。ライプニッツの単子論の学説と予定調和が、まもなく妥当でないと非難されるようになったのは当然のことなのである。したがって、われわれに残されたのは次の二つの道のどちらかだ。すなわち、人間の魂は、それが脳という、どんなに未知で驚異の構造物が生み出す自然の諸力から創られていようとも、それでもやっぱり物理的自然とその諸力の結果であり、したがって、死とともに無くなるのだ、と考えるか、あるいは、人間の魂は非物質的な何かある物であり、たしかに存在するのだが、しかしそれと結びついた肉体にしか作用できないものであり、肉体がなければ自分以外の他の物に影響を与えることもできない何かである、と考えるか、このどちらかの考えを受

け容れることしか残されていないのである。

後者の考えは、今日の啓蒙された人々の間でもっとも一般的な考えである。この考えから以下の結果が生じる。

## 第四十三節　この考えから生じる、悲しく、救いのない帰結

人間の霊《ガイスト》015は物質ではない。したがって、それは物質に還元されるいかなる諸力も持たない。それは空間を占めない。己が肉体を除いて他の物体に作用を及ぼさない。肉体から分離されると感覚器に捕捉されない。したがって、死後この世に現れることは不可能である。魂の不死が正しいのなら、死後、霊には生前の存在のぼんやりとした自意識しか残らない。しかも、生前の存在を思い返す記憶は伴わない。この状態が、生まれ変わるか、あるいは、何らかの未知の仕組みによって、最善世界で再び肉体を得て、新たなる作用が開始されるまで続く。だが、そのときも、過去の生を思い出すことができるかどうかは分からない。そのときには以前の生で持っていた道具（＝感覚器官）を持たず、まったく別の道具を持つことになることを考えれば、ほとんど難しいのではないかと思われる。

おお、なんという哀しいイメージだろう！　もしこれが本当なら、われわれ人間とはなんと不幸な存在だろう。だが、これは本当ではない。神に賞讃と感謝あれ！　このことを反論の余地なく証明してみせたいと思う。注意深く読んで、じっくり考えてください。そののち、それでも私を論駁したいと思うお方はそうしてください。私は受けて立

ちましょう。ただし、穏やかに、真理を愛する気持ちを忘れずにそうしましょう。

## 第四十四節　機械論的哲学の基本的間違いの発見

もし宇宙が、われわれに知覚されるとおりに存在するのだとしたら、そして、もし神も宇宙をそのように思い描いているのだとしたら、ここまで述べてきた機械論的哲学の世界体系は、その恐るべき帰結もろとも揺るぎなき真理となる。なぜなら、この三段論法の証明過程は論理的に正しいからだ。だから、最初の二つの前段、この前提が正しいかどうかという点が問題になる。しかし、この前提が間違っていることを私は証明してみせよう。

## 第四十五節　この発見の詳細。物理世界のイメージはわれわれの感覚器にのみ依存する

もし、われわれの目、耳、一言でいえば、われわれのあらゆる感覚器官が、脳や神経同様、今とは違ったふうな構造で、今とは違ったふうな仕組みになっているとするならば、われわれはこの感覚世界を今とはまったく違ったふうに感じているだろう。読者のみなさま、このことを真剣に熟考してください。さすれば、みなさまもそれが真実とお

分かりになるでしょう。われわれの目の仕組みが今とは違っていたら、われわれは光を、色を、形を、姿を、遠近を、今とはまったく違ったふうに感じているのです。顕微鏡と望遠鏡を思い出してください。顕微鏡はすべてを拡大します。望遠鏡はすべてを近づけます。あなたたちの目の仕組みがそんな顕微鏡や望遠鏡みたいになっていたら、すべては今より大きく見えたり、近くに見えたりしているのです。レンズを研磨していろいろな厚さにすることによって、光も、色も、あらゆる形姿も変えることができるのです。もし、人間の目がそんなふうな仕組みになっていたとするならば、全自然は今とはまったく違った形姿をしていることになるのです。このことを他のあらゆる感覚器官に適用してみてください。結果として何が生じますか。間違いなく、まったく違った世界が現出するのです。われわれが得る世界の表象も、その帰結も、今とはまったく違ったものになるのです。

## 第四十六節　感覚器はすべてを時空の中で知覚する。時間も空間も独自の思考形式

人間の感覚器は、この時空の中で諸物の表面しか感じることができない。とはつまり、この三次元の奥行と、不可逆の時系列順でしか感じることができない、ということだ。表面のその先の内部の本質には、いかなる創造された霊も到達することができない。それができるのは諸物を創った創造者だけである。われわれは制限された存在である。それゆえ、世界からわれわれが得るあらゆる表象（＝イメージ）も制限されている。われわれは同時に二つの事物を

イメージすることができない。いわんや、複数個の事物を同時にイメージすることはなおさらできない。それゆえ、われわれは、すべての事物がばらばらに、つまり空間的に、そして順々に、つまり時間的に現れるのを知覚するように作られている。したがって、時間と空間は単にわれわれの魂の中でのみ生じるものである。われわれの外の、自然自体の本質において、この両者は存在しない。全創造においてあらゆる運動は時空の中で起きるのだから（時空がなければいかなる運動も不可能だ）、全創造におけるあらゆる運動は単にわれわれの魂の中のイメージ（＝表象）の形式に過ぎず、自然そのものの中では生起しないものである。したがって、あらゆる世界体系は、コペルニクス的な世界体系でさえ、単なるイメージ（＝表象）の形式に過ぎない。その奥で行われている創造は、それとは違ったものである。

## 第四十七節

ただ神のみが世界をあるがままに表象する。だが時空の中ではない。したがって時空はこの世界の本質には存在しない

全能の創造者である神は、世界を実際にあるがままに表象（＝イメージ）することができる。しかも、それができるのは神だけだ。なぜなら、すべての創造された存在は制限されており、したがって世界をその制限の中でしか、したがってそれがあるがままには表象できないからだ。もし、創造された存在が、自分たちに当てがわれた制限を超えようとすれば、たちまち途方もない矛盾と間違いに陥ってしまう。

## 第四十八節　人間の本質が現に今あるようなものである、神の側からの理由。これは理念論ではない

神はわれわれ人間を、われわれが現に今あるように創造した。したがって、神はわれわれ人間が世界を、われわれが現に今イメージしているようにイメージすることを欲したということだ。われわれにとっては世界のすべてが現実に真実であり、われわれが感覚器を通して感じることはすべて、空虚な想像ではなく、紛れもなく諸物の自然の中にその基礎を置いたものだ。したがって、私の考えは理念論ではない。しかし、われわれが諸物をそれがあるがままに、とはつまり神がイメージするままに、イメージすることができないということ、これは永遠の矛盾する真理である。

## 第四十九節　第四十七節の証明

時間と空間に基礎を置くあらゆるイメージ（＝表象）は制限されている。永遠の者、無限の者、捕捉できない者であられる神は、いかなる制限も知らないから、神が世界を時間と空間のうちに表象することはない。そして、神が抱く表象は真実でしかありえないから、世界は時間と空間の中にはないことになる。それだけではない。われわれが物

体とか物質と呼んでいるものは、空間を占め、時間を通して存続し、諸物は個々に空間の中を動くのであり、諸力を使って他に働きかける等々であり、しかし時間と空間は現実には神の創造において存在せず、単なる表象の形式に過ぎないのであるから、われわれが物質とか力とか、相互作用とか呼んでいるものは単なる人間のイメージであり、真実にはすべてが別の在り方をしている。

ここまで述べてきたことを読んで、読者のみなさまが狐につままれたような気持ちがして、いったいこの話はどこへ行くのか、と訝《いぶか》しく思っているように感じる。落ち着いて、注意深く、先を読んでください。そうすれば分かります。

## 第五十節　感覚世界とは何か？　感覚世界に適合するよう創られている身体。コペルニクス的世界体系も然り。だが超感覚的世界にとっては太古の聖書の観念が真

創造された世界のうち、われわれが感覚器を通して感じることができる一部を「感覚世界」と呼ぼう。この感覚世界の内部で、われわれは時間と空間の法則に従い、諸物の相互作用の法則に従い、判断し、推論している。この世界ではコペルニクス的体系が好まれ得るし、好まれて当然にも見えるが、しかしひとたびこの体系を真理の世界に適用して、この体系と神の感覚世界への影響、ならびに霊界とを結びつけようとすると、たちまちわれわれの判断は、色彩を判断する盲人のようになり、馬鹿げたものに陥る。天文学者はコペルニクス的体系を数学的公理としてのみ安心

して使い続け、感覚世界を彼らの発見と発明で拡大すればよい。われわれにとっては、人類が昔から世界について考えてきた概念、太古の聖書の観念、すなわち、地球が中心にあり、天蓋は地球の周りを動いている、したがって地球が創造における最重要部分であるという観念が真理であり、安心をもたらすものだ。なぜなら、あらゆる運動は時間と空間の中でのみ起こり得るのであり、時間も空間も真理の王国では存在しないのであるから、運動もまた存在せず、それはただわれわれの想像のうちに存在するのみであるからだ。真理の王国では、地球が太陽の周りを回るのと同じように、天蓋が二十四時間をかけて地球の周りを回り得るのだ。コペルニクス的体系は時間と空間の、またその両者における運動の存在が真実であることを前提にしている。しかし、この三者（時間・空間・運動）がすべて真理の王国では存在しないのであるから、コペルニクス的体系は、難しい課題を解決するための、より簡単な方法以上のものではないことになる。地球と人類が神の創造の主対象であり、他のすべてはその周りを回っているのだという古い世界体系は、もっとも自然なものであり、すべての人間の胸に迫る想像である。このイメージは超常世界（＝超感覚世界）のイメージともっとも容易《たやす》く結びつくこともでき、したがってわれわれにとってもっとも真実な体系ということになる。それに対してコペルニクス的体系は、理性の推論によって生じたものであり、その推論は時間と空間の実在に根差しており、したがって真理ではない。

ある程度でも落ち着いて、偏らずに熟考できる理性的な人間なら誰でも、ここまで述べたすべてが反証不能なほど真理であると分かっていただけると思う。そしてなお、あちこち疑義や不満のある向きは、どうか名乗りでてほしい。私はあらゆる疑義を解き、あらゆる不満を除いてみせましょう。

## 第五十一節　機械論的体系は感覚世界では確かな指針。だが超感覚的世界では死と堕落

ではいったい、機械論的哲学体系とは何か。それは、感覚世界の限界の内部で、われわれにとっての真理、人間的真理を認識するために、神によって贈られた唯一の素晴らしい手段なのだ。しかし、われわれがひとたび感覚世界の限界を超え出ようとし、超感覚的なものを、ときに神をさえも、それに従って判断しようとすると、われわれは恐るべき矛盾に陥ってしまう。この矛盾こそが知天使《ケルビム》が振り回す炎の剣であり、これがわれわれを楽園の入口から遠ざける役割を負っている。しかし、もしわれわれが、それにもかかわらず前進し、機械論的哲学体系に導かれるままに、われわれの感覚器で捕捉できないもの、したがって感覚世界に属していないすべてのものを否認するか、あるいは超感覚的なもの、ときに神さえも、感覚的なものの法則に従って判断し、感覚的なものを実用的真理として生命の基礎に置こうとすれば、われわれは、聖書が言うところの、悪魔の堕落を引き起こす罪を犯すことになるのだ。われわれはわれわれの理性を真理の源に、したがって神にしてしまうことになるのだ。

ここまで述べてきた結果から、以下の命題が正しいことになる。

## 第五十二節　最善世界は子どもじみた概念。聖書の文書の本質

神は時間と空間の中で生きていない。時間と空間の中で考えていない。神のもとでは、「前」も「後」もない。したがって、いかなる自由な行動の連鎖も、計画も、さらには不変の法則も、ここではまったく問題にならない。したがって、最善世界という考えは、真理の王国では起こり得ない子どもじみた概念である。しかし、それでもこれ（＝最善世界）がどんなものか、何らかの了解をせねばならないとすれば、信仰における神の永遠の御心について、聖書が与えてくれる例を挙げればいい。だが、ここでそれを例示はしない。聖書の文章はどこもかしこも、人間に分かりやすいように書かれている。しかもそれは、神と真理にもっとも相応しく、人間の幸福のためにもっとも実り多いやり方で書かれている。

## 第五十三節　われわれに未知の存在だけから成り立つ感覚世界。超感覚世界と感覚世界の内的結びつき。両者を媒介する光

感覚世界は、われわれに未知の存在だけから成り立っている。われわれが物体とか力とか呼んでいるものは、われわれ

われ独自の概念である。それらの概念は、たしかにその未知の存在に基礎を置くものであるが、それ自体は、われわれがこの時空で想像するような性質のものではない。われわれがそれらの概念を、外からの力の影響を受けない、われわれの機械（＝肉体）と比較してしまうと、われわれは誤る。なぜなら、われわれの感覚世界は超感覚世界と厳密に結びついており、両者は互いに作用し合っているからだ。その証拠はわれわれ自身の存在の中にすでにある。われわれの肉体は感覚世界に属しており、われわれの霊《ガイスト》（＝精神）は超感覚世界に属している。われわれの感覚器では、われわれの霊を構成する物質を感じることはできない。しかし、霊が肉体に及ぼす影響は感じることができる。理性的な精神（＝霊）が物質に作用し得る、しかも絶えず作用し得るということを、われわれがわれわれ自身の肉体において認めるのであるから、天使や霊といった超感覚的存在の感覚世界への影響を、どうして否定し得るだろうか。事実、われわれの感覚世界には、遍在する、あまりに強大な存在がすでにある。それがなければ全感覚世界が存在しなくなる、われわれにとって無になってしまう、そういう存在がすでにある。それは「光」だ。われわれは光を物質と見なしている。さまざまなケースで、そのように物質として光を扱っている。われわれの表象の中では、光は時空間にある。だが、それは、その他の全物質世界の自然とは真っ向から逆らう性質を持っている。光源をいくつも用意して照射しても、それら光源から発せられる光線は、互いに交わることなくそれぞれ直進することを思い出してみてほしい。物質の永遠不変の法則から十分に納得いくようにこの現象を説明できる自然学者がいたら、私は会ってみたい。

光は感覚世界と超感覚世界の間を結ぶ中間項である。光において、一方は他方へ移行する。

## 第五十四節　被造物の分類。感覚世界に属する存在と霊界に属する存在。後者の世界に人間は死後入る

全宇宙は神により創造された存在だけから成り立っている。それらの個々の存在は、神により発せられた、実在する神の言葉である。これらの存在は二つのグループに分けられる。一つは思考し、感じることができる、理性的な霊であり、もう一つはわれわれがこの感覚世界の中でしか出会うことがない、無限に多様な諸物である。霊、あるいは霊界にもいくつかの種類がある。その完成度の度合いに応じて互いに異なり、だが互いに相互に作用し合う、そういういくつかの種類がある。こういう霊界に、人間は死んだら移っていく。そして、われわれが生きている今現在を、その時のための準備期間として利用できるか、できるとすればどのようにか、ということに、人間の幸不幸は懸かっている。

## 第五十五節　霊界の住人は天使と堕天使と人間霊魂。彼ら住人の感覚世界への影響

霊たち、あるいは、感覚世界と超感覚世界の境界にあり、われわれともっとも近く関係している霊界の住人は、天

使と堕天使と亡くなった人間の魂である。聖書は、それら天使と堕天使は、人間の意志の自由を損なうことなく、人間と感覚世界に影響を及ぼすとはっきりと主張している。

## 第五十六節　批判される機械論的体系。代わりに据えられるべきは神権政治的自由体系

機械論的哲学体系は、全宇宙は永遠不変の法則に従って、機械時計のように統御されているので、意志の自由は単なる思い込みか、空虚なまやかしであると主張する。しかし、私はここまで、この永遠不変の自然法則のほうこそ、時空間に根差した単なる想像の産物に過ぎないことを証明してきた。永遠不変の自然法則が単なる思考形式に過ぎないのならば、意志の自由もそうである。したがって、意志の自由は、感覚世界の外では適用できないばかりか、真理と真っ向から矛盾する。なぜなら、実際われわれは自分を自由だと感じ、われわれの理性もそう教える。なぜなら、もしわれわれが自由でないということになれば、それは神とも、精神とも、人間とも、そのあり方において本質的に一致しないことになるばかりか、恐るべき結果をもたらすことになるからだ。そして、結局、聖書がその全ページで、人間は自由であると主張しているからだ。神はあらゆる階級の自由に行動する理性的な存在を通して世界を統治する。神の霊は何が目的に適っているか、その目的を提示しながら、個々の霊の意志を統御する。神は個々の霊に、永遠の幸福とその享受をもたらすあらゆる法則を与える。しかし、神は、それに従うか否かについては個々の霊に選択の自

由を委ねる。法則に従わない霊は悪なる存在だ。神は霊がそうする自由もお認めになる。しかし、神の無限の叡智と永遠の愛は、悪なる行動の結果をも次第次第に統御し、そこから至福と救済だけが生じるようにする術を知り給う。以上の観念がキリストによる救済の大いなる秘密の一部をも発展せしめた。ここで話を敷衍して、天使と人間の堕落について、放蕩息子の父の家への帰還について、真のキリスト教の立場から大論文を書くこともできるのだが、それでは本書の当初の目的からあまりにも離れてしまう。だから、ここまでの道に沿ってさらに先へと、杖を突き続けていくことにする。

# 第二章　人間本性についての省察

## 第五十七節　機械論的哲学体系に限界があることを忘れるな

私は、人間精神が眩暈を覚えずにそこに留まり続けることはできない高みから、いま再び降りる。しかし、一度はこの高みへの飛翔をせずにはおられなかったのだ。それは、あの機械論的哲学体系という途方もない偶像を玉座から引きずり下ろし、代わりに神権政治の自由の体系をそこに据えるためだ。

前章で私が主張し、証明し、議論してきたことから、必要以上の推論をして、真の正しい信仰を迷信とともに引きずり下ろしてはいけない。われわれがこの世界をわれわれのこの感覚器を通してしか感知することができない以上、われわれにとってこの世界はこのままで真である。われわれが感覚世界の限界の内に留まる限り、機械論的哲学体系はわれわれにとって法則である。だが、この限界の外ではまったく違う。

## 第五十八節　天使と堕天使は感覚世界に影響を及ぼすが、われわれの理性と感覚がその影響を知ることはめったにない

天使や堕天使や霊がわれわれと感覚世界に強大な影響を及ぼすことは、聖書が主張している。理性も自然科学も、

それに対して異議を差しはさめない。反対に、注意深い観察者なら、以下に示すように、それらの影響の否定しようのない痕跡をときどき見つけるだろう。だがここでは、まず最初に、重要な警告を先行させねばならない。

われわれの物理的肉体は、現在の状態ではわれわれの感覚世界に適合するようにしか作られていない。われわれは自然状態で、自分には魂があると感じる他は、霊界の存在について何も感じることができない。そしてわれわれの理性が推論することは、感覚世界の経験に基づくのであるから、理性は霊界とその影響について自分の力ではほとんど知ることができない。ただ神の啓示のみが、そして昔からある個々の特殊な経験のみが、霊界に住まう者の存在を、そしてときに神自身の存在を示し、それらが自ら姿を現すことがあり、われわれの感覚世界に作用を及ぼしていることを示すのみだ。

## 第五十九節　われわれ人間が頼りにできるのは、ひとえに神の統治のみであり、天使や堕天使からの影響ではないという論拠

このことから明らかになるのは、自然ならびに理性が霊界とその影響からは隔絶しているということだ。しかし、霊界からの影響を示す聖書のあらゆる証拠を見れば分かるとおり、聖書はわれわれに神の統治にのみ、すべてを導く聖なる神慮にのみ身を任せなさいと示唆している。天使はみな奉仕する霊であって、救いを受け継ぐことになってい

る人々に仕えるために遣わされた（ヘブライ人への手紙第一章十四節他）。しかし、われわれは聖書のどこにも、何らかの方法で霊たちと向き合うべきであるとか、彼らの言うことに注意を払うべきであるとか、の言葉をわずかでも見つけることができない。未来を知りたいという好奇心や欲求が、霊界に親しく交わろうとわれわれを煽動することはもっとあってはならない。その種の試みは占い、魔術として禁止されてさえいる。したがって、予言、幻視、心霊現象を求める者は、大きな罪を犯すことになる。予言、幻視、心霊現象は、規則からの例外である。われわれはそれに頼ってはいけない。一方で、それらは注目に値する事象であったし、今もそうであり続けている。偏らない誠実な徹底調査に値する事象である。それはなぜか。以下において示そう。

## 第六十節　遠く隔たった二つの物の相互作用は感覚世界では不自然だが、霊界では自然である

感覚世界は時空間に根差しているが、霊界はそうではないのだから、機械論的世界体系は感覚世界でのみ有効で、霊界ではまったく通用しない、したがって普遍性のない誤りであることが明白になるやいなや、時間と空間を遠く離れた二つの物の相互作用（actio in Distans）は感覚世界では不可能な、しかし霊界では可能、であるばかりか、まったく「自然」なこととなる。

## 第六十一節　ahnen と ahnden の違い

ドイツ語の ahnden《アーンデン》という単語は「罪を罰する」という意味だが、ahnen《アーネン》という単語は、時間か空間を遠く隔たった物事を感じて、多かれ少なかればんやりと予感することを意味する。私が「Mir ahnt etwas.」と言えば、何らかの理性的理由から、あれやこれやが起こる、あるいは遠くのどこかで起こったと私が推論していることを意味する。「Ich ahne etwas.」という、主語に「Ich（私）」を立てる言い方のほうは、どこか遠くですでに起きたか、あるいは未来に起こることが差し迫っていることを私に知らせようとする未知の存在の影響を私が感じ取っていることを表している。しかし、このまだ薄暗い事柄に光を当てて広げるために、われわれは人間本性についてもっと詳しく究明しなければならない。

## 第六十二節　人間の肉体に関する従来のイメージ

これまで一般に信じられてきた人間本性についてのイメージは、人間は肉体と魂から成り立っている存在であるというものだ。肉体をわれわれは非常に人工的に組織化された機械と見なしている。それは魂を通すことで動き出すと見なしている。そして、これらの見方は感覚世界と、その中で有効な機械論的体系の法則に従えばまったく正しい。われわれはわれわれの肉体をそれ以外には表象できないし、してはいけないことになっている。

## 第六十三節

### 魂とその肉体への作用について、われわれは何も知り得ない。だが、いま新たな認識の源泉が拓かれる

魂のことを人は「霊《ガイスト》」と呼ぶ。がしかし、それについて、われわれは、それの作用を感じることのほかは何も、まったく何も知らない。そしてこの事実もまた完全に真理なのである。というのは、霊を成り立たせている物質は感覚世界ではなく、霊界に属している。したがって、それは現状ではわれわれによって感知されることがないからである。しかし、霊と肉体という極度に異なる二つの物質が、どうやって互いに影響を及ぼし合うのか、それについては誰も知らない。われわれは説明を試みるが、すぐに矛盾にぶち当たる。結局、理性の見方は囚われた見方に思われ、信じるか信じないかの信仰の問題となる。そしてそれが現状では一番確実な解決法に思われる。しかし、今、われわれには道が拓かれた。だから、少なくとも、もっと多くの点で真理に近づくことができるようになった。

## 第六十四節　動物磁気。その起源、濫用、そして真理への愛

あるひとつの新説が出現した。それは、少し前からときどき唱えられ、前世紀の七十年代と八十年代にメスマー[016]によって体系化され、最初は常軌を逸したイカサマ治療と恐るべき濫用によって極度に軽蔑されたものであるが。それは動物磁気である。この動物磁気が、今や真理を愛する不偏不党の熟練の自然探求者たち、愚かな熱狂とは無縁の真の探求者たちによって取り上げられ、より詳細に研究されることになったのである。

## 第六十五節　動物磁気の正しさを保証する確かな典拠

これらの探求者たちのうちで私がもっともよく知っているのは、ここカールスルーエの故ベックマン宮廷顧問官[017]と、我が忘れがたき友、ブレーメンで開業医として活躍した故ヴィーンホルト博士[018]である。ベックマンも私の心からの友であり、私は彼からいくつかの重要な証言を聞いている。さらにもう一人、ハイルブロンのグメーリン博士[019]がここに加わる。この博学であると同時に想像力豊かな熱狂気質でもあった男は、自らが携わったきわめて注目すべき治療実験を数巻の本にして発表した。同様に故ヴィーンホルト博士も自ら二十年の長きにわたって実践した、この上な

く興味深い動物磁気の治療成果を数巻の本としてまとめようとし、最初の数巻が出版された。しかし、早すぎた死により完成しなかったため、デトモルトの有名な宮廷顧問官であり侍医でもあったシェルフ[020]が残りの巻を編集して完成させた。彼らのほかにも、私は多くの旅の途上で、その清廉潔白な眼差しと真理への厳格な愛を保証できるたくさんの学識ある医師や学者たちに会い、彼らから公に発表されてはいない、さらに奥深い、きわめて注目に値する事どもを聞いた。

## 第六十六節　まずは結論から。さらに動物磁気を扱うことの危険性への警告

無用な冗長を避けるために、ここでは単刀直入に、動物磁気の疑義を差しはさむ余地のない結果のいくつかを示すことにしよう。これが十分でない人は、右に挙げた著作を自ら注意深く読むしかない。そうすれば間違いなく説得されるであろう。だが、先へ進む前に、読者のみなさまに真剣に警告しておかなければならない。動物磁気というのは非常に危険なものである。理性的な医者がある種の病気の治療のために使うのならば、何も異議はない。しかし、われわれがこの世で知ることのできない秘密に分け入るためにこれが使われると、たちまちわれわれは魔術の罪を犯すことになる。それは神の尊厳を侮辱する悪徳だ。

## 第六十七節　具体描写。夢遊状態と魂の高揚感

男でも女でもいい、ある人間が、別のある人間――こちらも男でも女でもいい――によって、ある一定の手続きに従って衣服の上から軽く撫でられる（衣服は着たままでいい）、そしてこれが何度も繰り返されると、多くの人が、すぐにそうなる人もいれば、そうでない人もいるし、まったくならない人もたくさんいるが、いわゆる磁気睡眠（夢遊状態）に陥る。この状態ではすべての感覚が休眠し、いかなる大きな音も聞こえなくなり、どんな眩しい閃光も感じないし、どれほど激しく揺すってもこの者を起こすことができない。この者の肉体は、生命維持に必要な最低限の働きを除いて、いわば死んでいる。だが、その内部で、この者はより高揚した、非常に気持ちのいい状態に入っている。それは、動物磁気が繰り返される程度、すなわち一定の手続きに従って身体を撫でられる行為が繰り返されるその程度に応じてどんどん高まっていく。内部の人間が感じる高揚感は途方もなく高まり、彼らは霊界と接触し、ときには隠された秘密にまで到達し、どこか遠くで起きたか、あるいは未来に起こるだろう驚くべきことを発見する。

## 第六十八節　鳩尾《みぞおち》のあたりに視覚がある。催眠者の周囲の明るい光。催眠者の考えが見えるようになる驚異

非常に注目に値し、実際驚くべきことなのは以下の事情である。この磁気睡眠の間、この人間は全感覚世界から一切何も感じることがない。彼らに見えるのは、ただ彼らを磁気催眠にかけ、彼らとつながっている（「ラポール」状態に入った）人物だけである。だが、それは目によって見るのではない。なぜなら、磁気催眠をかけられている者たちの目は痙攣しながら閉じられているか、閉じられていない場合でも黒内障にかかった患者のように瞳孔が開いているからだ。私自身、このような者の目の前に蠟燭の炎を近づけてみたことがあるが、瞳孔は開いたままで動かなかった。この者は光にまったく気づかなかった。磁気催眠をかけられている者たちは、それをかけている人物を鳩尾《みぞおち》のあたりで見るのである。しかも、後光のように催眠者の肉体から放射される明るい水色の光の中でそれは起こる。このとき、内部の人間が感じる高揚感はいや増しに増し、彼らは自分たちに磁気催眠をかけている催眠者の考えや頭に浮かぶイメージを精確に自らのうちに認識できるようになる。

## 第六十九節

催眠者を介して別の人物とつなげられてもその人の内部が見える。ラポール状態で極度に高揚した意識は鳩尾のあたりで見ることができる

この高揚感の中にいるとき、彼らは全感覚世界から、彼らにこの催眠をかけている人物を除いて一切何も感じることがないと先ほど言った。しかし、催眠者が彼らをあるやり方で別の人物につなげると、たちまち彼らはこの別の人

物が見えるようになる。が、やはり目によって見るのではなく、鳩尾のあたりで見るのである。そしてやはり、彼らはこの人物が今まさに考えていることや想像していることを精確に認識できるようになるのである。この夢遊状態で催眠をかけられた者は、自らの全人生を極度の鮮やかさで、ありありと思い出す。彼らの魂のすべての力が高められる。しかし、目覚めたとき、その人は一切何も覚えていない。

長時間磁気催眠をかけられ、何度も夢遊状態に入り、最高度の内的認識に到達した者（「透視者」になった者）は、自分の鳩尾あたりに差し出されたスケッチや絵画を認識することができる。これはわれわれの通常の思考では理解不能なことだが、そこにいかさまや誤魔化しがないことは何度も実験が繰り返されていて、これが確かで本当であることにはもはや疑いがない。グメーリン、ヴィーンホルト、ベックマンその他がそのような実験を何度も、しかも非常に注意深く行ったので、われわれはこの事実を自然界ですでに確認済みの確実な真理と見なしており、今やその上に妥当な結論を組み立てることができる。

## 第七十節　磁気睡眠中の人間についての注目すべき冊子。きわめて興味深いリヨンの「夢遊病者」の話

ある学識豊かで高名な神学者がハンブルクでこの実験に立ち会った。彼にはこの実験が非常に驚くべきものだった。

それは多くの隠された秘密を解明していた。それでこの神学者は、磁気睡眠中の人間について読むに値する一冊の冊子を出版した。一八〇七年三月十二日シュトラースブルクで発行された『下《しも》ライン新聞』三十一号が伝える以下の記事は、新奇さの点でこの問題について行われたそれまでのすべての実験を上回る内容を伝えている。それゆえ、ここにそのまま引用しようと思う。

「パリの新聞が伝えるところによると、リヨンの〈夢遊病者〉の話は、一連のあまりに奇抜な事実ばかりを報告しているので、信頼できる目撃証人がその真実を保証しない限り、われわれはすべてはイカサマ治療とインチキであると宣言したくなるような類いのものだそうだ。ヒステリーの女性が、専門用語でいう〈ラポール〉状態に入ってつながった人々に、隠された秘密を開示することがあると聞いても、人は笑って済ますかもしれない。だが、これは本当にそうなのだ。賢者は急がず信じ、慎重に疑うものだ。この女性が患っていた病気を長年観察したリヨンの高名な医師ペトタンが、治療の間に集めた知見をまとめ出版する準備を進めている。ペトタン医師のこの本が出版されるまでまだ間があるが、この本の中で信頼に値する目撃証人、バランシュ氏が語る以下の事実を引用しよう。

だいぶ以前からリヨンにはある一人の（恍惚状態に陥る）カタレプシー症[021]の婦人がいるという噂があった。ペトタン医師がこの婦人についてきわめて新奇な報告を複数発表したため、バランシュ氏が興味を覚え、この病気の驚くべき作用を自分の目で確かめてみようとした。バランシュ氏は直近に予定されていた磁気催眠の日にこの婦人を訪問することに決めた。しかし訪れてみて初めて、この婦人が誰でも見境なく自分の枕元に立ち会わせるわけではなく、彼女が許可を与えた者だけが立ち会うことができることを知った。そこでバランシュ氏の立ち合いを受け容れるかどうかこの婦人に伺いが立てられ、彼女は快諾した。そこで部屋に通されたバランシュ氏が見たものは、まんじりともせずにベッドに横たわる一人の婦人で、彼女はあらゆる徴候から見て、きわめて深い眠りに落ちているようだった。バランシュ氏は指示されたとおりに、催眠状態の婦人の胃のあたりに手を当て、質問を始めた。患者はその質問にすべてはっきりと答えていった。この驚くべき結果はバランシュ氏の好奇心をさらに刺激した。彼はある友人の手紙を何通か持参していた。その中で手紙の中身についてバランシュ氏が一番よく記憶していた一通を取り出し、封が閉じられたままの封筒を患者の胃のあたりに置いた。そして患者に、この手紙が読めるかと尋ねた。それに対して彼女は〈はい〉と答えた。そこでバランシュ氏は、この手紙はあるしかじかの人物について言及しているかどうかと尋ねた。彼女は〈言及していない〉と答えた。患者のこの答えは間違っていると確信していたバランシュ氏は同じ質問を繰り返した。それに対して婦人はまたも否定の返事をした。催眠状態の彼女は質問者の疑いに怒りを露わにしさえした。バランシュ氏の手を押しやり、手紙を撥ねつけた。婦人のこの強情な態度に面食らったバランシュ氏は、手紙を持って部屋の隅へ行き、それを読んだ。そして、たいへん驚いたことに、彼女の胃のあたりに置いたその手紙は、当初彼が選ぼうと思っていた手紙ではなく、したがって勘違いは自分の側にあったことがわかった。バランシュ氏は再びベッドに近づき、当初予定していた手紙を彼女の胃のあたりに置き直した。すると、彼女はたいへん満足そうに〈先ほど聞いた名前が見える〉と答えたのだ。

この実験だけでも何百という人が満足することは疑いないが、バランシュ氏はさらに先に進んだ。この患者は真っ暗な中でも、壁を隔てていても、手紙や文書が読めると、バランシュ氏は事前に聞いていた。そこで彼は彼女に、それに間違いないかと尋ねると、彼女はそうだと肯《うべな》った。そこでバランシュ氏は一冊の本を手に取り、隣接する隣の部屋に入っていった。そして片手でその本のある一ページを壁に向けて掲げた。そして、残るもう一方の手で居合わせた人の一人をつかみ、そこから病人まで人間の鎖で元の部屋までつなぎ、最後の人が患者の胃のあたりに自分の手を置いた。すぐに患者は隣の部屋の壁に差し向けられたページを読んだ。ページをめくっても次々とそのページをわずかの間違いもなく読んだのである。

バランシュ氏がその目で見たことを忠実に、簡潔に再現すると以上の通りである。これに対していくらでも言い得ることはあるだろう。しかし、どんなに立派な理屈をどれほど挙げようと、実際に起きた一つの事実をなかったことにすることはできない。この婦人は存命で、偏見を持たない多くの人たちに実地に目撃され、長年、尊敬措く能わぬ熟練の医者によって診療され、その医者がこの事実を肯っているのである。この患者の名前も世間では知れている。この話をなおまだ否定する勇気がある者がいるだろうか」

以上がシュトラースブルクの新聞の記事である。

## 第七十一節　この話へのコメント

この話で語られていることは、数えきれないほどの無数の同種の経験（＝実験）によって真実と認定されていないものは含んでいない。唯一の注目すべき例外が、この女性が直接触れることなく、離れた位置から読むことができたという点だ。つまり、人々が手を握って数珠つなぎになり、この女性の鳩尾《みぞおち》――「胃」ではない。胃は何の関係もない――に手を置き、人間の鎖の最後の端の者が本を壁の向こうで差し出している、という状況でも、この女性が読むことができたことだ。この女性は壁を通して読むことができたわけではない。彼女は、数珠つなぎになった人間たちの結合を経由して、本や手紙を差し向けている最後の者（バランシュ氏）の魂を通して読んだのだ。まさにこのような結合、あるいは鎖を通してそこに流れ込んだもの、それは電気、電気的衝撃である。この事情はまだよく分かっていないが、以下において明らかにしてみよう。

## 第七十二節　磁気催眠にかけられた者は他人の魂の中にある考えを読む。別の例

同様に注目すべきこと、ひょっとするともっと重要かもしれないことは、催眠状態に置かれたこの者が、直観（＝透視）能力のある識閾《しきいき》を超えると「ラポール」関係に置かれた施療者の考えや頭に浮かぶイメージを明瞭に認識できるという点である。したがって、磁気催眠をかけている催眠者は純粋な心を持った、敬虔で誠実な人物でなければならない。

同種の多くの実験のうちから、私がどうしても書いておきたいのは、グメーリンが右記の著作の中で語っている以下の話だ。彼は、前世紀の八十年代にカールスルーエに来て、動物磁気についてのさまざまな実験観察の記録を収集

した。ある場所で彼はこう言われた。これから、一人の患者に磁気催眠をかけます。この人は相当な程度で透視能力が高まり、「ラポール」状態に置かれた者の魂を明瞭に読むことができるようになるはずです。だから、あなたはこの患者とつながった状態で、自分が今診ている御自身の患者たちのことを次々と想像してください、と。グメーリンはこの提案に従い、実験に臨んだ。そして、すべてがその通りだった。この患者は彼が自分の頭の中で想像した自身の患者たちについて、すべて明確に話したのである。

## 第七十三節　磁気睡眠中の者は霊界から情報を得て、驚くべき事柄を語り、遠隔の地で起こることも知っている

私が懇意にしている、ある非常に誠実な男性が語った別の話もここに書いておきたい。彼の妻が雇っている家政婦がとても虚弱で、一度磁気催眠をかけてもらったほうがよかろうということになり、かけてもらったそうである。磁気睡眠の最中、彼女は極度の透視状態に達し、霊界について驚くべき重要な証言をいくつもしたという。しかも、それが、私の『霊界の風景』(*Szenen aus dem Geisterreich*, 1801) の記述と、彼女は私の本のことなど見たこともなければ、存在さえ知らないのに、酷似していたそうである。

彼女は世間の耳目を集めるに足る何人かの重要な人物について、目に見えない世界からの情報を語った。一度など

は夢遊状態で、彼女の主人に向かって「たった今、あなたのご兄弟がマグデブルクで亡くなりました」と言った。彼の兄弟が病気なことなど、そのとき誰も知らなかった。おまけにマクデブルクは何十マイルも離れた遠い町だった。数日後、兄弟の死の知らせが届いた。家政婦の予言のぴったりその通りだった。

## 第七十四節　たとえどれほど教養がなかろうと、磁気催眠をかけられた者は、自分の肉体の病気を正確に認識し、治療に効く薬剤を自ら指示する

人間本性に関するわれわれの通常の観念では理解不能で、まことに驚くべきこととして、以下の事実もある。磁気催眠をかけられたすべての者が、たとえ教養のない卑賎の者であったとしても、自分の肉体の病気を明確に認識し、医者がその治療を成功に導くためにもっとも有効な薬剤の処方を自ら指示しだすという事実である。薬剤の名称を知らない場合でも、医者がすぐに、あの薬のことかと分かるぐらい、その特徴をはっきりと描写するのである。この状態のとき、彼らは学術書や役所の文書と同じ高地ドイツ語（＝標準ドイツ語）を話す。

## 第七十五節　磁気睡眠中の者はしばしば夢遊病の患者と同じように振る舞う

頻繁に磁気催眠をかけられて透視能力が出てきた者は、睡眠中に立ち上がり、さまざまな仕事を片づけ、ピアノが弾ける場合はピアノを弾き、散歩にも出る等々といった活動を、感覚器官が外界の感覚世界をいっさい感じることなしに行うという事実も非常に注目すべきことである。このとき磁気催眠をかけられた者は、いわゆる夢遊病の患者と同じ状態にある。一七九八年秋、私が眼科医としてブレーメンに行ったときのこと、一人の娘が目の痛みを訴えて、母親に連れられてやって来た。彼女は夢遊症状が出る患者だった。彼女自身が私に診てもらいたいと、夢遊状態で自分の治療を決めたのだった。それで母親に伴われて来たのだが、私の前では目覚めていた。それで私は彼女の助言なしに、最適な薬を処方した。

## 第七十六節　高名な医師たちが以上の事柄を真実と宣言していても、機械論的体系と矛盾するがゆえに、そこから結論を引き出す者がいない

先に挙げた人物たちの著作の中に、このような驚くべき記述をもっとたくさん読むことができる。彼ら高名な医師たち、さらに、動物磁気の作用を検証する意思をもつ、学識豊かで理性的に考えることができるすべての医者が、右に述べたこと全部をまったくの真実と宣言し、彼らの証言でその事実を保証することだろう。しかし、これらすべての事実から人間本性の認識についてさらに実り豊かな推論を行う者が出てこないことは、いったいどういうわけだろ

う。私の知る限り、まだ誰もそれを試みていない。むろん、機械論的哲学体系を唯一真なるものとする限り、このような奇跡的な事柄を理解することは不可能である。しかし、私の神権政治的な自由体系に従えば、すべては把握可能になるばかりか、動物磁気によってわれわれには、これまでまったく謎めいて見えたもっとも奥深い秘密の扉が開かれるのだ。以下の推論を、真理を愛する偏りのない目で是非検証していただきたい。

## 第七十七節　エーテルについて。光と音（＝響き）の理論は不十分ゆえ認められない

自然科学者なら、何らかの高度に精妙な、遍く作用を及ぼす存在が、われわれが認識できる自然界の全創造を実現したことは、広く認められた真理であることを知っている。われわれはこの存在を、「精妙な天上の空気」、一言でいえば「エーテル」と名付けよう。すでにニュートンがこの存在を知っており、それを「神の感覚器」(Sensorium Dei)と呼んでいた。オイラー[022]は、発光体によってこの存在が微細な振動状態に入り、それがわれわれの目に飛び込んできて、光を合成すると信じていた。私も長年、この見解がもっとも本当らしいと考えていた。しかし、さらに検証してみると、この考えは不可能だと考えた。微細に振動するこの運動が無数に交差すれば、その方向は完全にこんがらがる。空気の振動で音（＝響き）を説明するのも許されない。なぜなら、複雑多様に構成された音楽を考えてみてほしい。そこでは何千もの個々の音がときに同時に、ときにものすごい速さで次から次へと押し寄せても、しっかり耳

によって区別される。個々の音がどうやって精妙な気体の中で独自の振動を引き起こすことができるのか、他の振動にいっさい妨げられることなく、どうやって独自の振動を維持することができるのか。どうしてそのような物質の運動が可能になるか、一度検証してみてほしい。

さらに、エーテルは固体の中にも侵入し、したがってすべての物質を満たすことができることも知られている。のみならず、エーテル自体がそのような完全に侵入可能なものなのだ。なぜなら、もしそうでないなら、エーテルが固体の中に侵入することもできなかっただろうからだ。光も、ガルヴァーニ電気[023]も、ひょっとすると鉄の磁力も、エーテルという、このたった一つの存在の多様な現れ（＝現象）に他ならないというのが、もっともあり得そうな可能性なのだ。

## 第七十八節　エーテルが感覚世界と霊界をつなぐ媒介項である証拠

さて、このエーテルは、われわれ人間の観念では、時間と空間を満たし、どこにおいても物質として作用していることは否定できない（ひょっとすると、植物や動物の中の生命力の正体もこのエーテルでないと言い切れるだろうか）。だが一方で、エーテルが物質性とは真っ向から矛盾する特徴をいくつも持っていることもまた事実だ。たとえば、それが固体の中に侵入し、それ自体も侵入可能なものであること。互いに離れた物質同士に、物質の結合法則からすると不可能な無数の相互作用を引き起こすこと、等々である。それゆえ私は、このエーテル、この光の存在こそ、感覚世界と霊界をつなぐ媒介項であると強く推論する。

## 第七十九節　神経力、あるいは動物精気がエーテルの正体

人間の脳神経の中には、あらゆる運動、生命と感覚、したがって全五感の作用を生み出す何らかの精妙な力か、もしくは存在があることとは、どんな医者も自然科学者も一致している。そしてこの想像はまったくもって正しいのである。いかなる専門家もこれを否定できない。ただこの存在を「力」と呼ぶか、「神経液（Nervensaft）」と呼ぶか、「動物精気（Lebensgeist）」と呼ぶかの違いがあるだけだ。古い人たちはこれを「アルケウス」と呼び、身体の個々の器官に独自の作用「アルケウム」を認めた。脳神経の中で働くこの基本力がエーテル、すなわち、感覚世界と霊界の媒介項である光の存在に他ならないことは、動物磁気のあらゆる実験結果によって確実である。以下にそのことを示す。

## 第八十節　「光の存在」と「理性的な霊」が肉体の中でいかに結びつくか

人間の脳神経は受胎後、この光の存在によって一杯に満たされる。脳神経は物質の側からこの光の存在を引き寄せ

て、自分のものにする。したがって、この光の存在は、脳神経の作りと構造の中に組み込まれている。しかし、ここまでは他の動物でも同じである。人間が他の動物に比して何か進んだものを持っているわけではない。しかし、人間の場合、ここで霊界からさらにあるものがつけ加わるのだ。光の存在の霊界側で、「神的な火花」とでも言うべき、理性的思考ができる何かがこの光の存在にぴったりとくっついて結びつく。それで人間の霊（＝精神）が肉体に作用するようになると考えられる。今「考えられる」と書き、「なるのだ」と書かなかったのは、われわれの霊も属している霊界にいる存在を、われわれの感覚器は捉えることができないからである。

## 第八十一節　人間をつくる三つの原理。肉体、光の覆い、霊。後二者をまとめて「人間霊魂」と呼ぶ

議論を精確にすれば、われわれは人間を三つの異なる、しかし互いに結びつく部分に分ける必要がある。

①動物と本質的に変わらない機械的につくられている肉体。この肉体を通して人間は死ぬまで感覚世界と結びつく。

②肉体の本来の生命の原理である「エーテル」という光の存在。この原理は動物も持っており、それ自体、魂（動物霊魂）と呼び得るものである。

③神の似姿に倣い創られた人間の永遠の霊（＝精神）。人間のこの霊は、神の似姿に倣い創られたがゆえに、物質

世界とは①、②を通した奇妙な結びつきを維持しなければ、創造の際にはあったが、今は失われてしまった本来の尊厳を取り戻すことができない。

「エーテル」という光の存在と永遠にぴったりとくっついて一つになった霊のことを、ここから先は「動物霊魂」と区別して「人間霊魂」(Menschenseele) と呼ぼう。以下において、これらすべてのことをより明確にして、納得していただこう。

## 第八十二節　人間霊魂の特徴の詳細。半分は動物、半分は天使

人間霊魂は肉体の中のあらゆる場所に遍在する。それは至るところで、ちょうど肉体の諸器官がそうするように、自意識をもって感じることができる。人間霊魂は、目をもって見、耳をもって聞き、鼻をもって嗅ぎ、舌と口蓋をもって味わい、皮膚と肌をもって接触を感じる。それらすべては動物霊魂もしていることだ。しかし、人間霊魂の場合、ここにさらにあるものが加わり、動物霊魂とは明らかに異なる、特権的地位を授かる。そのあるものが加わることによって、人間霊魂は熟考し、最善のものを選ぶことができるようになるのだ。しかも、自由意志で。人間霊魂は理性的存在である。神を認識し、神を愛し、天使になれるだけ成熟した、しかし同時に悪魔になることもできる、そういう存在である。したがってこの点をしっかり洞察すれば、人間霊魂が霊界の住人であり、霊界とつながることができ

る存在であることが分かる。

## 第八十三節　霊魂は自然状態では目に見えないが、磁気催眠をかけられた者の目には、水色の光の輝きとして、体の周りに靄としてまとわれているように見える

人間霊魂は自然状態では目に見えない。だが、磁気催眠をかけられた者には、それが水色の光の輝きとして見える。その水色の輝きは体全体を包み、したがってすべての人間は、体の周りに靄のような光をまとって見える。全盲の人が触れなくても相手を感じることができるというのも、この体の周りの靄のような光の輝きを感じるからだ。磁気睡眠の驚くべき作用も、この靄の光の中で生じていることなのだ。

## 第八十四節　霊魂は自然状態で脳神経を通して作用するが、磁気催眠をかけると脳神経から切り離されていても作用する

自然状態でこの人間霊魂は、神経作用を通して、感覚が意識と運動を持つ地点にまで導かれる。その通常の住処は

脳内のように見える。しかし、磁気催眠をかけることによって人間霊魂は脳神経から切り離され、自由に作用できるようになる。なぜなら、磁気睡眠に陥り透視ができるようになった者は、目ではなく、鳩尾《みぞおち》のあたりで見るのであり、このことは磁気催眠をかけられた者のすべてがそうなるのだ。したがって、人間霊魂は肉体の助けなしに、それ自体で見ることができるのであり、それだけではなく、肉体の牢獄の中でよりも遥かに明確に見ることができるようになるということだ。その上、人間霊魂はわれわれの世界の物理的光を必要としない。磁気睡眠に入った者が鳩尾のあたりに差し出された、封をされた手紙の中身を読めることで、それは明らかだ。彼らは、差し出された本や手紙が、彼らと魂がラポール状態に入ってつながっている者によって差し出される限り、たとえ部屋の壁によって物理的に隔てられていても読むことができるのだ。先に述べたリコンの婦人の話をもう一度読み返してほしい。

## 第八十五節

磁気睡眠に陥ったときのほうが、脳神経を通したときよりも霊魂は遥かに活発に、遥かに高揚した状態で作用する。しかし、ラポール状態でつながった人間を除いて、感覚世界からは何も感じない

磁気睡眠に陥った状態で、人間霊魂は単に見えるだけではなく、自然状態よりも遥かに鋭敏にすべてを感じることができる。しかも、その際、肉体の感覚器はいっさい必要ない。それにしても、磁気睡眠中に人間霊魂が、ラポール状態でつながった人間を除いて、外界からいっさい何も感じることがないというのはじつに注目すべきことだ。この

現象を生じさせるにはやり方があるのだが、このとき、磁気睡眠で眠っている者の魂と、それをかけている者の霊魂は和合し、両者は互いに触れ合う。そうなってから、眠っている者は、とくに高度の透視状態に達した場合には、このラポール状態でつながった人間が考えていること、悩んでいること、喜んでいること、感じていることをすべて感じることができるようになるのだ。

## 第八十六節　この驚くべき事実から心理学的に当然引き出されるべき帰結が、引き出されていないことは理解しがたい

このことが今や決定的真実と分かった以上、多くの偉大な人々、考える人々が、この経験的事実から帰結するもっとも実り豊かで重要な真理を依然引き出していないことは、逆に驚くべきこと、私にはほとんど理解しがたいことである。なぜなら、この経験的事実からは、心霊学にとっても、宗教にとってもきわめて重要な、唯一正しく論理的な結論が引き出され得るからだ。われわれはさらに先を進もう。そして、ここから何が出てくるのか見ていこう。

## 第八十七節　永遠の霊には媒介項が備わっていなければならない。その媒介項を通じて、霊は自ら感じ、また感知される。その媒介項がエーテルである

人間の霊（＝精神）は神から発した理性的で永遠のものである。これが他の存在に作用を及ぼし、他の存在もまたこれに作用を及ぼすための媒介項が、霊に備わっていることは絶対に必要なことだ。そうでなければ、霊が自分以外のことを認識することはできないだろうし、霊自身も他の存在にとっては存在しないただの「非物」になる。この媒介項こそがエーテルである。このエーテルは、いかなる自然力によっても破壊されない、永遠不変の性質を持っている。人間の霊はこの世での感覚的な一生を過ごす間、このエーテルとぴったりくっついて、霊の発光体を形成するのだ。

## 第八十八節　動物磁気の実験の結論。これらの実験は「光の存在」の実在を証明しており、霊魂が肉体を必要とするのはひとえに感覚世界ゆえであり、肉体がないほうが霊魂は遥かに完璧になること等々

先に述べた動物磁気の実験が証明しているのは、この霊の発光体、すなわち「人間霊魂」の存在である。さらに、人間霊魂がこの世で感覚的な一生を過ごすためには、粗野で動物的な肉体がどうしても必要なのだということ。それ

があって初めて、人間は感覚・物理的世界と相互作用を及ぼし合うことができるからだ。だが、さらに、この動物的肉体がないほうが、遥かに完璧に思考感知でき、近くであろうと離れていようと他者に作用ができ、喜びも悩みも遥かに繊細に感じることができるという事実なのだ。動物磁気がもたらすさまざまな現象をすべて、落ち着いて、理性的に考えてみた偏見のない観察者の魂には、以上のことが反駁できない事実であることが分かる。

## 第八十九節　死に際して霊魂に起こることを詳述する

人間霊魂が、粗野な動物的肉体から離れられずに生きている状態でもこれほど多くの驚くべきことを行うことができるのなら、それが死後、動物的肉体から完全に切り離されたときには、どれほどのことが可能になるだろうか。このことを考えてみてほしい。死に際して、人間は自意識を失い、完全な失神状態、深い眠りの状態に入る。血液がまだ温かく、まだ凝結していない段階では、肉体のすべての器官はまだ生きていて、魂はその中に留まっている。しかし、脳神経が体温を失い、冷えたとき、それはもはや魂のエーテルの部分を引きつける力を失い、このエーテルの部分はもといた場所を離れ、地上の軛《くびき》から解き放たれ、目覚める。そのとき、このエーテルの部分は、磁気睡眠に陥って透視状態に達した人と同じ状態にいる。しかし、肉体から完全に切り離されたゆえに、こちらの状態のほうがより完璧である。このエーテルの部分は、この世での一生を最初から最後まで完全に覚えている。遺された人々のことを思い出す。今去ったこの感覚世界を明確に覚えている。しかし、これを感じることはもはやできない。反対に感じることができるようになるのは、霊界、その中にある物である。霊界の中でこのエーテル部分が今後属するようになるところ、すなわち生きている間の地上での行いに応じて決まった場所とそこにある物である。真理を愛する探求者なら、磁気睡眠のすべての実験を知り、それについて熟考したならば、以上が論理的に正しい結論になることを、誰でも容易に認めるであろう。

## 第九十節　磁気睡眠中の者が脳神経を必要としているはずだという異議に対する反駁

磁気睡眠中の者が透視状態で脳神経を必要としていないかどうかはまだ分からないのではないか、と異議を差しはさむ向きもあるかもしれない。これに対しては、透視状態に入った者は間違いなく視覚器官としての目を、そしてそれと同程度に他の感覚器官を必要としていなかった事実をもって答えよう。しかるに、脳は感覚器官を通して入ってくる外界の刺激によって活性化されるのだから、この異議は当たらないことになる。以下に私のこの主張を反論の余地なく証明する実験について語ろう。

## 第九十一節　死後の魂の状態に関する、さらに重要な結論

磁気睡眠に陥っている者は、ラポール状態で自分と調和的に接触している人間霊魂を除いて、全感覚世界からいっさい何も感じることがない。この調和的接触を通して、この人は感覚世界で起きていることを知ることができる。死後、魂は、自分とそっくり同じ性質を持つ者たちとのラポール状態に入ると考えられる。調和的な接触に至れば、自分が接触している霊魂が持つ苦しみを、その大きさに応じて感じることができる。ああ、このとき救済者に近づく者は幸いなるかな。救済者に近づき、救済者とラポール関係に入る者は幸いなるかな。なぜなら、彼はそれで「直観」に到達するからだ。そのとき魂はすべての聖者の共同体に自らも入る。そこでは、道徳的性向において似通った友人同士は、永遠に調和的な結合を果たしてそこに留まることが可能になるだろう。これらのことからあの世でのコミュニケーションがいかなるものか、自ずと明らかだろう。磁気睡眠に陥った者はラポール関係に入った人間の魂を読むことができる。そこでは言語は必要ないからだ。死後の世界でも事情は同じだろう。われわれは他者の魂が読めるようになる。

われわれがこれらの重要な結論を引き出せるのは、およそ三十年前に発見された動物磁気のおかげである。だが、次節で示す以下の事実もまた、これに負けず劣らず重要で示唆的である。

## 第九十二節　ヒステリー状態での恍惚も、ヒポコンデリー（＝心気症）状態での恍惚も「夢遊状態」の一種にすぎない

動物磁気は人々を、特に興奮しやすい神経と活発な想像力を持った人々を、一定の手続きに従って繰り返し身体をやさしく撫でるだけで「夢遊状態」に、そして「透視状態」に置く。この発見によって、女性に見られるヒステリー状態での恍惚も、男性に見られるヒポコンデリー状態の恍惚も、多かれ少なかれ、この「夢遊状態」の一種に違いないことが分かったのだ。違いと言えば、そのきっかけが、身体を人為的に撫でられたからなのか、それとも病気によって身体が虚弱化したからなのかという点だけである。

## 第九十三節　恍惚状態で起きる幻視、啓示はすべて、この「夢遊状態」の結果にすぎず、神的なものではなく、病気の作用である

ある人が恍惚状態に陥り――その際、痙攣《けいれん》がある場合も、ない場合もある――、幻影を見、霊と交わり、人間の通常の認識では到達し得ない崇高な事柄を口にすると、われわれはそれを神的なものとしてではなく、真正の病気、す

なわち、自然の規則的で法則的な軌道からの逸脱と見なす。恍惚状態に陥った者たちが語ること、行うことを、神の御言葉に従い、理性的に吟味してほしい。ためになる警告や忠告なら利用するだろう。だが、それらが神の啓示であることはけっしてない。絶対にない。彼らがこれから実現する未来のことを予言する場合でも、それは神の啓示ではない。なぜなら、彼らがラポール関係に入っているのは霊界だからである。しかも、そのとき魂はまだ肉体の牢獄につながれているのだから、このラポール状態は完全なものではない。彼らは、己が想像力が生み出すイメージと、霊たちとを区別することができない。彼らは自然状態では見たり認識したりできない多くのものを見、認識する。しかし、すべてが真実であるわけではない。いわんや神に由来するものであるはずがない。彼らが見たり、認識したりするものに囚われてはいけない。むしろ、彼らを病気から解放するために、あらゆる有効な手段に訴える必要がある。なぜなら、通常、これらの錯誤の末路は悲惨なものだからだ。以下において、その例を挙げよう。

## 第九十四節　自然状態で生じる磁気睡眠の原因

自然状態でこのような磁気睡眠が生じる原因には主に以下のものがある。

まず、活発で非常に興奮しやすい神経組織の存在である。それから活発な想像力である。しかし、この両者は通常互いに密接に結びついている。

次に、魂が超自然的な対象と繰り返し交流することである。たとえば、迷信を信じる、教養の高くない単純な人々が頻繁に魔術や降霊術に勤しむ場合である。これらの人々が神を畏れぬ悪い人間の場合、彼らはこれらの行為を通じて本当に悪い霊たちとラポール状態に入ってしまうこともある。こうなると、魔術や降霊術を、もはや幻影などと言って済ましてはいられなくなる。

## 第九十五節　肉欲はその原因の恐るべき源泉のひとつ。複数の注目すべき恐ろしい実例

肉欲は、特に女性の場合、動物磁気による恍惚状態、それによって生じるおぞましい錯誤をもたらす豊かな源泉になる。なかんずく、宗教的感覚と結びついたときはそうである。私は、この種の悲しむべき実話をたくさん知っているが、関係者がまだ生きているため、ここで紹介することはできない。

ある敬虔で美男の、既婚者の教師がいた。彼は家庭教師として、これも敬虔なある娘の家で、道徳の個人教授をしていた。次第次第に彼女はこの先生に恋をした。だが、この恋には克服しがたい困難があったため、彼女の神経は崩壊し、哀れなこの娘は夢遊病者になった。最初の頃、彼女は恍惚状態で非常に崇高で驚嘆すべき真実を語った。彼女は通常、敬虔な者たちが集まる集会に来ると夢遊状態に陥った。すると彼女は多くの未来の出来事を語った。そしてその多くが実際その通りに起こった。彼女には多くの信奉者ができた。もっとも理性的なはずの学識豊かな人々まで

が、彼女を神の霊にインスパイアされた者、一言でいえば「預言者」であると見なした。

　まもなく彼女は恍惚状態で、彼女が秘かに愛する先生の妻は、神と聖霊にとって忌むべき、おぞましき存在であるというお告げを受けた。このお告げは一見聖なるお告げのように見えながら、じつは悪魔のような悪賢さで少しずつ繰り返し暗示されたため、とうとう何百人もの人々が、それを聖なるお告げと信じてしまった。哀れな妻は、霊界からのお告げを理由に、隔離され幽閉された。哀れな妻は頭がおかしくなり、発狂して死んだ。そして寡夫となった教師は、霊界からのお告げを理由に、その若い娘と結婚したのである。哀れな妻に対する恐るべき扱いに至る以前は、この教師も若い娘も、それから彼女の信奉者も、錯誤したとはいっても、無害無実であった。だが、それ以後はそうではない。二人の主要人物と信奉者たちのおぞましき犯罪は天《あめ》が下に知らしめられ、文書に記録されている。

　北ドイツに住むある召使の娘が、恍惚状態で、まもなく訪れるキリスト再臨の神の国で、キリストの下で統治する領主となる男の子を産む定めであるというお告げを受けた。一人の普段はまったく敬虔な、既婚の牧師が誘惑された。牧師は娘の言うことを信じ、娘は本当に男の子を産んだ。この子が母親が定めた者になるのかどうかは、読者の判断に委ねたい。似たような話は数年前に南ドイツでも起きた。

　私が知っているある女性は、心の底から敬虔な女性だった。彼女は毎日、自ら催眠をかけて、完全な磁気睡眠の状態に入った。磁気睡眠に陥ると、彼女は非常に崇高な状態になり、キリストを見、天使たちと交わり、天使たちの歌声を聞き、自らも歌い、そして驚くべき事どもを口にした。あるとき、彼女がキリストと見なしていた霊が、彼女は明朝六時に死ぬだろうと告げた。その晩、善良な彼女の魂は苦しく闘った。翌朝、家族は家の時計を止めた。そして彼女といろいろなことを話した。時間はそのまま過ぎた。このことがあったあと、彼女が見ていたものは人を惑わすまやかしであると、家族は彼女を納得させることに成功した。そして彼女の恍惚状態も止んだのである。

## 第九十六節　この状態では善なる霊も騙されるという明確な証拠

最後の場合として、純粋に神に帰依している人間でも習熟すれば磁気睡眠、すなわち恍惚状態に入ることがあることを示す。だがこの場合、関係ない事柄も混在して現れる。彼らが発する言葉が何から流れ出てきたものなのか、人は容易に分かるはずだ。しかし、そのとき、十分注意しなくてはならない。すべてを直接の神からの啓示やお告げと解してはならない。敬虔さにかけては人後に落ちない魂が、このような自然状態で陥る磁気睡眠、すなわち恍惚状態の最中に、善なる霊、あるいは天使とさえもラポール状態に入ることが可能なことは実験が示している。しかし善なる霊は、まだ冥界にいる限り、すべてを知っているわけではない。いまだ冥界に留まっている霊が知っていることは、他人から聞いたことだけだ。ときには霊視者を騙して迷わせようとする間違った霊が介入してくることもある。悪い霊たちは霊視者が持つ傾向や望みをよく知っていて、暗示やイメージを霊視者の好みに合わせて操作してくる。霊視者がすべてを神の啓示と見なしてしまうと、自分の望みは神の御心に適うものだと誤解し、そのことによって非常に危険な邪の道に入り込んでしまう。

この指摘がいかに真実で大切なことか、いくら強調してもし過ぎることはない。なぜなら、大人でも子どもでも、恍惚状態、あるいは何らかの高揚状態に陥って、悔い改めを説教したり、未来の出来事を予言したり、普段の彼らにはあり得ない言葉遣いで喋ったりすると、普通の人は、それを神の啓示と見なしてしまう。その人が敬虔な人間であればあるほど、そう考える。そして、磁気睡眠に陥った者のほうも、そう信じ込み、そのことを喜ぶ。目覚めたあと、彼もひどく感動し跪《ひざまず》き、神に感謝する。そうして、自分は特別な人間なのだ、神は何か大きなことのために自分を選んだのだ、という考えが知らず知らずのうちに彼の中に芽生える。彼は間違った光の霊たちとラポール関係に入り、この間違った霊たちは、まやかしのイメージを駆使して、彼の過った思い込みを強める。そうして筋金入りの狂信者が完成する。この邪の道への入口はいまだ垣根で塞がれていない。それは、哲学者や神学者たちが垣根で塞ぐことの必要性をまったく、あるいはほとんど理解していないからだ。読者諸賢におかれては、たとえどんなに永遠の救いが欲しくても、以下の確かな、われわれのこの時代に極端に重要な意味をもつ真理をしっかり胸に刻んでほしい。

## 第九十七節　人間に与えられた重要な使命とそこから導き出される義務

われわれ人間は、死ぬまでは感覚世界に向かうほかなく、霊界に向かうことはできない。このことは生まれながらに人間に備わるすべての感覚装置、理性、そして聖書の言葉が反論の余地なく証明している。したがって、隠されている秘密を知りたい、あるいは未来を知りたいという好奇心から霊界との交流を試みる者は、非常に重い罪を犯していることになる。真の信仰によって、絶えざる目覚めと祈りによって、十字架に架けられたキリスト以外を知ろうとしない正しい態度によって、人間霊魂は聖霊を通じて、神とキリストとのラポール関係に入る。そしてそれ以上まったく何も望まず、何も求めないことによって、人はあらゆる過ちから、あらゆる邪の道から守られるのだ。そうなれば、その人は何か超自然的なことが起こっても、泰然自若として、その現象がいったい何のか、何を意味しているのか、正確に検証する。その現象が神から来たものならば、それは本物だから、人がそれに騙されることはない。それが霊界から来たもののときは、何をしなければいけないか、キリスト教徒は知っておかねばならない。とにかく、以下においてそういう場合のもっとも正しい振舞いの規則を授けよう。

## 第九十八節

神経が原因の病で現れる特異な現象。それらは目覚めている場合にも、恍惚状態の場合にも現れるが、どこまでが人間本性に根ざしたもので、どこからは違うのか

再び、この本の目的、すなわち人間本性とその感覚世界との関係の探求に戻ろう。

この世にはさまざまな病気があるが、その原因を神経に帰せざるを得ない病気、人間霊魂の光の部分、つまり「エーテル」に作用する病気も存在する。そのような病気の患者が活発な想像力を持っていると、しばしば理解しがたい現

象が現れる。このような患者は自分を病気とは思っていないこともしばしばだ。身体のどこにも悪いところはなく、痛みも障害もなく正常に働いている。だが、その理解しがたい現象は肉体の器官の不調、つまりは病気の結果生じていることなのである。

この患者のそのような現象は、はっきりと目覚めている状態で現れる場合もあれば、そうでない場合もある。前者の場合、患者は自分自身を含め、あらゆる対象をしっかり自覚している。後者の場合は、自分を失い、恍惚状態、すなわち磁気睡眠の夢遊状態に陥った状態である。この夢遊状態で理解しがたい現象が起きるのだ。ここで一つの疑問が湧き上がる。これらの理解しがたい現象のうちで、人間本性に根ざしたものと、霊界に基礎を持つものの境界はどこだろうか。どの現象までは人間本性に根ざしたもので、どの現象から霊界に根ざしたものが始まるのだろうか。

## 第九十九節　神や天使を見るという幻視も、神経病の作用であり得る。その結果起きる悲しい帰結

この状態で人間は天使や霊を見る。神やキリストとさえ交流する。しかし、それらすべては単なる想像力のまやかしである。なぜなら、それらは彼らの想像力の中にすでにあった、ただのイメージが病気によって活発になって現れたものであり、それをわれわれが感覚器によってそのような現象として受け取っているにすぎないからである。

私の知っているある敬虔な女性に、恍惚状態で天使に取り囲まれ、天使と話ができる人がいる。仕舞いには天使たちは歌を歌い出す。彼女も一緒にその歌を歌う。その歌とは何か。民衆がその辺で歌っている低俗な流行歌だ。このような患者はしばしば、とても彼らが理解しているとは思えないような事柄を理性的に、まるで賢者のように話すことがあり、われわれはただただ驚くしかないこともある。このような人々が敬虔で覚醒した人である場合、彼らはしばしば説教を始める。しかも、多くの学識豊かな牧師よりうまいこともある。そのような人が地域を放浪し、悔い改めを説教し、多くの人々を罪の眠りから覚醒させた例なら歴史にいくつもある。だが、それらはすべて神経病の結果である。磁気睡眠によって高揚させられた結果生じるものである。私は、永遠の愛もこの手段を利用していることを認める者である。永遠の愛も、罪人を回心させるためにこの手段を利用している。しかし、神的なことのためだからといって、聖霊のインスピレーションを受けるためだからといって、われわれはこの手段を保持すべきではない。なぜなら、それによってあとで最大級の誤りが生じてしまうからだ。このような臨時牧師たちが、自分が何者かを知らないために、自分を通じて聖霊が語っていると自ら信じてしまうことは嘆かわしいことだ。さらに聴衆が信じると、臨時牧師のほうは誤ったことを平気で言い始め、人々はそれを神の御言葉と勘違いする。こういう場合、われわれは聖書と健全な理性に従い、厳しく検証しなければならない。けっして彼らの言葉に徒《あだ》な価値を見いだしてはならないし、神的なものだなどと言っては一層いけない。しなければならないことは、そのような病気をきちんと治すことだ。

## 第百節　人間本性に根ざした現象の極北は、まだ死んでいない人間が遠隔地に出現する現象

人間本性に根ざした現象のうち、その極限と考えられる現象は、間違いなく、ある人間が生きたまま遠隔の地に姿を現すというものだ。どれほどたわけた迷信だと嘲弄されようとも、報告されているいくつかの事実は確かで信頼が置けるものだ。私の本の読者なら、それらの一つ二つを思い出すことができる人がたくさんいるだろう。ここで私が言っているのは、死後すぐに幽霊が友人たちの誰彼に現れたというような現象のことではない。そうではなくて、まだ生きているうちに、そういう訪問をしたという話だ。私が知っているのは、病人がどうしても自分の友人に会っておきたいという止みがたい憧れに捉えられ、その後まもなく恍惚状態に陥った際に、その恍惚状態の最中、どうしても会いたがっていた遠くの友人たちのもとに姿を現すというものだ。だが、以下の話は、私がかつて読んだり聞いたりしたどんな話をも凌駕している。この話は信頼できるインフォーマントから聞いたもので、歴史的信憑性もすべてしっかりしているものだ。

## 第百一節　アメリカで実際に起きた、きわめて注目すべき話

今から六十年から七十年前の話だが、一人の敬虔で誠実な男が、アメリカのフィラデルフィアからドイツにやって

来た。年老いた両親を訪ねて、アメリカで築いた財産で両親を心配のない状態に置いて安心させるためである。彼は青年時代に渡米し、デラウェア川のいくつもの粉ひき水車の監督官になり、後ろ暗くないやり方でかなりの資産を貯めたのである。この誠実な男が、これも嘘をけっして言えない私の友人の一人に、以下の驚くべき話をした。

フィラデルフィアの近く、その粉ひき水車から遠くないところに、一人の孤独な男が独居していた。この男は善人だったが、極度に引き籠って、寡黙であった。公衆はこの男について驚くべき噂をいくつもしていた。とりわけ、この男が、人がけっして知り得ない事柄を知って、話して聞かせることができるという噂があった。

さて、フィラデルフィアに住むある船長がアフリカとヨーロッパへ向けて出帆しなければいけなくなった。船長は妻に、いついつに帰国する、それまで何度も手紙を書くと約束した。彼女はじっと辛抱して待った。しかし、手紙は来なかった。約束の期日は過ぎたが、愛する夫は帰ってこなかった。彼女の心は悲しみと心配の涙で溢れた。彼女はどうしてよいか分からなかった。そのとき彼女の友人が、あの敬虔な独居の男のところへ一度行ってみて相談してみてはどうかとアドバイスした。妻はこのアドバイスに従い、男の家へ行った。彼女が男にすべてを話し、訴え終えると、男は彼女に、自分が戻って来るまでしばらくここにいてくれと言って、部屋を出て隣の小部屋へ入っていった。だが、男がなかなか戻ってこないので、彼女は扉の覗き窓に近づき、覗き窓の小さなカーテンを開いて、中を覗いてみた。男はソファーか長椅子の上に死人のように横たわっていた。彼女はすぐにもとの位置へ戻った。やっと男が出てきた。男は、彼女の夫はいまロンドンの何とかいうカフェにいるが、まもなく戻ると話した。それから、彼女の夫がなぜ手紙を寄こせなかったのか、その理由も彼女に話して聞かせた。善良な妻は、これでかなり安心して家へ帰った。

この独居の男が言ったことは、ぴったりと実現した。彼女の夫はまもなく帰国し、約束の日まで戻れなかったのも、手紙を書けなかった理由も、まさに男が言った理由だった。それで妻は、夫と一緒に独居の男の家を訪ねたら何が起きるか知りたくなった。そして実際に訪問した。すると、船長である夫は、男の姿を一目見るなり、驚愕の表情を浮かべた。あとで夫が妻に話したことによると、夫はこの同じ男に、しかじかの日に――それはまさに妻が男の家を訪ねていた日だった――、ロンドンのカフェで会ったというのである。そして、この男は彼に、奥さんがとても心配していると話して聞かせ、それに対して夫は、帰国が延びている理由と、手紙を書けない理由、さらにまもなく帰国できることを答えたというのである。するとこの男は人込みの中へ消えていったというのである。

## 第百二節　この話に対する説明とコメント

この最高に奇妙で、通常の機械論的哲学体系ではまったく説明不可能で信じがたい話は、人間本性に関する私の理論に従えば、以下のように説明され得る。この説明のために私が依拠するのは、動物磁気の実験から分かった疑いようのない事実である。

人間の肉体の中には、精妙な「光の存在」、不死の理性的な霊（＝精神）のエーテル的覆いがあり、それが動物磁気やガルヴァーニ電気や、共感－反感の直観の中に現れて、さまざまな方法で作用を及ぼしていることは否認しようがない。理性的な霊はこれと永遠に離れがたく結びついている。私はこの内部の光の人間を、先述のように「人間霊魂」と呼んでいる。

## 第百三節　霊魂の肉体からの解離の諸段階。睡眠、夢、夢遊症状

この人間霊魂は、身体を人為的に撫でられるか、あるいは磁気催眠によって、神経網から解き放たれるが、その度合いには無数の段階がある。解き放たれた人間霊魂は、その段階に応じて自由に作用を及ぼすことができるようになる。ある種の病気や、さまざまな薬、というより取り扱い注意と言われるある種の薬草などが、これと同じ作用を引き起こすことがある。

人間霊魂の神経網からの解離が比較的低い段階に留まる場合、自意識は残る。しかし、人間の想像力は活発である。その結果、人は、自分が単に想像しただけのことを現実に見て、聞いたのだと信じてしまう。

通常の睡眠もまた、この種の解離の一つである。肉体の機械的組織、あるいは神経網がある程度弛緩する（仮死状態になる）と、人間霊魂は五感と結びついているこれらの道具から解離する。感覚世界でのわれわれの意識は、これらの五感と結びついている道具を通じてのみ生じているのだから、通常ならそこでわれわれは意識を失う。だが、人間霊魂自体は相変わらず作用を続ける。それが肉体の感覚器に作用を及ぼすほど活発である場合、目覚めたとき、人

はそのことを覚えている。そうしてそれを「夢を見た」と言う。

夢遊症者の場合、この解離は通常の睡眠の場合よりもう少し程度が高くなって、磁気催眠によって夢遊状態に陥る者の場合に近くなる。この場合、人間霊魂はもっと自由に作用する。霊魂はより脈絡のある夢を明確に見る。しかも、感覚器はすべて働いていないにもかかわらず、神経網が、したがって肉体が動き出すほどである。このとき人間は感覚世界ではなく、霊魂が抱く観念の複合によって導かれているので、物事の秩序に合わない行動が生じることになる。しかし、まさにこの一見不合理な行動が、みなさんよくご存じの通り、目覚めている通常の状態よりも遥かに「完成された」行動になる。このことから、人間霊魂は肉体の軛《くびき》から解放されると、より自由に、より完全に、より活発に作用できるようになることが分かる。しかも、それは眠ることも、まどろむことも、疲れることも、もはやないのだ。

## 第百四節　ヒステリーやヒポコンデリーの患者の恍惚状態と、死の場合の完全な解離

ヒポコンデリーやヒステリーの患者や、寄生虫病に罹った患者が陥る通常の恍惚状態の場合も、解離の程度にはじつにさまざまな段階があり、したがってそこから生じる行動や発言もじつに多様である。だが、死の場合、この解離は完全に完成する。死のケースについては心霊現象の章（第四章）で詳述する。

要するに、人間霊魂が完全に肉体から解放されるまでには、無限に多くの異なった段階での解離があり、この解離

の程度に応じて人間霊魂が作用を及ぼすことができることは、議論の余地がないほど明確な経験的真理なのである。

## 第百五節　解離を容易に行える人と行えない人。秘密の鍵

この解離を、ときには秘密の手段を使って非常に容易《たやす》く行える人間がいる可能性がある。霊魂がしばらくの間、肉体を離れ、遠く離れた地で何事かを為し、そして再び肉体に戻ってくるということができる、彼らはそういう人間である可能性がある。むろんそれは、残してきた肉体の血液が凝固してしまう前に、非常に短時間で行われねばならない。このようなことが病気の場合に起きた例なら、われわれは幾つも知っている。このきわめて注目に値する、珍しい現象を、先ほどのアメリカの例――これ以上完璧な例はない――と関連させながら、私の理論に沿って説明しよう。

## 第百六節　先のアメリカで実際に起きた話の、詳細で明瞭な説明

霊魂がまだ肉体に留まりながら、しかし肉体の感覚器からは解離すると、この解離が続いている間、感覚世界の中でのこの人の自意識は停止する。だが、霊魂は自らの認識の圏内で活動し、この状態が繰り返されると、霊界とコン

タクトがとれるようになる。感覚世界からは霊魂はまったく何も感じることがない。誰を見ても何も見えず、何も聞こえない。唯一、ラポール状態に入った催眠者のことを除いては。催眠者と催眠にかけられた者、両者の魂の「気」がある法則に従って接触すると、この事態が起きる。霊魂は催眠者と交流することはできる。催眠者とは話ができる。そして感覚世界で起きることとも、催眠者を通じて知ることができる。

先述のアメリカ人が、生まれつきの特殊の能力なのか、あるいは何らかの秘密の技術によるものなのか、あるいはその両方なのかは知らないが、霊魂を肉体から自在に解離して、その後、再び合体させる能力があると仮定しよう。そうするとこの人は完璧な夢遊状態に移行することができることになる。この現象の検証から今やすべてが明らかにされねばならない。この人の霊魂は、例の船長に、帰国が延びている理由と、手紙を書けなかった理由を尋ねるために、自分の肉体を自分の意志で離れたことになる。肉体を出た途端、霊魂は感覚世界のことは何も感じなくなる。霊魂は空間に仕切られない「霊の世界」にいた。肉体を離れたその瞬間、霊魂はすでにロンドンの船長のもとにいた。仮に船長が中国かどこかにいたとしても、摩訶不思議な意志の力により霊魂はそこへ行っただろう。

人間霊魂自体は、目に見えない。それは通常の仕方では感覚で捉えられない。しかし、それが目に見えるようになる方法が二つだけある。一つは、霊魂が「気」から物質を抽出し、それで自分の肉体に似たものを形成する場合である。二つ目は、自分が会いたいと願う相手とラポール状態に入る方法である。前者の場合、この人間霊魂は多くの人々に目撃される。しかし、その後、彼らが目撃したものは普通の人間ではなく、幽霊だと気づかれる。後者の場合、この霊魂を見ることができるのはラポール状態に入った当の人だけである。霊魂はこの人の魂を通じて、この人の感覚器に生き生きと作用し、それによってこの人は件《くだん》の人物を目の前に、まるで肉体を備えた人がそこにいるかのように、ありありと見ることができる。彼はその人の話が聞こえるし、この人も彼の話を聞ける。この点は、心霊現象を扱う第4章でより明確に詳述しよう。

例のアメリカ人は、この二番目のやり方で船長の前に姿を現したと思われる。なぜなら、最初のやり方では、周りにいた人々の間で一大センセーションが巻き起こったであろうからである。そうなっては、彼自身にとってもどんな重大な事態に立ち至ったか分かったものではない。

私はこの種の例をほかにいくつか語ることができるが、ここでは話を引き延ばさないためにも、一つの例で十分であろう。

## 第百七節　自分が自分を見る現象について。予感が関係する場合と、そうでない場合

人間が自分自身の姿を見るという奇妙な現象は、けっして珍しくない。これは次の二通りの場合がある。一つは、自分自身の姿を見るのは本人だけで、その場に居合わせた他の人には何も見えないケースである。このケースでは、この現象はじつは自然に適ったもので、人間本性から説明可能である。だが、複数の人間がそれを見る場合、それは霊界に属す現象であり、予感についての次章（第3章）の領域でもある。

自分が自分に現れるなどということがどうして可能なのか、あるいは、自分を見るという現象が人間本性から説明可能とはどういうことか、と尋ねられれば、私の答えはこうだ。こういうケースは、単に、そこにはいない、あるいは少なくとも感覚で捉えられない天使や霊が見えるというケースと何ら変わらないからである、と。ベルリンの有名なフリードリヒ・ニコライ[024]は一度、自分の周りに多くの霊的存在が見える状態に陥ったが、下剤を使うことによって、それらの霊的存在はだんだん消えていった。想像力の中で未知の形姿が生き生きと現れて、感覚的な印象にまで高まることがあるのだから、自分の形姿が同じような印象を及ぼすこともあり得るのである。

## 第百八節　問題の定式化。人間本性から説明可能な現象がどこで終わり、どこから霊界とつながった現象が始まるのか

いま私が提出した問題は、言葉を替えると次のように定式化できる。人間本性から説明可能な現象はどこで終わり、どこから霊界とつながった現象が始まるのだろうか、と。これに対する私の答えはこうだ。

その現象で現れた存在が語ることが、人間が高揚した状態に陥れば語り得ることだった場合、それは磁気睡眠による夢遊状態がある段階に達したときに想像力が生み出すイメージにすぎない。しかし、それが物理的に知ることが不可能なことであり、しかも、後でそれが真実であることが分かる場合、そのときは、その人は霊界とラポール状態に

入っていたのだ。この場合、語られることがすべて当たっていなくてもいい。いや、一つ、二つははっきり外れたっていい。なぜなら、善なる霊もまた間違うし、悪なる霊は積極的に惑わそうとするからだ。

## 第百九節　今生で霊界とつながる能力。亡くなった魂がこの能力を持つ人を死後探す

さらに、もっと大切なことが人間本性にはある。それは、死ぬ前の今生で、なお感覚世界にありながら、霊界とつながることができる能力である。人間本性の法則に従えば、この能力は死すべきわれわれの肉体の中では開発され得ない。なぜなら、われわれは今生にいる限り、霊界の検証に耐え得ることを、とてもすべては手に入れることができないからだ。つまり、人間は手ひどく騙され得るし、惑わされ得る存在だからだ。だが、ある種の病気がこの能力を開発することができるのだ。しかも、この能力が容易に開発され得る人間というのが存在する。

さて、霊、とくに死後まだ冥界に留まって、いま旅立ってきたこの世で、つまりはこの感覚世界でまだあれやこれやをやっておきたかったと思っている人間霊魂は、この熱い願いを叶えてくれる誰かを感覚世界に求めているので、すでに霊界とつながっているか、あるいは容易につながり得る人間を見つけると非常に喜び、この者の前に現れて、自らの願いを叶えてくれと頼むのである。そういう事態になったとき、われわれは何をすればよいのか。すべきこと、してはいけないことは何か。それについては心霊現象の章（第四章）で議論しよう。

## 第百十節　霊界はどこにあり、どういう性質の場所か。冥界はどうか

霊界の住人は、霊の世界のことしか感じることがない。われわれの物理的・感覚的世界のことは少しも感じることがない。それはわれわれが後者しか感じず、前者を感じることがないのと同様である。霊界は、われわれの物理的・感覚的世界があるまさにその同じ場所にある。われわれはその中に現実にいる。しかし、われわれは霊界のことを何も感じることはない。それは、霊たちがわれわれの周りにいるのに、われわれのことは何も感じないのと同じである。例外が善なる天使と悪なる天使（＝堕天使）である。彼らはわれわれのことを感じるし、われわれに作用を及ぼすことができる。しかし、人間霊魂にはそれはできない。ただし、ラポール関係に入ることができる人間がいた場合はこの限りではない。

冥界が存在する場所は、まだわれわれ人間の「気」の範囲である。そこから地球の内部へ下っていくと地獄が始まる地点がある。反対に上へ向けて昇っていくと、純粋なエーテルに包まれて、祝福された死者たちが行く場所が始まる地点がある。これについては、しかるべき箇所で詳述するつもりだ。

## 第百十一節　死者の霊魂は生者を恐れる。生者が死者を恐れるように

幸か不幸か霊界とラポール状態に入ったことがある、ある敬虔な人がかつてこう言った。死者の霊魂にとって、感覚世界の人間が現れることは、われわれに彼らが現れることが恐ろしいことであるのと同じように恐ろしく、ぞっとすることなのですよ、と。だから、彼らが自分とラポール状態に入ることができる人間を探すと決意するとき、彼らの気持ちは重たく苦しいものに違いない、と。それにもかかわらず、彼らはそういう人間を見つけると狂喜する。どちらの主張も正しいのだろう。

## 第百十二節　霊界と交流する能力が存する場所

だが、霊界と交流、あるいはラポール状態に入ることができる能力というのは、そもそも人間のどこにあるものなのか。

①それは、人間霊魂のエーテルの部分、すなわち「発光体」が、血液の大部分を占める、質量を持つ重たい部分と結合せず、混じり合わずに純粋さを保つところに生じる能力、資質なのだと言えよう。そのとき、そのエーテルの部

分が霊界に近づくことができるのだ。しかし、これが生じるのは人間の意志によってではなく、あくまで肉体の器官の内的作用によるものだ。

②人間霊魂の発光体が何らかの力によって強められ、その結果、通常の生命の維持や感覚捕捉に必要な程度より強い作用を及ぼすようになると、それは霊界に出現し、霊界の住人たちと交流することができるようになる。

①霊魂が発光体としての純粋さを保つこと、そして、②発光体の作用が強められること。人間霊魂が霊界と交流できるようになるために必要なこの二つの原因は、磁気催眠によっても起こり得るし、自然の三界[025]から取ってきた天然の薬によっても起こり得るし、その他の動物磁気を使った秘密の技術によっても生じ得る。

しかし、われわれが、神と自然の秩序に逆らってこの能力を獲得しようとして、これらの手段を利用するならば、それは単に危険であるばかりか、ほとんど神を畏れぬ罪深い所業である。だからといって、霊界とつながることができた何人かの尊敬すべき男たちが、罪を犯していたなどと謗《そし》るわけにはいかない。何事にも例外というものがあり得る。神はこれらの「神の道具」を使って、己が御業に奉仕させようとしたとも考えられる。もし、そうならば、神はそれらの人々を神慮によって、本人が求めなくても、神が定めたところへ導いてくださるだろう。だから、自分の意志で霊界との交流を求めるとしたら、それこそ罰するに値する不遜であろう。

# 第百十三節　スヴェーデンボリの話。彼は詐欺師ではない

この種の男で、もっとも注目に値するのが、あの有名な霊視者、スヴェーデンボリ[026]である。ここで私は、このスヴェーデンボリについて少し詳しく言及しておかなければならない。彼には、霊界と交流できる生まれつきの資質（＝能力）があった。彼のこの能力については、肯定派と否定派がすでにさまざまに論じてきた。私はこれに関し、紛うことなき真実を知る機会に恵まれたので、ここでそれを世間に知らしめるのが、自分の義務と心得る。

スヴェーデンボリはスウェーデンの牧師の息子であった。彼は率直で誠実な性格で、大いに学者の素質があり、自分でもそれを利用して、哲学、博物学、とくに鉱物学、冶金学、化学、鉱山学を勉強した。これらの学問により習熟しようと、彼はヨーロッパじゅうを旅行し、それから再び祖国に戻り、鉱山監督局の評議委員会委員（＝監督官）として迎えられた。彼は大型の二つ折り判の哲学の本を二、三冊執筆した。それらは深く考えられた哲学体系を含んでいたが、世間に顧みられることはなかった。その後、彼は今度は、銅と鉄についての二つ折り判の厚い本を書いたが、こちらのほうは今でもその価値を認められている。誰もが驚いたことに、この生来頭の賢い、学識もある敬虔な男は、霊と交流することができた。しかも、彼はそのことを隠さず、ときどき大勢の人が集う席上で、きわめて理性的なアカデミックな会話をしながら、「私は、少し前に使徒パウロと、ルターと、また他のとうに亡くなったある人物と、あれやこれやについて話をした」という話をした。居合わせた人々が狐につままれたような顔で彼を見つめ、それか

ら、果たしてこの男は正気だろうかと訝しく思ったのは、想像に難くない。しかしその後、彼はときどき、誰も反駁できない類いの証拠を挙げた。むろん、人々はそれらの証拠の話を否定した。そればかりか、この善良な男に詐欺の疑いをかけさえした。しかし、私は後者のほう、つまり詐欺師であるという非難に関しては、全力で否定する。スヴェーデンボリはけっして詐欺師ではない。彼は敬虔なキリスト教徒であり、ただ、ときどき欺かれ、惑わされることがあっただけなのだ。彼が霊と実際に交流した証拠として、次の三つの例は広く知られている。

## 第百十四節　スウェーデン女王に関するスヴェーデンボリの有名な話が真実である証拠

(1)スウェーデンの女王がスヴェーデンボリを試した。彼女は、プロイセンの王子で、すでに亡くなった彼女の兄と、生前のある特別な日にベルリンのシャルロッテンブルク宮で何を話したか言ってみなさいと、スヴェーデンボリに命令した。数日後、スヴェーデンボリは参上し、女王にそのときの会話の内容を伝えた。言うまでもなく、女王は驚愕した。新聞はこの噂を否定した。だが、ある高貴なスウェーデン人――この人はスヴェーデンボリの崇拝者ではない――が確かなこととして私に断言してくれたところによると、この話は間違いない真実だそうである。この人はその証拠もいくつか私に手渡してくれたのだが、ここでそれを公にすることはできない。霊界に関わるこのような話の場合、いつもそうだが、関係者に迷惑がかかるからである[027]。

## 第百十五節　ヨーテボリの火災の遠隔告知

（2）スヴェーデンボリが英国からの一団の旅行者とともにヨーテボリに到着したとき、彼はこう言った。天使たちから聞いたのですが、今、ストックホルムの何とかいう小路で火災が起きています、と。驚いたのは一行の中にいたストックホルム出身者である。しばらくして、スヴェーデンボリが彼らのもとへまた来て、安心しなさい、火は消し止められました、と言った。翌日、彼らは、事態はまったくスヴェーデンボリが言った通りだったことを知った。この話は間違いない真実である。

## 第百十六節　亡くなった夫がどこに領収書を仕舞ったか、未亡人に告げた件

（3）ある貴族の未亡人が、あるときかなりの額の金額を請求された。彼女はその金は、彼女の亡くなった夫がすでに支払ったものだと確信していたのだが、どうしても領収書を見つけることができなかった。困った彼女はスヴェーデンボリのもとへ行き、領収書の在り処を亡夫に聞いてもらえないかと頼んだ。数日後、スヴェーデンボリは、「あなたの夫と話しました」と言った。領収書はどこどこの箪笥の一番下に秘密の箱に入れられてあります、と。そして、

彼女は実際その場所に領収書を発見した。この話も、懐疑的な人々は、スヴェーデンボリはもともと領収書の在り処を知っていて、それをあたかも亡くなった夫から聞いたかのように彼女を騙したのだと解釈した。しかし、この説明は敬虔な男の魂には道徳的に不可能であると私は思う。もし領収書の在り処を事前に知っていたのなら、最初の訪問の際に、そのことで困り切っていたその婦人に、すぐにはっきりと教えていたであろうから。

だが、ここで私は、まだ広く知られていない、これら三つの例に優るとも劣らないくらい重要な四番目の例を追加しなければならない。この話が真実であることを、私は固く断言宣誓することができる。

## 第百十七節　スヴェーデンボリとエルバーフェルトの商人の間で起きた驚くべき真実の話

前世紀の七十年代、ドイツのエルバーフェルトに、私が七年間そこに暮らしていた間、非常に親しくしていた商人がいた。彼はもっとも純粋な意味で「厳格な神秘主義者」であった。彼の口数は少なかったが、口を開くとき、その言葉は銀の皿に載った黄金のリンゴであった。彼には、世の中の善のために、学問的に真でないことを言うことができなかった。すでに亡くなったこの友人が、かつて私に次のような話をしてくれた。

彼が仕事で、当時スヴェーデンボリが滞在していたアムステルダムへ旅行したときのこと。彼はこの奇妙な男について多くの噂を聞いていたし、その著作を読んでもいたので、一度この男を訪ねて知己を得ようと考えた。そして実際行ってみると、たいへん立派そうな、人好きのする老紳士が、丁重に彼を迎えてくれた。老紳士は彼に椅子を勧め、二人の間で以下のような会話があった。

**商人**　商用でこちらに来たついでに鉱山局監督官殿に一度伺候する栄誉を得たいとの願いを諦められませんでした。ご著書を通じて、あなたは、私にとって特別なお方になってしまわれたからです。

**スヴェーデンボリ**　どちらからいらっしゃいました？

**商人**　ベルク公爵領のエルバーフェルトから参りました。ご著書にはあまりに美しい、あまりにためになることばかりが書かれていて、その内容は私の心に深く刻まれました。しかし、お書きになられていることの根拠が本当にあるのか、あまりに規格外で、あまりに突拍子もない話なものですから、真理を愛する率直な友が、あなたが本当に霊界と交流しているという、反論しようのない証拠を見せてくれと要求したとしても、悪くお思いにはなりますまい。

**スヴェーデンボリ**　悪く思ったりしたら罰《ばち》が当たるでしょう。ただ、私は反論しようのない証拠をすでに十分提出したと思いますが。

**商人**　スウェーデン女王と、ストックホルムの火災と、それから行方の分からなくなった領収書の話のことですね。

**スヴェーデンボリ**　その通りだ。あれは真実だ。

**商人**　しかし、世間はそれらに対して多くの異議を唱えています。ここで私に別のご依頼をさせていただけないでしょうか。

**スヴェーデンボリ**　もちろんだとも。喜んで。

**商人**　かつて私にデュースブルクで神学を学んだ友人がおりました。この友人はあるとき結核に罹り、それが原因で亡くなりました。亡くなる直前、私は彼を訪ね、そのときわれわれは重要な会話を交わしました。あなたは、われわれが何について話したか、彼から聞いてくることができますか?

**スヴェーデンボリ**　やってみましょう。そのお友達の名前は何という?

商人は名前を言った。

**スヴェーデンボリ**　いつまでここに滞在なさる?

**商人**　あと八日から十日です。

**スヴェーデンボリ**　数日後にまたいらしてください。そのご友人に会えるかどうか、やってみましょう。

商人は辞去し、それから商用を片付けた。数日後、期待に胸を躍らせながら、彼は再びスヴェーデンボリのもとを訪れた。スヴェーデンボリは微笑みながら彼を迎え入れ、こう言った。「ご友人と話ができました。そのときの会話の話題は〈万物の更新〉[028]です」。そしてスヴェーデンボリは商人に、そのとき彼が何を主張し、亡くなった友が何を主張したかを正確に言った。

私の友人のその商人は青ざめた。この証拠は決定的であり、覆しようがなかった。商人はさらに質問した。「私の友は元気でしたか。天国へ行けましたか」

スヴェーデンボリが答えた。「いいや、お友達はまだ天国へは行っていない。彼はまだ冥界におる。そしていまだに〈万物の更新〉の理念にこだわって苦しんでいる」

この答えに私の友人は心底びっくりした。「何てことだ。あの世へ行ってもですか」スヴェーデンボリが答えた。「そうだとも。この世でお気に入りだった考えや議論は、あの世に行ってもやはりそうなんだ。すっかり片付けるまではいつまでも重くのしかかる。だから、できるだけこの世で片付けておかないといけないんだよ」

私の友人は完璧に納得して、世にも奇妙なこの男のもとを辞去した。そして再びエルバーフェルトに戻って来た。さあ、高度に啓蒙された不信心者は、この話に何を言い出すか？　スヴェーデンボリはずる賢いやつで、秘かにスパイを遣って、私の友から答えを聞き出していたのだ、と言うだろう。だが、スヴェーデンボリはそんな卑劣なまねはけっしてできない高潔な敬神家であり、我が友は、そんな手に引っかかるようなバカではなかった。この種の苦し紛れの難癖は、救い主イエスの山上での変容[029]は月明かりのせいで起こったことだと主張する類いのものである。

## 第百十八節　スヴェーデンボリのケースの真理と誤り

スヴェーデンボリが長年にわたって霊界と頻繁に交流していたことは、もはや疑いを容れない、決着済みの事実である。しかし、ときには彼の想像力が彼を騙して惑わせたこと、ときどき悪い霊が間違ったことを彼に教えたであろうことも、また確かである。彼の著作には、膨大な量の美しい、ためになること、信ずるに足ることが含まれている。

しかし、同時に、理解できない馬鹿げたこと、非合理なことがそこここに書かれていて、これを有効に読むためには細心の注意と熟練が必要になる。

スヴェーデンボリの最大の誤りは、神が彼に物事の内奥の意味を啓示し、これまで隠されていたそれらの秘密を、この間、彼が世間の人々に知らせ、もって主の国の礎《いしずえ》を築くようにさせたと、彼自身が信じたことだ。スヴェーデンボリがどうやってこの誤りに至ったかは容易に推察できる。彼の思考の道筋を簡単に言えばこうだ。霊界との交流は、彼が望んだわけでもないのに突然始まった。彼は人間本性についてあまり知識がなく、人間が霊界とつながることができるようになる、自然法則から逸脱する肉体の能力、一種の病的な状態が存在することを推測できなかった。それゆえ、これらの啓示は神から直接来たものだ、と彼は信じたはずだ。そして、そう信じ始めるやいなや、彼は自分に啓示されることをすべて真理と考え、自らのことも神により遣わされた預言者だと見なすようになった。この間違った観念により、おぞましい誤りと過失の数々が生じることになった。しかも、人々はその誘因が神の命令だと誤解したため、自分が罪を犯していることに気づかなかった。

## 第百十九節　人間本性の性質に関する覆すことが不可能な結論

動物磁気を使ったさまざまな臨床実験を通して、私は、不死の霊が、人間の内部で発光体である「エーテルの部分」

と分かちがたく結びついている、いわば「神的な火花」であることを確信した。それだけではない。いずれまた霊界の住人になるこの人間霊魂が、今生の地上の生で、動物的肉体にいわば閉じ込められ、神経網を通じてこの肉体につながれ、自身の洗練浄化のために束縛され続けなければならないこと。この内部の光の人間は、肉体の牢獄につながれている間、霊界との交流はできず、五感を通してしか情報を得ることはできないこと。だが磁気催眠によって、あるいはある種の病気によって、またはその他の手段によって、肉体の軛《くびき》から多かれ少なかれ解き放たれ、霊界とつながることができるようになること。しかし、それは自然法則にも、キリスト教の基本原則にも反した事態であること。肉体から解き放たれたこの「内部の光の人間」は、それが解き放たれる度合いが高ければ高いほど、より高度に、より活発に作用を及ぼすことができること。したがって、霊魂は思考や想像、一言でいえば、知性、理性、意志のために肉体が必要であるとする考えは間違っていること。事実はまったく反対であり、人間霊魂が肉体から解放されると、霊魂が持つすべての特性とその作用が遥かに完全に働くようになること。肉体を持っているのは、単に感覚世界を感じて、そこで作用を及ぼすことができるようになるために過ぎないこと。以上のことを私は確信した。いつか新しい天と新しい地が現れるとき、この敬虔な人間霊魂は自らの復活した肉体と合一し、変容した新しい感覚世界をも、霊界をもどちらも感じ、どちらにも作用を及ぼすことができるようになるだろう。

## 第百二十節　霊界との交流への警告

この章を終えるにあたって、これだけは強く警告しておきたい。霊界と絶対関わってはいけない。もし誰かが、自ら求めたわけでなく、それでも霊界と交流するはめに陥ったならば、キリスト教徒にふさわしい落ち着いた態度でそこから撤退しなさい。そして再び、人類の父がこの世でわれわれに定めた秩序の枠内に戻りなさい。心霊現象の章（第四章）で、具体的にどのように霊界に対して振る舞うべきか、そのルールを伝授しよう。

# 第三章　予感、予知、魔術、予言

## 第百二十一節　真の予感、予感の上級能力、魔術、ただの予言と本当の神的な予言

予感とは、今、どこか遠くで起きている、あるいは近い将来起きるであろうことの、多かれ少なかれ漠然とした感覚のことをいう。その際、この感覚を覚える理由を、われわれは感覚世界の中には見いだすことができない。これが、われわれが「予感」と呼ぶもののもっとも簡潔にして純粋な定義である。私の『自伝』の読者ならご存じのように、私自身、三度このような予感を経験している。

われわれの現在の状態では未来のこと、遠くで起きていることについて知ることは、自然な原因から当然の結果を推論する場合を除いてまったく不可能であるから、真の予感は高次の世界に起源を持つものであるほかは考えられない。したがって、まずはこのケースについて述べる。

さらに、何らかの技術によって、あるいはある種の病気によって、はたまた生まれつきの素質によって予感の能力を開花させ、ある場合には、今どこか遠くで起こっていること、あるいは起きるであろうことを他人に示すことができる人々がいる。この重要な素材についても論究を試みる。これらのケースは本来、予知、あるいは占いに当たるのかもしれないが、少なくとも部分的にはここに分類できる。

魔術、妖術はもっとも馬鹿げた迷信として排した。魔術、妖術に何か取り柄があるか、これについても以下で議論したい。

最後に、本当の予言とただの通常の予言をどう区別すべきかについても究明しなければならない。通常の予言として私が理解しているのは、幻視を見て、その幻視によって、それを見た人に未来の出来事が啓示されるというケース。あるいはまた、幻視を見たという感覚はなくとも、その人の内部だけにそのような啓示の感覚が生じるケースである。

## 第百二十二節　真の予感について

私がまず論じるのは予感である。真の予感は、霊界とはいっさい関わりがない人間にも、霊界とラポール状態に入ることができる人間にも、どちらにも起きることである。予感を感じている者は、その際苦しむ。しかし、彼の中で何かが起こっているのではない。そうではなくて、別の存在が彼に何かを伝えようとしているのだ。あるいは、彼に何かの不幸を警告しようとしているのだ。そのような予感がいかにして可能になるのか、われわれはいくつかの実験や経験から容易に実態に迫り得る。

## 第百二十三節　故ベーム教授の注目すべき予感

ギーセンとマールブルクで有名なベーム教授——彼は数学の正教授だった——は、誠実なキリスト者であり、真理を愛する男で、けっして狂信者ではなかった。その彼が、しばしば以下のような話をしていた。

彼はある日の午後、気の置けない仲間との打ち解けた集まりで、とくに何も考えずにお茶と煙草を楽しんでいた。そのとき、突然、家に帰らねばという衝動を感じた。しかし、彼は家で何もする用事がなかったので、彼の数学的知性は、家に戻る必要はない、仲間のもとに留まっていればいいと判断した。だが、家に帰らねばという、その内部の衝動は強くなる一方で、とうとう彼の数学的知性のあらゆる実証的判断を凌駕してしまった。ベームは内部の衝動に従った。帰宅して部屋に入ると、彼は周囲を見回した。しかし、とくに変わったことは発見できなかった。だが、彼は、いつも自分が寝ているベッドを今ある場所から退《の》けて、部屋の隅に移動しなければいけないという、新たな衝動を内部に感じた。ここでも彼の理性は理詰めで考えた。このベッドはこれまでいつもここにあった。この場所がもっともしっくりくる場所である。部屋の隅のあそこはもっともしっくりこない場所である、と。しかし、その理詰めの思考も役に立たなかった。内部の衝動が一向に止まず、彼はどうしても落ち着かず、女中を呼ばずにはいられなかった。彼の命令に従い、女中はベッドを部屋の隅の場所に移動させた。そうしてようやく彼の気持ちは落ち着いた。彼は再び仲間の集いに戻り、それ以上は何も衝動を感じなかった。彼は夕食も仲間と一緒にとり、夜の十時頃に帰宅した。それからベッドに横たわり、しごく穏やかに寝入った。真夜中に天地がひっくり返るような恐ろしい大きな音がして、彼はベッドから飛び起きた。そして、重たい梁が天井の大部分とともに、以前までベッドが置いてあったまさにその場所に落下しているのを見た。ベームは、ありがたくも事前に警告してくれた父なる神の慈悲に感謝したのである。

## 第百二十四節　この予感に対する哲学的説明とその反論

機械論的哲学を信奉する哲学者が、この素敵な、注目すべき予感の話についてどのような説明を試みるか、私は知っている。彼は言うだろう。梁はその前の晩すでに、ぎしぎしと音を立てていたのだ。それをベームは眠っている間、漠然と聞きとり、それゆえ、はっきりとは自覚していなかったのだが、その漠然とした危険の意識は彼の魂の中に残り、それが危険の瞬間が近づくにつれてだんだんと活発になり、とうとう今話したようなやり方で現実となったのだ、と。

この説明は一見本当らしく思われる。あたかも、物理学者が発光体の放射から、あるいは発光体によって引き起こされる「エーテルの振動」から光を説明するときのような説明だ。しかし、厳しく検討してみればみるほど、この説明は成り立たない。矛盾にぶち当たるので、この説明はあり得ないことが分かってしまう。もし、梁がぎしぎし鳴る音を眠っている間に聞いて、漠然とした危険の意識がベームの中に生じていたのならば、起きているとき彼は秘かな不安を、何に対してか分からないが一種の恐怖を感じていないとおかしい。事件のあとになって「そういえば」と思い出すような不安や恐怖を感じていないとおかしい。なぜだか分からないが、「だから」ベッドを移動させたのだ、とあとから思いつけるような。

しかし、ベームの魂の中で起こったことはこれとはまったく違った。彼の気持ちは落ち着いて、何も予感しなかった。夕方頃、家に帰らねばという衝動が襲ってきたとき、彼はこの衝動と葛藤している。この衝動が彼自身の中に起源を持つものならば、この葛藤はけっして起こり得ない。同じ葛藤が、ベッドを移動させるときにも起きている。ベームはベッドの移動はしっくり来ないし、機能的でもないと感じていた。

## 第百二十五節　真の予感を聖書解釈学的に説明すると……

だが、機械論的哲学を信奉する哲学者は、自らの機械論を携えたまま超感覚的なものへと移行するとき、この手の詭弁を弄せざるを得ないのだ。彼らと同程度の人や、皮相な考えしか持てない頭脳にとっては、こういう説明で十分なのだ。だが、キリスト教の聖書哲学を奉じる者にとっては、そういうわけにはまったく行かない。キリスト教の聖書哲学者は、彼の聖書から、真理自身の口を通して、この世の人間たちに作用を及ぼすことができる善なる天使と悪なる天使の大群が存在することを知っている。キリストは、子どもには守護天使がいることを、そしてこの守護天使は常に天なる父の御顔《みかお》を仰いでいることをわれわれに教えている。マタイ十八章十節。したがって、この天使たちは神の御顔に神の意志を認め、できる限りそれを子どもたちにおいて実行するのである。聖書の他の多くの箇所と並んで、ヘブライ人への手紙の第一章十四節[030]を読めば、天使たちは、主が全創造物を、とはつまり、われわれの感覚世界を、統べるための道具であり、人間に奉仕し、主の導きの計画に合わないときには、それを人間に警告する存在であることがはっきりと分かる。この警告はさまざまな方法でなされるが、天使が現れて人間に警告するというのが、もっともよく人間に影響を及ぼすことができる方法である。そして、そのとき、われわれ人間は予感を得るのである。善良なベームの魂に「家に帰れ！」と、そしてそのあと再び「ベッドを部屋の隅に移動せよ」と囁いたのも、そのような天使である。

## 第百二十六節　機械論的体系の理解不能のナンセンス

私には、どうして彼ら、機械論的哲学者が、永遠の鉄の強制の下、常に同じ諸法則に従い、冷酷な必然性の中で進行する「機械」のようなものを、自由に行動する存在である人間たちが溢れるこの世界に優先させるなどということができるのか、理解できない。同様に理解できないのは、人々が、このように素晴らしい、神にふさわしい世界を信じる者たちを、心底軽蔑し、嘲笑し、あまつさえ悪魔的憎悪をもって敵視することだ。そうだ、本当に、これこそ、私の神権政治的自由の体系が真実な証なのだ。なぜなら、機械論的体系は冥界にとって一層好都合な体系であり、冥界の力を促進するものだからだ。人間が鉄の牢獄の中で、永遠の軛《くびき》につながれたまま、変えることのできない運命によって無限の彼方へ放り出され、自分がどこへ行くのかも分からなくなる機械論的体系よりも、先に述べたような予感の仕組みがあり、世界統治の構造がある神権政治的な自由体系のほうが、自分たちが安心幸福であるばかりか、慈悲深い主への厚い信頼を呼び起こし、われわれを祈りと善行へと促す、より有効な考えではないだろうか。

## 第百二十七節　亡くなったかつての私の親方、シュパーニアー氏の注目すべき予感

かつて私が一七六三年から一七七〇年までディーンステンにいたとき寄宿させてもらった商人、私が自伝の中で「シュパーニアー氏」と呼んでいた商人は、しばしば私に、彼がロッテルダムで得た不思議な予感について語っていた。商売を始めた頃、彼は自分が起こした大きな鋼工場の顧客を探すためにオランダに旅行した。とくに彼が行きたかったのは、ゼーラント州のミデルブルフという都市で、友人たちから、他の諸都市を回ったあとは是非そこへ行くように言われていた。

ロッテルダムでの仕事を終え、翌朝、彼は港に停泊していたミデルブルフの商船に乗ろうと波止場へやって来た。商船は正午にミデルブルフへ向けて出帆することになっていた。彼は自分のための席を一つ購入し、出発の時間までどこどこの宿屋にいるから、時間になったら水夫を一人呼びに来させてくれと頼んだ。そこまで済ますと、彼は宿屋へ行き、旅立ちの準備をなおいくつかこなし、それから十一時に食事を部屋に運ばせた。ほぼ食事を終えた頃、水夫が彼を呼びに来た。ドアが開き、商人が水夫を見たとき、説明しがたい不安が彼を襲った。不安とともに、ミデルブ

ルフ行きの船に乗ってはいけないという確信が彼の内に湧き上がった。なにを馬鹿なことを、と不安を打ち消す理由をあれこれ並べてみたが無駄だった。彼は水夫に、自分は行けないと告げた。告げざるを得なかった。水夫は、それでは乗船料は無駄になりますが、と答えた。しかし、それも甲斐がなかった。彼は部屋に留まった。そうするほかなかった。

水夫が去ったあと、商人は、この奇妙な心の動きの原因は何だろうかと理性的に考えた。彼は次のミデルブルフ行きの船を待たなければならなかったので、大切な旅の時間を無駄にしたことに本当はひどく腹が立ったし、悲しかった。退屈と憂さを晴らすために、彼は散歩に出た。夕方には近くの友人を訪問した。友人宅に行って二、三時間経った頃、通りがなにやら騒がしくなった。人を遣って探らせたところ、ミデルブルフの商船に雷が直撃し、船は沈没、生存者は一人もいないということが分かった。この知らせを聞いて善良なこの商人がどんな気持ちがしたか、読者のみなさまはご想像できるだろう。彼は宿屋へ戻り、部屋に閉じこもって、神の慈悲深い警告に感謝した。

## 第百二十八節　この話の確実な点。それに対する異議と反論

この話が間違いなく真実であることを、私は神懸けて誓うことができる。そして、この話をよく考えてみると、機械論的にこれを説明することは不可能であると考えざるを得ない。ただ、聖書の奇跡の物語を賢《さか》しらに解釈する者だ

けが、こう言うだろう。大気中の低気圧のにおいが、商人に漠然とした危険の予感を与えたのだ、と。そしてこの予感が水夫の姿を見たときに一気に表出したのだ、と。ところが、その日、ロッテルダムの上空には低気圧もなければ、嵐も迫っていなかった。かすか遠くの空に二、三の雲が見えるだけだった。七年間、友として私が親しく交わったこの故人も、低気圧による大気の変化説には心動かされていなかった。これらの説明はどれも役に立たない。そもそも信じたくない者、説得されたくない者、一度受け入れた体系を離れて、新たな体系を学ぶにはあまりに高慢ちきな者は、いつだって反論してくるし、こういう者たちは相手にしていられない。我が友の魂に「行ってはいけない。さもないと不幸な目に遭う」と囁いたのは、間違いなく守護天使だった。

## 第百二十九節　ボーモン夫人の話。ある注目すべき真の予感の話

『奇跡の博物館』[031]の第二巻第二章の一五二頁に、ボーモン夫人が雑誌『自然と科学』の八巻に寄稿した驚くべき予感の話が収載されている。引用しよう。

「私の家族は、私の父が若い頃に予感の助けによって身を守られたことがあるという話をみな覚えています。フランスのルーアンでは川下りは住民たちの通常の遊びの一つです。私の父もこの遊興の川下りが大好きで、毎週のようにせずにはいられないほどでした。一度父はルーアンから二マイル離れたポール・サン・トゥーアンへと下るクルーズ

に参加しました。昼の食事や必要な機材を運び込み、快適な船旅の準備がすっかり整いました。出発の時間になったとき、父の叔母の一人で、聾者だった女性が大声で泣き叫び、家のドアの前に腕を広げて立ちふさがり、それから手を組み合わせて、父に家に留まってほしいと懇願しているのだと分からせようとした。このクルーズを非常に楽しみにしていた父は、叔母の懇願を冗談で軽くかわした。だが、叔母は父の足にしがみつき、あまりに激しく嘆き悲しんだので、とうとう父も折れて、クルーズを別の日に延期した。父は一緒に行くことになっていた仲間にも連絡し、自分は今回は止めるから、できたらみんなも今日は止めて、次の機会に延期してほしいと頼んだ。しかし、彼らは彼の気後れを一笑に付し出発した。船に乗った彼らは、予定航路の半分も行かないあたりで、父の誘いに従わなかったことを恐ろしく後悔した。乗った船は壊れて半分に割け、多くの人が命を落とした。泳いで助かった人も彼らを襲った事故のあまりのショックに、生還後も精神的におかしくなった。

この不思議な予感のエピソードを機械論的な説明で片付けることはできない。警告を与えた天使には、聾者の叔母を除いては誰にも作用を及ぼせないと分かったのだ。だから、自らの使命を果たすために彼女を選んだのだ。

## 第百三十節　『奇跡の博物館』に載ったもう一つの話。庭の四阿《あずまや》に落ちた雷を予感した家政婦

『奇跡の博物館』の同じその号の一五三頁に、著者がある信頼できる男性から直接聞いた非常に重要な予感の話が語られている。

「この男性の友人が、ある地方へ派遣されて行政官として勤務していた。この友人は未婚だったので、家政婦を雇い、家のことを任せていた。この家政婦が彼のもとへ来てからすでに多年が経っていた。ある年、彼の誕生日の日だった。彼はパーティーのためのすべての準備を終え、朝早く家政婦に、今日は天気がいいから、庭の四阿《あずまや》を掃除しておいてくれと言った。パーティーの客と日中、そこで過ごそうと考えたからである。この仕事を言いつかるやいなや、急に家政婦は心ここにあらずという状態になり、命令された掃除を、ぐずぐずとしていつまでもやらなかった。ようやく彼女は主人に向かって、お客様は部屋の中でお迎えしてくださいましと頼み込んだ。今日、四阿に雷が落ちるような気がするのです、と。

主人は彼女のこの言葉を笑った。この日、嵐が来そうな様子はまったくなかったからだ。しかし、彼女がなおもしつこく哀願するので、彼のほうも、頼むから四阿を掃除してくれ。私は迷信を信じる人間だと思われたくないんだ、と彼女に強く言った。とうとう彼女はその場を去って、主人の命令通りにした。天気は相変わらず快晴だった。招待した客たちが到着し、一同は四阿へ行き、楽しい時間を過ごした。そうこうするうち、地平線の遠くに雲が集まりだした。風が立ち、その雲が一気に押し寄せた。パーティーの一同は話に夢中になっていて、これにまったく気づかなかった。だが、嵐が近づいていることに気づいた家政婦が、すぐに主人に、四阿を離れてくださいと懇願した。彼女はこの間もずっと落雷の予感が去らなかったのである。最初は誰も家政婦の懇願に耳を貸さなかった。しかし、彼女がなおもしつこく懇願するので、人々はようやく四阿を離れる気になった。一同がそこを離れて数秒後、雷が四阿を直撃して、まだそこに残っていた調度品その他もろとも、建物をこなごなに破壊した」

たとえ、この家政婦が迫りくる嵐と落雷の胸苦しい予感を持ったとしても、それがどこに落ちるか、場所まで予想することは不可能である。このように、機械論的哲学を信奉する哲学者が否認するか、否認できないときは沈黙するかしかない実話がときどきあるのである。この話から読み取れるのは、四阿に集まっていた男たちには天使の声を聞き取る器官が備わっていなかったので、警告にやって来た使者（＝天使）はこの家政婦の体に入口を見つけて、それを利用して人々に危険を知らせるという自分の使命を果たした、ということだ。

## 第百三十一節　その目的がすぐには分からない予感の例。ブレンケンホーフ氏が見た夢

ここまで話したのは、不幸を事前に警告するという予感の例だ。しかし、以下のケースのように、その目的が容易に分からない予感というのもある。

『奇跡の博物館』の第六巻第四章にブレンケンホーフに住む名士が見た有名な夢の話が語られている。この話の信憑性には疑いの余地がない。

ある晩、この名士は、荒れ果てた、ひどく寂しい地方にいる夢を見た。彼はこの土地から出たいと願った。だが、

彼はそこである男に出会い、この男は、彼にまだしばらくここに留まるように言った。まもなく、彼はこの人好きのする男が死んでしまうのを見ねばならなかった。同時に、見慣れない変わった服を着た人々の長い行列が通って行くのを見た。夢はそこで覚めた。だが、夢の中で見た男の顔と姿は、その後もありありと思い出せるほど、深く彼の心に刻まれた。この男の姿は一生消えなかった。

それからしばらくして、彼はプロイセンの王、フリードリヒ二世の委託を受け、ポンメルンへ赴いた。七年戦争の間、ロシア人によって荒らされた地方を復興するためである。しかし、実際に来てみて、ブレンケンホーフ氏がそこに見たのは、広大な荒廃であり、調べれば調べるほど、その被害は甚大であり、復興などとても考えられる状況ではないので、彼は国王に、とても手をつけられません、復興しようにもどうしてよいか見当もつきません、なにより人手が足りません、と報告書を書いた。

途方に暮れていた彼は、その頃たまたま立ち寄った村で、馬車に近づいてきた一人の男を見た。その顔を見たとき、ブレンケンホーフ氏は驚愕した。なぜなら、その男は、彼がいつか夢で見た、まさしくその男だったからである。彼がこの出会いを非常に喜び、すぐにこの男に絶大な信頼を置いたのは言うまでもない。この男はその地方の役人で、ブレンケンホーフ氏を慰めながら説得し、彼の手となり足となり、復興という気が遠くなる仕事に着手させたのである。

その後しばらくして、ブレンケンホーフ氏は、この友が病気で死にそうだと知った。慌てて駆けつけて、臨終には間に合った。友が死んだその同じ日、あるいはその翌日に、彼は非常な数の男たち、女たち、子どもたちの一陣が行列して歩く姿を目撃した。彼らはこの荒れ果てた土地を開墾し直そうとポーランドからやって来た植民者で、したがって、ブレンケンホーフ氏の復興事業に役立つありがたい人々だった。

## 第百三十二節　この予感の本来の目的

さて、この予感の例の場合、その本来の目的は何だったのだろうか。危険を警告することではなかった。何かをせよとか、するなとか、そういう合図はなかった。一見すると、この夢には、それがたとえ真の予感であったとしても、目的はなかったと思われる。だが、仔細に観察してみると、神慮による注目すべき事前準備を見いだすことができる。ブレンケンホーフ氏が、のちに彼の参謀になる友人となる男の姿を夢の中で見て、非常に強い印象を受けていなければ、男が馬車に近づいてきたとき、その姿を見てひどく感動することもなかったし、したがってこの地方の復興のために一生懸命尽力しようということにはならなかったはずである。したがって、あの夢全体は、神慮の側から見ると、のちの復興事業にとって十分に効果があった事前準備だったことになる。この夢も善なる天使の作用であることは、それが健全な人間の魂の自然な働きではまったくないことからも確実である。なぜなら、ブレンケンホーフ氏が磁気催眠（＝夢遊状態）にかかっていたとは考えられないのだから。

## 第百三十三節　ワルシャワのラゴツキー侯爵夫人が夢に見た、きわめて注目すべき予感

『奇跡の博物館』の第一巻第二章に、以下のような夢を通してのきわめて注目すべき予感の例が語られている。

「その少し前に、ワルシャワのラゴツキー侯爵夫人がパリへ旅する前にこんな夢を見た。夢の中で夫人は見知らぬ部屋の中にいた。その部屋の中で、やはり見知らぬ男が彼女に杯を差し出して、飲むように勧めた。彼女は〈喉が渇いていない〉と答え、断った。見知らぬ男はそれでも勧め、こう付け加えた。〈これは、あなたの人生での最後の飲み物です〉。その言葉に夫人は非常に驚き、目が覚めた。

一七二〇年十月に、この侯爵夫人は無事にパリに到着し、家具付きホテルに投宿したが、到着してまもなく高熱に襲われた。彼女はすぐに王の有名な侍医、あのエルヴェシウス[032]のお父さんを呼びにやった。エルヴェシウス医師がやって来た。すると侯爵夫人は目に見えて驚きを露わにした。どうしたのかと尋ねられると、夫人は、あの医者は自分がワルシャワで夢に見た男と瓜二つだと答えた。〈けど今回は、私はまだ死なないでしょう。なぜといって、この部屋は私が夢に見た部屋と同じではないからです〉と夫人は付け加えた。

それからまもなくして、侯爵夫人はすっかり快復した。あの夢のこともすっかり忘れてしまったように見えた。が、再び夢のことを思い出させる新たな事情が生じたのである。夫人は自分のホテルの部屋が気に入らず、パリにある修道院の中に別の住居を用意してほしいと要請し、その通りになった。侯爵夫人が修道院に引き移り、自分の部屋に足

を踏み入れた瞬間、彼女は叫び声を上げた。〈私はお終いです。二度と再び、生きてこの部屋を出ることはないでしょう。なぜなら、この部屋は私がワルシャワで夢に見た部屋そのものだからです〉。実際、彼女はそれからまもなく、一七二一年の初頭にこの世を去った。抜歯のあとに生じた喉の腫瘍が原因だった。しかもあの同じ部屋でのことだった」

この夢もやはり、善なる天使に由来するものだ。天使は侯爵夫人に、迫り来る死を知らせようとしたのである。

## 第百三十四節　予感を伝える三つの夢の話。クリストフ・クナーペ博士が経験した宝くじの話。モーリッツの『実験心理学』から

しかし、善なる霊や天使が関わるには、その目的があまりに些細に見える予感もまた多い。モーリッツ[033]の個人雑誌『実験心理学』[034]の第一巻第一章の七十頁以下に、そういう例が載っている。モーリッツに送られてきた手紙を、ここにそのまま転載しようと思う。

「ということは、私が先日あなたにお話しした魂の予知能力について、同じことを文書で書いてほしいとお望みなのですね。むろん、私は、私の経験が夢に基づいているものですから、下手をするとそれこそただの夢想家の戯言《ざれごと》と思われるのではないかと危惧します。しかし、あなたの有用な目的の達成にそれで少しでも寄与できるのならば、そんなことはたいしたことではありません。人には何とでも思わせておきましょう。私は、これから詳細にお話しするこ

とが真実であることを保証いたします。

一七六八年、当地（ベルリン）の宮廷薬局で薬剤師の実務講習に通ったあと、私は同年五月三十日に抽選が行われた第七十二回プロイセン官製宝くじで〈22〉と〈60〉の番号に賭けました。抽選日の前の晩、私は通常抽選が行われる正午頃に、宮廷薬剤師から遣いが来て、すぐに彼のもとへ出仕するよう言付かった夢を見ました。さっそく行ってみると、宮廷薬剤師は私に、すぐに城の向こう側にある、競売長官のミューリウス氏のもとへ行き、依頼してあった書籍を無事に入札できたかどうか聞いてきてくれと頼まれた。急いでいるので、返事を聞いたらすぐに戻ってきてくれ、とも言われました。

〈そいつは好都合だ〉と私は秘かに思いました（つまりまだ夢の中で）。ちょうど今、くじの抽選をやっている。言いつけられた用事を済ましたら、すぐに抽選会場の宝くじ局へ行き、私が買った番号が出るかどうか見てみよう（当時、抽選は宝くじ局前の通りでやっていた）、急いでやれば、ちょっと寄り道しても十分早く戻って来られる、と私は考えました。

それで私はすぐに（といっても、まだ夢の中での話です）、与えられた命令通りに競売長官のミューリウス氏のもとへ行き、依頼の質問をし、返事を聞き、すぐにイェーガー橋のたもとにある宝くじ局へ急ぎました。抽選会場はいつもの設えで、かなりの数の観客がいました。すでに風車型抽選盤への数字の書き入れが始まっていました。そして私が到着したまさにそのとき、〈60〉番が呼ばれて、抽選盤に数字が書き入れられました。ああ、私が来たちょうどそのときに私が買った番号の一つが呼ばれるなんて、きっと良い兆候だ、と私は思いました。

私は時間がなかったので、残りの数字の書き入れができるだけ早く終わるように願いました。ようやくすべての数字の書き入れが終わり、施設の孤児に目隠しがされ、その後、いつものやり方で当選番号が抽選されていきました。最初の当選番号が叫ばれて、数字が掲げられました。それは〈22〉でした。これはまた幸先がいいぞ、と私は思いました。きっと次は〈60〉も出るぞ、と。二番目の数字が抽選されました。なんとそれは本当に〈60〉でした。あとは何でも好きな数字を引いてくれ、と私は隣に立っていた見知らぬ人に言いました。私の番号はすでに当たったのです。もう時間がありませんでした。私は踵《きびす》をめぐらし、大急ぎで宮廷薬剤師の家へ戻ったのです。――

ここで私は夢から覚めました。そのとき私は、今ここで話したように、はっきりと夢のことを覚えていました。この夢と現実との脈絡がこれほど自然で明確でなかったならば、これはただの夢、普通の意味でのただの夢だと、このときも思ってしまっていたでしょう。しかし、ここまで脈絡のはっきりした夢だったので、私は大いに好奇心を刺激され、ほとんど正午が来るのを待ちきれなかったほどでした。

ようやく時計が十一時を打ちました。しかし、夢の現実化の兆候はまだ何も現れませんでした。十一時十五分、十一時三十分と時計が鳴りましたが、それらしい兆候は現れません。やはりただの夢だったかと思い始めたちょうどそのとき、病院スタッフの一人が私に近づいてきて、すぐに宮廷薬剤師のもとへ行ってくださいと私に告げたのです。私は期待に胸を膨らませ出掛け、薬剤師の家で彼から、すぐに城の向こう側の競売長官のミューリウス氏のもとへ行き、依頼してあった書籍を無事に入札できたかどうか聞いてきてくれと頼まれたのです。同時に、急いでいるので、返事を聞いたらすぐに戻ってきてくれ、とも言われました。これには本当に驚きました。

そのときほど急いだことはありません。私は競売長官のミューリウス氏のもとへ飛んで行き、依頼の質問をし、返事を聞き、すぐにイェーガー橋のたもとにある宝くじ局へ急ぎました。そして、驚くほかなかったのですが、私が到着したちょうどそのとき、〈60〉番が呼ばれて、抽選盤に数字が書き入れられました。

私が見た夢はここまで寸毫《すんごう》違わず実現していたので、私はもう時間がなかったのですが、この結末がどうなるか最後まで見たいと思いました。それなので、番号の抽選盤への書き入れが早く終わってほしいとただひたすら願いました。ようやく書き入れが終わると、いつものように施設の孤児に目隠しがされました。このとき、私が夢の完全な再現を願って、どんなにじりじりとした気持ちで待ちわびていたか、ご想像できると思います。

ようやく最初の当選番号が抽選されて、番号が叫ばれました。なんとそれは、本当に〈22〉でした。二番目の数字が抽選されました。そしてそれも、私が夢に見た通り、〈60〉だったのです。

そこで私は、すでにこの遣いで想定される以上の時間、そこに留まっていたことに気づき、近くの群衆をかき分け、自分を通してくれといいながら進もうとしました。〈あれっ〉と群衆の中の一人が言いました。〈当選番号がすべて決まるまでいないのかい?〉〈ああ〉と私は答えました。〈もう時間がないんだ。私の番号はもう当たった。あとは何でも好きな数字を引いてくれ〉と。そう言いながら、私はすでに先を急いで群衆の中に押し入っていました。そして急いで、嬉々として宮廷薬剤師の家へ戻ったのです。このようにして私が見た夢はすべて、単に事の経緯の大筋だけではなく、文字通り一字一句違わぬほど、現実となったのでした。

ここで私があなたに、二、三の似たような経験を追加でお話ししたとしても、ご不快にお思いになることはありますまい。

一七七六年八月十八日の朝方、私はシュレージエン門の辺りを散歩してから、畑を横切り、リークスドルファー通りかドレスデン通りを通って帰宅する夢を見ました。

私は畑が刈り取られたばかりなのに気づきました。おそらく少し前に穀物が収穫されたばかりだったのでしょう（実際私が収穫を見たわけではありませんが、そのとおりだったでしょう）。リークスドルファー通りに入ると、最初の家並みで、ある一軒の建物の前に数人の人だかりができているのに気づきました。彼らはその建物の中を覗こうとしていました。私はその建物の中か前で、何か面白いことが起きているのだろうと予想しました。それで最初に鉢合わせた人に〈何が起きているのですか〉と尋ねました。するとその人は〈えっ、宝くじの抽選さ〉と何食わぬ顔で答えました。〈そうですか〉私は言いました。〈抽選は終わったのですか？　当選番号は何番ですか？〉〈えっ、あそこに貼られてるよ〉とその男は答え、同時に建物の中にあった商店の入口の扉を指でさしました。そこに商店が入っていたことに私はそれまで気づきませんでした。

私は商店の扉の黒い縁に、よくあるようにチェークで番号が書かれているのを見ました。リークスドルファー通りの端に、商店の隣に宝くじ売り場なんて本当にあったかどうか確かめるために、私はわざわざ中へ入り、実際確認しました。商店も宝くじ売り場も本当でした。非常にがっかりしたのは、私が買ってあった番号のうち、一つしか当たりでなかったことが分かったことです。私はもう一度ざっと当選番号を見渡してそれを記憶しました。それからがっかりしたまま帰宅の途につきました。けれど、家に帰り着く前に、私は目が覚めました。——

目覚めたとき、私は偶然の騒音に妨げられて、今見た夢をすぐには思い出せませんでした。しかし、すぐに思い出し始め、しばらくじっとしていると、今話したようにすっかり全部を思い出しました。それでも、当選した五つの数字を全部正確に思い出すことだけはできませんでした。

〈42〉が最初の当たり番号で、〈21〉が二番目の当たり番号だったことははっきり覚えていました。その次の三番目で〈6〉の数字を見たことも確かなのですが、その近くに〈0〉の数字もあったのが、この〈6〉にくっついていたのか、それともさらにその次の〈4〉にくっついていたのかがはっきりしませんでした。その次に〈4〉の数字を見たのははっきり覚えています。したがって、三番目と四番目の当たり番号は〈6〉と〈40〉だったかもしれないし、〈60〉と〈4〉だったかもしれないのです。あるいは〈60〉と〈40〉だった可能性もあるのです。

五番目の当たり番号はもっとも自信がありませんでした。ただそれが、50台の数字であったことは自信があります。しかし、それが50台のどの数字だったかははっきりしないのです。〈21〉のくじは本当に買ってありました。私が見た夢が本当なら、この番号は当たることになるわけです。

私が見た夢がどれほど奇妙で、驚くべき夢だったとしても、五つの当たり番号をちゃんと思い出せないということで、私は悲しい思いをしました。当たりは全部で十六の数字の中にあります。すなわち、50台の十の数字（50、51、52、53、54、55、56、57、58、59）と、その前の六つの数字（42、21、6、60、4、40）の十六の数字の中の五つが当たり番号なことは確実に分かっていましたし、宝くじの発売期限までまだ時間もあったのですが、苦労して順列組み合わせを駆使して全部購入する労力がたいへんそうで、気乗りしませんでした。それで私は、二連くじと三連くじをいくつか買っただけにしたのですが、それでもまずい組み合わせのものを買ってしまったような気がして気持ちが晴れませんでした。

三日後の一七七六年八月二十一日、抽選が行われました。それは第二一五回目の宝くじ抽選会でした。そして、本当に私が夢に見た五つの数字が当選したのです。すなわち、〈60〉〈4〉〈21〉〈52〉〈42〉です。そして、このときようやく私は、どうしても思い出せなかった夢の中の五番目の当たり番号が〈52〉だったことをはっきりと思い出したのです。得られたかもしれない数千ターラーの代わりに、私は二十ターラー硬貨を数枚で我慢しなければならなかったのです。

もう一つ、これが最後の体験談です。

一七七七年九月二十一日に、私は、私の親友が訪ねて来て、たまたま話が宝くじに及んだとき、その友人が私に、当時私が持っていた小型の風車型抽選盤を使って、お遊びの抽選をさせてくれと言い出す夢を見ました。

友人はそこで出た番号を、次の本当の宝くじで買おうと考えていたのです。彼がいくつかの番号を引き終えたあと、私は抽選盤からすべての数字をはずして、それをテーブルの上に山と積み、それからその前に座って、彼に向かってこう言いました。〈僕がこれからつかむ番号が、今度の抽選で必ず当たる〉。そう言いながら、私はすでに数字の山に手を突っ込み、一枚の番号をつかみ出しました。それは確かに〈25〉の数字でした。それから私はその番号を再び数字の山に戻してぐちゃぐちゃにし、それから数字全体をカプセルにしまおうとしたところで、目が覚めました。

私はこの夢を今話したとおり、じつにはっきりと覚えていたので、この番号を絶対に信頼し、じっさいこの番号に、自分が満足いくだけの賞金が手に入るように賭けました。しかし、抽選が行われる二時間前、私は宝くじ売り場から、私が賭けた番号は今回無効になったという知らせを受け、賭け金を返却されました。抽選は九月二十四日に行われ、私の番号が当選番号でした。これは第二百三十四回の抽選会のことです。

多くの、もしかするとほとんど大部分の夢が、肉体に起因する原因に基づき、それゆえそれ以上の意味はもたないことを私は喜んで認める者ですが、しかし、その生成に肉体がまったく関与しない夢も少なからずあることを、私は十分な経験から信じております。この三つの例はまさにそういう夢の例であります。

私は、この三つの夢の例を誤って他の意味に解釈する人はいないと考えます。他の例を選ぶこともできたのですが、内容上、これがベストの例だと確信して選んだのですから。

哲学・薬学・外科学博士クリストフ・クナーペ」

私がたくさんの他の例を差し置いて、この三例の予感の話を選んだのも、この三例の話には想像力によるまやかしが一切ないこと、不思議の謎解きのための素材を与えることができるかもしれない一連の外的な事情が考えられないこと、さらに、歴史的検証に耐え得る特徴をすべて保持しているからである。

## 第百三十五節　ある敬虔な牧師が教えてくれた予感の話

ここで、一人の尊敬すべき牧師が、ある有名な都市から私に宛てて送ってきた手紙を紹介しようと思う。

「貴殿が、魂がもつ予感能力についての本を書こうと意図されているとご著書から知り、お役に立てればと思いました。このテーマに懐疑的な人が言いそうなことをあらかじめ私が指摘しておけば、私が提供する寄与はいっそう信頼に値するものになると信じるからです。

(1)私自身、十五歳から十六歳のときに、どうでもいい会話をしていた際に突然、忘我状態になり、その間、私は想像の中で、数人の兵士と農民に引き立てられて来る一人の泥棒の姿を、まるでそれが現実であるかのようにありありと見、私は会話を中断し、〈泥棒が一人、連れて来られる〉と言って、周りの者たちに笑われたことがありました。しかし、ものの十秒もしないうちに、本当に捕らえられた者が一人、私がちょっと前に見たとおりの姿でやって来たのです。私がこの幻視を見たのは、まったく突然の忘我状態でした。

(2)私の妻が夢に見た予感のうち、それほど重要でないものは除き、このきわめて注目すべき予感のことを挙げておきたい。この話はムシャール氏の目に留まり、モーリッツ[035]の雑誌『実験心理学』にも取り上げられたものです。

事が起きる六週間前、私の妻はある人と旅行に出かける夢を見ました。この人は旅の途中で具合が悪くなったが、無理して旅を続けました。だが体調はますます悪くなり、彼女は顔色の悪い老婆に何か食べるものを持ってきてくれと頼みました。しかし彼女はパンと水しかもらえませんでした。まもなくその人はベッドに臥せり、非常に衰弱しました。牧師が呼ばれましたが、この牧師の振る舞いが愚かしかったので人々は腹を立てました。妻は彼女が死んだのを見ました。彼女の死を悼む人々が部屋に入ってきました。妻は外の通りで、人々が讃美歌〈私は死んでイエスへ向かう〉を歌う声を聞きました。そのあたりにはいそうもない元帥たちが遺体のそばにいるのを見ました……。

六週間後、すべては細かいところまで、まさにこの夢の通りに実現しました。しかし、私の妻はこの話を、夢を見た翌朝すぐに私に話したのです。したがって、この話はあとからでっちあげたり、潤色されたりした話ではありません」

この手紙の続きは、ここでの話題と関係ないので引用はここまでとする。

## 第百三十六節　目的を持たないように見える夢についての省察

以上の予感の例で目につくのは、それが何の目的も持たないように見える予感であることである。もちろん、宝くじが当たろうと当たるまいと、神慮は忙しく働いている。なぜなら、どちらにしても、その結果は一人の人間の活動圏に強く介入し、その人の運命に大きな影響を及ぼすばかりでなく、その人と関係のある人々の運命にも影響するからだ。ただ、クナーペ博士の予感の場合、奇妙な点が存在する。彼の予感は何の役にも立っていない点である。しかも、結果をあらかじめ知ることで生じ得た事態を、神慮は巧みに回避していることである。

最初の例の場合、クナーペは、彼が夢を見たときすでに「22」と「60」の番号のくじを購入済みだった。そして、夢の中で、この番号が最初に当選するのを見た。つまり、この予感はまったく無駄な予感であった。

しかし、二番目の夢には明らかに神慮の影響が現れている。クナーペは夢の中で、当たり番号の五つをすべて見ている。予感は完璧であった。だが、それほど大きな金額を一度に手に入れることは、この人に対する神慮の導きとしては相応しくなかったので、目が覚めたときに「偶然の」騒音を起こして、クナーぺの意識を番号から逸らし、彼がはっきりとは思い出せないようにさせたのである。

この点きわめて注目に値するのは三番目の夢である。クナーぺは夢から覚めたあとも「25」番という数字をはっきりと覚えていた。彼はこの番号のくじを購入した。しかも、それは抽選の三日も前だった。それなのに、この番号は宝くじ売り場から「無効」の連絡が来て、購入金が払い戻された！　なにゆえ？　それについてクナーぺは語っていない。

ともあれ、神慮は、彼がこのくじで金を儲けることを望まなかったのである。したがって、この予感はまったくの無駄であった。

さらに、そのあとで紹介した牧師の青年期の予感の例も、その予感には何の目的も認められない。せいぜい考えられるのは、この青年の気持ちに強い印象を残すことで、何事につけ熟慮を促したというぐらいであろう。

同様に、この牧師の夫人が見た奇妙な夢も、完璧な予感を含んではいるが、しかし、まったく無駄な予感である。ただ一方で、この予感も、他の似たような予感同様、「内部の人間」(第六十七節）とその思考過程にわれわれの与り知らない作用を及ぼし、したがって何らかの目的を持っているということはあり得るかもしれない。少なくとも私には、そっちのほうがより本当らしく思える。

## 第百三十七節　これらの事実を説明する機械論的哲学の説明の不十分性

けれど、これについて、啓蒙された賢者、すなわち哲学者が何と答えるであろうか。開眼したキリスト教徒は何と言うであろうか。

機械論的哲学を信奉する哲学者は、いま語られたような予感についてはみな口をつぐむ。なぜなら、彼らの体系によれば、人間は、五感で感知される原因とその影響から理性的に推論される事象を除いては、まだ起きていないことを予知することはできないからである。先に挙げた例には、五感で感知された原因もその影響も一切ない。そればかりか、これらの例は機械論的哲学とは真っ向から矛盾する。機械論的哲学の基本原則からすれば、それは不可能である。だが、それにもかかわらず、それは本当にあったことであり、真実である。ということは、必然的に、機械論的哲学の基本原則のほうが、基本的に間違っていることになる。このきわめて重要な事柄について私の立場を明確にするために、ここでこの曖昧模糊とした事象に対して徹底的な演繹の試みをしてみたい。読者のみなさま、すでに何度か話したことを繰り返すこともありますが、どうかお許しください。

## 第百三十八節　この曖昧模糊とした事象に対する徹底的演繹

人間は、今あるこの肉体を通じて、今あるこの感覚世界に適合するようにつくられているが、人間霊魂のほうは、別の言葉でいえば、永遠の光の覆いでできた霊は、超感覚的世界に適合するようにつくられている。

人間霊魂は、人がこの世で生きている限り、この機械的肉体の中に閉じ込められていて、感覚器を通じて、この時空の中で物事を認識するほかない。そもそも人間霊魂には、この世にある限り、それ以外の認識の手段がないのであるから、そのようにつくられている自らの在り様と感覚世界によって与えられる自然法則にしたがって推論し、判断する以外のことができない。

キリスト教徒の神を信じない者なら、それでも心安んじることができるかもしれない。魂の不死を、本当は信じたいのに信じようとしない者なら、それでも心安んじることができるかもしれない。たとえ、心安んじなくとも、安んじないままに打っちゃることができるかもしれない。こういう人はそれ以上何も必要としないからだ。しかし、自らの完成と至福を渇望する魂は、この移ろいやすい感覚世界以上のものを必要とする。だが、魂は自らの全認識圏において、この「それ以上のもの」をまったく見つけることができない。神の存在の物理的証拠について、たとえどんなことが言われていようと、真実の神は現れない。現れるのは、遍在できる、全能全知で至善の完璧な「人間」だけである。この「人間」は、自らに備わった力で自己統御することができる機械である。同様に、全人類が機械になってしまう。

魂は、自らを知ることがない。自らの感覚的な認識源からの情報で、自らを知ることができない。魂は、自らの完成と至福の永続を望んでいる。この衝動は魂に内在する、生得のものである。自らを委ねること、そういう状態に到達するための真の手段を、魂は知らない。したがって、魂が、自らのいるこの世界、すなわち感覚世界の中で、そのための手段を捜そうとするのはごく自然である。だが、魂はそれを見つけることができない。それで一つの認識から次の認識へと駆けずり回って、いっこうに満足することがない。そして最後は、感覚世界の死によってこの世から引き上げられ、残された者たちは、いなくなった魂がどうなったのか知ることがない。

ときどき、百万人に一人ぐらいの割合で、さらに先まで考察を続ける者がいる。この者はつかんだ手掛かりの後を追いかけながら、さらに先まで進む。彼は、自分が生きているこの世界には、いや彼自身にさえも、何らかの起源がなければならぬと発見する。彼は神性の観念に到達する。彼は神の御業（＝神が創ったもの）から推論を重ねて、完璧な「人間」という概念を生み出す。この「人間」が今や彼の神となる。彼は、この完璧な「人間」を崇拝し、この「人間」の真似をしなければならないと感じる。それとともに、彼の気持ちの中にある一つの法則が生まれる。それは「他人があなたにして欲しくないことを、あなたもしてはならない」であり、そして「あなたが他人からしてもらいたいことを、あなたもしなさい」で定式化される法則である。さらに考察を続けると、彼は遂には必然的に、われわれの時代の理性が啓蒙主義哲学で到達した結論に到達する。すなわち、理神論（Deismus）、次いで運命論（Fatalismus）、自然主義（Naturalismus）、そして無神論（Atheismus）である。啓示された真の宗教によって導かれたのでない、ただ自らのみを頼りとした理性は、最後にはここに到達せざるを得ないのである。

一方で、魂が生得的に持っている、自らの完成と至福への根本衝動は、肉体の牢獄に閉じ込められた哀れな魂を、一つの感覚的認識から次の認識へと駆り立てる。しかし、魂はけっして満たされることがない。魂は、自分がいるべき場所はここではないと感じる。だが、他の居場所を知らない。ここで魂は、自分に開かれた二つの道のうち、一本を選ぶことになる。その二つとは、一つは、この世で自らの感覚の赴くままに認識し、それを享受し、それでよしとすること。もうひとつは、運命と闘うこと。自らが遭遇する不愉快な現象に毅然として耐え、己が存在に腹を立てながら、死に際しては、偉大なる未知の可能世界に移行すること。

死に際して魂が消滅すると考えることほど、非理性的で意味のないことは考えられない。このことは多くの人が洞察しているし、実感として感じてもいるだろう。自らの完成と至福の永続を、生得の根本衝動として植えつけられた存在が、何ら目的を達することもできなかったわずかばかりの今生の生ののちに、存在を止めてしまう。なんと馬鹿げた考えであろうか。半分おバカな理性でも、このことの不合理は認識している。しかし、人間は死後の魂についてのは、ときどき死者が幽霊となって現れたと言われることがあるのを除けば、いっさい聞くことも見ることもできないので、理性的なだけの人間、機械論的哲学を信奉している哲学者は、死後の魂のその後の運命について、これっぽっちも知ることはない。むろん、あれこれと推測はする。しかし、それらは常にこの感覚世界から抽出された機械的法則に従っているから、霊たちが自由意志で住まう他の世界（＝霊界）にそれを適用するのは根本的に間違っている。

これが、人間の理性が、自らのみを頼りとし、論理的につきつめて思考すれば、必然的にたどる道である。この道はまったく自然であり、理性に適った道であるため、人類の文化が黎明する最初の数世紀において、すでに人類はこの道に踏み込んでいたに違いないと考えるべきだろう。だが、話はここで終わらない。あらゆる民族の歴史を調べると、まったく別の回答が見つかる。それは、かつて人間たちは霊界に親しんで生きていた、というものだ。人間たちは、高次の存在のことを、だんだんと立派になり、完成されていく「人間」であると信じていた。この段階的成長の果てに、ついには神に、万物の創造の起源である至高の存在としての神性に、直接連なるようになる「人間」であると信じていた。このイメージが、ある程度開明された民族がもつあらゆる神話（神々の教え）の共通イメージである。個々の民族は、その性格と傾向に応じて、この共通イメージを変奏する。あらゆる民族に、ときとして、偉大な天才が出現し、このイメージを熱い想像力を駆使して飾り立て、人類に善を為す偉大なヒーロー（＝英雄）を生み出し、世に送り出す。このヒーローは死後、神々として崇拝される。一般に神への信仰、不死への信仰が支配的であったのだ。

では、真理を愛する読者のみなさまに私は問いたい。人類がこれほど早くから神への信仰、霊界への信仰、不死への信仰を持つに至ったきっかけは何であったろうか。理性の道の途上ではなかったことは確実である。理性の道は逸脱へのまっしぐらの道だからだ。では、想像力によるのだろうか。いつの時代も、未知の新奇の存在に形姿を与えるのは想像力だからだ。そうだったかもしれない。だが、仔細に吟味してみると、この「想像力」説の可能性は消える。以下の理由からである。

（1）想像力が生み出すあらゆるイメージの元には、本物の実在する物のイメージが必要である。素材がないところで、どうやって何かを想像したり、作り出したりできるだろうか。神や霊界について何事かを知ってのち、初めて想像力は、このイメージを感覚世界のイメージを組み合わせて描くことができるのである。さらに、

（2）ある程度しか開明されていない民族は、すべて、神、霊界、魂の不死の共通イメージを持っている。この純粋に抽象的な概念においては、いかなる民族も一致している。彼らはいったいどこからこの概念を得たのであろうか。当然のごとく、自ら体験したか、先祖から聞き知った、神・霊界の啓示、死者の幽霊の顕現からに他ならない。感覚器で捕捉できない事柄について、すべての人間が同じイメージを得ることができるはずがないからである。

神、霊界、魂の不死の共通イメージを、われわれは人類の揺籃《ようらん》の地、大昔のオリエントに見いだすことができる。人類最古の歴史家モーセは、感覚世界の起源、この世界の住人（＝人類）の起源、神・霊界・不死の最初の啓示について語った。地球とそこに住まう者たちの最初の歴史、それらすべてを少しも創作を交えることなく、簡潔に、崇高に、神に相応しくわれわれに語ってくれる。心が堕落していなければ、理性が曇らされていなければ、誰でも、この男は永遠の天なる真理を語っていると言わずにはおれないほどだ。

モーセはエジプトで育った。当時、エジプトは全世界でもっとも高い文明を誇った民族だった。あの有名なパールシー教徒[036]たちが出てくるのは、もっとあとのことだからだ。創始者ゾロアスター（ツァラトゥストラ）は第一の者も第二の者も、エジプトの僧侶階級の弟子であった。その他の民族、たとえばギリシア人も、勃興したのはずっとのちの時代である。その高い文明にもかかわらず、エジプト人は、神、霊界、不死の基本イメージを、一言でいえば、宗教と神学の基本イメージを非常に汚した。なぜなら、彼らは牡牛やその他の動物を神の象徴とし、それが民衆によっ

て崇拝されたからだ。同様に、彼らの道徳も堕落していた。エジプト人はモーセの時代にすでに没落していた。したがって、モーセはその神学を、たとえエジプト人の精神文化に親しんでいたとしても、エジプト人から学んだのではけっしてない。モーセは自らの先祖から、族長の家系から、そして自ら神と交流することによる独自の体験から神学を学んだのだ。

したがって、神、霊界、不死の純粋に神学的な基本概念は、原初の人間から族長の家系に、族長の家系からモーセに、モーセからイスラエルの民に、イスラエルの民から複数の経路を通って、部分的にギリシア人やローマ人やその他の民族に流れていったのだ。このことは彼らの神話を見れば分かる。そして最後に、神人イエス・キリストが人類への神の啓示を完成したのだ。その際、イエスがしたことは、この神学的イメージを純粋に、余すところなく提示して、同時に、われわれの無限の完成と至福への根本衝動が満たされるために、人間がどうしても進まねばならない確かな道を示したことである。

キリスト教の創設時に、キリストとその使徒たちは、真の崇拝者・信仰告白者たちに、永遠の天なる真理として、また信仰箇条として、この神学的イメージを遺した。このもっとも純粋で完璧な意味における神学的イメージとは、本書の目的との関連でいえば、以下の概念から成り立っている。

天と地の全能の創造者である父なる神は、自らの息子、すなわちロゴス（＝言葉）を、地上に派遣し、人と為した。それは、楽園から堕落した人類を救済するためであった。ロゴスは神が自らを顕現するための媒介であった。人となった神の息子は、重い苦難の人生を経て救済を完遂し、死と地獄に勝利し、堕落したすべての霊と天使に勝利し、全世界を支配する玉座、天なる父の右手の席へと上りつめた。彼は天国と地上の双方で、全能の力を受け取り、すべての彼の敵、すべての人類の敵、さらに「死」さえもが打ち負かされるまで、この世界の唯一の統治者となった。父なる神が地上に派遣した聖霊が、人類の聖化、すなわち人類の道徳的完成を手助けした。聖霊は父なる神の救済の御業を懇請切望し、けっして邪魔だてしなかったからだ。

しかし、人類の統治は霊界を通して、善なる天使と霊たちを通して実現する。というのも、これら善なる天使と霊は、あらゆる手段を尽くして、主の意思に従って人間の自由意志を導こうとするからだ。しかも、その際、けっして人間の自由意志そのものを損ないもしないのだ。だから、主と主の言葉を信じ、それに従って生活する者もまた、主の世界統治に協力する道具となる。主の統治の目的は、強力な悪なる霊と悪なる人間を打ち負かし、地球、すなわち全人類をこれら悪なる霊と悪なる人間の隷属から解放し、ついにはすべての悪を神の国から抹殺することである。

肉体と感覚世界は、われわれ人間の、この時空に限定される法則に従い、この法則に固有の、自然の諸力によって支配されている。しかし、人間霊魂が属している霊界を支配しているのは「掟」である。感覚世界においては、諸力の作用は必然であるが、霊界では、「掟」に従うか否かは自由意志に依存している。だからかえって霊界のほうが「理性的」である。むろん、その自由意志が神の統治という目的に合致しない場合には、神は自由意志を制限することもあるが。

善なる天使や霊、悪なる天使や霊、双方がどれほど強力に世界統治に介入してこようとも、新旧の契約の神の「掟」において、人間が天使や霊たちと交わり関係を結ぶことは厳しく禁止されている。同様に、霊界の住人も、主の命令あるいは許可なく、地上で生活している人間たちの前に姿を現すことは許されていない。

したがって、霊界と交流しようと試みる者は重い罪を犯していることになるから、彼はまもなく後悔する。だが、自ら求めたのではなく、神の摂理によって霊界との交流に入った者は、ひたすら祈り、知恵、勇気、力を懇請してほしい。こういう者にはこれら三つが必要だからだ。そして、病気、あるいは物理的自然からの逸脱により霊界との関係に入った者は、適当な手段によって健康を回復し、霊との交流から脱却してほしい。

読者のみなさま、以上が、神と霊界についての、純粋で真実の、福音主義派の教義であり、自由意志の哲学体系をめぐる私の神学的解釈の基本イメージである。

この世の生と感覚世界に属する物の世界では、機械論的哲学がわれわれの思考と推論の指針であり、規則である。そこでは理性が論理的な法則に従って判断しなければならず、それがわれわれの唯一の導き手であらねばならぬ。しかし、ひとたび話が神の国の「理性」になれば、そこに住まう存在は自由と啓示の「掟」に従って判断するのだ。なぜなら、この世で生きる人間は感覚世界に適合するようにしかつくられておらず、したがって、粗雑な機械的肉体から解き放たれない限り、霊界における思考の基本形式についてのデータをまったく持っていないからだ。

だが、読者のみなさん、私が迷信への扉をまたぞろ開けようとしているなどと考えてはなりません。心配ご無用。なぜなら、われわれは霊界とその作用について、いっさい顧慮する必要がないと、私は声を大にして主張しているからです。われわれはただ、神に、神の言葉に、神の聖霊に委ねられている。それ以外の霊はわれわれにはいっさい関係がない。

不信仰と堕落が支配的になれば、善なる天使と霊は遠ざかり、悪なる霊を呼び寄せる。しかし、この悪なる霊は、なかなか正体を現さない。悪なる霊は、自然な作用を装いながら非道な事象を引き起こし、そうすることで最後の審判のための準備を急かす。見守ること。祈ること。この二つがわれわれの義務である。

これが私の心霊学の理論である。この基本原則に従い、やっと私は、「予感・幻視・心霊現象の何を信じ、何を信じてはいけないか」の問いに答えることができるようになる。

## 第百三十九節　私の心霊学の理論の基本原則。真の予感に対する説明

もし、予感の素質——これは予感の上級能力のことではなく、ごく初歩的な素質——を持たない人間が、未知の何者かによって事前に危険を警告されることがあるならば、それは神の政府の命令によって、天使を通じて起きたことである。その際、天使は、何らかの自然の手段を使うか、あるいは人間の心に直接、印象を植えつけるかするのだが、それはそのときの目的に応じて、一番簡単で、ベストの方法が選択される。私が先に語った真の予感の最初のいくつかの例(第百二十三、百二十七、百二十九、百三十節)は、そういう例である。なぜすべての人に危険が警告されないのか、と問われたら、人間が自ら危険を察知、予見できる場合、「予感」は必要ないからだ、と私は答える。不幸が起こることが神の統治の目的に適う場合はなおさらだ。眼前に迫った不幸がそれ以外には避けようがなく、しかも、

神の統治の目的に適合せず、したがってどうしても回避せざるを得ない場合に限り、予感による警告が必要となるのだ。

ブレンケンホーフ氏が見た夢（第百三十一節）も天使の作用であった。なぜなら、彼はこれ以外の方法で、多くの不幸な者の支援のための復興事業に一生懸命尽力することにはならなかっただろうからである。ラゴツキー侯爵夫人に彼女の死の際の状況を事前に知らせ、彼女が何をなすべきかの合図を送った天使も同様である（第百三十三節）。なにゆえ天使を通じて知らせるのか。しかも、こういうやり方で。おそらく後世、明らかになるであろう。

## 第百四十節　目的を持たない予感と夢。予感能力とは何か。またその上級能力とは？

クナーペ博士の予感（第百三十四節）に関しては、事情はまったく異なる。これらの予感の根拠はクナーペ氏その人にある。これについて詳しく説明しよう。

ここに天使が関わっていないことは、これらの予感が役に立っていないことから明らかである。夢で見た予見は無駄に終わっている。その事情は以下のようだ。

私がここまで述べてきた理論から、人間霊魂が霊界に近づけるのは、それが魂と肉体の相互作用を可能にする諸器官から解放された時点であることが明らかとなっている。この解放は、さまざまな方法で、さまざまな段階で生じ得る。完全な解放は死ぬときである。

どのような方法であれ、どのような段階であれ、ある人が魂の肉体からのこの解放を行える生得の素質を有している場合、私はそれを「予感能力」と呼んでいる。そしてその能力が活発な場合は、「予感の上級能力」と呼ぶ。

予感能力がどういう種類のものになるかは、個々のケースによる。とはつまり、そこで支配的な個人の傾向による。たとえば、宝くじが好きな人、あるいは未来の出来事や空間的に遠く隔たった場所で起こる出来事を知りたいという好奇心に満ちた人で、先ほどの素質を持っている人は、その自分が関心のある分野においてのみ予感能力を発展させる。彼の魂がその傾向を持つ事柄を、予感能力の素質に応じて感じるのだ。

## 第百四十一節　予感能力はいかに作用するか

しかし、今言ったことがいかに合理的であろうとも、それでもなお最大の困難がまだ残っている。つまり、どうやって人は、とはつまり全能ではない霊が、霊界において未来の出来事を事前に知ることができるのか、という問題だ。それに対する私の答えはこうだ。感覚世界における人間の自由な行動は霊界を通じて導かれ（その際、人間の自由そのものは毀損されない）、それによって個々の人間、個々の民族、つまりは全人類の全活動が、その規模にかかわらず準備されるわけだから、予感の上級能力を持つ人間は、その準備の成果を、それが何らかの方法で具現化し、したがって感知可能になるときに、感じることができるからだ、と。

まったくの偶然、単なる「たまさか」はあり得ない。きわめて小さな、きわめて些細な出来事から、もっとも重大な結果が生じるのが通常なのだ。神の意思なしに、一本の髪の毛も、一匹の雀も地上に落ちない。賭場台や、密貿易の現場、あるいは恐るべき悪徳の現場において、霊界は関与を強める。悪なる霊は人間を堕落させるように作用する。情熱を焚きつけ、悪徳へと人を誘導する。対するに、善なる霊は、神の統治の導きのもと、徳を促進し、情熱との闘いへと人を鼓舞し、悪徳から離れるように促す。したがって、予感の上級能力が近い未来のことを予知でき、しかしけっして遠い未来のことを予知できないのは理解できる。なぜなら、予感の上級能力が自分でも無自覚のまま感じることができるのは、近い未来に起きることの準備であり、遠い未来に起きることの準備ではないからだ。霊界でのこの準備を漠然と感じ、そこから感覚的に捕捉可能な「準備の成果」が組み立てられ、それが魂によってはっきりと感じられるのだ。

## 第百四十二節　予感能力を上級にまで発達させた人はいくつかのカテゴリーに分かれる

ここに自然な予感と、神的なものを通じての予言の最大の違いがある。これについては後ほど詳しく論じるつもりだ。

ここまで対象にしてきたのは予感能力をまだ「上級」にまで発展させていない人、したがってその予感は天使由来であると判断せざるを得ない人か、あるいは、ごくたまに、特定の場合にだけ上級能力を持つが、それがほとんど意味のないケースになる人である。いよいよ次は、予感能力を上級にまで発展させ、頻繁に未来のことを予言する人たちである。これらの人たちは、さらにいくつものカテゴリーに分類される。

## 第百四十三節　第一のカテゴリー。敬神の勤行によって予感の上級能力を獲得した人

（1）もともと生得の素質はあったとしても、それだけでなく、長い間、偽らざる心からの敬神に勤《いそ》しみ、多年にわたり神の御前で、神との内的な交流を経験することによって、ついには予感能力を上級に発展させた人々がいる。これらの善良な魂は、霊界や未来を解明する貴重なヒントを提供してくれる。ただ、これらの人の場合、引き合いに出されるのが、彼らのお気に入りの対象ばかりだという難点がある。たとえば、ヨハネの黙示録に没頭している人の場合、それの解明の手がかりを得るだとか、あるいは、死後、人間がどうなるか問題に取り組んでいる人の場合だと、この問題に関することだとか、そういう類いのことである。きわめて敬虔で浄化された魂は、どんなに高められ精練された内的な力を備えていたとしても、なおまだ肉体の中にあり、この魂の感覚的な想像力はあくまで天上の光によって照らされているのであるから、したがって、この魂は霊界から得た情報と、自らの活発な想像力が創作した事柄とを区別することができず、それがしばしば話の中や、著作の中に混じり込んでしまうのである。このような人々が予

言をすると、当たる場合もあるし、当たらない場合もあるが、それは今述べた理由からである。

## 第百四十四節　この人たちが陥る危険。この人たちはどう振る舞うべきか

この明らかに正しい考察から、その結果として二つの重要な義務が生じる。

（1）これらの敬虔で浄化された魂の持ち主は、けっして霊能者を僭称したり、いわんやそこから神の啓示を捏造してはならないこと。もし、彼らが未来を見たり、遠くで起きていることが分かったり、あるいは霊界から情報を得ることがあった場合、まず考えるべきことは次のことだ。神の秩序では、自分がこういうことを知れるはずがない。それなのに今、自分が求めたわけでもないのに、神慮によってそれが啓示された。となれば、肝心なのは、それが自分だけに役立つことなのか、それとも他の進んだ魂の持ち主にも役立つことなのか、はたまた一般民衆にも役立つことなのかを見きわめることだ、と。大事なのは、祈ること、見守ること、否認すること。なぜなら、この場合、光の天使として現れたのは誘惑者だからだ。この誘惑者は小声でそっとこう耳打ちする。「あなたは心の浄化を、主がきわめて満足するほど進めたに違いありません。なぜなら、主はあなたを啓示を下ろすに値する人と認め、あなたの預言者としての能力を認めたのですから」

こうなると、しゅるしゅるという蛇の音にも似たこのささやきの正体を見破り、十字架に架けられた救世主に熱心

に接近することを通じてこれを追い払うためには、多くの経験を必要とする。ときにはこの誘惑者に「恐れながら申し上げます。私はまだまだ遥かに遅れた者でございます。このような高い能力を授かるには、まだまだ修行不足の者でございます」などとへりくだって見せさえしてしまう。この見せかけのへりくだりは魂の中にしっかり根づき、さてこうなると、この魂を再び真の自己否認、自己否定へ連れ戻すのは非常に困難になるのである。

私がここで扱っているテーマがどれほど重要か、賢明なる読者のみなさまなら容易に分かっていただけると思う。なぜなら、もし、予感能力の真の性質を知らない魂が、それがどこまでも堕落し道を踏み外した人間の魂にも芽生え得るものだと知らない場合、その魂は、容易にそれを神からの啓示、霊的な予言だと見なし、自分にはその能力があると傲慢になり、次第次第に堕落し、再び破滅の道を歩むことは疑いないからである。

## 第百四十五節　周囲の者が注意すべきこと

(2) すべてのキリスト教徒にとって同様に重要な、もう一つの義務は、それが男でも女でも子どもでもいいが、誰かが心ここにあらずの忘我状態になったり、何らかの仕方で興奮して熱狂状態に陥ったりした場合に、きわめて注意して対処することである。けっしてそれを神的な事象と見なしてはいけない。最初、彼らはしばしば、神の御言葉に基づく素晴らしいことを言う。それで多くの人がころっと騙される。しかし、そのあとで「善」の敵、すなわち「悪」

が混じってくるのが通常である。夢遊状態に陥った人が素朴で単純な人の場合、とくにそうである。こういう人の場合、適当な宗教知識が欠けているからだ。それで、誤った、堕落のセクト（＝分派）、しばしば途方もない分派が誕生するのだ。昨年、スイスのベルン州で起きた、あの恐るべき事件を思い出してほしい。一人の若い女性が、やはり忘我状態を伴う狂信から、信者たちの力を借りて、尊敬すべき老父の首を絞めて殺した事件である。復活祭が最後の審判になるから、父の魂を救うためだと彼女は言った。

## 第百四十六節　超常現象に対する重大な警告

私は、我らが顕彰すべき王、イエス・キリストの聖なる御名において、これを読んでいるすべてのみなさまに告げる。こういう予感や忘我状態での預言といった超常現象に対して懐疑的でありなさい。慎重でありなさい。すべてをよく吟味し、仮に敬虔な魂の持ち主がそのような状態に陥って書いたものであっても、けっして無条件に、それを神の啓示であるなどと思ってはなりません。そのような予言を信じてはなりません。当たるものもあれば、当たらないものもあることを知りなさい。今のようなきわめて瞠目すべき時代には、闇の君主、冥王（＝冥界の王）は、真のキリスト教徒を堕落させようと、考えられるあらゆる誘惑の手段を使ってくる。冥王は敬虔な魂を欺くために、まやかしの光の姿をとって現れる。それゆえ、私は、近未来を知るために聖書の中の予言を穿鑿《せんさく》することは止めなさいと真剣に警告しなければならない。近未来について、われわれはわれわれに必要なことは分かっている。あとは、それが少しずつ実現していく様に注目していれば、それで十分である。これらの穿鑿家のもとに悪なる霊がやって来る。すると、彼らは、これは神の霊だと思い込む。ありがたい恩寵を授かったと喜び、今やあらゆる夢を神のお告げと見なしてしまう。誘惑者のほうは、分からないように彼らを真理から遠ざける。そして結局、夢のお告げが実現しないと、彼らは自らの信仰に難破する。まさにこれこそ誘惑者が求めることである。

十字架に架けられたイエス・キリスト以外の他は何者をも知ろうとしないこと。これこそわれわれの義務である。キリストはわれわれに必要なことは、必要なときにその都度知らせてくれるだろう。

## 第百四十七節　S市のW夫人の注目すべき予感能力

二、三か月前、私の大切な親友の一人が、真のキリスト教徒が、予感の上級能力をどのように活用するべきかについての、啓発的で恰好の例を教えてくれた。この話が真実であることは保証する。私はここに、私が聞いたとおりに、それを掲載する。

「S市に住む職人階級のある女性には高度な予知能力があった。彼女は昼も夜もほとんどひっきりなしに霊界から来る幻視を見た。しかし、この女性はそのことを秘密にし、親しい人にしか打ち明けなかった。彼女は非常に敬虔な女性で、日々、忍耐と自己否認と慈善を実践しているキリスト教徒だったので、キリスト教徒としての賢明さと謙抑さを持ち合わせていた。彼女は自らの幻視能力を誇ることなく、むしろそれを警戒して、過ちに陥らないためには絶えざる注意と常なる祈りが必要だと断言していた。霊界の住人の中には、善なる者もいれば、悪なる者もいるし、半分だけ善なる者、半分だけ悪なる者もいる。人間を騙すことを楽しんでいる霊もいる。霊を吟味する能力を神から得てまもなく、彼女は自らの体験からそのことに気づいた。有名人が亡くなると、彼女は死後すぐに、その人の生前とはまったく違った様子の姿を見た。補佐司教がねずみ色の貧者の服を着ていたり、高慢の徒がすっかり自信を喪失したかのように小さくなって現れるのを彼女は見ている。

この女性が、かつて通りで親しくしている女友達と偶然会ったことがある。この女友達は未亡人で、彼女も神を畏れるたいへん敬虔な女性だったが、幻視のようなものはすべてただの妄想だと思っていて、霊界など存在しないと信じていた。通りでこの未亡人を見つけると、幻視能力を持った先の女性がすかさずこう言った。〈昨晩、亡くなったご主人をしかじかの姿でご覧になりませんでした?〉。未亡人は驚いた。その通りだったからである。〈はっきり言います。あなたをよく知らなければ、そして、あなたが大事な友人でなければ、あなたは何か怪しげな悪いことに関わっていると信じたでしょう〉と彼女は答えた[037]。

この女性はしばしば死者の訪《おとな》いを受け、しかもその生前を知らない死者も来た。彼らの望みは、自分のために祈ってほしいということだった。彼女は熱心にそうしてやった。すると、次の機会に、まるで彼女に感謝するかのように柔和な表情で現れる死者も珍しくなかった。

彼女を訪れに来る少し前に、死者たちが前もってドアから入って来るのを見ることがじつにしばしばあったという。彼女は、死者たちがドアから入って来るとすぐに、死者たちがどんな気分でここに来たのか、嬉しいのか嬉しくないのかが分かったという。

一度、彼女——名前はW夫人という——は、同じ町の、離れた地区に住む女友達と会って話したいと望んだが、急ぎの仕事があって外出できないことがあった。それで彼女は、女友達を呼び寄せるために意思の力を使った。そのとき、その女友達は自宅にいて、まったく外出など考えていなかった。突然、彼女に〈お前はW夫人のもとへ行かねばならない〉という考えが浮かんだ。しかし、彼女はその考えを追い払った。自分にはW夫人のところに何の用事もないし、ひどく天気が悪い。雨風も強い。こんなときに外出なんて、と独り言を言った。だが、再びこの考えが突き上げてきた。〈お前はW夫人のもとへ行かねばならない〉。〈行けないわ〉と、彼女は自分に答えた。〈今は外出できないわ〉。しかし、この考えはますます強まるばかりで、彼女の気はもはや休まらなかった。突然、彼女は嫌々ながら外套を着込んで外へ出た。W夫人の部屋の扉を開けると、中にいたW夫人は笑ってこう言った。〈あなたが来ることは分かっていました。こちらへ来てお座りください。あなたにどうしてもお話ししなければならないことがあります。私が外出することができなかったので、あなたを意思の力で呼び寄せたのです〉

このW夫人は、しばしば知人が罹る病気をあらかじめ予知した。しかし、その病気が単に場合によっては死ぬこともある程度の病気なのか、それとも本当に絶対死をもたらす病気なのかの区別が必ずしもつかなかった。どちらも彼女には同じように見えたからだ。

以下の予言は特筆に値する。私はこれを真実であると宣誓してもいい。

革命[038]の最初の頃、一人の商人が見本市のためにライプツィヒへ旅行した。ライプツィヒに滞在している間、ライン右岸の新聞各紙に、この男は密偵（＝スパイ）であるという記事が掲載され、名前も出た。そのため彼の家族は非常に狼狽した。帰郷の途中で逮捕される恐れがあった。実際、逮捕令が出されていた。彼の妻はＷ夫人の親しい友人だったので、妻はＷ夫人のもとへ行き、苦しい胸の内を打ち明けた。しばらく沈黙したあと、Ｗ夫人は彼女にこう言った。〈安心なさい。ご主人には何も起こりません。無事戻ってきます。私がいま言った言葉を全面的に信頼していいです。お分かりでしょう。私はあなたに真実でないことは言えません〉

妻はこの言葉を信じて、すっかり安心して辞去した。家を出て数歩歩いたところで、Ｗ夫人が家の戸口に出てきて、彼女に後ろから呼びかけた。彼女はこう言ったのだ。〈私の言ったことを正しく理解してくださいね。ご主人は生きて帰って来ます。ただし、片足に怪我を負っています。でも、それはたいしたことではありません〉

この予言は正確に的中した。その商人は従僕一人とともに、途中足止めされ、一時拘留されていた。しかし、誰も商人のことを知らなかった。それで彼は釈放されＳ市に帰って来た。しかし、片足を負傷していた。シュマルカルデンの町に滞在していたとき、郵便馬車の馬が逃げ出した際に馬車から放り出されて怪我をしたのだが、足が折れたわけではない。ふくらはぎが大きく肉離れを起こし、それで帰郷後、二、三週間は寝ていなければならなかった。しかし、彼は完治した。

このＷ夫人は一七九〇年五月にこの世を去った。死が迫った頃、フランス革命がどういう結果になるかを尋ねられ、彼女はこう答えた。〈現在の秩序が長続きすることはありません。かといって、古い秩序が戻ることもありません。今われわれが考えているのとはまったく違う展開になるでしょう。多くの血が流れます。恐るべき復讐が行われるでしょう〉そう言って、彼女はさらに付け加えた。〈コリニー提督[039]の姿が見えます。彼はこの革命で非常に働きます。真っ赤なシャツを着た彼の姿がずっと見えます〉

彼女は友人たちに、けっしてこの不正義に加担しないようにと警告した。夫がフランス革命に関与して、すでに巻き込まれていたある夫人は、この話を聞いて不満だったが、彼女に対してW夫人はこう言った。〈安心しなさい。あなたの夫はこの革命を無事に乗り切ります。ある程度の損失は被りますが。神は、あなたの夫がいま巻き込まれている人間関係、活動から、彼を無理やり救い出してくださいます。そのあと、あなたの夫は以前よりずっと穏やかな人柄になるでしょう。私がいま言ったことは真実です。全面的に信頼していいです〉

W夫人が亡くなってからすでに十六年になる。この間、彼女の予言はすべて正確に的中した。彼女は六十三歳で亡くなった。

カリオストロ伯爵[040]がS市に来たとき、W夫人は伯爵を何度か訪問した。カリオストロ伯爵はすぐに、この夫人には霊界が見えるのだということが分かった。それで彼女の前でいくつも手品をして見せた。おそらく、自分が本当は何者か見破られないように、目くらましの意味でやったのだろう。W夫人は伯爵の博識に驚いたが、しかし彼を世間によくいる、キリスト教世界にも予想外に多くいる黒魔術師の一人だと判断した。アントワネット・ブリニョン[041]の著作を読むと、この開眼した女性が、彼女が生きた当時の時代について同じことを言っているのが分かる。悪魔は多くの崇拝者を持つ。崇拝者の数は秘かに増え続け、最後は獣の国の政府に至り、全世界を誘惑する。色と金が主な誘惑手段だ。それによって崇拝者の望みは目の前の事実ではなく、将来の期待で満たされる。闇の王国では嘘と欺瞞が支配する。ただ光の国にのみ、真理と、そして真の満足はある」

私の友人の手紙はここまでである。もう一度言うが、W夫人の話が真実であることを保証する。いま書いた話の関係者たちの真率さを私はよく知っている。何人かは直接私に口頭で話をしてくれたものだ。彼女の話は確かであり、本当に真実である。

## 第百四十八節　W夫人の話についての省察。私の理論が正しいことの証明。魔術とそれに対する警告。コリニー提督の幽霊

W夫人はけっして狂信者ではなく、慈悲深く敬虔なキリスト教徒であった。彼女が霊界との交流に、そして自らの予知能力にいかなる価値も置いておらず、また、困っている人、慰めを必要としている人に役立たせる外にこの能力を使おうとはしなかったことが、彼女のケースのすべてを雄弁に物語っている。狂信者ならまったく違ったふうに振る舞った。狂信者なら、信心ぶった実は自己満足から、自ら貧しく卑賤な、しかし「預言者」を騙《かた》り、多くの害悪を引き起こしていただろう。

彼女が霊界との交流に対して下した判断、つまり友人たちに与えた彼女の忠告と警告は、真実、正真正銘キリスト教徒のものであって、けっしてそこから逸脱していない。というのも、何度でも繰り返すが、霊界との交流、そしてそれによって分かった発見や予感というのは、きわめて危険なものであり、このことは何度強調しても強調しすぎることはないからだ。自ら求めたわけでもないのに、この状態に陥ってしまった者は、そこからできる限り抜け出す努力をするべきだ。もし、それができない場合は、W夫人が勧めるように、常に注意しながら祈り続けなければならない。

予感の上級能力は神の掟にも、霊界の掟にも、自然界の法則にも適うものではなく、いわば一種の病気、治療が必要な病気である。この能力を何らかの方法で高めようと試みる者は、魔術の罪を犯しているのである。

W夫人が善なる霊や悪なる霊、半分だけ善なる霊や半分だけ悪なる霊について語っていることは真実であり、聖書の記述とわれわれの経験に正確に一致する。さらに、死者のために祈る彼女の行為をわれわれも見習うべきだ。これは、人間が死んですぐには天国にも地獄にも行かず、しばらくの間、そのどちらかに行くための準備期間があり、その間は冥界に留まることをあらためて示している。完璧な聖者か、完璧な悪漢だけが、冥界に留め置かれることなく、定められた行き先に直行するのだ。

W夫人の予知能力が神に由来する「預言」でないことは、彼女が来客を事前に予知するなど、いわばどうでもいいような重要でないことをも予知していることから明らかである。

しかし、むしろ注目すべきは、彼女が女友達を自宅へ呼び寄せたその意思の魔力である。機械論的哲学を信奉する哲学者はこの種のことを笑い飛ばす。そして、無意味な狂信、馬鹿げた迷信と斬って捨てる。しかし、これは霊界の本質に根ざした真理である。神はそれが濫用されることを恐れて、この魔法の秘密を隠した。濫用されれば、恐るべき魔術になる。魔術を見た者は――なぜなら、それはある種の技術で達成されるものだから――、できるだけ逃げてほしい。復讐を欲する死霊から逃げるように、その場を離れてほしい。なぜなら、魔術によって人は本当に恐ろしいことを引き起こせるからだ。この秘密は、予感の上級能力がある一定の高さに達すると明らかになる。

　われわれのこの経験は、どのように霊が霊に作用を及ぼすことができるのかについて、ヒントを与えてくれる。しかし、それ以上ではない。真の賢者は私の言うことが理解できるだろう。真の賢者は真実の神の魔法と、いわゆる黒魔術、悪魔の魔法の違いを分かっているからだ。

　また、W夫人がフランス革命について、とくにコリニー提督について語ったことは非常に注目に値する。この高潔な偉人が赤い服――シャツではない――を着て、忙しく働いている姿を見たというのが間違いなければ、この話は世界の統治に関して、重要な真実を明かすことになる。つまりそれは、主は、大きな目的のために、すでに亡くなった善良な人間を道具として利用するということだ。

　コリニー提督は、十六世紀の終わりごろ、フランスのプロテスタント（ユグノー派）の重要な擁護者だった人で、一五八〇年[042]サン・バルテルミの虐殺の夜に自室で殺害された。われわれのフランスでの信仰の同胞がこれまで受けた血まみれの迫害が、今度の革命に際してすさまじく復讐されていることは、多少鋭く物を見られる人なら誰でも容易に理解できるだろう。だから、コリニー提督がそこで働いているとしても、まったく不自然なことではないだろう。

だが、コリニー提督は復讐のためにではなく、裁き手である主の、正義の懲罰を和らげるために働いていたのだろう。

## 第百四十九節　一七八八年、パリで起きたカゾット氏のきわめて注目すべき予言

予感の上級能力のもっとも注目すべき例――これがパリのある晩餐会で見せたカゾット[043]氏の予言であることは間違いない。この話はまるごと、さる暇を持て余した御仁の創作だと主張したドイツの有名雑誌があったが、しかし、この主張は証明されていない。逆に私は、この話が一字一句正確に真実であることを証明できる。私はカゾット氏と直接会ったことがある紳士――真理をこよなく愛する高潔な紳士――と、このことで話し合ったことがある。彼は私に、カゾット氏はたいへん博識で、その上敬虔な才人であったと請け合った。しかも、しばしば驚くべきことを予言し、それがまたいつも当たったという。この紳士は、カゾット氏は霊界と交流していたと断言した。

問題の予言とは、故ド・ラ・アルプ[044]の遺稿の中に発見されたものである。ド・ラ・アルプは宗教批判とヴォルテール[045]流ナンセンスの牙城、パリの王立科学アカデミーのメンバーだった。ド・ラ・アルプ自身、何物をも信じない自由思想家だったが、死の前に完全に回心して、キリスト教徒として祝福されて亡くなった。

まず、ド・ラ・アルプが書いた言葉どおりにこの話を記述し、それからその信憑性について二、三のコメントを付け加えたいと思う。彼はこう書いた。

「まるで昨日のことのように覚えている。だが、それが起きたのは一七八八年のことだ。その日、われわれはアカデミーの同僚で、高潔で機知に富んだある男性の家に集まっていた。集まったメンバーは相当数に上り、あらゆる階層から選ばれていた。宮廷人、裁判官、学者、アカデミー会員等々。いつもどおりテーブルに着席し、おいしい食事を楽しんだ。食後のマルヴァジア・ワインと南アフリカ産ワインで、人々の陽気は高まり、普段なら言わないことも言い合う奔放な雰囲気の宴になった。

　当時、世間では、笑いをとるためなら何を言っても許されるという風潮にすでに達していた。シャンフォール[046]が自作の瀆神的で猥褻《わいせつ》な物語をみなの前で朗読し、それを聞く同席の貴婦人方が、顔を赤らめて扇子に顔を隠すこともない。これに続いて、しばらく怒濤の宗教批判。よってたかって宗教を笑い物にする。オルレアンの乙女[047]の長広舌を披露する者もいれば、〈最後の司祭の腸《はらわた》で最後の王の首を絞めろ〉と書いたディドロ[048]の哲学詩を思い出させる者もいた。誰もが拍手喝采した。次の一人が立ち上がり、グラスを掲げてこう叫ぶ。〈本当に、みなさん。神がいないことを、私は、ホメロスが道化だったことと同じように確信しています〉。実際、この人はそのどちらも確信していた。ちょうど話題がホメロス、それから神に移り、両者を讃えた人が出た矢先だった。

　今や議論は深刻になってきた。人々はヴォルテールが引き起こした革命について驚嘆を交えて語った。一同が一致したのは、これこそヴォルテールのもっともすぐれた功績だ。彼の名声もこれに拠ってきたる、ということだ。ヴォルテールはこの世紀の基調音を決した人だ、と誰かが言った。〈私の本は広間でも控室でも読まれている〉と彼は書いたのだから。また誰かが、笑いながら、こんな話をした。ヴォルテールの理髪師が、ヴォルテールに髪粉を振りかけながら、こう言ったそうである。〈ご主人様、私めが一介の惨めな徒弟にすぎないとしても、それでも私は宗教を信じません〉。

人々は、この革命はまもなく終結し、哲学が迷信と狂信に完全に取って代わるだろうと推測した。彼らはその時期がいつになるか、そのとき社会の誰が、理性の支配を体験する幸運に与《あずか》るだろうかと予測した。歳がいっている者たちは、自分たちはその幸運には与れそうもないと嘆いた。比較的若い者たちは、自分たちは体験できるだろうと希望を抱いた。そして、この偉業の準備を整えたのはアカデミーであり、アカデミーこそ思想の自由の中心地、推進力なのだからと、ことのほかアカデミー会員たちに祝賀の言葉がかけられた。

お客の中で一人だけ、この賑やかな議論に同調しない者がいた。ときどきごく穏やかに、一同の熱狂的な物言いに辛辣なコメントをしさえした。それがカゾット氏だった。愛すべき独創的な男で、ただ、不幸にも、あの世からのお告げを信じる者たちの妄想にすっかり頭をやられていた。その彼が発言し、真剣な調子でこう言った。

〈みなさん、お喜びください。みなさんはみなさんが待ち望む、あの偉大で崇高な革命の証人になります。ご存じのとおり、私には多少の預言の心得があります。繰り返しますが、みなさんは証人になります〉

〈それを言うために預言の心得は必要ありませんな〉と誰かが言った。

〈おっしゃるとおりです〉とカゾット氏は答えた。〈しかし、ひょっとするともう少し言っておかねばならないことがあります。啓示宗教に対して理性が勝利するこの革命の結果、何が生じるか、ここにいるみなさんの多くにとって、それが何を意味するか、どんな直接的結果が、どんな影響が必然的に生じるのか、みなさんはご存じですか〉

〈お話しください〉とコンドルセ[049]が、例の素朴を装った表情で言った。〈哲学者にとっても、預言者の話を聞くのは悪くありません〉

〈コンドルセさん〉とカゾット氏は続けた。〈あなたは地下牢の床で伸びたまま亡くなるでしょう。死刑執行人の手を逃れるために服毒してお亡くなりになります。その毒は、これから現れる時代がもしもの時のために、あなたにいつも肌身離さず持っていることを強いる毒です〉

この言葉に、人々は最初、非常に驚愕した。しかし、すぐに彼らは、カゾット氏がときどき白昼夢、すなわち覚醒しながら夢を見ることを思い出し、そのあと爆笑した。

〈カゾットさん〉と一人が言った。〈あなたがお話しくださるメルヒェンは、例の恋に落ちた悪魔ほど面白くありませんな（『悪魔の恋』はカゾット氏が書いた素敵な小説だ）。どんな悪魔が地下牢だの、毒だの、死刑執行人だのの着想を、あなたにお与えになったのか。こんな話のいったい何が、哲学に、理性の支配に関係するというのです〉

〈まさにそこなのですよ〉とカゾット氏が言った。〈哲学の名において、人類、自由の名において、理性の名において、あなた方がそういう最期を遂げることになるのです。そのあと、しかし理性は支配します。なぜなら、理性は神殿を持つからです。ええ、その時代、全フランスで、理性の神殿以外の他の神殿はなくなるでしょう。

〈まったく〉とシャンフォールが馬鹿にしたような笑みを浮かべて言った。〈あなたはその神殿の司祭にはなりませんな〉

カゾット氏が答えた。〈ええ、そうありたいものです。しかし、シャンフォールさん。あなたはその司祭の一人におなりになる。しかもそれにたいへん相応しい。あなたは瀉血のために剃刀で静脈に二十二の切れ込みを入れることになるでしょう。だけど、お亡くなりになるのはようやくその数か月後でしょう〉

人々は顔を見合わせ、それからまた笑った。

カゾット氏は続けた。〈ヴィック・ダジール[050]さん、あなたは自ら静脈を切開したりすることはありません。しかし、その後、足の痛風の発作で、一日に六度切開してもらうことになるでしょう。しかし、その甲斐もなく、その晩お亡くなりになるでしょう。

バイイ[051]さん、あなたは断頭台で亡くなるでしょう。

マルゼルブ[052]さん、あなたも断頭台で亡くなるでしょう。

〈ありがたいことだ〉とルシェ[053]氏が言った。〈カゾット氏はアカデミー会員としか関係がないようだ。氏はアカデミーに恐ろしい殺戮を引き起こした。ありがたいことに、私は……〉

カゾット氏が割って入った。〈あなたは、あなたも断頭台で亡くなります〉

〈なんてこった。こいつは賭けだ〉とあちこちから声が飛んだ。〈一人残らず殺すって宣言してるよ〉

〈宣言してるのは私じゃありませんよ〉とカゾット氏。

〈では、トルコ人やタタール人の軛《くびき》につながれるとでも？　それでもそんなことは無理だ〉

〈ちっともそんなことではありません。先ほど私は言いましたでしょう。あなたたちはそのとき、哲学と理性にだけ支配された政府を持つことになるのです。あなたたちをそんな目に遭わす連中は、みんな哲学者ばかりですよ。彼らは、先ほどからあなたたちが口角泡《こうかくあわ》を飛ばしていたその同じ言い回しで、あなたたちと同じ金言を振り回し、ディドロやオルレアンの乙女の詩句を引用してみせるでしょう〉

人々は互いに耳打ちし合った。〈頭がいかれちまったようですね――あんなにまじめくさってね――冗談を言っているのが分からないのですか――冗談の中に驚くべきことを混ぜるのが彼のやり方なんですよ〉

〈その通り〉とシャンフォールが言った。〈しかし、私は、彼のその驚くべきことってのは面白くないと言わざるを得ませんな。断頭台のオンパレード。いったいどうやってそんなことが起こり得るというのです〉

〈私がいま言ったことが残らず現実となるまで六年とかかりますまい〉とカゾット氏。

〈まったく驚嘆すべきことですな〉と今度は私（つまりド・ラ・アルプ氏）が言った。〈私については何も言ってくれないんですか〉

〈あなたの場合、驚くべきことが起こります。少なくとも他のみなさんの場合と同じ程度に異常なことが。あなたはキリスト教徒になるでしょう〉

一同がどっと沸いた。

〈ならほっとしました〉とシャンフォールが大声で言った。〈キリスト教徒になるのはド・ラ・アルプ氏だけで、われわれは死ぬのなら、われわれの名は不滅です〉

〈私たち女性は〉と、次にグラモン公爵夫人が口を開いた。〈革命に際して員数《いんずう》に入っておりませんから幸運です。員数に入っていないという意味は、私たち女性が少しも関係しないという意味ではありません。しかし、このことで

私たち女性が責任をとることはないと考えられますから〉

〈ご婦人方〉とカゾット氏は言った。〈女性であっても今回は庇護の対象にはならないでしょう。たとえ、いっさい関わろうとしなくても、人々はあなたたちを男性のように扱い、いっさい区別をしないでしょう〉

公爵夫人〈なんてことをおっしゃるの、カゾットさん。まるで世界の終わりを講釈してらっしゃる〉

〈かどうかは知りませんが〉とカゾット氏。〈ですが、私が知っているのは、公爵夫人。あなたは断頭台に送られるでしょう。あなただけでなく、あなたとともに他の多くのご婦人も。しかも屠畜業者の荷車に乗せられて、後ろ手に縛られたまま〉

公爵夫人〈それなら黒塗りの霊柩馬車にしてほしいものですわ〉

カゾット氏〈いいえ、公爵夫人。あなたより身分の高いご婦人もみな、屠畜業者の荷車に乗せられて、後ろ手に縛られたまま断頭台に送られるでしょう〉

公爵夫人〈私より身分の高い？　どういうことですか。まさか王女たちのことですか〉

カゾット氏〈もっと身分の高いお方もです〉

ここに至って、広間の全体に目に見える動揺が走った。ホストの主人の表情が曇った。誰もが、この冗談が行き過ぎだと感じ始めていた。暗くなりかけた雰囲気を払うため、グラモン夫人はカゾットのこの答えには構わず、冗談めかした口調でこう言った。〈みなさん、このお方は私たちに聴罪司祭も呼んでくださらないおつもりのようよ〉

カゾット氏〈ええ、公爵夫人。聴罪司祭は来てくれません。あなただけでなく、他の誰のためにも呼ばれません。

断頭台に送られる者の中で、お慈悲から聴罪司祭を呼んでもらえる最後の者は〉と、ここでカゾット氏はひと呼吸おいた。
〈さあ、どなたなのですか。優遇されるその幸福者は〉と公爵夫人。
〈それが、彼が受ける優遇の唯一のものです。その人はフランス国王でしょう〉
ここでホストの主人がすばやく立ち上がり、他の者もそれに倣った。主人はカゾット氏のもとへ行き、ひどく動揺した調子でこう言った。〈カゾットさん、この悪い冗談にいささか時間を使いすぎました。あなたはちょっとやり過ぎです。ここにいる一同も、あなた自身も危険に晒してしまいます〉
カゾット氏が何も答えず、立ち去りかけたとき、人々がこの話を真に受けず、陽気さを取り戻すように努力していたグラモン公爵夫人がやってきてこう言った。〈預言者先生、あなたは私たちみんなの未来を予言しました。けど、あなたご自身の運命については、何もおっしゃっていらっしゃらないわ〉
カゾット氏は沈黙して目を伏せた。それからやおらこう言った。〈公爵夫人、あなたはヨセフス[054]の書いたエルサレム陥落の物語をお読みになりましたか〉
公爵夫人〈もちろんですわ。あれを読んでいない者がおりますか。ですが、読んでないとしたら、何なのです？〉
カゾット氏〈よろしい。攻囲の間、七日にわたって、ある一人の男が城壁に立って、攻囲するローマ軍を目の当たりにして哀れな声で、災いなるかなエルサレム、災いなるかなエルサレム、と叫び続けた。七日目に彼は、災いなるかなエルサレム、災いなるかなこの私、と叫んだ。その瞬間、敵の投石器から飛んできたどでかい石が彼に当たって、

彼を圧し潰したのです〉

こう言うと、カゾット氏はお辞儀して立ち去った」

ド・ラ・アルプ氏の話はここまでである。

## 第百五十節　カゾット氏の話が真実である証拠

さて、すべては、この話全体が真実か、それとも捏造されたものなのか、ひょっとして事が起こったあとに書かれたものなのかにかかってくる。というのも、この晩餐に集ったお歴々はみな、カゾット氏がここで予言したまさにそのとおりに亡くなったことは紛れもない事実だからである。カゾット氏が未来を予言しなかったホスト役の主人と、それからおそらくショワズール公爵だけが、殺されずに天寿をまっとうしたほぼ唯一の人である。敬虔なるカゾット氏は断頭台の露と消えた。

私は、理想と、自然界におけるその忠実なコピーを区別する術を心得た、真理を愛するすべての専門家にお尋ねする。この話は捏造されたものであろうか。この話にはどんな詩人も思いつかないような、そしておそらく必要でもないであろう非常に細かい描写とニュアンスとが含まれている。さらに、これが捏造だとしたら、いったいいかなる目的があってのことか。自由思想家はこんな話はつくらない。なぜなら、そんなことをすれば、自らの原則に反してしまうからだ。そんなことをすれば、彼らがもっとも愚かな迷信と見なしている考え方、彼らにとっては死ぬほど憎らしい考え方を広めるだけだからだ。何か目立つことを言いたくて、狂信家が捏造したのだと仮定すると、詩のようなおどろおどろしい形式をとらなかったことと、ド・ラ・アルプ本人が直接自分の手で書いた手記であるという点が、この狂信家説とは矛盾する。この話は、一八〇六年、パリのミニュレ社から四巻本で出版された『フランス・アカデミーの有名会員ド・ラ・アルプ氏の遺稿選集』の中に載っている話なのだ。

有名なこの著者の遺稿の編集者が、こんな文章を自らつくって紛れ込ませたなどとは、よもや誰も思うまい。そんなことはフランスの学者、パリの学者には相応しくない。明らかに確かなのは、この話を書いたのが、ド・ラ・アルプ本人だということだ。そんなことは、ド・ラ・アルプがまだ自由思想家のままだったとしたら、先に述べたとおり、けっして起こり得ないことなのだ。この偉大な男の完全な回心を知っている者なら、この男が今生の生を血の涙を流して後悔したあとの改悛した状態で、このような文章を捏造して神を忘れた悪事を為すなどとよもや思うまい。そんなことは道徳的に不可能だ。死の前にこのことを公表するのは、彼が生きていた時代には得策ではなかった。革命前に、あるいは革命の最中に、居合わせた客たちがこの話をすることは、いっそう不可能だった。しかし、ド・ラ・アルプは事実としてこういうことがあったということを非常に重く受け止め、これを書き留め、それが公表できるもっとよい時代が来るまで、机の引き出しに閉まったのである。

## 第百五十一節　カゾット氏の予言とその信憑性についての別の寄稿

カゾット氏のいま述べた尋常ならざる予言に関し、パリの新聞に某N氏が寄稿している。

「ド・ラ・アルプ氏はこの尊敬すべきご老人のことをじつによく知っていて、彼からしばしば、フランスを襲うであろうこの災厄の予告を、フランス全土がまだ完全に安全で、誰もそんなことを予想もしなかったときから聞いていた。ド・ラ・アルプ氏によると、カゾット氏は、未来に起こることが彼には幻視を通して、霊を通して啓示されたと言っていたそうだ。さらに驚くべきお話をしよう。これは、それだけでカゾット氏に預言者の称号を付与するに足る事実だ。ご存じのとおり、カゾット氏はフランス国王に忠誠を誓っていたために、一七九二年九月二日に修道院に送られた。そこで怒り狂った暴徒の殺戮の手からカゾット氏を救ったのは、ひとえに彼の娘の英雄的な勇気と、父を思う愛情からの感動的な大立ち回りだった。カゾット氏を絞め殺そうとしたその同じ暴徒が、彼を家まで送り届けてくれたのだから。すぐさま、死を逃れたカゾット氏を祝福しに、友人たちが駆けつけて来た。殺戮の日々が一段落したあと訪ねてきたD氏が〈これで救われましたね〉とカゾット氏に言うと、カゾット氏は〈そうは思いません。三日以内に私はギロチンにかけられるでしょう〉と答えた。〈どうしてそんなことが〉とD氏が言うと、カゾット氏は〈友よ、本当だよ。三日以内に私は断頭台の上で死ぬ〉と繰り返した。こう言いながら、カゾット氏はひどく動揺していた。彼はこう付け加えた。〈あなたが来る少し前、私は一人の憲兵が家に入って来るシーンを見ました。この憲兵はペション[055]

の命令で私を連行しに来たのです。私は従わざるを得ませんでした。パリ市長の前に出頭し、裁判所付属監獄[056]行きを命じられ、そこから革命裁判に引き出されました。ご覧のとおり（つまり、カゾット氏が見たこの幻視から）、友よ、私の命運も尽きました。私は自分の仕事を整理しなければなりません。これは大切な書類です。これを妻に届けてください。そして妻を慰めてやってください〉

D氏は馬鹿なことをおっしゃるなと言って帰っていった。カゾット氏は、自分が間一髪で逃れてきたおぞましい光景のために頭がおかしくなったのだとD氏は思った。

別の日、D氏が再びやって来た。しかし、彼がそこで知ったのは、一人の憲兵がやって来て、カゾット氏を市庁舎へ連行したという事実だった。D氏はペション市長のもとへ走った。市庁舎に着くと、カゾット氏がたった今、監獄へ送られたことが分かった。D氏は次に監獄へ走った。そこで聞かされたのは、カゾット氏に面会はできないこと。彼は革命裁判にかけられるということだった。それからまもなくして、D氏は彼の友が有罪を宣告され、処刑されたことを知った。ド・ラ・アルプ氏によると、D氏はその言葉が誰からも信頼されている人だそうだ。一八〇六年現在、D氏はまだ存命だ。彼はこの話をド・ラ・アルプ氏以外にも、何人もの人に語った。私も、この話をみなさまの記憶に留めておくことが無意味だとは思わない」

某N氏寄稿のパリの新聞の記事は以上である。

私はこのきわめて注目すべき話を、シュトラースブルクのジルバーマン書店発行の小冊子から引用している。この冊子のタイトルは『ド・ラ・アルプ氏の遺稿に収載されたフランスの恐怖の革命に関する驚異の予言――キリスト教新聞からの抜き刷り』という。

昨年、私はL市でW男爵と会って話をする機会があった。W男爵は長くパリに暮らしていた非常に誠実なお人だ。この方に私がこの驚くべき話をすると、彼は私に、自分はカゾット氏を個人的によく知っている。カゾット氏は敬虔な人だった。そして、多くのことを、それが起こる前に正確に予言した、と教えてくださった。

## 第百五十二節　カゾット氏の話についての省察。結論。警告、その他

だから、この話は確かで正真正銘の真実なのである。だが、そうだとして、ここで私はすべての理性的で偏見のない人々に問いたい。そもそも使徒の時代以降、霊界の存在と、目に見える世界へのその影響について、これ以上驚くべき重要な証拠があっただろうか、と。私はひとつも知らない。だから、私は機械論的哲学を信奉する哲学者が、この事実の前に引きずり出されたとして、この異常な現象をどう説明するのかを知りたいのだ。実際、非常に奇妙なことに、たとえば、夜空に彗星が現れると、すぐに誰もが注目する。誰もが、その軌道はどうだろう、等々と、天文学者が愛好することと同じ研究に勤しみだす。あるいは、新種の気体が発見されると、あらゆる物理学者がすぐにその究明に乗り出すし、まだ知られていない植物や昆虫や鉱石が発見されたとたん、たいへんな騒ぎになる。それなのに、

こと話が、キリスト教の真理、死後の魂の存続、天使と霊の存在とその感覚世界への影響などのヒントになるような現象に及ぶと、人は皮肉な表情を浮かべて通り過ぎる。そして、迷信だ、狂信だ、と叫ぶ。本当は、物理的世界の自然現象よりも百万倍も重要な現象なのに。そういう現象の検証をしたり、調査をする人を誹謗中傷して、彼らの研究の結果を、たとえそれが真実で疑いようがないと証明されようとも、取るに足りない、むしろ非常に危険で、人間社会に害を及ぼすものと非難する。そして、せいぜい可能性としてあるかもしれないものだ（それ以上のことは何も言えない）と抑圧する。しかし、キリストの堕落と不信仰を予告する文書や、聖霊を毒するような、もっと言えば悪魔化するようないかがわしい小説は書きたい放題に書いている。そんな作品は誰も気にかけない。

この時代をともに生きる読者のみなさま。死後の世界をわずかでも解明する可能性があるものに対するこの恐るべき嫌悪、驚くべき態度は、いったい何に由来するのであろうか。キリストとその聖なる宗教に対する怒りの感情は何に由来するのであろう。そう、怒りである。そう言っても、否定しないでいただきたい。人々はキリストの名をまともな場で口にすることすら恥じている。それなのに、ギリシアやローマの神話に出てくる幽霊については嬉々として話をする。ギリシア神話やローマ神話の幽霊について話すことは上品なのだ。自作の詩にそれを混ぜ込み、飾ることは典雅なのだ。神よ、なんと嘆かわしいことか。世に聞こえた啓蒙とやらの、なんという倒錯か。

カゾット氏の予言がどれほど重要で、そう言ってよければ聖なるものであろうと、われわれはこの愛すべき男を聖書に登場する真の預言者たちと同列に置くことは許されない。カゾット氏は予感能力が高度に発達した敬虔な男であった。しかし、彼が、近未来に起こることを彼に教えてくれた善なる霊とは交流しても、悪なる霊とは交流しなかったのは、彼にキリスト教徒としての健全な感覚があったからである。カゾット氏は、ひとつ前の例で取り上げたW夫人とほぼ同じ状態にあったと思われる。

しかし、そうは言っても、私はカゾット氏がベルシャザル[057]の饗宴での神の使者、「メネ・メネ・テケル・ウ・パルシン」と炎の文字を壁に書いたあの指であったと言いたいのではない。嵐の最中に帆柱に寄りかかって寝ている罪人を起こすために、神慮がこの道具を利用したまでのことである。

この天の声が引き起こしたことは、もとより全知の神のみが知られることであった。だがしかし、事態が予言の言葉通りになったこの上なく悲しい瞬間に、カゾット氏のあの予言を思い出し、これは、あの予言が祝福された結果を持ったのではないか、つまり予言が当たったのではないか、そうではないのか、と、ときどき人々の熟考を促したであろうことは想像に難くない。おそらく、ド・ラ・アルプ氏の回心の遠因もまた、それだったのであろう。

予感の上級能力を持つ者が霊界からの情報で知ることができるのは、ひとえに近未来の事柄だけであり、事態の準備がすでに始まっている事柄だけであるとすると、なぜカゾット氏が、事が起きる六年も前に、瀉血の回数、静脈にメスで入れる切れ込みの回数まで知ることができたのか、説明に苦しむ。これに対する答えはこうだ。フランス革命、その後世の残す影響の点において、世界史における最重要な出来事であったフランス革命は、それが起こる何年も前からすでに準備されていた、と。ルイ十六世とオーストリアのマリー＝アントワネットが結婚することになった時点で、すなわち、ウィーンで二人の結婚が決まったあの時点で、すでにブルボン王家の没落は不可避に進行していたこと、そしてこの婚姻の契約だけがそれを当面回避する唯一の方法であったことを、私は多くの証人から聞いて知っている。

それとともに、霊界の住人が、とくに善なる天使と霊が神慮のボードに記された文字を読み、少なくとも未来に起こる何らかの出来事を事前に知り得ていた、ということもまた、きわめてあり得ることである。霊界から寄せられる確かな情報を総合するとこれだけは言える。すなわち、霊界では、感覚世界で起きるすべてのことが準備され、それゆえ、全人類は支配されているということである。だが、だからといって、人間の自由意志が否定されるわけではない。

## 第百五十三節　死体予知。これも予感の上級能力の作用

私はここで、予感の上級能力という高次の段階からいったん話を低次に戻し、いわゆる「死体予知」について、これをどう考えるか、何を信じ、何を信じてはいけないかを究明しようと思う。

田舎の村に地元の人々と一定期間暮らしていると、ここかしこで、墓掘り人や墓地警備人、葬儀告知女[058]や御産婆さんといった一群の人たちの噂を聞くようになる。彼ら、あるいは彼女らは、まだ死んでいない人の死を、その死体を事前に見るという形で見ることがある。たいてい、夜に外出しなければならなくなって、どこかの家の近くを通ると、そこで死体を見るらしい。すると、その家からまもなく実際死者が出てくるという話だ。この種の話には多くの幻覚や見間違いが混じっていることは疑いない。しかし、この種の話にもまた確かなものがあるのである。

## 第百五十四節　ナッサウ侯爵領で起きた奇妙な「死体予知」の実例

私の少年時代のことだが、私の故郷の村で新生児の洗礼のお祝いの午餐会があり、そこにとても誠実な牧師も一人招かれた。食事の間、死人を見ることで有名で恐れられてもいた、その村の墓掘り人のことが話題になった。恐れられていたというのは、この墓掘り人が死人を見たという家から、まもなく実際に死人が出る、という話を彼自身が常にしていたからである。この話が実際いつも当たるものだから、名指しされた家の人々は極度の不安と困惑に陥った。とくに、実際に家族の誰かがすでに病気で臥せっていたり、弱っていたりして、そんな予言をたとえ本人には隠していようとも（実際、常に隠されていたのだが）、いずれ近い将来のその死が避けがたい場合にはそうであった。

そもそもその牧師にとっては、その種の預言はおぞましいことであった。牧師はそのような行為を禁じ、いつも激しく叱っていた。しかし、なんの効果もなかった。というのも、この墓掘り人は常に飲んだくれている馬鹿な男で、最低の考え方をする下卑た人間だったけれど、自分の預言の能力は神から与えられたものだと固く信じていて、だから人々を回心させるためにも言わなければならない、と思い込んでいたからだ。いかなる警告も役に立たないことが分かったとき、いよいよその牧師は、もしもう一度でも死人の予告をしたら、墓掘り人を解任して村から追放すると宣告した。これは効果があった。それ以来、墓掘り人は口を閉ざした。半年後、それは前世紀の四〇年代（＝一七四〇年代）中頃の秋のことだったが、その墓掘り人が牧師の家に来てこう言った。「牧師様。牧師様はおいらに、二度と死人の予告はするなとおっしゃいました。実際、おいらはそれ以後、二度と予告はしていませんし、これからもいたしません。しかし、おいらに死人が見えるのは本当のことだと分かってもらうために、びっくりするようなことを牧師様に言っておかずにいられません。数週間以内に一体の死体がそこの野原を上がってまいります。その死体は牡牛の橇に引かれて来ます」。牧師はとくに動揺することもなく落ち着いて受け流した。「分かった、分かった。職場に戻り、自分の仕事をしなさい。そして、そういう馬鹿な迷信に関わるんじゃない。そうすることでお前さんは罪を犯しているんだから」

と言いつつも、牧師にはその話が非常に奇妙なことに思えた。というのは、私の故郷の国では牡牛に引かせた橇で死体を運ぶのはきわめて異例の唾棄すべき行為と見なされていたからだ。なぜなら、それで運ばれるのは自殺者か重罪人と決められていたからである。

数週間後、オーストリア軍の部隊の大規模な行軍があり、オランダ方面へ向けて通っていった。部隊が村で休憩していた日は雪で、人の背丈の半分ほどまで雪が積もった。その同じ日、教区の下手側で一人の村の夫人が亡くなった。その辺りの馬はすべてオーストリア軍に徴発されていた。しかし、死体は生じてしまった。馬は戻ってこない。雪は深くなる一方だった。死体の腐乱が始まっていた。誰もがその悪臭を耐えられなかった。やむを得ない手段に出るしかなかった。村人は死体を橇に乗せ、牡牛に引かせたのである。

牧師は、学校教員と何人かの生徒たちとともに、死者を迎えに教会の前にやって来た。死体の葬列が野原を上がって来たとき、例の墓掘り人が牧師の前に進み出て、牧師の外套をちょんちょんと叩き、それから野原のほうを指さしてから、しかし何も言わなかった。

洗礼の祝いに招かれた牧師は、そんな話を詳細に語った。私はこの愛すべき牧師の人柄をよく知っていた。彼は事実でないことを、しかも自分の信念に反するような事柄を、口にすることはとてもできない質の人だった。

## 第百五十五節　ヴェストファーレン辺境伯領で起きた別の例

もうひとつ、私がその信憑性を保証できる同種の話を、私の亡くなった父と伯父が私に語ってくれたことがある。二人ともとても敬虔なクリスチャンで、真実でないことを口にすることのできない人間だった。二人はヴェストファーレンの辺境伯領で暮らしていたが、あるとき、プロテスタントの牧師から昼食に招待されることがあった。

食事の間、「死体予知」が話題に上った。牧師は苦々しそうにその話をした。なぜなら、やはり彼の教区にもこの害悪に染まった墓掘り人が一人いて、彼はそれまで何度もその墓掘り人に注意を与えていたが、効き目がなかったからだ。あるとき、この「予言者」が牧師の家に来て、こう言ったそうだ。「牧師様。まもなくお宅から死体が出ます。牧師様は葬列の先頭で、棺の後ろに立って歩くでしょう」

驚き、怒り、憤懣に捉えられ、牧師はこの思慮の足りない男を戸口から追い出した。というのも、彼の妻が出産間近だったからだ。あの男、馬鹿なことを抜かしおってと、いくら理性的に自分に言い聞かせてみても、それからの日々、牧師は不安な時を過ごした。が、牧師の妻は無事に出産し、危険は過ぎ去った。そこで牧師は墓掘り人を呼んで、厳しく叱責して言った。「お前さんの占いなど何の根拠もないことがよく分かっただろう」

すると墓掘り人は笑いながらこう言った。「牧師様。まだ終わっていませんぜ」

それからまもなく、牧師の家の女中が突然、卒中の発作で亡くなった。その地では、家長が葬列の先頭、親類縁者の先頭に、棺の後ろに立って歩くことが習わしになっていた。牧師は墓掘り人に仇《かたき》をとられるのがいやで、この習わしをなんとか避けたいと思った。一方で、故人の両親を侮辱したくはなかったが、もし彼が棺の後ろに立たなければ、確実にそうなるのであった。そこで牧師はいいことを思いついた。ちょうど彼の妻が当地の慣習にしたがって、産後初めての礼拝のために教会へ行くことになっていたので、自分の代わりに妻に先頭に立ってもらい、彼自身はいつものように村の学校教員や生徒たちと並んで後ろに立とうと考えた。

この段取りが決められ、故人の両親も納得した。葬式の日、牧師の家に葬列の参加者が集合した。棺が担架に載せられて入口の間に置かれた。学校教員が生徒たちとともに家の前を取り囲み、讃美歌を歌った。牧師が予定の位置について出発しようとした矢先だった。棺の担い手が担架に手をかけた瞬間、牧師夫人が失神して地面にくず折れた。夫人は部屋に担ぎこまれ、そこで意識は回復した。しかし、気分は悪いままで、とても教会まで歩くことはできなかった。牧師はこの不意の事態に狼狽し、なんとしても墓掘り人を嘘つきにしてみせるという当初の意図などすっかり忘れ、予言の通りに棺の後ろに立って、辛抱強く最後まで歩いたのである。

牧師夫人が失神したことと、それがまさにあの瞬間、あの場所で起こったことには、自然な原因があるのだろう。

だが、この事件の奇妙さには変わりない。予言が正確に当たったことで十分である。

## 第百五十六節　死体予知は予感の上級能力の作用で起きる。それがいかに起きるかの説明。死体予知に関わる警察の義務

予感の上級能力は、霊界で為され、感覚世界で実行される準備、いやむしろその準備の結果を感じる能力であるから、死体予知も確実にこの範疇に属する。そして通常、死体予知を行う者は迷信を信じる単純な人々で、悪徳に染まっている場合も少なくないので、予感の上級能力は神を畏れる敬虔な人々だけが持つ特質ではないことになる。つまり、それは神の贈り物と見なし得ることになる。しかし、私は反対に、これをむしろ治療すべき魂の病と見なす。

この素質を持つ者が、想像力をある一つの対象に長く、憧憬《しょうけい》をもって、つまり、魔術的に執着させると、彼はこの対象に関して、これに関わる物事を確実に事前に見ることができるところまでいく。墓掘り人、葬儀告知人、（死者の服を脱がせたり着せたりするのを生業《なりわい》とする）納棺女、墓地警備人等々は、常に夜、死、埋葬と関連するイメージを心に抱いているのが通常である。予感の上級能力がこの対象へ発展したとして何の不思議もない。この能力の促進には火酒を飲むことも役に立つ、とまで私は言いたいぐらいだ。

このような人々に、彼らが見たものをけっして口外してはならない、違反した場合には懲役刑に処す、とお触れを

出すことは政治の義務である。口外してしまったときは、もしそれが、真正の神慮の声と見なされ得る場合にのみ、情状酌量の余地がある。しかし、この種の堕落した迷信的な人々を通しての予言を有効に利用することは非常に難しいことも分かっている。

## 第百五十七節　死体予知についてのコメント。この未解明の事象の説明

W夫人、カヅット氏、その他の例、それからこれらの死体予知者たちの間には、大きな違いがある。賢明なキリスト教徒は、これらの現象をいかに見て、どう利用すべきかを心得ている。『実験心理学』[059]の第二巻第二章の十六〜十七頁に、まもなく亡くなる人の顔が、まるですでに数日墓穴に横たわっていたかのように死相を帯びて見える男の人の話が載っている。この人は名望家であったが、自分のこの特殊な予感能力を非常に不快に感じていた。

すでに述べたように、予感の上級能力は、霊界での準備そのものではなく、その準備の結果を感じる能力である。この「準備の結果」は人間の感覚の自意識に移行する際、感覚的に把捉できる具象的な形をとらざるを得ない。その具象化の形はそれぞれの人間が生来持っている資質により、さまざまな形をとり得る。死体予知者の場合、彼はそれを己がイマジネーションの中で生き生きと想像する。W夫人やカヅット氏の場合、それを教えてくれるのは霊である。

いまの『実験心理学』に載っていた男の例の場合、この「準備の結果」が死者候補の顔に死相となって表れる等々という具合だ。

## 第百五十八節　機械論的哲学者が霊界由来の現象をすべて否定するのみならず、まさにそれがキリスト教の実証になるからという理由で「恥」とレッテルを貼ったことに対するコメント

私はこの種の事実で疑い得ないものをなおいくつも挙げることができるが、遠大になるのを避けるために、このあたりでよしとしよう。人々がきわめて重要なこれら諸々の経験を見つけても立ち止まらず、馬鹿にしたように通り過ぎるのを常とするのは奇妙なことであり、非常に驚くべきことでもある。われわれの思考の感覚的基礎からは説明し得ない現象は、われわれにとってとりわけ重要なものである。なぜなら、それはわれわれに、超感覚的なものへ至る道筋を示してくれるからである。人間の内でもっとも高貴な部分もまた超感覚的であるのだから、超感覚的なものというのはわれわれにとって言葉にできないぐらいの価値があるのである。

神、原初の人間の堕落、イエス・キリストによるその救済、霊界とその感覚世界への影響、死後の魂の存続。これらについての聖書の教えが真実なのか、真実でないのか、根拠があるのか、根拠がないのか。このことを確実に知ることは、理性的人間にとって途轍もなく重要である。

この問題が非常な重要性を持つ理由は、現今の啓蒙主義が、その機械論的哲学によって、これらすべてを一部は否定し、一部は疑っており、そのことによって人類が必要とする大切な慰めと甘美な希望をわれわれから奪っているからである。偏りない目で、以下のコメントを徹底的に吟味熟考していただきたい。

## 第百五十九節　この実証の詳細。このような超常現象に際しての義務

あらゆる時代を通じて、多くの理性的で誠実敬虔な人たちが、自分は真実、霊界の存在と交流していると証言している事実があり、これら霊界の存在がその彼らに、どこか遠くの地で起きていることや、未来に起きることを教え、自然状態の人間には周囲の感覚世界とそこからの影響からではけっしてそのことは知り得ないことであるにもかかわらず、その言葉通り正確に事が実現しているのであれば、霊界の存在と、人間の運命へのその影響と関与は、ガルヴァーニ電気や動物磁気の存在ならびに、物理的自然へのこれら諸力の作用と同じように、否定できないものとして実証されたことにならないだろうか。

しかし、啓蒙を旨とする機械論的哲学はこれらの疑い得ない事実に真っ向から対立しているのだから、霊界とその感覚世界への影響に関する、この哲学の信奉者たちの主張は、根本的に間違っていることになる。さらに、昔から現在まで、霊界に関して観察されてきたあらゆる経験は、それが妄想や狂信から距離をとっている限り、必

ず神の啓示に接続し、いわば継続された啓示でもあるため、前者（＝霊界に関する経験）が後者（＝神の啓示）の真理を証明し、すなわち、キリスト教の真理も古い使徒的体系に則って証明されることになるのだ。

そこで今や、以上のことから、以下の作業が必須となる。すなわち、真贋を見きわめるため、真実と詐欺・まやかしとを見きわめるため、霊の本質的存在と想像力のいたずらとを区別するために、霊界由来のすべての現象を正直に、偏向なく、厳密に吟味精査することである。

この作業を進める過程で、われわれは曇りなき純粋な真理の光に到達するであろう。宗教が持つ、魂に安らぎをもたらす確信に至るであろう。この確信は、機械論的哲学によってこれまで恐ろしく阻害されていたのだ。

## 第百六十節　なぜ人はめったにこれらの超常現象を検証しないのか

この要請がどれほど啓発的で自明の要請であろうとも、これまでそれが実践されることはなかった。どんな単純な人間でも、これらの現象がきわめて重要であること、それゆえ、その信憑性を吟味精査することが最重要の義務であることを、どうしても認識せざるを得ない。この吟味精査を阻んできた主要な原因は以下の三点である。

（1）理性が感覚世界にその居場所を割り当てることができない現象を目の当たりにしたときに、どんな人間をも襲うパニック、恐れが、それに近づくことを妨げ、落ち着いて精査する勇気を挫いてきた。

（2）人類の大部分を支配する迷信が、個々のまやかしを信じてしまい、それらの現象を本物と見なしてしまい、この迷信の頑迷固陋《ころう》なるがゆえに、さらなる精査検証は必要ないと考えられた。そして、

（3）超感覚的なものを信じない人々の場合、体系や理論は信じられなかった。霊界なんて存在しない、そう決断するか、あるいは、よしんば存在するとしても、それはわれわれとは何の関係も持たない、われわれやわれわれを取り囲む物理的世界には何の影響も及ぼさない、したがって、すべてはまやかしか錯誤、それゆえいかなる精査にも値しないと決めてかかった。だが、啓蒙主義がこの精査、あるいは逆に、予感や幻視や心霊現象を頭から信じ込むことの両方を、口汚く罵って恥とレッテル張りしたことはよくなかった。そうすることは啓蒙主義の栄誉にはならない。なぜなら、そのような態度を容易に覆させるに足るだけの確かな証拠が、実績として積み重なっていたからである。

## 第百六十一節　これらの現象に遭遇した際に真のキリスト教徒がとるべき態度

しかし、そうではあるが、私が言いたいことを誤解しないでいただきたい。真に信心深いキリスト教徒は、霊界からやって来るそのような証拠をいささかも必要としないのである。彼には聖書がある。そして、真理としてのキリスト教は彼の心に啓示されるのだという至福の体験がある。したがって、もし彼が要らぬ好奇心に誘惑されて、死ぬ前のこちら側の世界にいながら霊界と交流しようとすれば、それは非常に罪深い行為なのである。しかし、もし予感の上

級能力を通して、ごく自然にこの交流が実現してしまった場合、その人はそのことで取り立てて大騒ぎする必要はない。彼はただ、それを神の御旨《みむね》に従って扱うことができる知恵を授け給えと祈るのみである。だがもし、何か異常なものが姿を現した場合、その場合には恐れることなく、神の御名と神への畏怖において、罪深き好奇心ではなく慈悲深き愛において、その対象に向かってほしい。そうして、正確に理性的に吟味して、もしそれが本当に他の別の世界（＝霊界）から来た存在である場合は、神とキリストの御名において、キリスト教徒として真剣に、いったい何が望みなのかと尋ねてほしい。そのとき、もし霊がまだ迷っているようならば、彼の間違いを正してやってほしい。しかし、もし霊が何か妥当なことを要求してきたならば、その要求を満たしてやってほしい。むろん、それが可能な場合に限るが。

この本の以下の段落では徹底的に心霊現象を扱うが、私はこの種の驚くべき例をいくつも、知識欲に溢れた読者のみなさまに余すところなくお伝えしよう。真理を愛する読者のみなさまで、しかし眉に唾つけてお読みになっている、疑い深い方々にも、私は同様に落ち着いて精読されることをお勧めする。実際、これほど得も言われぬほど大切な事柄はとことん解明しなければならないし、そのためにあらゆる手段を尽くすことほど必要なことはないからである。

## 第百六十二節　重要なコメント

つまり、いよいよすべての「理性的」な人々に私は問うことになるのである。もし、この世界の創造までをも、知識階級、すなわち自由意志を持った理性的存在の支配に預けるとしたら、その世界は、物理的諸力の不変の「鉄の法則」に従属した世界に他ならず、けっして神に相応しいものでも、人類に裨益《ひえき》するものでも、快いものでもないのではないか、という問いを。

## 第百六十三節　魔術、妖術と、その信憑性の吟味について

いわゆる魔術や妖術、それらへの妄信は、ベッカー[060]とトマジウス[061]の時代以降、すっかり下火になり、かつての隆盛から落ちぶれたが、これらの事柄は、予感の上級能力と密接に結びついているので、それらの真実を精確に、偏向なく吟味することは意義ある作業であるし、そうするのは私の義務と心得る。

予感能力の発達した人間が霊たちとつながり、交流することができることは、多くの事実から確実である。私はすでにそのことをこの本のここまでで証明してきたし、これ以後でもさらに証明するつもりだ。

同時に確実なのは、そのような予感能力の発達した人間が関わる霊は、道徳性の点で、その人間に似ていることである。善なる霊は善人に、悪なる霊は悪人に、平凡なる霊は凡人に集う。その一方で、悪なる霊も光の姿をとって善人を誘惑しようとする。しかし、善なる霊は予感の上級能力を持った人々とはめったに関わらない。なぜなら、それは神の自然と秩序に反しているからである。むろんそれらの人々がすでに列聖に加えられた人なら話は別だが。

以上のことはすべて、疑い得ない経験的真理である。以下、このことをさらに説得的に提示してみせよう。

## 第百六十四節　悪魔、悪霊の支配について。彼らが人間に害を及ぼすことはない。あるとすれば人間の側に責任がある

悪人が、持って生まれた素質によるか、後天的に得た技術によるかは知らぬが、予感能力を発達させて、悪なる霊とつながることがあることは疑い得ない。しかし、悪なる霊が巷で言われているような力を実際に持っているかどうかは、また別の問題である。我らがやんごとなき救済者が勝利して以降、人類に対する悪なる霊の専制政治は止んだ。自ら進んで誘惑されようとする輩をのみ、悪なる霊は支配する。神を持たぬ悪人は悪なる霊の支配下にあり、だがそれも、彼ら（＝悪人）がそれを自ら望む間だけのことである。このあと、悪なる霊はあらゆる武器を使って真のキリスト教徒と闘う。「エフェソ人への手紙」6章のとおりである。しかし、悪なる霊が勝つことはけっしてない。あるとすれば人間のほうに責任がある。悪魔に抵抗しなさい。そうすれば悪魔はあなたたちから逃げる。まだ信仰定かならぬ子どもにのみ、悪魔は本領を発揮できる。子どもにならぬ自分の力を行使できるからだ。

## 第百六十五節　魔術と妖術も人間に害を及ぼすことはできない

したがって、悪なる霊とラポール状態に入り、それとつながり、他の人々に害をなす人間が仮にいるとしても、実際にはそれは不可能である。悪魔は人間に害を及ぼすことはできない。人間自らがそのきっかけを与え、悪魔に扉を開くのでなければ、悪魔は人間の髪の毛一本たりとも傷つけることはできない。人々が魔術の仕業と思い込んでいる人間や家畜の体の不調や病気、それらは迷信であり、通常、詐欺でなければまやかしであり、単に医者たちがまだ自然界の原因から説明できないでいる病気にすぎない。イエス・キリストが父なる神の玉座の右手に座って以降、悪魔にはもはや人間を支配する力はない。その力は主の貴い血によって贖われ、主のものとなったのである。

したがって、たとえ悪なる霊と結びつこうと、魔術と妖術によっては誰も害することはできない。むしろ、毒物かそれに類する物を使ったほうがそれは容易だ。実際そういう悪人は山ほどいる。

むろん、いつか悪魔に全権が委ねられ、悪魔がその力を遺憾なく発揮し、万全の準備で最後の審判に臨み、我こそは主の真の崇拝者であると己が信義を証明するために血の戦いをも辞さぬという時が来ないかどうか、それはまた別の問題である。しかし、もしそんなことがあるとしても、それは通常、魔術と呼ぶものとはまったく違う事態である。

## 第百六十六節　魔術の起源と歴史

読者のみなさまがこの悪名高き魔術・妖術の真の姿をよく理解できるように、その辺の消息をわれわれによく伝えてくれる一つのお話をしようと思う。

われわれの太古の異教の先祖には祭司階級があった。それはドルイド教と呼ばれている。彼らドルイド教の祭司（これを「ドルイド」と呼ぶ）には、薄暗いカシの木の森の中で、一般の民衆に知られずに行っていた秘儀、生贄《いけにえ》を捧げる儀式があった。この際、とくにキリスト教以前においては、悪なる霊との結びつきや悪魔の専制がたくさんあったであろうし、支配的だったであろうことは十分に想像できる。

秘儀をなすこの祭司階級には女性もいて、彼女たちはこの集団に受け入れられることで高い地位を獲得し、祭司たちの妻となった。このような女性が「ハクサ（＝魔女）」もしくは「ドルイデス」という称号を得た。どちらの称号も当時は名誉ある称号だったが、今では不名誉な罵り言葉に堕してしまった。おそらく、女性の名前の「ゲルトルート」あるいは「ゲルトルーディス」というのもここから来たものだろう。が、それが「ハクサ」や「魔女」と同じ意味であるからには、早晩使われなくなるのも道理であろう。

これらの魔女はドルイドが催すこの儀式に参加するのみならず、自らもうひとつ別の祭り、別の儀式を持っていた。それは五月一日の夜[062]に高い山の上で開かれるもので、ドルイデスたちはそこで異教の神々を崇めながら盛大に飲み食いし、踊り明かした。とくにハルツ山脈のブロッケン山で行われたものは有名で、そこで異教の神々は牡山羊の姿で現れて祀られた。

ところで、一般にドルイデスたちの普段の役目は、祝詞《のりと》を述べ、霊を呼び出し、魔法をかけ、あるいはそれを解くなどであったが、とくに病気の治療と薬の調合もまた大事な役割であった。それゆえ、ある程度の数の魔女たちが、負傷兵の治療のために戦争にも従軍した。これほど高次の段階の迷信と無知蒙昧の中にあって、悪なる霊が思う存分、力を発揮したであろうこと、したがって、そのような異教の民族がいかにもおぞましい行為に手を染めたであろうことは容易に想像できる。

南ドイツではキリスト教が次第に北上してきた。しかし、北ドイツのオーバーザクセンやニーダーザクセン——当時、北ドイツの大部分をなしていた二国——では長く異教が力いっぱい栄えていた。それはカール大帝がザクセンをようやく制圧し、剣の力でキリスト教に改宗させるまで続いた。しかし、この強制がよくなかった。彼らは表向きはキリスト教の礼拝に参加しながら、隠れてはなお長きにわたって、異教の風習を継続した。福音の光がすべての蒙昧を追い払うまで、さらに長い時間がかかったのである。

もっとも長く活動したのが、まさにこの魔女たちである。というのも、彼らには医者がおらず、したがって、彼女たち以外に頼るべき人がいなかったので、病気や怪我の際にアドバイスが必要になると彼女たちに向かうほかなかったからである。魔法をかける、それを解く、祝詞を述べる、霊を呼び出す等々の行為は続いた。魔女たちにとっては、一つの行為は他の行為と密接につながっていたし、この行為はするが、あれはやめるということはできなかったので、ブロッケン山のヴァルプルギスの夜の生贄の祭りも続けられた。この祭りの集会が十七世紀まで継続していた確実な証拠があるという。

何年も前のことだが、『ホーホーあるいは魔女話・幽霊譚・宝探し話と心霊現象譚』（エアフルト、一七八五年、ゲオルク・アーダム・カイザー社刊）という本が出版された。その本の中で匿名の著者は、古い犯罪ファイルや調書からかき集めた抜粋を載せている。それらはむろん、当時「魔女」の嫌疑をかけられたこの哀れな女たちが、自分たちの与り知らぬ事柄を証言させられようとして受けたひどい拷問のむごたらしい様子を伝えているが、それにもかかわらず、強いられたわけではない自白の話も出てくる。しかも、けっこう出てくる。それらを偏見のない目で読めば、不純でおぞましいイメージでいっぱいの、きわめて堕落した想像力と、予感の上級能力が結合することによって、一人の哀れな女が悪なる不純な霊とつながり、それと交流したであろうことが分かる。それらの悪なる霊は、哀れな女にあれやこれやのきれい事を約束し、そのように彼女を騙して、まもなく自分はあちこちで奇跡を起こせるようになると信じさせ、そうなれば、彼女が普段恨みに思っている相手にも害を与えることができると期待を抱かせたのだ。しかし、それらはすべて見かけ倒しのまやかしに過ぎない。

実際、そういう堕落した女たちが隣人たちに多大な損害をもたらすこともあっただろうこと、ときには悪なる霊が彼女たちに助言と助力を与えたであろうことを、私は否定しない。だが、悪魔は、たとえそういう神を畏れぬ女たちを通してであろうと、直接人に危害を加えることはできないのだ。悪魔にだって神を畏れる気持ちがあり、それを誰かが悪魔から取り去ることによって、そのための直接の機会を与えない限り。

## 第百六十七節　いわゆる魔女の真相を解明してくれる貴重な話

これからする話は、古い魔女裁判の記録にあったものだから、その信憑性は保証する。ある老女が牢獄に捕らえられて拷問され、通常人が魔女の仕業と見なす諸々のことを自白した。その自白の中で、老女は、直近のヴァルプルギスの夜に彼女と連れ立ってブロッケン山へ行った隣人の女性の話をした。この隣人の女性が召喚された。老女が言った話は本当かと尋ねられると、この女性はこう答えた。自分は、ヴァルプルギスの夜の前の晩に、話があってこの老女の家へ行った。台所に入ると、老女が薬草を煮込んで飲み物を作っている最中だった。何を煮ているのかと尋ねると、老女は秘密めかした微笑みを浮かべて、「今夜、ブロッケン山へ行く気はないか」と逆に聞いてきた。これは何かあるな、突き止めてやろうという好奇心が湧き、「ええ、もちろん行きたいわ」と答えた。すると老女は、しばらくの間、盛大な宴会のこと、踊りのこと、牡山羊のことなどをあれやこれやとお喋りし、それから薬草汁を飲み、それを自分にも飲むように勧めた。「たんとお飲み。しっかり空を飛べるようにね」

隣人の女性は話を続けた。自分は杯に口をつけ、飲んでいるふりをした。だけど、本当は一滴も飲まなかった。その間、老女は火かき棒の上に跨り、竈の上に飛び乗った。しばらくすると、老女はくず折れ、眠りこけ、鼾《いびき》をかいた。しばらくその様子を眺めていたが、仕舞いに退屈したので、自分は家に帰った。

翌日、老女が家にやって来て、こう尋ねた。「ブロッケン山はお気に召したかい。素晴らしかっただろう?」それに対して自分は心から笑ってこう答えた。「私はあの飲み物を飲まなかった。それにあなたも、ブロッケン山には行っていない。あなたは火かき棒に跨ったまま竈の上で眠ってしまった」すると老女は激高して「嘘ついちゃいけないよ。あんたは私とブロッケン山へ行き、一緒に飲み食いし、踊り狂って、牡山羊にキスまでしたじゃないか」と何度も言った。

隣人の女性の証言はここまでである。

この話には、いわゆる魔女と呼ばれる女たちの訳の分からない自白を解く鍵がある。これは、ドルイド教に古くから伝わる魔法の飲み物のひとつなのだ。これを飲むと、そうでなくてもスピリチュアルなことでいっぱいの想像力が、この飲み物が引き起こす眠りの作用を通じてさらに過剰に高まり、それを飲んだ女自ら、夢で見たことが本当にあったことだと固く信じてしまうのである。異端審問の調書に記録されている、通常信じがたい諸々のことは、これですべて説明可能になる。

## 第百六十八節　魔女の嫌疑をかけられた女性たちをどう処すべきか

この種の女性は回心させて、間違った信念を正してやらねばならない。自分が隣人たちに害を及ぼしていることを承服させせ——しかし、それは拷問によって行われてはならない——、犯した罪の犯罪性を慮って罰するがいい。だが、けっして「魔女」として罰するのではない。

## 第百六十九節　魔女の嫌疑をかける者のほうが恐ろしい罪を犯している。しかもそれはしばしば起こる

ここで私は、一般の民衆の間でなおしばしば流行が見られる悪徳、私の目には魔女そのものよりも遥かに忌まわしく見える悪徳のことを思わずにはおれない。つまり、それは、不確かな推測に基づいて人に魔女の嫌疑をかけることである。これは本当に恐ろしい。私はいくつも実例を知っているが、多くの農民の女たちが、牝牛が血のミルクを出したとか、生まれた子が不具だったとかいう理由だけで、憎悪や嫉妬に駆られて、敬虔で勇敢な隣人の女性に魔女の嫌疑をかけた。この種の疑いはペストの瘴気《しょうき》のように耳から耳へ忍び入り、あまねく広く行き渡り、無実の家族のこの世の全幸福が一瞬にして失われる。誰もが、魔女の嫌疑をかけられた女を忌み嫌い、その家族とも必要がなければ口もきかない。その家の者から物を買うことを恐れ、むろん誰もその家の者と結婚するのを好まない。このような嫌疑を抱いた者のほうが悪魔の罪を犯してはいないだろうか。魔女とされた女たちよりも、肉体の衣をまとったこのような悪魔のほうこそ、追放されるべきではないのか。

キリストははっきり言っている。かつて隣人にすげない判断を下した者に対しては、その者が隣人を裁いたその同

じ基準を適用して、最後の審判の日に、自分はその者を裁くだろう、と。つまり、同胞を魔法使いだの、魔女だのと宣言する者をこそ、キリストは魔法使い、もしくは魔女として裁くと言っている。

## 第百七十節　エッカルツハウゼンが語る注目すべき靄《もや》状の物質

故エッカルツハウゼン[063]の『魔術の解明』を読むと、人工の技術を使ってどれほど驚くべき現象が可能になるのか、驚かざるを得ない。だが、感覚世界と霊界との間の不分明な境界についてもこの本に書かれている。一七九一年にミュンヒェンのヨーゼフ・レントナー社から出たこの本の第二版の五七頁に、著者はきわめて注目すべき教訓話を語っている。それをここで一字一句そのまま再掲することは、私のこの本の目的にとっては多少迂遠にすぎるので、肝心なところをまとめてお伝えしたい。

エッカルツハウゼンはあるスコットランド人と知り合った。このスコットランド人は霊を呼び出したり、その類いのペテンに手を染めてはいなかったが、あるユダヤ人から聞き知った注目すべき「魔法」のことをエッカルツハウゼンに教えてくれた。エッカルツハウゼンとこのスコットランド人は、二人でこの「魔法」を実際試みてみた。その結果は驚くべきもので、一読に値する。

まず、何らかの霊を呼び出したいと望む者は、数日間、精神的・肉体的にそのための準備をしなければならない。

その際、とくに必要なのは、霊を呼び出そうとする者と、呼び出される霊との間に特別な状況をつくることで、その状況とは、たしかに何かが霊界から呼び出されているとしか説明しようのないものだった。これらの準備がすべて整ったあと、ある物質を使って部屋の中に霞《かすみ》というか、靄《もや》状のものを発生させる。エッカルツハウゼンはその物質について、濫用を恐れる配慮から名前を明かしていないが、この配慮自体は妥当であろう。発生した靄状のものは、明らかに人の形姿をとっていき、それがまさに呼び出そうとした霊の姿にそっくりになっていった。これは光の加減の錯視や錯覚の類いではなく、本当に靄状の気体が人間の姿形になっていったそうである。この話の結論を、私はやはりエッカルツハウゼン自身の言葉で語らせたいと思うので、ここに挿入する。

「その異邦の客（つまりスコットランド人）が旅立ってからしばらくして、私は自ら、友人の一人に見せるためにこの実験をやってみた。この友人は、やはり私と同じものを見、同じように感じた。

われわれが観察したのは次のようなものだ。火鉢の上に煙（＝靄状のもの）が運ばれるやいなや、白っぽい姿形になっていき、火鉢の上で等身大の大きさのまま浮かんだ。

その姿は、呼び出そうとした霊の（生前の）姿と似ているように思われた。ただ、顔は灰色で識別できなかった。

われわれがその姿に近づいていくと、ちょうど強い向かい風に向かっていくときのような風圧を感じた。

われわれはその姿というか、物体と、話をしたのだが、奇妙なことにその話した中身ははっきりと思い出せない。

そしてその現象が消えると、われわれはまるで夢から覚めたような気持ちがした。頭は朦朧としていた。とにかく、下腹部に痺れるような痙攣性の筋肉の収縮を感じた。さらに奇妙なのは、このあとで暗闇を見ることがあると、あるいは何らかの暗い物体をじっと見つめていると、その同じ姿が見えてくることであった。

このとき感じた精神的・肉体的不快が、その後何度もその姿を見ることはあっても、自ら進んで同じ実験をしたがらなかった原因であった。

そうこうするうち、ある若い伊達男が家へ来て、どうしてもこの現象を見せてくれと私に懇願した。その男が活発な想像力を持った神経の繊細な人間だったので、私は心配になり、ある経験豊富な医者に相談し、すべての秘密を打ち明けた。この医者の主張では、煙の中の麻酔状の物質が想像力を刺激して激しい動揺をもたらし、場合によって非常に危険なことになる可能性があるということだった。医者はさらに、事前の物質の調合段階ですでに想像力が相当刺激されるので、一度ごく少量で、事前調合なしのぶっつけ本番で仮実験をしてみてはどうかと勧めた。そこで私は、ちょうど医者が私の家で昼食を食べたある日の午後に、その仮実験をやってみた。

少量の物質から発生した煙が火鉢の上に運ばれるやいなや、ある姿形が現れてきた。だが、私は突然、どうすることもできない恐怖に襲われた。それで急いで部屋を離れざるを得なかった。その後、私は三時間近く気分が悪く、ずっと煙から生じた姿形が目の前に見えている心地がした。ワイン酢のにおいを何度も嗅ぎ、水もたくさん飲んで、ようやく晩になってだいぶ回復した。しかし、その後およそ三週間、私は脱力状態で、その際、とくに奇妙だったのは、私があの仮実験の場面を思い出し、何らかの暗い物体をじっと見つめていると、あの灰色の形姿が私の目になお生き生きと浮かんでくることだった。それ以来、私はさらなる実験をする勇気がすっかり失せてしまった。

例のスコットランド人は、もう一つ別の煙が発生する物質を私に渡していた。彼が言うには、夜、教会の墓地でこの煙を焚くと、数多《あまた》の死者が墓の上に漂うのが見えるそうである。しかし、その煙にはもっと強い麻酔状物質が含まれているであろうから、私は一度もその実験は行わなかった。

とにもかくにも、これらの現象の本当の実情はどうあれ、現れる現象そのものが驚くべきものであることには相違なく、物理学者によって精査されるに値する。私はすでに複数の学者や友人たちから、この現象についての彼らの意見を聞いた。その際、彼らにはその物質が何なのかも隠さず教えた。しかし、今ここでその物質名を明かすことは得策とは思わない。

この現象について私がある学者から受け取った手紙をここで紹介したいと思う。この学者は非常に深くこの問題を熟考したと思われる。

〈一七八五年十二月十七日、W……の手紙から抜粋

ということは、これが示しているのは、われわれの哲学が夢想だにしない自然界の事実です。永遠なる神はわれわれ人間に多くのことをお隠しになり、多くの自然の秘密に封印をされて閉じ込めました。このすべてが想像力のなせる業ではない。そこには多くの真実が含まれている可能性がある。なぜなら、かつて途方もない大きさの海の壁が、われわれヨーロッパ人の知らない民族の人間を分け隔てたように、ひょっとして、われわれ人間がまだ理解できない別の世界の存在とこの世界の間にも、何らかの隔ての壁が存在する可能性があるからである。むろん、多くが詐欺・まやかしである可能性は十分ある。しかし、すべてがそうではけっしてないだろう。スヴェーデンボリとファルク[064]はけっして詐欺師ではない。しかし、彼らの存在はわれわれにはいまだに謎である。おそらく、ブドウの木に房がたわわに実り、ブドウ摘みの時期がやって来るまで、多くの者にとって謎のままなのかもしれない。シュレプファー[065]

とベーマー066は、彼らが書いていることのうち多くが、私には依然として謎ではあるが、先の二人（スヴェーデンボリとファルク）のグループには数えたくない。人間は船を発明し、海の向こうのまだ見ぬ民族と交流するようになった。すべてが一本の鎖でつながり、全体はひとつであるならば、霊界とつながることができたとして、なんの驚くことがあろうか〉」

## 第百七十一節　墓の上に漂う幽霊はおそらく「復活（＝蘇生）の胚芽」

エッカルツハウゼンの話はここまでである。彼はこの先でも相当注目すべきことを述べているが、これ以上の引用は長すぎるのでこれぐらいにする。

何より目立って奇妙なのは、教会の墓地で死者たちの姿を現す煙のような靄状のものである。私も、私の尊敬すべき友人プフェッフェルも、かつて一緒に驚くべき体験をしたことがあるので、その経験から確信しているが、幻視の器官に特化して予感能力が非常に発達した人間というのがいて、彼らは昼間はめったにないが、よく夜に人のような姿の靄状の形が墓の上に漂うのを見ることができる。私はこれを、物理的自然力では破壊することのできない復活（＝蘇生）の「胚芽」（＝初期様物質）だと推測している。しかし、墓地全体に漂いだした靄状の煙には、この胚芽がいっぱいに詰まっているはずなのに、これが見える能力を持った者もすべての胚芽が見えるわけではさらさらなく、ごく限られた数のそれが見えるに過ぎないのはなぜなのか。おそらく、この胚芽が、ある形姿のところでは他の形姿のところよりも物質度が高い、というようなムラがあることに由来するのだろう。しかし、亡くなった人の魂がこの胚芽の中に留まるのだとは考えにくい。おそらく、亡くなった魂は、人間の目に現れようとするとき、この靄状の煙に身を包むだけだろう。

だから、これだけははっきりしていると思われるのは、人間の姿をとるこの恐るべき煙が、人間の脳の中にこの形姿を生じさせているのだろう、ということだ。なぜなら、それを見た者は、それを見たあとでも、長い間、何らかの暗い物体をじっと見つめ、目を閉じると、この姿が見えてくるからである。しかし、同様に本当らしいのは、ここには霊界から来た、あるいはその境界から来た何らかの現象が混じっている可能性である。なぜなら、教会の墓地で見えた形姿はけっしてたった一つだけだったわけではなく、複数の形姿が見えたのであり、したがって、「復活（＝蘇生）の胚芽」（と仮に呼んでおくが）は想像力の中ではなく、現実にそこに存在したことが確かであろうと思われるからだ。

## 第百七十二節　なぜ魔法の飲み物、魔法の煙等々は健康に悪影響をもたらすか。霊界とラポール状態に入るために異教徒に伝わるさまざまな手段

もうひとつ注目すべきなのは、霊界の真相を明らかにする手掛かりになる靄状の物質が健康に悪影響を及ぼすらしいことだ。つまり、この物質は、人間がこの世と霊界との境を超えようなどと出過ぎたことを考えないように、知天使《ケルビム》

が振り回す炎の剣なのだ。
ときに魔術の本——しかも前時代の偉い学者が書いた本のときもある——で、ときに下層民、悪魔祓い師、いかさま医師などさまざまな種類の人々のもとで出会うこの種の「魔法」はすべて、異教時代の残滓《ざんし》である。なぜなら、キリスト教の聖書だけでなく、異教の文書、聖典にも、この種の記述に出会うからである。それらを読むと、予感能力を発達させ、霊界とラポール状態に入り、この世の人間が知り得ない事柄を知るために、動物磁気、魔法の飲み物、魔法の煙（＝靄状のもの）その他、すでに失われた方法も含めてさまざまな手段が実践されているのが分かる。異教徒の神託のすべて、彼らのいわゆる奇跡のすべては、こういう手段を使ったものだ。魔法使いと魔女たちは、この秘密を知った者たちである。

## 第百七十三節

### これらの術はすべてモーセの掟では禁止されている。エン・ドルの女霊媒師、サウル、サムエル

古代イスラエルの民もまた、この種の傾向が強い民族だった。エン・ドルの魔女[067]がその証拠である。サウル王は霊媒師や占い師を国内から根絶しようとしていた。それはモーセの掟に適う正しい処置だった。しかし、その種の人々がなお隠れて残っていた。それでサウル王が神の不興を被り、それゆえ、その時の戦争の行方について御託宣を得られず不安に駆られた際に、当時非常に有名だったエン・ドルにいる女の霊媒師に助言を仰ごうとした。つまり、

霊媒師というのは、当時すでに誰もが知っている、しかも（正当にも）死罪をもって禁止されていた職業なのだ。

その霊媒女は故サムエル王の霊を呼び出すようサウル王に命令された。サムエル王は、旧約のあらゆる聖者たち同様、死後、冥府の王が各人に勝ち誇って割り当てる行き先が決まるまでの間、心安んじて冥界に留まっていたのだ。この女は自らの術を使おうとした。しかし、サムエルの役を演じることになる、彼女に隷属している霊を使うより前に、サムエルは神の合図と許諾のもとに自ら現れたのである。さすがの霊媒女もこれは予想していなかった。だから、彼女は不安に駆られて叫び声を上げ、「神のような者が地から上って来るのが見えます」と言ったのだ。それから、サムエルはサウルに、数日中にサウルは冥界か霊界かは知らぬが、自分のもとへ来ることになるだろうと予言したのだ。

この話は落ち着いて考えると、いくつもの点で謎を解明する鍵を大いに秘めている点でじつに注目に値する。

## 第百七十四節　予感の上級能力に関する私の理論から導かれるきわめて重要な結論

ここまで私は、予感、予言、魔術等、予感の上級能力一般について縷々《るる》述べてきた。だが、私がそうしたのは重要な事実を伝えるために、それがどうしても必要だと判断したからである。これらの事実を、私は神の名において書き留めよう。なんとなれば、必要とあれば、私はそれを炎の文字で書き記すことも、同時代人の一人ひとりの耳に「このつを肝に銘じなさい」と叫んでまわることだって辞さないからだ。なぜなら、近い将来、誰もがこれを事実と認めることが必要になるだろうからだ。

予感能力を発達させ、霊界とつながり、それと交流するためのあらゆる人為的行為、そのためのあらゆる努力は、魔術という罪であり、神によって厳格に禁じられている。もし啓発された敬虔な人々がそのような場面に遭遇した場合、けっしてそのことで大騒ぎしてはならない。むしろ、その結果を探し求めるのではなく、慎重に回避し、畏れと智恵をもって人類の安寧のために奉仕してほしい。

われわれが生きている時代のアクチュアルな大事件は、近未来に何が起きるか、われわれの神経をいたるところで緊張させ、不安に陥れている。神経の細い者は、聖書の予言の箇所を読んで、感覚の変容、真の回心に向かうのではなく、その予言の解釈・穿鑿《せんさく》に熱中して、未来の運命を言い当てようと欲する。こういう者はそうすることによって、持って生まれた資質に応じて自らの予感能力を高めることはできる。これらの行為につきものの興奮、感情の過度の高まりと、それに伴う新たな発見と洞察の喜びは、彼らに、いま自分の中で起きていることは聖霊の特別な作用の結果であると信じ込ませる。しかし、私を信じてほしい。そうではないのである。むろん、彼らはそれらしい、立派そうな、役に立ちそうなことを言うことはできるし、実際、役に立つこともある。しかし、信頼してはならないのだ。なぜなら、あっという間に、間違った霊が光の天使の姿を借りて介入してきて、哀れな人間たちを惑わすからである。彼らはしばしば未来の出来事を予言し、それがまた当たりもする。しかし、先述のとおり、それはけっして神的なことではないのだ。真の予言の能力というのは、これからお話しするとおり、まったく別なものなのである。

すべての読者のみなさま。真のキリスト崇拝者が、たとえ血を流すことになっても捨てない誠実を持っているか、それが試される大きな試練、もしくは「誘惑の時」は、じつはそれほど現実離れしたものではない。その試練に耐えた者のみがイエス・キリストの栄光の国の住人になるに値し、第一の復活[068]に値する者たちである。彼らは全キリスト教徒の中から選ばれ、取りのけられる。

その大きな誘惑には二種類ある。まず第一に、悪魔が軍勢を引きつれて、救済者に帰依する者たちを、強力な錯誤を使って誘惑する。テサロニケ人への手紙第二の第二章九－十二節にあるとおりだ。このとき道具として悪魔の役に立つのは、出過ぎた好奇心を持ち、秘密主義に淫しながら、霊界とつながるためのあらゆる業《わざ》を行う者たちである。とくに、予感能力の発達した者で、錯誤の中に秘密の楽しみを見つけることを渇望する人間たちを、悪魔は「使える」と見なす。これらの哀れな者たちはやすやすと間違った預言者になり、やすやすと他者を惑わすことになる。

もし、この者たちが、あなたたちに、どこそこにキリストが現れる、これから何々が起きる、どっちの道を行け、バビロンを出てどこへ行け、などと言うことがあったなら、けっして信じてはならない。あくまで落ち着いて見守り、祈りを捧げなさい。必要なただ一つのことだけを見据え、たとえ結果がどうなろうとも、ひたすら純朴に、福音の純粋な教えを守りなさい。神は弱き者たちの中でこそ力を発揮する。神はけっして、自らに忠実な者に、彼らが担うことができない重荷を課すことはない。どれほど苦しい時であろうとも、あなたたちは最大の喜びを感じるであろう。だから、恐れることはない。

誘惑の第二は、信じがたいかもしれないが、堕落の軍勢は、純朴な民を欺き、悪魔崇拝へと誘惑するために、この虚偽の徴《しるし》と奇跡を大規模に利用することだ。私はまだよく覚えているが、ある秘密結社の集会で、それが話題になったことがあった。すると実際、大規模な降霊実験が実現し、その目的もまた遠大であった。注目すべきは、いつもはそんな話を歯牙にもかけず笑い飛ばしていた不信心者までが、霊界との交流に心奪われ出したことだ。あなたが誘惑に負けないように、ただ見守り、祈りなさい。精神はその気でも、肉体は弱いものだ。

## 第百七十五節　聖書の真の奇跡は動物磁気等々では起こり得ないという証明

二十数年前、メスマー[069]とガスナー[070]が最初の動物磁気の実験を始めたとき、ひょっとして聖書の奇跡を行った人たちは、もしかするとキリストさえも、この手段を使ったのではないかと、敬虔な人々の間でときどき考えられた。その後、予感能力、すなわち、未来の事柄を事前に予言する能力の作用がここに加わると、さらに、預言者たちはこの予感の上級能力を使って予言しているのではないかという考えも生じた。

そう考えたのはよかれと思ってのことだった。なぜなら、最初のケースでは、そうすることで奇跡はどうして起きたのかという問題で理性の助けになろうとしたのだし、二つ目のケースでは、そうすることで聖書の予言の信憑性に支えをもたらそうとしたからである。だが、この「助け」や「支え」の影響からこそ、神よ、我らを守り給え。すでに初期の腐敗状態にあったラザロの命[071]をいかなる動物磁気も蘇生させることはできなかったであろうし、同様に真水に動物磁気をいくらかけても葡萄酒に変わることはなかっただろう。聖書に出てくる、理性には信じがたい奇跡はすべて、物質と物体に関するわれわれの理解が間違っているがゆえに信じがたく思えるのだ。この物質を分解してみせるのは、ここでは適当ではない。だが、真理の探究者にじっくり考えてもらうために、永遠の真理として以下の命題をここに記しておきたい。

空間と時間の外《そと》に、いかなる物質も物体も存在しない。そして時空の内に現実化するのは、すべて神の理念が実現したものだけである。そこにあるのは混じり気のない元素からなる、まったき被造物である。それを、理性的に考えることができる者は、自らの内なる装置に応じて想像することができるのみだ。われわれ人間は、それを時空の内において想像しなければならない。しかし、それをそれ自体として、すなわち、神や聖霊の悟性のうちに想像できるとは夢にも思ってはいけない。

この命題を十分に熟考する者は、真の奇跡に関して、もはやなんら困難を見いださないであろう。この者は、ただ神のみが真の奇跡を行えること、とはつまり、ある元素を他の元素へ変換できること、しかも、そうしても、それは外部の自然になんら混乱をもたらさないことをすぐに認識するだろう。

次に私は、「予言」の解明に移ろう。それがいかに予感能力の働きとは違うものかを示そうと思う。

## 第百七十六節　予感の上級能力を予言の才能と混同してはならないという証明

われわれは神の啓示を二つ持っている。一つはわれわれの感覚で捕捉可能な「創造」そのもの、つまりこの世界そのものであり、もう一つが聖書である。両者はともに、われわれのこの地上と将来での安寧のために知っておかねばならないことを含んでいる。誰かが、この二つの神の啓示に適うこと、それに根拠を持つことを説教したり、予言したりする限り、われわれはそれを神の真理として受け取ることができるし、そうせねばならない。しかし、この者が、自分はこれを神から啓示されたと主張するならば、すでにこの者は疑わしい。なぜなら、神はすでに一度人間に厳かに啓示したことを、もう一度繰り返したりしないからだ。するとそれは、聖霊がこの者に伝えたものということになる。そうすることで、この者がこの真理をより明確に発展させ、より鮮明に提示できるようにするためである。

もし誰かが、聖書の予言を解釈し、ひょっとして聖書に書かれた何が起きたのだとか、あるいはこれから何が起きるに違いないなどと言う場合、しかも未来の事柄について、自分はそれについて神の啓示を受けたと明言したり、あるいはちょっとでもそれらしいことを匂わしたりする場合は、やはりこの者は疑わしい。

誰かが神の啓示に反することを予言、もしくは預言し、この者がそれにもかかわらず、これを神の啓示と称する場合、この者は間違いなく偽の預言者であるが、聖書に反することではないが、そこに根拠を持たないことを主張する場合、それは新しい教えである。この後者のケースが、今まさに問題の核心である。なぜなら、これまで例示したケースは疑わしいケースではなく、すべての真のキリスト教徒が認め「アーメン」を唱えるであろうケースだからである。

われわれが敬虔な人であると認める誰かが、聖書の教えや予言と矛盾せず、だがしかし、そこからは証明できない何か新しいことを言う場合、われわれはいかに振る舞うべきかという疑問が生じる。

誠実で敬虔ではあるが、超常現象や不思議な話が大好きで、人知れずお気に入りの理論を温めて、それを自己流で聖書から証明してみせようとするような人が実際いるものだ。こういう人が作家を見つけた場合、あるいは神の啓示を得たと称する人物に出会った場合、そしてその神の啓示が自分の理論に適う場合、こういう人は、その予言をする人がキリスト教徒でありさえすれば、その啓示をたちまち神的なものと受け入れる。その際、この人が申告する信仰の根拠はただ、真のキリスト教徒の中に住まう聖霊は、間違った啓示と取り違えられることをよしとしないだろう、ということに過ぎない。この信仰の根拠がまったく誤りであることは、すぐに完膚なきまでに証明されるだろう。

紛れもなく真のキリスト教徒であり、途方もない学識を有した故ゴットフリート・アルノルト[072]自身、超常現象や不思議な話が大好きだったことは、彼の著作が証明しているとおりだ。彼はいま問題となっているケースについて、私が述べたことに一点の曇りなき証拠をもたらしてくれる。アルノルトの教会史や異端史を読むと、使徒の時代から未来の事柄を予言したと言われている注目すべき人々が、網羅とは言わないが、相当数取り上げられている。これらの予言を現代に至るまで、その後に実際に起こった現実の歴史と厳密に、偏見を持たずに比較検証してみると、当たっていることとそうでないことがごっちゃに混じっているのが分かる。どの啓示（＝予言）にも、予言者独自の物の見方が反映されており、それが真実となった場合、神からの啓示と見なされている。どの予言の中身も時期も一〇〇パーセント完全にその通りに当たったものはなく、常にその一部が当たっているに過ぎない。したがって、人はそれを信頼すべきではない。なぜなら、まだ実現していない予言の何が真で、何が間違っているのか、人は分からないからだ。つまり、聖霊はこれら確かに敬虔な魂の持ち主たちを、錯誤やまやかしから保護したわけでないことは明らかだ[073]。しかし、これは当然なのだ。なぜなら、聖霊はわれわれを教え諭し、われわれに、罪に打ち克ち、真の敬神を実践する力を与え、すべての善への愛と意欲、すべての悪への嫌悪を呼び覚ましてくれる。しかし、聖霊はわれわれの自由意志を強制するものではまったくないのだ。人間には聖霊に抵抗する自由意志が残されている。聖霊に抵抗し、妄想を現実と見なし、予感の上級能力を予言の才能と取り違える自由意志が残されている。しかし、人間がただ誠実なだけで、真理への真率な愛ゆえに過つからといって、それだけで聖霊は人間を見捨てたりはしないのだ。だが、人間が自らの過ちをお気に入りの信条、偶像となし、したがって狂信者となる場合には、しだいしだいに聖霊は遠ざかっていく。そのような嘆かわしい魂の持ち主は、悪魔の危険な道具となるのである。

以上のことを私は主の名において、真理であると命を懸けて誓う。私がそう誓うのは、世界の創造以来、今ほどそうすることが必要な時代は他になかったからである。

## 第百七十七節　真の預言者とその予言が持つ性質。聖書のバラムの話についての私の考え

真の預言者が単に予感を感じている者とどう違うか、真の神の啓示が予感の上級能力とどう違うのか。読者のみなさまは、私がここでそれを明示することを、おそらく当然期待なさっているだろう。

誰かが、それが敬虔な人であっても、これから何々が起こる、あるいは、未知の事柄について、それはこれこれこういうものだ、と神が自分に啓示したと主張する場合、私はその言葉を頭から信じることはできないし、してはいけ

ない。なぜなら、その人はじつに容易に誤り得るからだ。だが反対に、私がそれを自分とは関係ないどうでもいい事柄と見なし、それが本当に神の啓示だった場合、私は重い罪を犯すことになる。神が他の人を通して私に伝えたことに、どうして私が無関心であり得ようか。そんなことがあってはならないのは自明のことだからだ。

では、私はどうしたらよいのか。どうすることができるのか。

私が「あなたのおっしゃることは信じられません。使徒の時代以降、真実の予言は一つもありませんでした。真の預言者は一人もいませんでした」と言うとすれば、それはそれで、何の根拠もない不遜な行為であり、予言の霊にも反しているだろう。なぜなら、霊は、この者を通して、つい今しがた、あるいは間もなく、再び験《しるし》が、奇跡が、予言が行われた、行われるだろうとはっきりと伝えてきたのだから。

あるいは、私はこの者の言葉をすっかり信じ切るべきだろうか。私にはそれはできない。なぜなら、この者は誤り得るからである。たとえこの者が、それを伝えに来た霊は天使の姿をしていて、「それは本物である。まやかしではない」と請け合ったとしても、できない。なぜなら、その現れた存在が善なる霊であると誰が私に保証できるというのか。仮に善なる霊であったとして、それが誤ることがないと誰が私に保証できるというのか。

しかし、だからといって、私は無関心ではいられない。となれば、どんな選択肢が残るだろうか。唯一残るのは、この新たな預言者が私に、彼を遣わしたのは神であると反論の余地なく証明してみせることである。この新たな預言者が私に神の保証を示すことだ。この保証は、ただ神にのみ可能な事実として示されねばならない。とはつまり、この者がイエス・キリストの名において真の奇跡を行うことだ。私は「真の奇跡」と言った。なぜなら、自然界には「真の奇跡」のように見えて、そのじつそうではない多くの未知の秘密や業《わざ》があるからだ。エッカルツハウゼン[074]の著作、とくにその『魔術の解明』を読んでほしい。そうすれば、間違った奇跡によるまやかしから身を守ることができるだろう。聖書の中でキリストが行った奇跡、預言者と使徒が行った奇跡が、「真の奇跡」とは何か、どのような性質を持っていなければならないものなのかを示している。

聖書を始めから終わりまで読むと、神は人間に遣わしたすべての使者に、奇跡を行う能力を付与していること、キリストは、人々がキリストの言葉と使徒の言葉をなかなか信じることができないことをよく分かっており、したがって、キリストは自らの教えを驚くべき偉大な奇跡で補強したこと、そしてキリストの弟子たちも同じようにしたこと、これらのことが分かる。われわれに啓示され、われわれがすでに知ったことが真であると証明するために、これ以上の奇跡は必要ない。しかし、新たな啓示が必要となれば、再び奇跡も必要となるであろう。私に天使が、あるいはキリストその人が現れたなら、キリストは間違いなく自分がキリストその人であると私に証明してみせなければならない。なぜなら、私は偽の霊によって騙され得るからである。聖書に注目すべき例が複数あるその種の証明を要求する用心を、神はけっして無慈悲にあしらわなかった。反対に、神は、自らの道具として利用しようと考えた人間たちのもとへ寛大にも降りてきてくださった。人々が、それが真理であることを余すところなく確信させられたうえで、それでも信じないならば、そのときはその不信心は罰せられた。キリストと同時代のユダヤ人がそうだったように。

注目すべきは、天使ガブリエルの言葉を信じることができなかった祭司のザカリアが験《しるし》を要求し、その験として口が利けなくなったということである[075]。つまり、非常に厳しい注意を天使ガブリエルから受けたことである。ここで問題となるのは、ザカリアがこの天使のことを知っていたかどうかである。知っていた場合、験を要求することは罰に値する不信心であり、知らなかった場合は必要な用心ということになる。前者のケースが起きたことは疑いない。なぜなら、ガブリエルは間違いなく曖昧な姿で現れたわけではないはずだからだ。

最後に、このことも付け加えておかねばならない。預言者の言葉の文体は、通常の予言者の文体より遥かに明確で、かつ格式が高いことである。先に挙げたゴットフリート・アルノルトの教会史や異端史で、敬虔な預言者、予言者たちが実際にした話をぜひ直接読んでみてほしい。そうすれば、その大きな違いがすぐに分かるだろう。

モーセとバラムの話[076]を仔細に読めば、バラムが予感の上級能力を使って予言したと考えるのが妥当であろう。バラムは真の神の預言者ではなかった。それは彼の全振る舞いが示している。だが、バラムが、予感の上級能力で預言する多くの人がそうであるように、神の声を実際に聞いたことは、彼のこの話が示している。注目すべきは「民数記」第二十四章一節でバラムについて言われていることである。この節は字句通りには次のようになっている。

「バラムは、イスラエルを祝福することが主の良いとされることであると悟り、いつものようにまじないを行いに行くことをせず、……」

つまり、当時、人々が予言を学ぶことができる施設が存在し、この施設は、そこで予感の上級能力を伸ばし、霊界とつながることができるようになるための学校に他ならなかったのだ。

エホヴァが預言者に啓示した仕方は、はっきりとは分かっていない。ただ、これまでのところ、幻視であったり、夢を使ったり、ときには耳で実際に聞こえる声であったり、あるいはテレパシーであったり、天使が送られたこともあったことは分かっている。だが、天使の派遣の場合、常に異常な出来事が随伴して起きていて、非常に厳かに、かつ畏《かしこ》まって描写されている。その際、彼らの予言は大部分、予感の上級能力では及びもつかない遠い未来に関することである。イザヤはキリストが生まれる六百年以上も前に予言して、苦悩を表明していた。そしてすべての預言者は三千五百年前から、荘厳な平和の王国の到来を予言していたのである。

# 第四章　幻視と心霊現象

## 第百七十八節　心霊現象は「迷信」と貶められる。だが、すべての心霊現象が迷信であるわけではない

いよいよ、私の心霊学の理論の最も重要で、しかし最も難しい章にやって来た。この章全体が、疑わしく、いかがわしいものとして扱われる可能性がある。幽霊話は微笑しながら眉に唾つけて聞くのが礼儀に適っているからだ。それにもかかわらず、人が幽霊話を好んで聞き、不信心な語り手は少しでも本当らしく聞こえるように工夫するのが通例であるというのはじつに興味深い。

迷信は疑わしい、いかがわしいものだ。心霊現象はすべて迷信であると宣言してしまったら、幽霊話については、それがどんなものであろうと恥じ入るのが当然である。だがここで問題なのは、果たして心霊現象を語るすべての幽霊話がまやかしであり、嘘であり、迷信なのかという点である。むろん、その大部分がそうであることは確実である。しかし、亡くなった人の魂が死後再び現れ、それは短期間のこともあるし長期間に及ぶことも、ときに数百年にわたることもあるのだが、われわれ生きている人間たちに姿を見せる、そしてときにわれわれに何かをしてくれと頼むことがある、というのも確かなことで真実なのである。以下で、この主張の信憑性を反論の余地なく証明しようと思う。

## 第百七十九節　心霊現象の可能性と現実性を、哲学者と神学者に抗して証明する

私がこれを事実として証明できれば、可能性レベルの証明は不要になる。しかし、その手の事実はあり得ないと人が頭から信じているならば、どんな証明であれ、人は疑ってかかるであろう。したがって、これを避けるために私は、この本の最初の二章を使って、人間の本質について通常学校で習うような理解が根本的に間違っていること、肉体から離れた魂が再び目に見えるようになることがあることを示したのだ。私は哲学とはすでに決着済みである。しかし、宗教の多くの教えとはまだ決着がついていない。というのも、亡くなった人の魂（＝人間霊魂）が本当に現れるという現象は、天国行きになるか地獄行きになるか、まだ行き先の決まらない魂がしばらく滞在して準備をする中間の場所、死者の国（冥界）があることを必然的に証明しているわけだから、この件に関するプロテスタント教会の象徴に忠実であろうとする神学者たちは、亡くなった人間が再び現れるという話のもっとも確実なものも真実ではないと言い張るか、あるいはそれは悪なる霊が出たのだと言うからだ[077]。

これに対する私の答えは、だから、私が事実を誠実に完璧に証明すれば——そして、私はそれを確実にやりますが——、そうすればそれは真実である、真実に間違いない、というものだ。同様に私は、それらの現象はけっして悪なる霊の出没などではないことをも示すだろう。聖書は私の理論とはまったく矛盾しない、むしろそれにお墨付きを与えるものである。

亡くなった霊が本当に現れるというのは、私がとやかく言う前に、迷信とされるべきものなのか。じっくり考えてみていただきたい。私が、意識がはっきりしているときに鬼火か、あるいは何らかの珍しい自然現象を目にした。それがこの「迷信」の正体だろうか。私がその見たものをどう解釈し、どう提示しているか。問題はそこだろうか。だから私は、これらの現象に直面して人は理性的に、キリスト教的にいかに振る舞うべきかについても示そうと思う。

## 第百八十節　ヴィジョンとは何か

「幻視」あるいは「ヴィジョン」という言葉を、私は、誰かに見えてはいるが、現実の物体はそこに存在しない現象、したがって想像力の中にのみ存在する現象と理解している。つまり、それは単なる夢、しかし、それを見ている人は本物の現象と考える夢ということになる。一方で、それらのヴィジョンは通常の夢とは以下の点で異なる。まず、それは現実との連関、脈絡がしっかりしていること。現実と見紛うほど似ていること。覚めていても見ることができること。以下、ヴィジョンという言葉が出てきたら、これらの特徴を常に思い出しながら読んでいただきたい。

# 第百八十一節　ヴィジョンと真の心霊現象を区別する公準

こう理解すると、ヴィジョンはそれ自体、まったく何も意味していないことは自明である。というのも、それは非常に生き生きとしたイマジネーション以外の何物でもなく、そのイメージを本物であると知覚する、単に生来の資質に他ならないからだ。ヒステリー症の人、ヒポコンデリー（＝心気症）の人はヴィジョンを見やすい。ヴィジョンを見ると恍惚状態になる人もいる。しかし、これらの人は自らの予感能力を容易に伸ばし、その結果、同時に霊界とつながりを持つ。するとすべてがぐじゃぐじゃに混乱する。そして、ヴィジョンと真の心霊現象を区別するには多くの知識と経験が必要になる。したがって、この種の事例のすべてがそこから出発しなければならない基本の公準は、以下のようになる。

すなわち、もし、複数の人が、事前に何も知らされることなく、いきなり何の前触れもなくその現象を見た場合、あるいはその現象を見たのがたとえ一人であったとしても、その現場を見た複数の目撃者がいて、彼がその現象を見たとしか考えられない場合、それはヴィジョンではなく、真の心霊現象である。

この公準を明確にし、完全にする例をこれからお話ししよう。

# 第百八十二節

## 自らが埋めたお金を子孫に取りに行けと促す驚くべき霊の話。この霊が間違いなく出現した証拠としての黒い焦げ跡のついた聖書とハンカチ

一七九〇年代の半ば、ある夏の晩の六時頃、私がその日の最後の講義を終えて研究室に戻ったとき――それはマールブルクでのことだった――、私がよく知る元学生が研究室を訪ねてきた。その元学生は、在学当時、私の講義を非常に熱心に聴講していた一人で、頭脳も明晰ならば、性格もいい男子だった。彼はいま、ある尊敬すべき領邦君主のもとで重要な官職に就いていた。私は彼を手厚く迎え、座るように勧めた。するとこの元学生は、一七五〇年代に彼の家族に起きた、ある驚くべき話をしだした。当時まだ二十歳前後の若者だった彼の父親が、しばしばある霊の訪問を受けていたというのである。ラテン語学校の教師だった彼の祖父が、この話をすべて正確に記録し、本にしたが、子どもたちや孫たちへの教訓のためと、永遠の記念として、ごく少部数を印刷させただけだった。近しい親戚の何人かもこの小冊子を受け取ったという。ここで元学生はポケットを探り、その小冊子を取り出して、読んでみてくれと言って私に渡した。それから彼は出て行った。私は世にも奇妙なこの冊子を驚愕賛嘆しながら読んだ。読み終えてから、持ち主に礼を述べながら返却した。

そこに書かれていたことがどれほど忘れがたいことだったとしても、すべてを記憶に留めることは不可能なほど多くの驚くべき詳細が事細かに綴られていた。それで私は、この冊子を是非とも入手したい、少なくとも、すでに何年も前から準備していたこの本をいつか書くときには、誰かから借りたいと切に望んだ。するとどうだろう。数年前、

私が××の国を旅行したときに、この霊を見た人の近い親戚にあたる人から、私はこの冊子を受け取ったのである。今ここの、私の机の上にそれはある。だが、私はそれを人手に渡すわけにはいかない。それはこの家族の名前が世間に知られないようにするためである。なぜなら、そんなことをすれば、私のかつての学生である大切な友に、多大な迷惑をかけるだろうからだ。問い合わせが殺到し、膨大な郵便料金がかかるだろうし、それだけではなく、嘲笑や侮辱も受けるだろう。そのきっかけを私がつくるわけにはいかないからだ。しかし、私が真理のために、ここにそのごく一部だけを、家族の名前を出さずに、しかも、家族の栄誉に傷がつかないような形で抜粋するのならば、誰もそれを悪く取らないだろう。この事件をすでに知っている人は、どのみち、すぐに何の話か気づくだろう。世にも奇妙なこの本の書名は以下である。

「一七五五年一月一日から四月三十日までの間、一定の間隔を置いて相当回にわたり現れた、ある霊の真実の物語。一七五五年五月にその父によって詳細に記録され、一七五九年四月に自費出版された」

表紙頁の裏側には次の題辞がある。

「後の世代のために、このことは書き記されねばならない。〈主を賛美するために民《たみ》は創造された〉詩篇百二篇十九節」

次に本の内容が続く。一番上に「救世主イエスの名において」(in Nomine Iesu Salvatoris) とある。続いて父の語りが始まる。

一七五五年の年初、彼の息子は毎晩夢を見た。夢の中で、青い上着と青い胸着を着て、腰のあたりに鞭《むち》をぶら下げた小さな男がやって来て、何度かノックしたあと、部屋の扉から入って、息子に「おはよう」と言ったあと、こう話したという。

「お前に話したいことがある。××ベルクの谷へ行って、××ヶ原の木の下で、ある石の上か隣に十三本の十字架を見つけるのだ。それを取って、回収しろ。それからそこを少し掘れ。そこに大金を見つけるだろう」

それから××は夢の中でその都度、大金が眠っているというその場所と木を見た。一部地上にはみ出ていたお金そのものも見た。

善良な息子はその都度、びっくりして目覚め、見た夢の話をした。父も息子もこの夢には何か重大なことが秘められていると思ったが、同時にあまりに奇妙な夢だと思ったので、善良な友人たちの何人かにそれを話した。数日後、再び霊が夢に現れ、先の言葉を繰り返し、さらに、彼がこのことを人に話したことを非難した。同時に、二人の男の姿が現れた。この二人は、すでにあの場所に行ってお金を捜そうとした男たちだと霊は言った。しかし、この二人はお金を見つけられないだろうとも言った。

この時から、息子はその霊を、夢から目覚めたあとも見るようになった。それで人々は、これは単なる夢ではなく、何らかの本物の現象だと推測した。このことは善良な人々を驚愕させた。とくに、霊が今や毎晩やって来て、ドアのノックの音のたびに息子が目覚めたからだ。この現象は毎晩二回から三回起こった。その際、お金を取りに行けという要請がその都度繰り返された。しかし、この要請が頻繁に、また一回一回が長くなるに従って、息子はますます不安になっていった。息子は、自分はそこへ行ってお金を取って来ることはどうしてもできないと説明した。この息子の疑いを取り除き、彼を励ますために、霊はコリント人への手紙第一の第十一章二十三節の冒頭の言葉「わたしがあなたがたに伝えたことは、わたし自身、主から受けたものです」を引用した。それから霊は、行ってお金を取ってきなさい、さすればお前は「イエスを愛し、神を信頼する者に、神は祝福を与え給う」の讃美歌を歌うことになるだろう、と息子に勧めた。

だが、息子は恐れのために霊とは一言も直接口をきくことができなかったので、父と息子は文書でいろいろな点を霊に問い質そうと決心した。この質問を息子は一月十四日に書き、寝室の机の上に置いた。その日の晩、霊がやって来たとき、霊はすぐにそれに気づき、その質問に明確に答えた。以下、その質問と返答を逐語的に再現する。

「イエス様。

霊よ、聞き給え。私はあなたにイエスの名において以下を質問する。

① あなたは何者か?

返答 私はここの出身である。他の五人とお金を埋めた。だが、この五人は安らかな眠りに就いた。私はまだだ。××で私は死んだが。

② なぜあなたは安らがないのか? そして、なぜ私をも不安にするのか?

返答 なぜ私が安らがないのか、私はすでに言った。つまり埋めたお金のためである、私を安らがせないのは。お前がそれを取って来るまでは、私は安らぐことができない。たしかに私はお前を不安にしているが、お前はすぐにこの窮地を脱することができる。行ってお金を取って来なさい。

③ あなたは善なる霊か? そして、あなたがもっと助けを必要とするのなら、私は心の底から喜んで、あなたの

手助けをしよう。もし、それが私の頼りない能力と力の及ぶことであったなら。しかし、私にはそれをすることができないので、イエスの名においてあなたに尋ねる。あなたが私に求めていることを、私は別の人に頼んでやってもらってもよいか？

返答　むろん私は善なる霊だ。そして、質問に対する返事はこうだ。いいや、お前以外の誰もそれを代われない。私はすでに百二十年、お前を待ち続けた。もしお前が私を助けてくれなければ、私はさらに百二十年、苦しみ、安らぐことができない。お願いだ。助けてくれ。誰かを連れていってもいい。だが、お前がお金を掘る現場が見える位置まで行かせてはいけない。お前が無事お金を得たなら、それを家まで運ぶ手伝いをさせてもいい。お前は一人では運べまい。それまでは、彼らはお前のために祈ればいい。私もお前とともに行こうと思う。谷でありとあらゆる恐ろしいものや、ぞっとするものたちが現れようと、驚くことなかれ。何があっても私はお前をきっと助ける」

これらすべての返答にもかかわらず、息子は一人でそのおぞましい場所に行くことは、どうしてもできなかった。それにそもそも、両親と息子は、この事件に重大な懸念を持っていた。というのも、彼らは罪を犯すことを恐れていたのだ。だから、彼らは、もう一度いくつかの質問をしてみることで意見が一致した。翌日の夜、霊にその質問がなされた。以下、再び逐語的に再現する。

「イエス様。

霊よ、聞き給え。私はあなたにイエスの名においてさらに質問する。

① お金があるという指定の場所に、私は何ら恐ろしいものを見たり聞いたりすることなく、しかも数人の供を連

れて行くことはできないのか？

返答　それも可能だ。お前は何も見ることも聞くこともないだろう。だがしかし、そんなことをして、お前と私のために何になる？　むしろ、すぐに一人で、ただ私とだけで行きなさい。そうすれば私は解放される。

②　誰かを連れて行くと、なぜあなたを助けることができなくなるのか？　私はあなたが指名できる敬虔な人しか連れて行きません。

返答　お前は一人で行かねばならぬ。なぜなら、ただお前だけが私を助ける者に指名されたからだ。他の者はお前と私を助けることはできない。

③　あなたが善良な霊かどうか、私はまだほとんど確かに信じることができないので、敬虔な人々や牧師の数人にこの件を相談してもよいか？　我らが救済者はすべての人類を救済したはずだ。あなたはそこから排除されたということか。ならばどうやって私があなたを救済するというのか。イエスはすべての人類のために受難したのだから。

返答　いやダメだ。それは必要ない。なぜなら、彼らはみな、あなたがそれをしないように仕向けるからだ。だが、私が善良な霊であることを疑うな。たしかに救世主は私を救済したが、ここから私を助け出すのはお前なのだ。お前はそのために選ばれた。私をなお百二十年間、苦しませないでくれ。

④　どうしてもということであっても、なお少しの時間と心の猶予をもらえないか？

返答　お前にはまだ時間がある。しかしその時まで、お前も私も心が安らぐことはない。頼む。お金を取って来てくれ」

このあと、霊はあと百二十日の猶予があると言った。百二十日以内にそのお金は取りに行かれねばならない、と。以上の応答があったにもかかわらず、父と息子にはなお、果たしてこの霊が善なる霊なのか、ひょっとして悪なる霊なのではないのか、という疑いが消えていなかった。そして、一月十八日、土曜日、晩の十時に二人が部屋で一緒にいて、あの霊について話していた。父は、あの霊はイエスの名を口にしていたが、悪なる霊ならイエスの名を口にできるであろうかと考えながら、しかし、キリストが追放した霊たちは、キリストのことをしばしばその名で呼んでいたはずだということを思い出していた。そのとき、息子の体が固まり、ぎょっとしてこう言った。「お父さん、祈ってください」

父はこの要請に従い、何度もイエスの名を呼んで祈り、霊を追い払った。しかし、霊のほうは、父の顔をじっと見つめてこう言った。「私はイエスの名が唱えられるのを喜んで聞く。だが今、お前たちがあまりに恐ろしそうにしているので、私は再び去る」

こう言って、霊は立ち去った。

翌日曜日の晩、父の弟が、人に言えない重い十字架を抱え、沈んでいる兄とその息子を訪ねてきた。三人が部屋で一緒にいるとき、息子が突然、話ができなくなり、テーブルの上に顔を突っ伏した。それで、また霊が来たのだなと兄弟は分かった。そこで二人は「地獄の霊よ、消え失せろ。ここにお前たちの用はない」と歌いだした。霊は高い声でこの歌に唱和し、それから消え去った。

一月二十日、月曜日、朝八時、霊が再び居間に現れた。父の弟は十時頃に帰ることになっていて、父と息子が途中まで見送りに一緒に出かけたので、霊も階段を上がって来た。息子はまた失神して気を失い、家人が息子を部屋に運び戻さねばならなかった。そのとき、霊がこう言った。「お前はこの叔父のお供をしてよろしい。同時にお金を取って来なさい」

この日、霊の活動は異様に激しかった。

一月二十一日、火曜日、朝八時、霊がラテン語学校の教室にやって来た。哀れな霊視者は隣の部屋に逃げ込んだ。霊は息子のあとを追い、手を組み合わせて三度、以下の祈りの言葉を唱えた。「神よ、慈悲深きお方。あなたのお慈悲が永遠に続きますように。ああ、なぜあなたは、こんなにも長い間、私を苦しめるのですか」

そう言って霊は去った。

十時に霊は再び来た。だが、先ほどとは違う服、真っ白な姿をしていた。霊は息子に言った。「すでに私は二十日もお前に頼んでいる。いい加減決心して、私を助けてくれ。今後、私は二十日間、お前を離れる。この間、お前は谷へ行き、お金を取って来てくれ。お前はそれができる。お前のもとに居続けることができれば、それが私には大きな慰めになるだろう。しかし、私は行かねばならぬ。私にはもう時間がない。二十日後、つまり二月十日、この同じ時間に私は再びお前のもとへ来るだろう」

霊はこの約束を守った。霊は白い姿をして再びやって来て、彼の頼みを繰り返し、また何度も来て、息子がどこへ行こうと追いかけて来た。ただ、見知らぬ人がいるときだけは、霊は話さなかった。霊は再び息子のもとへ来られて嬉しいとも言った。

二月十一日、火曜日、晩の十時、霊は再び居間にやって来て、もう一人、輝くように明るい姿をした、四歳か五歳ぐらいの大きさの小さな霊を、手を引いて連れていた。しかし、この小さな霊は一言も話さず、「神よ、我らはあなたを讃えます」(Te Deum laudamus) の讃美歌をじつに愛らしく、美しく歌ったので、息子はその場に居合わせた人々に、黙って聞くようにと言った。みんなが傾聴すべき歌声だと息子は思ったからだ。

その時まで、父は霊に、息子が一人でお金を取りに行くことをけっして認めるわけにはいかないと何度も言明していた。今、霊は、父も一緒に行ってよい。ただし、現場から十歩離れていなければならぬ。そして、それは次の水曜日、二月十二日の正午に必ずなされねばならない、それが私の頼みだと言った。小さな霊も連れて行くが、怖がることはない、とも言った。

この予告は家族をさらに大きな不安に陥れた。父は途切れなく神に祈り、救いと安全と援助を求めた。その際、彼は内なる慰めと恩寵の約束を感じた。しかし、霊の要求は受け容れないという決心は変わらなかった。

恐るべき水曜日、正午が近づいた。友人たちと一階のテーブルに座っていた父は、その時、二階の息子へ大声を上げた。息子は死んだようにぐったりとして発見された。居合わせた者たちは全員、膝をつき、祈った。なぜなら、彼は死ぬだろうと思ったからだ。だが、息子は快復し、こう言った。「お金を取りに行かなかったから、霊は僕に対する怒りでいっぱいです。霊は僕を胸に抱え込み〈ではお前に休息をくれてやろう〉と言いました」

それから息子は、小さな霊もその場にいたこと、その小さな霊が彼の体を撫でて、それで自分は再び快復したことを述べた。すると、小さな霊が、大きな霊がいる目の前で「父なる神よ、我らに住まえ」の讃美歌を歌いだした。そこで息子が非常な不安に陥り、不安のあまり、家にいることができなくなったので、善良な友人たちとともに、隣の教会区まで散歩をすることになった。しかし、ここでもまた霊が二回も現れ、一度は途中の道で、二度目は牧師館に一行が到着したとき、その玄関の間に現れたのだった。

このとき霊がますますしつこく、脅すようになってきたので、父と息子の二人は、息子が相変わらず霊と直接口をきくことができなかったから、再びいくつかの質問を文書でしてみようと決めた。その質問と返答を逐語的に載せる。

「昨日の福音で、主イエスは誘惑者を神の言葉で拒絶された。主に倣い、私はあなたに問う。あなたと口頭で話すことが私にはできないので、またも文書で。

返答　私は〈誘惑者〉ではない。だが、神の言葉を聞くのは本望だ。お前が私と口をきくことができないのは、お前の責任だ。

①　聖書に書かれている。〈どの霊も信じるのではなく、神から出た霊かどうかを確かめなさい〉[078]と。いま私が認めるように、あなたはたしかに善なる霊かもしれないが、けっして極楽往生した霊ではない。それはあなたの落ち着きのなさが証明している。同時に、私はあなたの要求が神から出たものだとは信じることができない。

返答　私にはお前の両親の疑いがよく分かる。お前の両親は、私が善なる霊ではないと思っているのだから。しかし、見よ。私は神の言葉を崇め、愛している。そして、希望によって至福を得ている。私の落ち着きのなさは、地獄にいることに起因したものではない。それは神から私に送られた浄化なのだ。なぜなら、私が臨終のとき、あのお金にまだ執着していたからだ。お前が私を、そこから解放しなければならない。

②　聖書に書かれている。我が子羊たちは我が声を聞き[079]、我に従うが、見知らぬ者の声は聞かず、従わない。これに倣い、私は私のイエスの御声に従わねばなりません。私の知らない、私にとって見知らぬ者であるあなたのような霊に向き合うことはできませんし、従ってはならぬのです。

返答　どこであろうと、お前はお前と私のイエスに従い、彼の声を聞かねばならない。しかし、神は信仰に関することでないことを啓示する場合、神の言葉以外の別の方法も持っているのだ。それはしばしば夢によってもたらされることもある。お前は私にとって見知らぬ者ではない。私の七代後の親戚筋に当たる者だ。私の祖国はザクセンだ。

③　聖書に書かれている。〈子どもたち、主に結ばれている者として両親に従いなさい〉[080]と。あなたが私にこの服従の教えを守らせないのならば、あなたは神に反している。私の両親があなたの要求を私に受け容れさせないことを、あなたはよく知っているのに、なぜあなたは繰り返し、両親の意思に反してあなたの意思を私に押しつけようとするのか。私の両親とまず段取りをつけてください。

返答　どこであろうと、神に反しないあらゆる問題に関して、お前はお前の両親に服従しなければならない。私はお前をこの服従の教えから背かせる気などさらさらない。しかし、お前の両親は私の要求を非難しているから、お前はこの場合、彼らの知らないうちにあのお金を取りに行くという手段に出て構わない。起きてしまえば、それはもう正しいことになる。私が頼りにしているのはお前の両親ではない。お前なのだ。それゆえ私は、お前が二十歳になるまで待たねばならなかったのだ。

④　聖書に書かれている。〈危険に赴く者は、そこで身を滅ぼす。傲慢な者は非業な死を遂げる〉[081]。なぜ私が霊と

悪魔の間に入り、肉体と魂の危険に赴かねばならぬのか。それに、私がお金を持って来たとして、そのとき、私の肉体、私の魂、私の心に何も危険なことが起こらないと誰が保証してくれるのか。ましてや、悪い敵がそこにいて、お金を守っており、さらにあなたが言ったとおり、恐ろしいものやぞっとするものたちを出現させるというのに。

返答　どこであろうと、その格言は真理だ。だが、よく見よ。〈驕り高ぶり、傲慢に危険に赴く者は、そこで身を滅ぼす〉お前の場合、これは当てはまらない。悪魔とその手下の霊がその際、騒ぐことは確かだろう。しかし、お前がお金を手に入れるまで、彼らがお前に危害を加えることができないのもまた確実なのだ。だから、お前は恐れることはない。

⑤　聖書に書かれている。人は兄弟をも救済できない、と[082]。どうして私にそれをせよというのです。あなたを救済できるというのです。我らがイエスのもとで、永遠の救済が実現するのです。イエスはそのお金がなくとも、あなたを助けて、あなたの心を安んじることができるのです。

返答　どこであろうと、その格言は真理だ。だから、お前が私を救済すると、私は悪く言われるだろう。救世主はお前を、私を、全人類を救済するからだ。しかし、それにもかかわらず、お前はそのお金を取りに行くことで、救世主からの許可を得た救済者としての自分を発見し、私の苦しみに終止符を打つのだ。お前には訳が分からないだろうが、お前がそうしてくれないと、この苦しみは終わらないのだ。

⑥　聖書に書かれている。我らが主イエスは脅さない。主は苦しんでおられるから。主は正しく裁く者にお任せになる、と。あなたは、なぜこの教えに反して、私があなたの要求を受け容れないといって私を脅し苦しめるのか。

返答　どこであろうと、それは真理だ。私とて、お前を苦しめるのは本意ではない。しかし、私の苦境と不安が私にそうさせるのだ。お前の強情が悪いのだ」

霊が二番目の質問への返答で、この息子が自分にとって見知らぬ者ではなく、七代後につながる親戚筋に当たる者だと言っていたので、父親は家系図で探してみた。すると、ザクセン辺境の××村で鉱夫だったラウレンティウス某《ぼう》という男が、七代前の先祖にいることが分かった。しかし、このラウレンティウスは一五六六年に亡くなっており、霊のほうは自分は百二十年間、この状態にいる、すなわち、一七五五年から百二十年を引いた一六三五年に亡くなったに違いないので、父はこのことに疑念を抱いた。なぜなら件《くだん》のラウレンティウスは一五六六年から一六三五年までの六十九年間、（結婚したまま）生きていたことになるので、それは信じがたいことに思われた。

すぐに、同じ二月十八日、午後三時に、霊がまた現れ、こう言った。「お前たちは私のために××の家系図で調べてくれた。だが、私はロレンツ某ではない。その血のつながった弟だ。××村の牧師グレゴリウス某の息子だ。私の父は早くに亡くなった。兄が結婚式を挙げたとき、私は四歳だった。私は兄の息子たちと一緒に学校へ通った。ボヘミアの騒擾の間、私はここ××までやって来た。ここで私はある寡婦と結婚した。私は農夫ではなかった。私は商人だった」

これらすべての出来事の間、息子は不安に駆られ非常に惨めな状態にあった。だから彼はなんとか現状を変えようと××の谷のほうへ行った。お金が隠されているという場所の近くを通りかかると、そこに一人の黒人と一匹の犬がいるのを見た。至るところに雪が積もっていたにもかかわらず、その場所だけは緑だった。再び霊が現れ、息子を誘惑で苦しめた。引き返そうとしたときも、その場所のすべては同じ状態だった。霊が彼を離れたとき、息子は悲しそうな嘆きの叫び声を背中に聞いた。

　霊の出現は昼夜を問わず続いた。お金を取って来てくれという霊の要求はますます切迫していった。しかし、すげなく断られるものだから、霊は不機嫌になり、父親と直接話したいと望んだ。だが、父親には直接霊と話すことに懸念があり、断った。だが、霊のほうはこの話し合いのために日を指定してきた。それは二十日後の三月一日、土曜日、晩の八時、あるいは、翌二日、日曜日の朝の八時~九時の間だった。霊は、父親には何も変わったことは起こらないから心配するな、ただ別れの際には熱心に祈ってくれと言った。しかし、父親はこの話し合いを拒絶した。霊は訪れるたびに、讃美歌の歌唱、祈り、聖書の祈禱に際して類いまれな信心を垣間見せた。

　一度、父がローマ人への手紙の第八章を読んでいたとき、霊が現れたので、父は言った。「あなたが望むなら、そこにいて聞いてよろしい」

　霊は答えた。「ああ、このままいてよいとはありがたい」

　すぐに霊はテーブルの向こう側、息子の隣に座った。祈禱の途中「我らはこのような希望によって救われているのです」[083]の言葉のところに来たとき、霊は喜びのあまり手をたたいて言った。「ああ、そのとおり。希望によって救われるのだ」

　もう一つ、注目すべき点は、息子の強情さに手を焼いて怒りを爆発させたときに、霊が五本の指から火を放ったことである。霊はしばしば、自分の姿を見たいと望む者がいるのなら、そうしてもよいが、だがみな、その後で後悔するだろうと言った。

一度父親が「あれが善なる霊であることはあり得ない。こんなにも息子を苦しめるのだから」と言ったとき、霊は怒りで一杯になってこう言った。「もうすぐ、もうすぐ、お前たちは知るだろう。私が善なる霊であり、けっして悪なる霊ではないことを。だが、そのときにはもう遅い」

父親は自分と家族を守り給えと神に祈った。危ないことは起こらなかった。

三月二日から二十二日までの間、霊は現れ続けた。しかし、この間、霊は言葉を発しなかった。口頭の質問に答えないだけでなく、文書による質問にも答えなかった。だがこの間も霊は息子からほとんど離れなかった。続く二十日の間、霊は現れなかった。唯一の例外が四月二日で、この日、以下のことが起こった。父と息子はラテン語学校の校庭から続く、お金があるという場所の谷の野原へ行った。そのとき息子は、霊がついて来ていなかったので、恐れていなかった。それで二人は、その場所まで行ってみたが、何も見えなかったし、何も聞こえなかった。しかし、二人がその場所を離れると、すぐに霊が現れた。霊は非常に不機嫌で、こう言った。「なぜ、お前はそう単純なのだ。なぜここまで来て、今また谷を下るのか。父もそばにいて、みんな野原にいるというのに。お前はそうすることで私の苦しみを増すのだ。何度も言ったように、お前はあそこへ一人で行かねばならぬ。今、父親があの場所から離れ、他の者たちが家にいる間、お前は留まれ」

すると息子はたちまち弱った。息子は再び黒人と犬を見た。不安でいっぱいの声で息子は言った。「ああ、お父さん、家に帰らなければ」

息子の不安はあまりに大きく、父親も恐れを感じるほどだった。やっとのことで二人は家に帰り着いた。今や猶予の百二十日のうち、残りは二十日となった。この二十日間はこの善良な人々を本当に不安にした。なぜなら、霊が目的を達するために全力を挙げてくることを恐れたからだ。恐怖に駆られ、彼らは休みなく真剣に祈った。そうすることで彼らの気持ちは落ち着いた。とくに父親は、不思議な慰めの夢をいくつも見た。

四月十日、朝八時に霊は再び現れた。そのとき、霊は白い姿ではなく、最初に現れたときと同じ服を着ていた。霊は息子に語りかけた。「お前があまりに強情なので、私は再び来ざるを得なかった」

それから霊は、もはやこれまでのように、いつでも好きなときにお金を取りに行ってよいわけではなく、常に二十時間おきに取りに行かねばならないと言った。それを聞いて、息子は激しく助けを求めた。もはや残り時間がわずかしか残っていなかったからである。

このあと、霊は三度、しかも二十時間おきに、ということは四月十一日の朝四時、同日夜十二時、十二日夜八時に現れた。四月十一日の二度の出現では、霊は息子にこう言った。自分は息子のために、質問の返事を書き留めたのだが、もはやそれを伝えることはできない、と。この他には霊はほとんど喋らず、ただめそめそと哀泣した。両手を組み合わせて上げたり下げたりしながら、その際、指先からまた火花を出した。この哀願の様子があまりに激しかったので、息子は霊の哀泣の泣き声が、昼も夜も耳について離れなかった。家族の者みんなが非常に不安になった。それでとうとう父親は、文書で宣言を認め、それを霊に提示することにした。四月十二日、土曜日、夜の八時に霊が部屋の入口に現れ、少しずつ部屋の中に入って来たとき、父は以下の文を読み上げた。

「哀れな霊よ、イエスの名においてあなたに宣言する。

①　悲しむべきあなたの状態を見て、私と私の家族の者の心は痛む。にもかかわらず、われわれはあなたを助けることができる状態ではない。そのことがまた我らを嘆かせる。

②　これまで私の息子があなたの要求を受け容れなかったのは、息子の強情のためではなく、ひとえに息子にその力と能力が欠けていたからである。息子はあなたの姿には慣れたといっても、まだあなたと直接口をきくこともできず、あなたが姿を現すたびに、ほとんど失神して気を失ってしまうぐらいだからである。

③　われわれがだいぶ前にあの谷のその場所まで行って、どれほど不安で麻痺したようになったか、息子がどれほど弱ってしまったかご存じか。息子は遠くから悪魔の姿を見ただけで非常な驚きに捉えられ、山の中の森の中へ逃げ込まざるを得なかった。こんな息子がどうやって悪魔の中へ入って行けるというのか。

④　昨日あなたは、もし息子があなたを助けなければ、息子は生涯、幸福にも祝福にもありつけないと言った。ならば私は知りたい。あなたはその言葉を神から預かったのか、それとも悪魔から預かったのか、と。

⑤　ああ、われわれはあなたをこのまま見捨てたくはない。しかし、われわれに何ができるというのだ。あなたが救われるために、どうしたらよいのだ。ご返答くださいますか。

私はあなたを神の御慈悲に、イエス様の救済に、聖霊の慰藉《いしゃ》に委ねる。アーメン」

ここからは父親の生の言葉の大切な部分をそのまま挿入することにする。彼はこう言った。

「この宣言を読み上げたあと、いや終える前から、霊は息子に〈お前に歌を一つ歌ってやろう。お前も一緒に祈り、歌え〉と言った。それから後ろに讃美歌集がついている息子の聖書を棚の上から手に取り、箱から出して、〈おお神よ、我に恵みを〉の歌を歌いだした。とくに三行目の歌詞〈血の罪より我を救い給え〉のところを息子に指で差し示し、それから頁の端を折ってから、聖書をもとの位置に戻した。それから〈しばらくの間、出かける〉といって立ち去った。息子はすぐに、霊が聖書に何をしたか言った。そして、われわれもそれを見ていただろうと言った。息子は急いで聖書を棚から降ろすように求めた。なぜなら、霊が箱から聖書を取り出したとき、煙が上がったからだという。われわれは聖書を降ろしてみた。すると驚いたことに、箱から取り出す際に霊が触った表紙の上の部分の二箇所で、革に焦げて縮れた跡がついていた。われわれはすぐに頁の端が折られた〈おお神よ、我に恵みを〉の歌の頁を開いた。頁の左側の、霊が左手の人差し指と親指で押さえた表紙の箇所が、はっきりと焦げて縮れていた。しかもそれだけでなく、親指が表紙から紙にかかって押さえた内側の箇所は、二頁にわたって完全に、さらに五頁先までところどころ黒く焦げて穴が開いていた。さらに霊が指で差し示した〈血の罪より我を救い給え〉の行にも黒く焦げた指の跡がついていた。しかも、その焦げた箇所から見てとれたのは、霊の指が肉のついた指ではなく、骨から出来ているらしいことだった。讃美歌付きの聖書（一六九六年十二月にヴィッテンベルクで印刷された金箔押しの仔牛革綴じ本）に印されたこの恐るべき記念の跡は目の前に現として提示できる。したがって、この聖書は永遠の奇跡の記念として保存されねばならない」

こういうことが起こったのだ。この家族はこの途方もなく珍しい聖書をなお保管している。多くの立派な人々がこの聖書を実際に見たし、今でもなお見ることができる。

この事件はこの家族の者たちすべてを、途轍もない狼狽、恐怖、驚愕に突き落とした。さらに何が起こるのか分からなかったので、隣人の敬虔な牧師に相談することに決まった。四月十四日、月曜日、父親は牧師館へ行き、ごく内密にいっさいの事情を牧師に話した。尊敬すべき牧師は話を聞いて非常に驚き、この件はあまりに重大なので、自分が助言を与えられることではないと言ったが、ただ、故シュペーナー博士[084]の『神学的省察』の話をした。その本に心霊現象についても書かれていたからだ。牧師自身も「自分もよく考えてみてから意見を言う」と約束した。問題の核心は、例の恐るべき跡がついた歌「おお神よ、我に恵みを」を歌い祈ることによって、果たして霊の意向が迎えられてよいのかどうか、という点だった。

　シュペーナー博士の最後の著作『神学的省察』の第一巻に、まるまる心霊現象について書かれた段落がある。以下の箇所は、今回のケースにとって決定的に重要な箇所である。

「それゆえこの場合、私は、表も裏も十分な確信が伴う、最も確実なものにのみ、必要な注意を払う。単に性急な判断を下さないだけではなく、全体に次のように振る舞う。すなわち、神が介在した箇所では冒瀆も無視もせず、したがって、霊現象が警告する〈善なること〉で、神の御心であることがはっきりしているものは、霊のために実行し、悪魔の所業に違いない箇所、悪魔が猿芝居を打とうとしている箇所では、悪魔の欲求に屈せず、ただ神の言葉をのみ固く信じ、間断なく、心から主に、御心を表し給え、我らが騙されることないよう守り給えと呼びかけ……」

　故シュペーナー博士という才気溢れる敬虔な神学者のこの助言に従い、あの歌は単に朝晩、家族によって何の心配もなく歌われただけではなく、息子自身も霊の要求に従い、それを何度も歌い、祈った。

数日後、約束どおり、件《くだん》の牧師の意見が文書で届いた。それは要約すると、以下の八点にまとめられる。

①　善なる天使と悪なる天使がいること、そのどちらもが姿を現すことがあることは、神的な真理である。

②　悪なる天使は神の許可なく現れることができないが、善なる天使は神に遣わされたのでなくても、神の意思でなくても、現れることができる。

③　姿を現したとき、善なる天使は、神に反することを求めることはない。一方、悪なる天使は、神とその栄誉のためになること、人間の真の最善のためになることを求めることはない。

④　善なる天使の人間に対する任務は、直接的であれ間接的であれ、聖書に書かれた神の啓示に反することであってはならない。

⑤　同様に、姿を現した善なる霊や天使が、愛に反することをわれわれに要求したり、行ったりすることはあり得ない。

⑥　したがって、光の天使の姿をした霊が、何か人類愛に反することを要求することがあれば、それは善なる霊または天使とは考えられない。

⑦　良心に疑念を抱きながらせざるを得ないことを、キリスト教徒に要求することは、愛に反する。

⑧　今回現れた霊はまさにこれを為し、要求し、おまけに脅迫までして、肉体を苦しめているのであるから、この霊の言うことは聞かなくてよろしい。悪の誘惑者として拒絶しなさない。

牧師の結論をそのまま引き写す。

「結論
　このような現象や誘惑に、直接的であれ間接的であれ遭遇した人は、エフェソス人への手紙第六章十節以下に従い見守り闘うために、それをキリスト教信仰のおける、善にして至誠の熱意の新たな契機としなさい。そうすることによって神の賛美とイエス・キリストの賞讃のために力強く奉仕するために。神はすべてをキリストのために丸く治めてくださると信じなさい。たしかに神はそうしてくださるだろう。なぜなら神は誠実だからだ。コリント人への手紙第一の第十章十三節を見よ」

　この牧師の意見、並びに先述の故シュペーナー博士の助言によって、父と息子は決意を新たにし、慎重に事に着手した。すなわち、彼らは、神が二人をこれまで見守ってくださったことに対して感謝の祈りを捧げ、これから先も神は自分たちを守ってくださるだろうと固く信じた。

　小冊子の続く数ページは非常に重要で、私はこれを逐語的に引き写す必要があると判断する。

「先述の四月十二日以降、霊は続く期間、何か月も、姿も声も現さなかった。それでわれわれはこの平安を神に感謝し、ひょっとして霊はあちらの世界へ行ってしまったのかと思った。だが、霊が予告した百二十日の猶予の最後の日はまだ来ていなかった。われわれはその時を恐れと希望のあいだを揺れ動きながら待った。

　ついにその日、四月三十日、聖フィリポと聖ヤコブの日の前の水曜日が来て、午後八時になると、突然、何の前触れもなく霊が部屋に入ってきた。霊は初めて来たときの服ではなく、もっとずっと白い姿、輝くように明るい姿で現れた。霊はとても嬉しそうで、満足気であった。まず息子に、彼が〈定めの歌〉（そう霊は表現した）をそれまで歌い、祈ってくれたことに礼を述べた。それによって霊は、例のお金とその場所から実際解き放たれ、すっかり自由になったが、それにもかかわらずまだ完全に平安には至っていない。しかし、そこに至りたいと思っていると語った。それから、私の息子がどうしてもあの場所にあるお金を取りに行かねばならないこと、間違いなく驚くような理解しがたい方法を使ってそれを手に入れることになること、しかし、それがいつかは分からないこと、もしかするとそれはまだ先かもしれないことを言った。

このあと、霊は、私の息子が霊とともに跪《ひざまず》き、祈りを捧げるように要求した。息子が跪くと、霊はかなり長い、ほとんど文語の祈りの言葉を息子に唱えた。息子はそれを霊とともに声を出して唱えた。その際、驚いたのは、これまでは霊が現れるたびに、息子は霊が語ることを独自のやり方で聞きはしたが、けっして霊と直接話をすることができなかったのに、今回息子は失神することもなく、背筋を伸ばしたまま霊と直接話をし、声を上げて祈ることができた点である。しかし、残念なことに、今回あまりに狼狽していたために、その祈りの言葉をすべて言葉どおりに記録することはかなわなかった。だが、大意としては以下の内容であった。

〈聖なる、善なる、慈悲深き神よ。大いなる助言を授け給い、行為において全能な神よ。あなたに不可能なことはなく、あなたの御力は強大で、あなたの裁きは捉え難い。ただあなたにのみ、賞讃と栄誉と栄光と感謝と名誉は相応しい。あなたは我らを謙虚にし、我らを狂喜させる。苦難にあって我らを助け、破滅から救い、死から救済してくださる。地獄にあって復讐を妨げ、我らを地獄から連れ出してくださる。血の罪から我らを救い、我らの悪行、違反、罪を赦し給う。我に恵みと慈悲をお示しくださり、我が頭上に金冠を載せ給う。雪のように白い聖霊が集う、あなたの卓に我を座らせ、永遠に続くあなたの善意をキリストによる人類の救済という功績によってお示しになる。万軍の主[085]である神は聖なり、聖なり、聖なり。すべての国は主の栄誉で満たされねばならぬ。アーメン。神の愛と御慈悲が、イエス・キリストの恵みが、聖霊の慰撫と慰藉が、永久《とこしえ》に我らとともにありますことを。アーメン〉

この祈りを言い終えると、霊は私の息子に〈お前と握手ができるようなものを何か渡してくれ〉と言った。息子はすぐに私に手を伸ばし、霊がそう言っていると伝えた。私は息子に自分のハンカチを渡し、これを渡せばよいと言った。しかし、霊は〈これではなく、何かお前自身のものでなければならぬ〉と言った。息子はポケットから自分のハンカチを引っぱり出して、それを霊の手の上に置いた。しかし、それはすぐに床に落ちた。このあと、霊は息子に、この話を、それを信じないであろう誰にも話してはならないと指示を出した。同時に〈お前は今後、あの場所をもうそんなふうに嫌がることはないだろう。ただ《神よ、我と我が家族を、苦悩と不安に苛《さいな》まれる暮らしから守り給え》の祈りを唱えればよい〉と約束した。霊の最後の言葉は〈私はもうお前から立ち去る。二度と私を見ることはないだろう〉だった。

霊の姿が消えた。われわれはすぐに、青と白の縞の入ったリンネルのハンカチを床から拾い上げて検分した。またも驚いたことに、霊が触った中央付近に五本の指の焦げた跡を認めた。しかも、それは、人差し指と中指の部分に小さく穴があき、親指とその他の二本の指の部分は黒く焦げた状態になっていた。恐るべき跡のついたこのハンカチも、この記録に添えられたあの聖書とともに、子孫のための永遠の記念として保管されねばならぬ」

このハンカチは××の国の友人知人たちの間で回覧され、彼らは驚きをもってそれを見、調べ、私に語り、この事の真実を証言した。

父親の話は続く。

「このように慈悲深き神は百二十日の間、われわれを襲った苦悩を、ありがたくも聖なる助言と御意思で再び取り除き、驚くべきやり方でその終幕を見せてくれた。等々。

しかし、私がこの件を打ち明け相談した、先述の敬虔で立派な牧師だけではなく、私の子どもたちや兄弟がこの話を読んで、われわれとともに神を讃えるために、また私の子孫がいつか彼らの魂の涵養のためにこの話を聞き、彼らの先祖にどんな奇妙な出来事が起きたのか、百二十年前に亡くなった霊が現れたという、自分たちの先祖とはどんな人たちだったのかを知ることができるように、私はこの話をその起こったとおりに、息子の手を借りながら記録した。といっても、それはこの出来事の当事者、すなわち私の息子が直接書いたのではない。なぜなら、息子はこの出来事の間、たいてい病気のように弱っていて、とくに霊視によって意識がぼんやりとしていたので、霊が現れた際のすべての状況は私の日記帳に記入され、したがってその際のすべては私の言葉で記録したことを付け加えておく。この話のすべては、すでに私と息子のみならず、私の親戚によっても知られていることではあるが、われわれの子孫がその信憑性を固く信じるように、私と息子によってここに自筆のサインと捺印を加え、その証明とする。

××国××州の福音ルター派の××村、××からそう遠くない、××村と××村の間で、たしかにこのように起こった。

一七五五年五月十六日

××帝国委員会現職破産管財人にして裁判所書記兼学校教員

×××× ××××

（認証印）

この幽霊話が、私が話し、私が書いたことを私の父がまとめたとおりに起こったこと、この前の二六頁に記されていることは、私が命を懸けて誓うことができる、まったくの純粋な真実であることを、ここに自署と捺印により証明する。

一七五五年五月十六日　××××　××××

（認証印）」

## 第百八十三節　この話の重要な補遺

この小冊子には、最後になお、この幽霊話の補遺が続く。それは同じように父親によって書かれたものであり、本文と同じように父と息子により署名捺印されたものである。その内容は以下のようなものである。

先の物語には、美しく光輝く小さな霊が、大きな霊のお供として三度現れたことが記されている。この小さな霊はさらに二十日おきに現れ、しかし、現れても何も喋らなかった。

一七五五年八月二十九日、昼の十一時半に小さな霊が部屋の入口から入ってきて、部屋の中を行ったり来たりし、讃美歌「我がイエスから我は離れず」の第五節を歌った。それは次のような歌詞である。

「我が魂はこの世も
天国も望まず、求めず
イエスとその光のみを望む
我を神と和解させたイエス
我を裁きから解放したイエス
我がイエスから我は離れず」

歌い終えると、小さな霊は息子に向かいこう言った。「恐れることはない。お前は私をすでに知っているだろう。私はこれから百二十日間、お前を離れる。用心せよ」

そう言って霊は消えた。

最後の言葉「用心せよ」はまたも善良な人々を困惑させた。息子はこの新たな状況に応じて祈りの言葉を作り、それを朝晩、熱心に唱えて祈った。一度、息子は恐ろしい夢を見た。夢の中で天使が大きな宝を持ってきた。しかし、悪魔がそれを再び持っていき、そのあと死神が現れ「私は神の命令で来た等々」と言う、そういう夢だった。

ついに期限の百二十日目の日が来た。この日は十二月二十七日だった。この日の始まり、すなわち夜中の十二時に小さな霊が再び姿を現し、讃美歌「神よ、天国の扉を開き給え」の以下の部分を歌った。

「我は十分苦しみました
我は闘い疲れました
我を上手に送り給え
永久《とこしえ》の平安へ
地上に慰めを見いだす者は
放ったままで」

この歌を歌い終えると、小さな霊は息子に向かいこう言った。

「ご覧。約束どおり私はまたやって来た。恐れることはない。なぜなら、お前の悲惨は今やもう終わる。神を畏れ敬いなさい。そうすればお前はただ慰めのみを得るだろう。私は長くは留まれない。しばらくの間、お前を離れる。だが、常にお前のことを思っている。同様に、お前も神と私のことを思え」

そう言って霊は、先の歌詞をもう一回歌ってから姿を消した。

## 第百八十四節　この話の信憑性を担保するもの

このきわめて注目すべき物語は、いっさいの疑いを容れない完全な真実であり、同時に私のこの本の目的に適い、非常に教訓に富んでいるので、それゆえ私はこの物語を同種の他の物語に優先してここに掲げた。この物語が二重の意味において真実であることは、容易に証明できる。というのも、まず第一に、もしこれが完全に捏造だとしたら、これ以上大胆不遜で神に背いた悪戯《いたずら》は考えられないことになるからだ。おまけに、この小冊子が印刷された当時、この家族の者たち全員がこの嘘を論駁したであろうからだ。さらに、この物語の全性格とその語られ方が、作り話とは真っ向から対立しているからだ。

第二に、もし人が、その若者（＝息子）は幻視を見たのだ、それは想像力のまやかしに過ぎなかったと言うならば、あの焦げた聖書の跡と、指の跡がついたハンカチがこの主張をものの見事に否定するからだ。なぜなら、二つの物証は間違いなく存在し、誰でも確かめることができるからだ。したがって私は、この心霊現象は否定できないまったくの真実であると、一〇〇パーセント正当に結論づける。

さて、そうなると、ではわれわれはそこからどんな教訓を引き出すことができるだろうか。読者のご要望に応じ、この問いにお答えしよう。

## 第百八十五節　なぜ霊視者の予感能力が次第に発達するのか。理解不能だったことの解明

ここで注目しておかねばならないことは、霊を見たのは息子一人であり、他の誰もその姿を見ていないことだ。こ

のことは私の予感の上級能力の理論を証明している。この霊は何らかの理由により、万人に見えるように出現することができない事情にあった。というのも、霊自身が説明していたように、霊は父親にも姿を現し、直接話をすることもできると言っていたからだ。しかし、それをすれば父親が後悔することも分かっていた。それゆえ霊は、息子のほうに予感能力を発達させる素質が備わっていることを見つけて、彼を利用した。霊が息子の予感能力を段階的に発達させていったやり方は、まず就寝中、息子のすべての感覚が眠っているときに彼の想像力に働きかけ、自分のイメージを何度も見せて、それが定着するまで何度も押しつけ、それによって息子は霊の姿が手に取るように見えるようになり、さらにそこから彼の五感に働きかけ、彼と話すことができるようにするというものであった。一言でいえば、霊視者はある程度まで夢遊状態に陥っており、霊とラポール状態に入ったのだ。そこで霊は自分の考えを息子の聴覚に伝えた。それは夢の中で人が話している声が、夢を見ている本人には聞こえるが、周りの人には、聞こえないのと同じである。しかし、霊には自ら感覚世界、肉体世界を感知する組織がなかったので、霊視者の魂の中で起きたことをすべて、霊は読み取った。だから、父親が言ったことは、霊は息子の想像力の中で見て、聞いた。それは、磁気睡眠に陥った者が、高いレベルで透視状態になった場合、自らとラポール状態に入った者の考えと想像をはっきりと認識できるが、反対に、ラポール状態でつながれた者のほうが、磁気睡眠に陥った者の魂の中を読み取ろうとする場合、自分も同じようにこの状態、すなわち夢遊状態に陥らねばならない、あるいは同じことだが、自ら予感の上級能力を身に着けなければならないのと同じである。磁気睡眠の実験から分かったことから、心霊現象における理解不能なことの解明が可能になるのである。

## 第百八十六節　現世の物に執着する亡霊の恐るべき執念

だがしかし、この霊の要求の何と恐ろしいことよ。霊は百二十年もの間、もはや手に入れても自分の役に立つわけでもないお金に対する執着を抱き続けていたのである。「あなたの富のあるところに、あなたの心もあるのだ」[086]の言葉は至言である。この富がなんとしても正当な相続人の手に入るようにするという考えが、この霊を苦しめ、まるでフリアイ[087]のようにしたのだ。とくに、霊がすでに感覚世界の住人ではなく、霊界に住んでおり、したがってこの望みを自然界の通常の経過に従って満たすことができず、生きている誰にも打ち明けることができなかったからだ。そしてやっとのことで霊は自らの子孫の一人に、自分が働きかけて予感能力を発達させてやれそうな物理的資質を持った者を一人見つけたのだ。おそらく霊は、このことを、この若者の親類で最近亡くなった者から聞いたのだろう。

## 第百八十七節　霊の要求が間違っており、それに従わなかった霊視者が正しかったこと。霊は要求の際、目くらましを使っていること

しかし、この事件全体を善なること、正当なこと、神の御心に適っていることと信じてはいけない。まったく反対だ。お金を取りに行かなくとも、霊は最終的には休まったではないか。霊は、宝を正当な相続人に届けることができれば、自分は休まると信じていたところから間違っていたのだ。霊の平安は、むしろ、救世主に向き合い、この世への執着を断ち切ることによって達成されるものだったのだ。父と息子がお金を取りに行くことを執拗に拒否して、結局、最後にそうなった。

父と息子、この二人の敬虔な人物の堅固な志操は驚くべきものだ。この物語を読む多くの読者が、なぜ二人は霊の要求をそこまで拒絶したのだろうかと訝しく思っただろう。なぜなら、お金を取りに行っても、それは表向き不当なことではないからだ。ただ、二人には神慮が働いていて、失語症状をともなった息子の不安が、間違いなく次のより高い段階の準備だった。というのも、主にその息子の不安によって、二人は霊の要求を満たすことに怖気づいたのだから。つまり、もし二人が霊の要求に従っていたら、おそらくきわめて高い確率で、二人は何も見つけることができなかっただろう。というのは、息子があの場で見たものは、霊が自ら作り出した目くらましに過ぎないからだ。それも、お宝を悪い霊たちが見張っているという、あの霊がこの世に生きていたときに信じていた支配的迷信が作り出した目くらましで、霊はそれを霊視者（＝息子）の想像力へと伝えて、その結果、息子も、自分には本当に、黒人と犬の姿をした悪い霊たちが見えると信じたに過ぎないからだ。

## 第百八十八節　霊が持っている目くらましの映像を作る力

私は、地下の墓地に連れて行かれた霊視者が、そこで途方もない宝と、その周囲にそれを見張っている霊たちを見たといった類いの、この手の本当にあった話をいくつも知っている。この霊たちはこの世への執着からこの目くらましの映像を作ったのだ。それを霊視者は実在するものと勘違いし、しかし本当はそこには何も存在しないのだ。このことから、亡くなった人間霊魂にはこういう映像を作る力が備わっていることが分かる。それがあるから、亡くなった霊は、そこにないものでも目に見えるようにすることができるのだ。善なる霊でも悪なる霊でも持っているこの能力のことをよく熟考してみてほしい。そうすれば、驚くべき発見をすることになるだろう。

## 第百八十九節　霊の要求に従っていた場合に起きたであろうこと

ここで思考実験をしてみてほしい。父と息子が霊の要求に従い、息子は指定の場所へ行った。そしてそこで目くらましの宝を掘り出し、それを家まで引きずって持ち帰る。しかし、家で持ち帰った宝に触れようとすると、そこにはただの土塊《つちくれ》があるばかりだ。さあ、このとき霊はいったいどうなる？　霊は、息子がこの宝には相応しくないと考え、相も変わらず宝の所有を夢見て、自分自身苦しむか、あるいは、あのお金は無くなってしまった、二度とそれが正当な相続人の手に渡ることはないと気づき、霊の嘆きはいっそう大きく、いっそう長引くことになるか、そのどちらかであろう。

しかし私は、もうひとつ別のケースも想像してみる。お金は、かつてそれを埋めるのを手伝った者の誰かによって持ち去られたわけではなく、実際にまだそこにあり、したがって、霊はもちろん心乱されることなく、ひょっとするとむしろ神々しく光輝いていたかもしれないと。なぜなら、霊の輝きはその気持ちの状態に比例するからだ。しかし、だからといって、霊が次の高次の段階へ進むことができないのは明らかだ。霊のお金に対する執着は残り、今後それが役立つように使われるようになるかどうかを心配するだろう。一言でいえば、霊はこのマモン[088]からすっかり自由にならねばならない。

## 第百九十節　霊がどうやって文章を読んだのか、についての説明

それにしても、霊はいったいどうやって文字に書かれた文章を読んだのであろうか。答え――ちょうど夢遊状態に陥った者が、自分の鳩尾《みぞおち》のあたりに差し出されたものを読むときのように読んだのである。あるいは、あのリヨンの婦人が、ラポール状態でつながった人々が手に持つ文書を読んだように読んだのである。

# 第百九十一節　怒ったときや、悲しいときに霊が指先から火花を飛ばす現象から分かる重要なこと

霊が怒ったとき、あるいはひどく悲しんだとき、つまり霊の中に強い感情が支配的になったとき、霊の指の先から火花が飛んだ。この注目すべき現象は、魂を覆う光の衣に関する私の理論の正しさを証明している。霊はエーテルの覆いと別れがたく結びついている。この物質は状況によって、あるときは光として、またあるときは電気として、あるいはガルヴァーニ電気や動物磁気としてわれわれに作用する。これまでの考察から、不快な強い感情が霊の覆いに帯電させたことが判明した。怒りに猛り狂っている霊、絶望している悪い霊がそうなるならば、地獄の業火《ごうか》はもはや単なる比喩、東洋の譬え言葉ではなく、現実、真理であることになる。

亡くなった霊が穏やかな気持ちでいれば、霊が何かに触れても、それは冷たい空気がやさしく撫でたように感じられる。ちょうど電気的物質を身体の一部に流して接触させたような感じである。したがって、霊の体は気持ち（＝気分）に完全に支配されている。霊はその外部も内部も、想像力と衝動に従って作られている。ひどい激情に完全に囚《とら》われた人間たちが、どんな恐ろしい戯画を、どんな身の毛もよだつ騒動を引き起こしてくれるか、言うまでもないだろう。人間でさえ、怒り、情欲、嫉妬、利己心などで、われわれの堅固な肉体は歪められるのである。いわんや、その都度どんな姿形にも変わることができる、あの繊細な存在（＝霊）においていかばかりか。では今度は、神と和解し、徹頭徹尾清められ、神の高い平安を恵まれて至福に至った魂を想像してみてほしい。この魂がその死後、人類の

美の究極の理想に到達しないはずがないではないか。

## 第百九十二節　霊はなぜ、かつてこの世で着ていた服装で現れたのか

あの霊が、かつて霊がこの世に生きていたとき着ていた服装で現れただけでなく、おそらく馬か、他の家畜を扱っていたのだろう、鞭までも忘れずにぶら下げていたことを、多くの読者が訝しく思ったに違いない。私は、真鍮《しんちゅう》の小型の靴の留め金でその人だと分かる霊が現れたという話を聞いたことがある。よく考えてみれば、それらはすべてごく自然なことである。霊は、自分の想像力が思い描く姿をとるし、想像力が思い描く姿は、想像力にもっとも印象深く働きかける姿になるに決まっている。一番多いのが、葬儀の際に着ていた服で現れるというケースだ。実際の自分より悪い姿をとる霊はいない。実際の自分より良い姿をまとえば、他の霊たちがすぐに化けの皮をはぎに来る。だから、実際より良い姿で現れることは許されない。

## 第百九十三節

死後、霊は段階的に発展すること。それに応じて霊の姿も衣装も変わること

だが、この幽霊話から引き出すことができる十分な根拠のある推測として、亡くなった人間霊魂はその姿を段階的に変えるということだ。その変え方は上昇方向であったり、下降方向であったり、ケースバイケースだが。だから、最初は美しく輝くような姿であったものが、次のときには醜い、暗鬱な姿になっていたりするのだ。この話の霊は、善良で誠実な、市民的に立派な男だったのかもしれない。そういう人は無数にいるが、しかし、この霊は、暗闇から光へと通じる真実の道、あるいはイエス・キリストの救済の行為による真の回心、真の浄化に至る道をたどることはなかった。この霊は、この世に彼が生きていたときの時代の証拠をしっかり持っている。彼はかつての讃美歌集に載っている歌を知っていた。だが、その後百二十年間、何も新しいものを覚えなかった。だから、この霊は、彼の長く苦しい体験を清算しても、死んだときと同じ段階にとどまっていた。それゆえ霊は、なお同じ服を着ていたのだ。しかし、とうとう苦悩から救済されたとき、霊はやっと光輝く姿で現れたのだ。だが、やはりなお、本物の祝福に至るまで成熟してはいなかった。というのも、聖書とハンカチについた焦げ跡は、霊の気持ちがまだ非常に激しいものである証拠のように私には思われるからである。たしかに霊は、それでも最後に息子は宝を取りに行かねばならないという、例の固定観念をまだ抱いていたと思われる。

## 第百九十四節　亡くなった霊魂たちはあの世で互いにどんな付き合いをするのか

同情に値するこの霊が、長い間付き合ってきたはずの他の霊たちが、どんな種類の霊なのか、それについてこの話は何も語らない。ただ、他の体験談から分かっているのは、人間霊魂が亡くなると、すぐに天使がやって来て、霊魂を至福へと導くという。霊魂の気持ちがなおこの世に向けられており、この世で大好きだった人や物への愛着が捨てきれない場合は、天使は霊魂をたしなめようとする。しかし、こちらの世界で敬虔な牧師や司牧者が、俗事にまみれた者たちにいくら注意を与えようと、その助言が聞かれることがないように、あちらの世界においても、その種の助言は通常拒否される。霊魂にとっては、天使たちがそばにいることが煩わしくなり、霊魂は天使たちから逃げ出す。そして、お気に入りのことを楽しく話せる仲間を探す。それで、似たような志操を持った霊たちの集まりが生じる。だが、霊界には、霊魂たちが生きていた頃、感覚世界で抱いていた望みを満たす術《すべ》がすべてまったく欠けているので、霊魂たちの憧憬はますます強く、苦しいものとなり、彼らの固定観念はますます凝り固まり、消しがたいものになり、その結果、そういう哀れな霊を救うためには恐ろしく困難で気の長い手段が必要になってくるのである。おそらく、そのような霊たちの集まりは、彼らに嫌われていない何らかの一つの霊の監視の下に置かれていると考えられる。この霊のほうも、それらの霊たちを憎からず思っている。というのは、まだここでは人間の自由が手つかずに残っているからだ。この監視者自身もその集まりのメンバーの一人であり、まだ間違いの中におり、したがってこの監視者の下にある霊たちも、この監視者の言うことに従っているのだから、間違いから守られていない。

## 第百九十五節　さらなる推測。霊も、霊の監視者も、双方とも間違っていた証拠

この推測が正しいことは、あの霊が何らかの他の存在に相変わらず従属しており、それで立ち去ったり、また来たりを繰り返しているらしい事情から立証できるように思われる。もう一つ、注目すべきことは、出てくる数字がすべて、20の倍数になっていることだ。6×20＝120で、120年、120日、20日という数字が出てくる。この時間計算が霊界の秘密に属するのか、それともあの霊が依存していた迷信に基づくのかは分からない。ただはっきりしているのは、あの霊の監視者たちが、あの霊に、地上に残る霊の子孫のもとに、あのようなやり方で援助を求めることを命じ、許した点で間違っているということだ。過去にさかのぼってやり直すこのやり方は、けっして正しい道ではない。それでも、ある霊が殺人、窃盗、借金といった、生前自ら加えた危害を、このやり方で可能な限り弁償するというケースは例外としたい。が、これについても、今ここで決めることはできない。生きているうちにそうすることができれば、そのほうが遥かにいいに決まっている。

それより、あの霊とその監視者たちがはっきりと間違っていたのは、霊が宝の奪還を求めたそのやり方が、定められた手段によるものではなく、上位の位階に反するやり方だったことだ。霊が自分の秘密を打ち明けることができる

敬虔な人々に出会えたのは、非常な幸運だった。出会えていなければ、霊はもっと不幸になっていただろう。父親と息子の対応は模範的で、優れたものだった。真のキリスト教徒として正しい振舞いだった。今では二人ともあの世にいて、この試練を乗り越えたことを喜んでいるだろう。だが、善なる霊もじつはその場にいて、なにくれとなく活動していたであろうことも、また間違いない。この善なる霊は、息子の心に大きな不安を注ぎ込み、悪なる霊が出てきたときには息子の舌を動かなくして、喋れなくさせたのだ。それがなければ、この善良な親子は、無知からたやすく誘惑されていたかもしれない。

## 第百九十六節　魂の救済のための準備は死後も継続すると考える根拠

われわれの偉大なる救世主が、あの世でわれわれの与り知らないきわめて賢明な準備をして、彼らの魂が、たとえすぐには、この世ですでに聖化が完成した者たちが行く至福には到達しないとしても、それでも救われて光に導かれるように力を尽くしたことは、私には確実なことに思われる。イエスが「人が犯す罪や冒瀆は、どんなものでもあの世で赦されるが、聖霊に対する冒瀆は、この世でもあの世でも赦されることはない。だから成り行き任せの者に災いあれ。なぜなら、その者の不遜さは聖霊に対する罪に匹敵するからだ」[089]と言うとき、その言葉は私の心に希望を与えてくださる。

しかし、この準備によってもなお引き上げられず、己が欲望と現世への情熱を強める者は、同じような不届きの志操の者たちの集まりに入り、最後は地獄にまで到達するのである。

## 第百九十七節　霊界のことに首を突っ込んではいけないことを示す注目すべき心霊現象

私は四十年前、ある非常に敬虔で聡明な商人と知り合った。この人の深い洞察と、誠に尊敬すべき人格に、しばしば心底驚いたものである。私は彼から多くのことを学んだ。この人は当時から、その後起こるであろういろいろなことを、事前に私に話してくれた。それらのことは実際その後、その通りに起こった。私はこの人が亡くなる前に病床を訪ね、御臨終の場に居合わせた。

この友には、一人の慎ましやかで寡黙で、引っ込み思案な徒弟がいて、友はこの徒弟の博学と善良な振る舞いゆえに、彼とすっかり心の通いあった生活を送っていたのだ。二人はしばしば、死後の魂の状態について語り合った。とくに「万物更新」[090]の考え方について話し合った。やがてこの徒弟は結核に罹り、次第次第に弱っていった。我が友はそんな状態にあっても彼のそばで世話をし、亡くなるまでずっと一緒だった。徒弟が病気の間も、先の会話が続けられた。我が友は思い切って、徒弟にこう頼んだ。それは、彼が死んだら、可能ならば自分の前に現れて、あちらの世界での様子について、また「万物更新」の真偽について教えてほしいという頼みだった。徒弟は、もしそれが可能なら、という条件付きで約束した。

まもなくその若い徒弟は亡くなった。それから親方である我が友は、徒弟が現れて、あちらの世界の情報を教えてくれるときを、今か今かと待ちわびた。徒弟の死から約三週間後、親方が夜の十時に寝室に引っ込み、まさにベッドに入り、上半身だけ起こして座ったとき、向かいの壁際に青白い光が立っているのを見た。その光は見る間に人間の姿に変わっていった。そこで親方は恐れずに聞いた。「お前かい、ヨハネスかい？」

霊は声を出して答えた。「そうです」

親方はさらに尋ねた。「元気かい？」

霊が答えた。「暗く侘しいところですが、穏やかに過ごしています。ですが、私の運命はまだ決していません」

このあと「万物の更新」の質問が続いた。霊はそれに対して古い讃美歌の以下の歌詞を答えるのみで、他には何も言わなかった。

「ここに跪《ひざまず》き
主に祈りましょう
創造主を拝みましょう」

「ここ」の一語が肝心だった。ここでこそわれわれは、慈悲深きお方とともに、われわれの為すべきことを為し、我が伯父、故ヨーハン・シュティリングがかつて言ったように、あの原初の部族とともにわれわれがヨルダン川を渡れるように尽力すべきだし、また実際そうするのだ。

我が友は大胆にも、もう一度訪ねてきてほしいと霊に頼んだ。しばらくのち、二度目の訪問が実現した。が、今度は恐ろしかった。こんな機会がなければ、私がこれほど詳しい状況を聞くことはかなわなかったに違いない。確かなのは、愛すべき我が友が、それ以後誰に対しても、こういう大胆不遜な振る舞いはやめるようにと警告し、こちらの世界にいながら霊界との交流を求めてはいけない、できる限り霊界との交流は避けねばならないと確信するように至ったことだ。

すべてとは言わないが、ほとんどの心霊現象は、神の秩序からの逸脱であり、したがって罪深いものである。われわれはそれを望んではいけないし、ましてや自ら起こそうなどと考えてはならない。われわれの愛しい死者たちの運命は、われわれには秘密のままであらねばならない。死者たちがそれに従っている神の国の格率（＝原則）も同様である。それについて聖書や、たまさか遭遇した体験が自然に教えてくれることで、われわれは満足すべきなのである。あちらの世界へ自ら行く日まで。

## 第百九十八節　グルンプコウ元帥の枕元に現れたポーランド王アウグスト二世の霊

例証こそが何より確実な教えである。したがって、私はなお二、三の信頼できる現象を語ろうと思う。それらの現象では、霊が友人たちにその死を告げるか、あるいは何か果たしてほしい心配事を持っているケースである。できるだけ真実に正確に寄り添うために、私が所持している元の文書をそのままここに挿入する。

「以下の挿話は、最後に記す帝国枢密顧問官ゼッケンドルフの著作に書かれた話を注意深くまとめたものである。

プロイセンの王フリードリヒ二世[091]の父であったフリードリヒ・ヴィルヘルム一世[092]は、ポーランド王のアウグスト二世[093]と非常に友好的な関係にあり、可能な限り、一年に一回は会うようにしていた。アウグスト二世の死の直前にもこの会談が行われた。このときアウグスト二世はかなり元気な状態で、ただ足指の部分に少し心配な炎症を抱えていた。それゆえ医者たちは、お酒を飲み過ぎないように国王に警告していた。このことを知ったプロイセン王は、グルンプコウ元帥[094]（会談のあと、ポーランド王を国境までお送りし、そこの王城でお見送りの最後の宴を催すことになっていた）に命じて、その宴では、上記の理由で医者たちにより推奨されたワインの適量を超えることがないように十分注意するよう命じられた。

しかし、アウグスト王が最後にシャンパンの瓶を二、三本持って来てくれと言ったとき、自身もシャンパンが大好きだったグルンプコウは譲歩して、自らもしこたま飲み、王城から自身が泊まる館へ帰る途中、馬車の轅《ながえ》に胸をぶつけて肋骨を一本骨折してしまい、そのために翌日朝早く、アウグスト王が出立の際、フリードリヒ・ヴィルヘルム王に伝えてほしいという用事を手渡すためにグルンプコウを再び呼んだとき、駕籠《かご》に乗せられて伺候しなければならなかった。このときポーランド王は開襟シャツ一枚と、ポーランド毛皮しか身に着けていない姿で現れた。

このときと同じ姿で、しかし目だけは閉じて、一七三三年二月一日、朝三時頃、グルンプコウ元帥の前にアウグスト王は現れて、フランス語でこう言ったのだ。〈親愛なるグルンプコウよ。私はたった今、ワルシャワで死んだ〉

肋骨の骨折による痛みのために当時まだよく眠れなかったグルンプコウ元帥は、その直前に、ナイトテーブルの明かりのもと、天蓋ベッドの薄紗のカーテンを通して、部屋の従僕が寝ていた続き部屋の扉が開いて、背の高い人間の姿をしたものが部屋に入って来て、ゆっくりとした荘重な足取りで彼のベッドの周りを回り、天蓋ベッドのカーテンをすばやく開けるのを見ていた。今、アウグスト王の姿は、数日前の早朝のあの姿のままに、驚くグルンプコウ元帥の前に真っすぐに立っていた。アウグスト王は先の言葉を言ったあと、ベッドを離れ、再び扉から出て行った。グルンプコウは呼び鈴を鳴らし、同じ扉から駆けつけてきた従僕に、今ここにいて、すぐまた出て行った男を見なかったかと尋ねた。従僕は誰も見なかったと答えた。

グルンプコウ元帥は、起こったこの事件を彼の友人で、当時フリードリヒ・ヴィルヘルム王の宮城で帝国特命公使を務めていたゼッケンドルフ伯爵元帥に急使の手紙で知らせ、閲兵式の場でこのことを王にそっとお伝えするよう頼んだ。グルンプコウの手紙が朝の五時に届いたとき、ゼッケンドルフ特命公使のもとには、彼の秘書を務めていた甥がその場にいた。この甥はのちにブランデンブルク＝アンスバッハ辺境伯の大臣、そして最後は帝国枢密顧問官になる男である。ゼッケンドルフ伯爵元帥は、甥に手紙を読むように渡しながら〈グルンプコウは胸の痛みのために幻影を見たと考えるべきではないか。が、今日のうちに王にこの話は伝えねばならぬ〉と言った。

私の間違いでなければ、四十時間後、ワルシャワ－ベルリン間に三里おきに中継地を置いていたポーランド槍騎兵とプロイセン軽騎兵の伝令急使によって、グルンプコウがその現象に遭遇したちょうど同じ時間に、ポーランド王がワルシャワで亡くなったという知らせが届いた」

『プロイセン王フリードリヒ・ヴィルヘルム一世の生涯とその事績』（ハンブルク＆ブレスラウ、一七三五年、四五四頁）には、さらに以下のことが解説として加えられている。すなわち、ポーランド王が一七三五年二月一日に亡くなり、その知らせは二月四日にはベルリンには届いていたことは確認されている。さらに、ポーランド王がドレスデンとワルシャワの間を行ったり来たりしているとき、ドレスデンからオーデル川沿いのクロッセンを経てカルガへ、そこからワルシャワへの道をとっていたこと、その際、プロイセン王はほとんどいつも大臣でもあったグルンプコウ元帥をクロッセンに派遣して、ポーランド王を歓待させていたことも記されている。

## 第百九十九節　この話の信憑性。グルンプコウ元帥のもとに霊となって現れようと、王の魂が考えた訳

この話の信憑性は、この話に登場する人物たちの信用性に基づいている。これらの人物たちの心と頭を疑うことは犯罪にも等しいだろう。したがって、この話は確かである。迫りくる死を感じて、アウグスト王はたしかに、グルンプコウ主催の宴で医者たちの忠告を自身がよく守らなかったことを後悔した。と同時に、王は、グルンプコウが医者たちの忠告を知っていたのだから、さらにその上、プロイセン王からも、大事な客の健康を損なう可能性のあることをいっさい避けるように厳命を受けていたのだから、あらゆる用心をして、シャンパンを持ってきてくれという自身の望みにも同意するべきでなかったと、ホストであるグルンプコウを非難したかったのであろう。この深い後悔と、いわば固定観念に囚われたまま、王は亡くなったのだ。グルンプコウの間違いを彼の肝に銘じさせたいという欲求が、

王がグルンプコウの想像力に働きかけて、彼の予感能力を発達させ、それによって心霊現象が生じることになった原因であった。

## 第二百節　死後の霊魂の想像力についての心理学的説明

このような現象を聞いて、王の魂がワルシャワからクロッセンへ飛んで行かねばならなかったと想像してはいけない。私がこの本の最初で説明した原則を十分理解した人なら、人間霊魂は肉体の中にあるときは、感覚器を使って、すべてを時空の中において感じるが、ひとたび肉体を離れるや、われわれが空間、物体、広がり、距離等々と呼ぶものはなくなることを思い出してほしい。人間霊魂がこの世で感覚世界の対象物に持っていたイメージ、それを霊魂は死後も保持するが、しかし、亡くなってからはその対象物を「感じる」ことはないのである。あとから霊界にやって来る霊魂たちから聞き知る情報と、まれに生者とラポール状態でつながって姿を現す場合を除けば。このことをよく分かってほしい。

次に留意してほしいのは、人間霊魂はその本質を変化させることはないということだ。想像力の基本形式、すなわち空間と時間を霊魂は永遠に保持する。しかし、その両者（＝空間と時間）は亡くなった霊魂にとって、この世で感じることに関しては意味をなさなくなる。反対に、今や霊魂は霊界の対象物を感じるようになる。だがそれも空間と時間の中においてである。それ以外はあり得ない。ただ大きな違いは、この空間と時間の中ですべては霊魂にとって近くなる。遠くはならない。霊界の法則が許す限り、霊魂は遠くで起こることも、未来に起こることも知ることができる。

## 第二百一節　人は死後、神の創造の御業を目の当たりにするか

キリスト教徒の多くの立派な人士が、人間は死後、神の創造の御業を目の当たりにし、星から星へ旅行をし、星々で任務を果たし、そこで多くの至福を見いだすものと想像していることを私は知っている。そういう読者は頭を振って、私の説明に満足しないであろう。そのような方々の慰めのために、私自身、かつてはそういう想像をしていたこと、しかし、それは霊魂があの世で光輝く、新たな不死の肉体を得て初めて起こることだということをお伝えしよう。

## 第二百二節　自分自身の姿を見る現象をどう考えるか。三つの実例。老婦人M、書記官トリープリン、リューベックのベッカー教授

人が自分自身の姿を見て、その後まもなく死亡したという例が、私もいくつか知っているが、世間にはたくさんある。誰かが自分自身の姿を自ら見て、そこに居合わせた他の人々は何も見なかったというのなら、その現象は真実で

もあり得ようが、しかし単なる思い込みという場合もあり得る。しかし、その場に居合わせた他の人々にも目撃されていたならば、それはまぼろしではなく、本質的な何かである。

以下の話は、ある信頼できる男性が私に語ってくれたもので、この男性は、この体験をしたある婦人の息子から確かな真実として聞いたものである。その老婦人Mさんは、一階の居間に座っていて、何かを取らせに女中を二階の寝室へ遣ったそうである。女中がドアを開けると、寝室の肘掛け椅子に座っていたのは当のご主人様の貴婦人であった。今しがた一階で用事を言いつかったときと変わらぬ、ごく自然な様子であった。女中は驚き、階段を駆け降り、老婦人に今見たものを話した。老婦人はその話を疑わず、自ら二階へ上がり、女中が見たとおり、そこに自分の姿を見たのである。その後まもなく、その老婦人は亡くなった。

『奇跡の博物館』[095]の第二巻第五章の三八九頁に、同種の現象で以下のような話が載っている。ヴァイマール在住の政府書記官トリープリンが、ある書類を捜すためにいつものように登庁した。その書類は非常に重要なもので、彼はその書類が見つかるか非常に心配していた。執務室に入ると、彼は自分がすでにその書類を前にして机に座っている姿を見た。彼は驚き、家へ飛んで帰り、家の女中を遣って、机の上にあったその書類を取って来るように命じた。この女中も主人がそこに座っている姿を見た。そして、主人は別の道を通って彼女より先にそこに到着したのかと思ったそうである。

次の三九〇頁にさらに以下の話が載っている。この話を、私は別の筋からも聞いて知っていた。

「ロストックの数学の教授で、聖ヤコブ教会の主任牧師でもあったベッカーが、若い友人たちを自宅へ呼んだ集まりで、神学論争になり、ある神学者が著作の中でしかじかの見解を表明しているとベッカーが主張したところ、来ていた一人がそれを否定したものだから、彼はその本を取りに自分の書斎へ行った。そこでベッカーは、自分がいつもの机に座っている姿を見た。彼は近づき、その座っている自分を右肩越しに覗いて、このもう一人の自分が、右手の人差し指で、目の前に開けた聖書の頁の中の一節を指し示しているのを見た。それは〈家の整理をしなさい。まもなくお前は死ぬのだから〉[096]の一節だった。彼は気も動転して客のもとへ戻り、今見た出来事を語った。一同は、幻影でも見たのでしょう、そんな話に妙な意味付けをするものではありませんと説得したが、彼は、いいや、これは私が死ぬということだ、だからみんなに今日お別れを告げると言って聞かなかった。翌日の午後六時、ベッカーはその生涯を閉じた。彼はすでにかなりの高齢だった。

## 第二百三節

いまだかつて、想像力が引き起こす印象ゆえに死んだ者はいない。だが、激しい気持ちの動揺から亡くなることはある

このような現象はすべて、通常の機械論的法則では説明できないので、われわれは魂の中のまだ発見されていない秘密の諸力に避難しようとする。心霊現象よりももっと理解不能で、信じがたい作用は、それら諸力のせいにしてしまうわけである。思考の逃避とも言うべきこういう避難の仕方をそれこそ避けようとすれば、ベッカー教授は恐怖のために、すなわち、その現象が彼に引き起こした印象の影響ゆえに亡くなったと主張することになる。

いまだかつて、想像力が引き起こす印象ゆえに亡くなった人はいないと、私は固く信じている。証拠として引き合いに出されるケースはすべて、わずか二通りのやり方でしか説明され得ない。先の場合を例にとれば、それはこういうことだ。

(1)ベッカー教授が遭遇した現象が本質的なものではなく、単に彼の想像力の作用に過ぎなかったのならば、その現象自体が、彼の肉体の中に隠された、彼の近い死の原因となるものの作用だったことになる。しかし、けっしてその原因そのものではない。

(2)しかし、その現象が、本当に他の世界から彼に死を告げに来て、それに備えるようにと忠告しようとしていた存在だとしたら、その現象以前に、死の十分な根拠が存在したことになる。なぜなら、その現象は、まさにそれゆえに姿を現す気になったのだから。

むろん、人が突然の、あらゆる力を凌駕するほど気持ちを揺さぶられる経験で亡くなる例はあった。だが、それらの現象のすべてをそれで説明することは行き過ぎである。

## 第二百四節　われわれが愛していた人たちが亡くなっても、その魂はわれわれの傍に留まり、われわれの運命に関わることが推測される

しかし、先の話で老婦人のMさんが見た人物はいったい誰、あるいは何だったというのだろうか。というのは、こ

れが想像力のまやかしでなかったことは、誰でも簡単に見てとれるからだ。なぜなら、婦人と女中の両者がその人物を見ているからだ。

私の理論では、これは霊界から来た存在である。生きていた頃、Mさんの家族、あるいはMさん本人をすごく愛していた人で、彼女がまもなく亡くなることを知ったのである。彼女にこのことを知らせ、事前に死の準備をさせてあげたいという欲求が、この存在をしてそのような形で姿を現させたのだ。

われわれが愛していた人たちが亡くなった場合、死後それがどのような魂の段階、往生したか、あるいはまだしていないかにかかわらず、常にわれわれの近くにいることは、おそらく確実である。なぜなら、われわれの想像の中にしか本来そのための空間はないのだから、亡くなった魂は生前自分が愛した者がいる場所にいるからだ。しかし、だからこそ彼ら魂は、われわれが彼らを感じることがほとんどないのと同様に、われわれのことをほとんど感じることがない。彼らがわれわれについて知っていることは、直近に亡くなった魂から聞いて知ったのだ。それと、われわれのために霊界でなされた準備を通じて知ったのだ。もし仮に、霊が、生前愛していた、まだ生きている人物の身に、何かただならぬこと、危険なことが迫っていると気づいたならば、霊はその人にそのことを知らせようと望むだろう。だが、そのための手段は、この世で霊たちとラポール状態に入るのが難しいのと同じように難しいし、ひょっとすると神の秩序にも反しているだろう。そのような場合、霊は自分に可能な手段に訴える。それが、たとえばMさんの場合のように、愛している人の姿をそのまま借りて、その人の椅子に座るなどの形になって表れるのだ。自分が自分自身の姿を見るという現象は、したがって一種の予感なのである。ただし、予感の上級能力は必要ない、天使の介入も必要のない予感なのである。

その次の、政府書記官の話は不完全だ。なぜなら、実際に机の上に求めていた書類があったのかどうか、さらに本人と女中が見たそれが、本物だったのか、それとも単なる幻影だったのかどうか、あの話だけでは分からないからだ。しかも、この書記官はその後まもなく亡くなったのかどうかも、何も記されていないからだ。もしこの話が真実ならば、そこにいたのは、書記官を窮地から救おうとして現れた親切な霊だったことになる。

## 第二百五節　バッキンガム公爵のために現れた警告霊

バッキンガム公爵の身に起きた現象は、注目に値する警告霊のひとつである。この話もまた、私が別の確かな筋から聞いていたことで、確実に真実であり、けっして捏造、あるいは粉飾した「お話」ではない。私はこれも『奇跡の博物館』の第二巻第二章の八九頁に載っているとおりに、ここに挿入しようと思う。

「バッキンガム公爵[097]は、英王チャールズ一世[098]の宮廷で大臣を務めていて、王のお気に入りだった。王の残虐さの影の張本人は、じつはこのバッキンガム公だと思われていたので、彼は民衆にひどく憎まれていた。それでのちに、むごたらしい死を遂げた。公は三十六歳になる年にフェルトン中尉によってナイフで殺害されたのだ。バッキンガム公が殺される前に現れた幽霊について、クラレンドン伯爵[099]がその『英国の反乱と内戦の歴史』[100]の中で次のように書いている。

ウィンザー城の王の衣裳部屋に勤務していた者の中で、その誠実さと頭のよさで皆に尊敬されていた一人の男がいた。当時、五十歳ぐらいだった。この男は青年時代にパリの学校で教育を受け、それはちょうどバッキンガム公の父ジョージ・ヴィリアーズ[101]の時代で、男はやはりパリに留学中だったこのジョージ・ヴィリアーズと友情を結び、しかし英国に戻ってからは会うことはなかった。

この衣裳部屋付き侍従長が公爵の殺害のおよそ六か月前、ウィンザー城の自室のベッドで寝ていた真夜中に、立派な出で立ちの一人の紳士が現れて、彼のベッドのカーテンを開け、彼をじっと見つめながら「自分が誰か分かるか」と尋ねた。最初、侍従長は恐怖で失神しそうだったので、何も答えることができなかった。しかし、二度目に同じことを尋ねられ、その体つきと衣装からジョージ・ヴィリアーズだと思い出した。幽霊は「そのとおりだ」と答え、頼み事を聞いてくれないかと言った。その頼み事とは、自分の息子であるバッキンガム公のもとへ行き、民衆に好かれるように、少なくとも息子に対する民衆の反感を鎮めるように努めよと伝えてくれないか、そうでないと息子はもはや長くは生きていられない、というものだった。こう告げると幽霊は消えた。善良な侍従長は、本当にちゃんと目が覚めていたのか、それとも半分眠っていたのか、いずれにしろ翌朝までぐっすり眠ってしまった。

目覚めると、侍従長は、これは夢を見たのだと思った。そして特段このことに注意を向けなかった。一晩か二晩のち、例の紳士が再び同じ場所の同じ時間に現れ、前回より深刻な顔で、頼み事を果たしてくれたか、と尋ねた。おそらく幽霊はそれが果たされていないことを知っていたのであろう、ひどく真剣に非難の言葉を口にし、それから、自分の頼み事を果たしてくれるまで、自分はどこまでも侍従長を追い回す、けっして心休ませることはないと付け加えた。

驚きと恐怖に陥った衣裳部屋付き侍従長は、言いつけに従うと約束した。だが、翌朝目覚めてみると、またしても決心が揺らぎ、どうしてよいか分からなかった。二度もこれほどはっきりとした現象を見て、それを夢と片付けてよいのかどうか、侍従長は困惑した。他方で侍従長には、公爵の高い身分を考えると、公爵の御前に伺候することも困難に思えたし、なにより、話ができたとしてもそれを信じてもらうことはさらに困難で、したがってあの紳士の依頼を果たすことは不可能に思えたのである。

どうするべきか心が決まらぬまま二、三日が過ぎた。ようやく侍従長は、前回と同じように、またも何もしないという結論を出した。すると、今度は三度目の、前二回よりもさらに恐ろしい現象が起きた。霊は、侍従長が約束を守らなかったと、前にも増して厳しい言葉を浴びせて叱責した。侍従長は、依頼を実行する意思はあるが、公爵の前に伺候する困難ゆえに、延ばしているだけだと言った。自分は、公爵の前にお目通りを許されるために必要な人物を誰も知らないし、仮にその手段があったとしても、自分があのような頼み事を伝える約束をしているなどと言っても、公爵は信じることができないだろう、と。そんなことを言えば、自分は気が違っていると思われるだろうし、あるいは、むしろ私に悪意があるか、さもなければ、私のほうが民衆を焚きつけようとして、公爵を騙そうとしていると取られるだろう、そうなれば、自分の破滅は避けがたい、と言った。だが霊は、揺らぐことなく「お前が私の望みを叶えてくれない限り、私はけっしてお前を離れることはない」と言った。同時に霊は、自分の息子へのお目通りは容易であり、息子に話をしたい者が長く待たされることはないだろう、と言った。侍従長がその言葉を信じるように、自分は二、三の事情を話そう。それは公爵本人に対して以外は、侍従長がけっして誰にも言えない類いの事情だ。これを聞けば、息子は残りの話も信じるだろう、と霊は言った。

三度目のこの要請に、侍従長は従わざるを得ないと思った。それゆえ彼は翌朝すぐにロンドンへ出立した。公爵の近縁の女性と結婚していた請願審理官、サー・ラルフ・フリーマンをよく知っていたので、まずフリーマンのもとに伺候し、自分が公爵に謁見できるように、彼の力でなんとかしてほしいと頼み込んだ。その際、自分がたいへん重要な案件を公爵にお伝えしたいこと、この案件は非常に内密な話で、お話しするのに多少の時間がかかることを付け加えた。

サー・ラルフは侍従長の謙虚で聡明なことをよく知っていた。だから、普通の言葉で語られたその話を聞いて、ただならぬ事態が侍従長の今回の旅の原因なのだと推測した。それゆえ彼は、侍従長の意を迎え、公爵に取り次ごうと約束した。最初の機会にサー・ラルフは、この侍従長の人柄、今回の請願のその実直な趣旨を、自分の知っている範囲で公爵に伝えた。公爵は、それではと、自分が翌朝早く、王と狩りに出かけることになっていること、朝五時にランベス橋のたもとに馬が来ることになっていること、だから、侍従長がそこで待っていてくれれば、必要なだけ彼と話す時間があることを返事として伝えた。

サー・ラルフは怠りなく指定された時間に、指定された場所に衣裳部屋付き侍従長を連れて行き、船から降りてきた公爵に紹介した。公爵は侍従中を丁寧に迎え、彼とともに脇へ行き、そこで約一時間近く話をした。サー・ラルフと公爵の従者を除いて、そこには誰もいなかった。しかも、この従者とサー・ラルフは二人が立っていた地点から相当離れていたので、彼らには二人が話している中身を聞くことは不可能だった。ただ、公爵がときどき、身振り手振りを入れながら話しているのが遠くから見えただけだった。しっかりと公爵に眼差しを向けていたサー・ラルフ・フリーマンは、他の従者たちよりも、その様子をよく見ていた。話が終わってロンドンに戻る途中、侍従長は、自分が話を信じてもらうために、あの特別の事情を公爵の耳に入れると、公爵は色を変えて、それは公爵本人を除けば、たった一人の人物しか知らないことで、しかもその人物が他言することは考えられないことだと言った、という話をした。

その後、公爵は王と狩りを続けた。だが、公爵は何度も他の者たちから離れて、物思いに沈み、ちっとも楽しんでいなかったそうである。午前中のうちに狩り場を離れ、ホワイトホール宮まで馬を駆り、そこで彼の母親[102]の部屋を訪ね、二、三時間、二人だけで話し込んだ。隣の部屋から、二人が大きな声で話し合う声が聞こえたそうである。公爵が再び部屋から出てきたとき、公爵の顔には怒りとないまぜになった不安の様子が窺えた。それは、母親と話をする際には、いつも深い畏敬の態度で臨んでいた公爵には、かつてなかったことだった。息子が去ったのち、伯爵夫人は涙を流し、ひどい心痛に沈んでいる姿が確認されている。はっきりしているのは、その数か月後、公爵殺害の知らせを受け取ったとき、彼女が驚いている様子を見せなかったということだ。ということはつまり、彼女はその知らせを予見しており、息子の公爵は、衣裳部屋付き侍従長が彼に打ち明けた内容を、母親にも知らせていたと思われる。そしてその後も、あれほど愛した息子の死に接して当然あってしかるべきの悲痛な様子を、母親は見せなかったという。

人々が秘かに噂しあったことによると、衣裳部屋付き侍従長が公爵に思い出させた特別な事情は、彼がごく近い親戚筋の女性と結んだ許されざる関係に関するものだったということだ。その女性がそのことを自ら話すことはあり得ないと見なす十分な理由があったので、公爵は、それを知り得るのは悪魔だけだと考えた。『ブリタニアのプルタルコス』[103]には、バッキンガム公爵の死に関連する、さらに幾つかの予感の話が載っているが、それらはすべて、ここに紹介した話を元にしたものと考えられる。

## 第二百六節　この話に対するコメント。なぜ警告霊は公爵本人に現れなかったのか

以上の重要な現象は、またしてもいくつかの恐るべき洞察の契機になる。なぜ、ジョージ・ヴィリアーズは息子の前に直接姿を現さなかったのか。それはおそらく、息子には予感の上級能力が欠けていたからであろう。仮に直接現れることができたとしても、公爵は、その話全体を想像力が生んだまやかしと見なして、聞き流した可能性もある。しかし、父がかつての友人のもとに現れ、友人が本物の幽霊を見たのでなければ知り得ない秘密を打ち明けたとなれば、公爵はそれを信じるほかない。もし、父が息子に直接姿を現し、その秘密を言っていたならば、息子はそれをあくまで想像力のいたずらと見なし続ける可能性を排除できない。なんとなれば、息子はその秘密をもちろん知っているわけだし、父を見ている間、自分の想像のうちにその記憶を生き生きと甦らせたに過ぎないと考えられるのだから。

## 第二百七節　亡くなった友人や近親者がわれわれの運命に関わることの再びの証拠。だが、訴える手段を正しく選択できるかどうかは別問題

また、この話は、亡くなった友人や近親者が、われわれの現在の境遇や事情を知った場合、それを心配して、われわれの幸福のために努力してくれることの、またしても証拠となる。ただ、彼らが訴える手段が果たして適切か、ということだけが問題だ。救済者である神の直観に到達した霊は、そのための手段を、かつて自分がそこにいたこの世の選択肢から選ばず、慈悲深き主のすべてを取り持つ神慮によって事態を最善に導いてくださるように、主に懇願するのだ。むろん偶然の要素は常に働くし、そのために悲しい結果になることもある。それでも正しい手段を選択した霊は、天なる父の御意思を崇め、気持ちを鎮める。しかし、死後もこの世の事どもにかかずらわって東奔西走し、好んでそこに介入したがる亡霊は、掟に反した手段に訴え、機会があればこの世に現れ、生きている人々を困惑に陥れるのだ。

## 第二百八節　心霊現象に遭遇してわれわれはどう振る舞うべきかについての鉄則

心霊現象とは実際どういうものかを分からせてくれる、このように貴重な経験を、一般に人は軽蔑し、真面目に話せばこっちがおかしいと思われる類いのものとして拒絶する。そういうものを見たと主張する者は、頭がおかしい者

として笑われ、嘲られ、同情される。それらの体験を誠実に、正確に検証すれば、もちろんその九九パーセントはまやかしだろう。しかし、百に一つが真実ならば、そこに現れた霊は、その運命にわれわれが無関心でいることは許されない、われわれの兄弟ということになる。だが、問題は、そのようなケースで、われわれが為すべきことは果たして何かということでもある。それを示すのがこの本の主要な目的だ。

私が衣装部屋付き侍従長だったら、そして公爵の亡き父の霊が本当に現れたのだと確信したなら、私は真剣に神に向かい、恭しく神の守護を願い、それから男らしく決然と霊に向かって、こう言っただろう。

「友よ、君はまだ往生していないし、そこへ至る正しい道にすら到達していないんだね。救世主が金持ちに言ったあの言葉を思い出してくれ。〈彼らにはモーセと預言者がいる。もし、モーセと預言者に耳を傾けないのなら、たとえ死者の中から生き返る者があっても、その言うことを聞き入れはしないだろう〉[104]。主には、君の息子の心に働きかける無数の手段がある。主に向かい、息子の救済を主に祈りなさい。弱い人間たちのもとに助けを求めるのはおよしなさい。主の助言で彼が生き永らえることができる場合は、主は間違いなく憐れんで息子の面倒をみてくださる。だが、彼の死が大局的にすでに決定済みのことならば、私が何をしても役に立たない。主が私を、君の息子を救うための道具として利用する気なら、私はまず、いと高き御手から依頼を受けるはずだ。イエス・キリストが君を憐れんでくださりますように。主が君を祝福し、君に主の平安を与えてくださいますように」

私なら志操堅固にこの考えに留まり、揺らがないだろう。その先、何度霊が現れようと、常にこの原則に従って行動するだろう。だからといって、衣裳部屋付き侍従長の振る舞いが正しくなかったと言いたいわけではない。侍従長は最終的に自身の考えに従って行動した。しかし、もし彼が今書いた原則に従って行動していれば、もしかしたら、哀れな霊を次の段階に引き上げる手助けができたかもしれない。ちょうど、前に話した、お金を取りに行ってくれと頼んだ霊の話がそうだったように。

私のこの判断が正しいことは、聖書の言葉と経験によって保証される。衣裳部屋付き侍従長を通じて警告しても、公爵にとって、そして哀れな霊にとって、いったい何の役に立とう。まったく何の役にも立たないのだ。公爵はその現象を、悪ふざけか本気か知らぬが、とにかく悪魔の仕業と見なして、何も変えなかった。公爵の気持ちが深い、根本的な認識に達し、自らの倫理的な大破滅を前にして心が痛み、真の後悔と心からの回心からキリストに向かい、真実の信仰と、罪の赦しと、心の平安を、キリストの贖罪の死の中に見いだすよう動かされることがなければ、どんな心霊現象も、霊による警告も何の役にも立たないのだ。むろん、驚かせ、心揺さぶることはできる。一時的な熟考に誘うことはできる。だが、それ以上、何の役にも立たない。この世の誰かが、文書で、または口頭で行う警告と何ら違わない。それならば、あの世由来の道具をわれわれは必要としない。

## 第二百九節　今なお続いている注目すべき心霊現象についての手紙からの抜粋

以下の幽霊話を私に送ってくれたのは、ある非常に敬虔な牧師である。私はこの真に使徒的な牧師の人柄をよく知っている。彼は、自ら真実と確信していない事柄を話すことはけっしてない男である。私に託された彼の文書を忠実に引き写す。

「これは、私の度重なる要請に応じて、私が手に入れることができた文書であり、それを私は宮廷顧問官ユング[105]のために筆写したのち廃棄するつもりだ。私が死んだあとでこれが濫用されることがないように[106]。

〈私は（そうN・N牧師夫人[107]は書く）、一七九九年に結婚したあと、私には説明しがたい現象を見ています。一つは快い、もう一つは不快な現象です。前者は、その年の十二月二十二日、私が小さなナイトテーブルのもとに座り、縫い物をしていたときに起こりました。子どものような、人間の形をした小さな姿が、白いガウンを着て私の前に現れたのです。私はその姿に手を伸ばし、触れてみようとしました。しかし、それは消えてしまいました。しばらくして、再びその同じ姿の者が現れました。私は思い切って、お前は何者かと尋ねました。その答えは《僕は子どもの頃に死にました》でした。

私《お前の名は何という》

答《イマヌエルと呼んでください》

それ以来、この小さな来訪者はしばしば、いや、ほとんど毎日のように、朝七時、正午、そして晩の六時に私のもとに現れました。私が座っている横に立っていたり、部屋の中の中空に浮かんでいたり、歩くこともあれば、体を動かして動作をすることもありました。

一度、私が住まいから数マイル離れた場所へ馬車で行く際に、馬車がひっくり返りそうになったことがあったのです。そのとき、その霊は馬車がひっくり返るのを体を張って防いでくれました。また別のとき、私が領主の宮中女官のもとを訪問したときのことでしたが、この霊がそこに姿を現したこともありました。私のそばに他の人間がいるときにも、この霊は姿を現し、私と話をするようになりました。その際、霊は自分の言語で話すのが通常でしたが、私はその言語を、自分でも驚いたことに、まもなく理解し、自分でも話せるようになりました。

この霊はときどき、未来に起きることを私に打ち明けてくれました。それは例えば《あなたのお友達がまもなく亡くなるでしょう》《お母さまがご病気です》《今日、×××が訪ねてきます》《領主様のお加減がよくありません》といったことでした。夜、真っ暗な中でも、霊が来ていることが分かりました。私は起こされ、あるいは眠りを妨げられました。

私はこのイマヌエルに、夫にも姿を見せてくれとしつこく頼みました。しかし、霊はそれを断り、こう言いました。《それはよくないと思う。それに、そうしたら、彼――私の夫――はびっくりして死んでしまうだろう》

私は尋ねました。《なぜ私だけ、お前の姿が見られるのだろうか》

その答えは《こういうものを見られるのはわずかな人間だけです》でした。

一度ならず、私は自分たちの教会の敷地に、たくさんの人間の姿が溢れかえり、彼らがお祭りを祝っているのを見ました。それは我らが救世主の誕生日の祭りであったり、キリスト受難の日[108]の祭りでした。また秋には、イマヌエルが私に、跪《ひざまず》いて、地面に顔を伏して祈りなさいと命じるときもありました。イマヌエルの言葉も、教会の敷地で主を讃えている人間たちの言葉も、非常に妙なる音色で、私にはそれを上手に描写することはできません。小さなイマヌエルの許可を得て、私はそういうお祭りのときに夫を呼びました。けれど夫には、明るく照らされた敷地と、緑の芝生以外には何も見えなかったのです〉

最初の現象に関する牧師夫人の物語はここまでである。

二、三のことを付け加える。

（1）イマヌエルと呼ばれるこの霊の訪問は何年も続いた。ほぼ毎日、霊はあっという間に現れ、わずかばかり滞在すると、たちまち消えていった。一度、私がお昼に同席していたとき、霊はやって来た。牧師夫人は、私に目で、霊が来ていることを知らせた。だが、私には何も見えなかった。けれど、われわれが食事をしていたテーブルがぐらぐらと揺れるのが分かった。それは目に見える何者かのせいにすることができない揺れだった。この揺れはどこから来るのですか、という私の質問に、牧師夫人は〈×××のせいですよ。彼が×××中なのです〉と小声で答えたのである。

（2）この牧師館の二人の子どもも、これらの現象を見ている。六歳の息子は、壁際や部屋の天井付近に何かがいたり、昇ったり、あちこち動きまわる姿を見ている。まだ母親の腕に抱かれていた下の子は、その姿に声をあげて笑い、摑もうと手を伸ばしている。

（3）イマヌエルが牧師夫人と話した言語について、私は夫人にいくつかの言い回しを聞き出し、それをローマ字で書いてもらったが、そのメモを紛失してしまった。霊がその言語にどれほど習熟していたか、夫人と霊が具体的にどのような表現で話し合うことができたのか、私は知らない。

さて、牧師夫人の話は続く。

〈もう一つの現象は一八〇〇年六月十五日、土曜日の午前中、教会の中で見ました。そのとき、私はちょうど身体を拭いていたのですが、誰かが部屋の扉をノックする音がしました。すぐに扉が開いて、黒い姿をした男の人の姿が入ってきました。その人は牧師のような恰好をし、帽子を取って腋の下に挟んでいました。髪は自分の頭髪で、首に、昔ながらのしわの寄ったカラーが見えた。その人は眠っている子どもに近づき、その子をじっと見た。私はびっくり仰天して、続き部屋からこちらに入って来て、するとその人はもう一つの扉から外へ出て、その際、扉を掛け金が吹っ飛んでしまうぐらいの勢いで閉めたのです。

五年後、すなわち一八〇五年、六月のある土曜日の午後三時前、誰かが部屋の扉のところでふざけているのか、ドアを開けたり閉めたりしていたのです。私はそれは夫だと思いました。なぜなら、黒い服がちらっと見えたからです。それで《さっさと入って》と叫びました。すると、例の黒い牧師が入ってきました。私は飛び上がって逃げました。牧師は私めがけて椅子を一脚、投げつけました。私はその一撃で踵《かかと》を怪我したのです。私は夫を呼びました。そして夫と二人で部屋に入り、そこに椅子がそのままになっているのを発見しました。しかし、他には誰もいなかったのです〉

牧師夫人の話はここまでである。

この夫人は他にもいくつかの話をしたが、それぞれ短いので省略する。等々……

一八〇七年八月二十一日

×××× の牧師××××」

## 第二百十節　牧師夫人が見たものが幻影ではない証拠

この話には、霊界を解明する鍵となる、いくつかの注目すべき点がある。牧師夫人が見たものが幻ではなく、本当に霊界から来た何かであることは、子どもたちもその小さな天使の存在に気づいたことから確実である。子ども、とくに、まだ母親の腕に抱かれていた子どもに、いんちきは通用しない。掛け金が吹っ飛んだこと、踵を怪我したこと、部屋の中にそのままになっていた椅子、それらは本当に、かつてその牧師館に住んでいた牧師の不幸な霊が、そこに現れたことの証左である。教会の敷地で行われた驚くべきお祭りに関しては、明るく照らされた敷地の他に、夫の牧師は何も見ていない。その灯りが、敷地にいた人間たちが照らしていた灯りなのか、それとも霊界から来た光だったのか、分からないのはすごく残念である。なぜなら、夫の牧師もその光を見たということは、それは幻ではなく、お祭りが確かに行われたということになるからだ。つまり、亡くなった人間の霊魂もまた、冥界で救世主を祝うお祭りを催すのだ。いずれ彼らも救世主を目の当たりにし、救世主の御前で祝うことになるだろう。

## 第二百十一節　冥界を恐れる必要がない理由

ここでどうしても肝に銘じておいてもらいたいコメントがある。私の読者の多くが冥界に行くことを非常に恐れている。読者のみなさま、恐れることはありません。冥界へ行く必要がなければよいのですから、そのようにすればいいだけです。主に身を預け、すべてを主に捧げ、主の贖罪の死の中に己が罪の赦しを見いだす者、赦されざる殺人の罪など犯さず、官能を刺激するこの世の悪習に、もはやけっして染まらずにいる者、彼らは死後、目覚めたときには、すでに冥界を通り越し、光の国に飛んで行っている。天上で神の御姿にまみえている。

冥界それ自体には、亡くなった霊を苦しめるものは何もないが、同時に、霊に楽しみや満足を与えるようなものも、またない。あるとすれば、それは霊が娑婆から持っていったものだけだ。亡くなった霊が、まだ天国へ至る途上にあり、その際、天国へ持っていくことができないあれやこれやをまだ保持している場合、霊はそれらをすべて捨て去るまで冥界に留まらなければならないのだ。だが、霊はそこで、自分で自分を苦しめる以外の苦しみを受けることはない。

## 第二百十二節　冥界で苦渋に満ちた思いをする魂の性質。平安に到達するための方法

冥界にいるときの本来の苦しみは、失われた感覚世界への郷愁である。生前、快楽と享楽に首まで浸かって、一段高い精神的・宗教的至福を知らずに暮らした人間を想像してみてほしい。この人は、市民として誠実、善良で、けっして悪い人間ではないかもしれない。その人がいま、きちんと回心して神と向き合うことなく亡くなる。感覚を刺激する物が一つとしてない、暗く、本当に何もない空間で、この人はいったいどんな気持ちがするだろう。彼の目の前には生前、あらゆる享楽に身を任せて暮らしていたときの、この世での生活がまだ生き生きと浮かんでいるだろう。自分がこの世に残してきたものを、以前よりも生き生きと思い浮かべるだろう。この霊はこの世に戻りたいと恋い焦がれるだろう。だが、それは永遠にかなわない。そこで霊は、自らの想像の内に哀れな楽しみを探そうとする。生前享受した数々の美や快楽を思い浮かべて、それを実体化しようとさえ試みる。だが、むろんそのための素材が霊にはないから、作り出せるのはただの惨めな幻だけだ。貧困化した霊には、どこにも養分はなく、したがってこの霊は、地獄の種子を己が身の内に抱えるほかかない。

こうなると問題は、この霊には、あと他にどんな手段が残されているか、ということだ。天上の財産に与れるようにと、この霊に優しく親切な助言をくれる善良な霊には事欠かないのではないか。つまり、この霊は先のあらゆる想像のイメージを除去し、次第次第にこれをすべて洗い流し、同時にこの世への執着をも失うしか、他に方法はないのだ。しかし、これは、この世でおけるよりも、あの世では遥かに難しい。この世では、人は感覚的自然をめいっぱい享受して生活している。快楽は徐々にしか消滅しない。ある快楽を離れても、他の快楽はまだ保持している。そのうちこれからも離れる。そうやって次第次第に、すべてに対して無関心になっていく。それにもう一つの事情が加わる。

この世では、現世の快楽から遠ざかっていく過程で、精神的な楽しみが逆に増大していくのだ。その精神的な楽しみは、感覚世界に啓示される、神の素晴らしい特性を目の当たりにすることによって強められ、増大していく。簡単に言うと、この世のほうが、罪に堕ちた者をいっそう容易にその本源に立ち返らせ、至福へと導くことが可能なのだ。だが、魂の養分がいっさい欠けている冥界で、霊のあの最後の哀れな楽しみを捨て去り、そこから離れ、それよりましな楽しみの享受へ向かうということは、途轍もなく困難なことなのだ。しかし、それが魂の平安に到達するための唯一の道なのである。この道に入ることなく、冥界に留まる仲間の他の霊たちとの交流を通して、己が身を慰めようとする者は、想像のイメージをますます強め、同時に郷愁の苦しみをも増大させる。それが最後には、恨み、怒り、憤激を霊の中に呼び覚まし、ひいては地獄へ行くに値するだけの霊にしてしまうのだ。だから、亡くなった魂のために祈ることは無益ではない。

だが、話を戻して、先ほどの逸話をさらに説明してみたい。

## 第二百十三節　第二百九節の心霊現象の説明。霊視者への警告

先の心霊現象は、霊界から来た二つの霊が、牧師夫人に何らの要求もしていない点で、それ以前に紹介した話とは区別される。つまり、この現象には基本的に目的がなく、ただ霊視者（＝牧師夫人）に予感の上級能力が備わってい

たことに端を発するのみだ。予感の上級能力があるからこそ、最初は守護天使に思えた小さなイマヌエルと、彼女はラポール状態に入ることができた。つまり、彼女には霊たちと交流できる素質が備わっていた。しかし、この素質は常に、自然の法則からの逸脱である。したがって、牧師夫人はこの現象を特別視すべきでない。というのも、もし彼女がこの現象に喜びを見いだしていたら、彼女はもっと予感能力を発達させて、他の霊たちとも知り合い、その結果ひどく錯誤の道に迷い込む可能性がある。逆に、この現象に無関心を装えば、彼女の健康に支障が生じ、運命で定められたより早死にし、霊界へ行くことになる可能性もある。だから、この小さな守護天使に、彼女は触れてはならないし、ただ慈愛に満ちた態度で接し、その交流を避けもせず、かといって求めもせず、ひたすら熱心に主を思い、危険な道に迷い込んで寿命を短くすることがないように祈るべきなのだ。主の名において、私はこの善良な牧師夫人にこのことをお伝えする。そうして、彼女を慈悲深き主の守護に委ねる。

## 第二百十四節　黒い服を着た霊についてのコメントとその教訓

黒い服を着た哀れな霊について言うと、この霊はおそらく、現在の牧師の先祖の一人で、まだこの世で何かを探しており、そして牧師夫人が自分の姿を見ることができることに怒っているのだろう。あるいは、もっとそれらしいのは、この霊は、この牧師の地位についているのが、もはや自分ではなく、他の者であることに不満を表明しようと、この機会を利用しているのだろう。

ああ、なんと不幸で、哀れな霊か。主よ、できることなら、この霊を憐み給え。だが、私はここで非常に大事な警告を差しはさまねばならない。この霊を、簡単に以前の牧師の誰それだ、などと同定しようとするのは慎みなさい。我が同胞よ。裁くなかれ。裁くなら、むしろ自分自身を裁きなさい[109]。

## 第二百十五節　予感能力と「復活（＝蘇生）の胚芽」に関するさらに重要な省察

もう一つ注目に値することは、あの小さな天使が、牧師に関して、もし自分が牧師の目の前に現れたなら、牧師の命に関わると言っていることだ。そうして「こういうものを見られるのはわずかな人間だけです」と断言していることだ。このことは、予感の上級能力が、物理的自然に対して有害で危険な作用を及ぼす、という私の主張の正しさを証明している。

教会の敷地に現れた、お祭りを祝う人間の姿をした者たちに関して、私には次の疑問が浮かぶ。果たして、亡くなった人間の霊魂は、こんなふうにときどき「復活（＝蘇生）の胚芽」を身にまとい、感覚世界に近づくことができるとでも言うのだろうか、と。予感の上級能力がなくとも、生きている人間たちによって目撃される浮遊霊というものが、たしかに存在する。たぶん、その場合は物質でできた覆いを身にまとっているのに違いない。しかし、教会の敷地に現れた彼らが身にまとっていた「復活（＝蘇生）の胚芽」は、われわれの視覚では捉えられず、それが見えるのは、そのための素質がある者に限られるから、霊たちは、この「復活（＝蘇生）の胚芽」を通して、空気中から靄《もや》状のものを引き寄せ、自分たちに可能な何らかの姿を形づくって、身にまとわねばならないのだ。

## 第二百十六節　心霊現象に遭遇した際に重要なさらに二、三の行動原則

この本では、確証の得られていない話は取り上げないというのが、私の強固な方針である。もしそれが方針でなければ、私は、黒い危険な霊たちに近づき、彼らと一緒にあちらへ行き、それがたいへん有害な行為だったために、皮膚に腫れ物が生じ、そのために病気になってしまった「勇敢な」人々の例をいくつも挙げていただろう。かつてエアフルトで生きていたオスマンという夜警吏は、そんなふうにして死んでしまったという話だ。噂によると、この事件は司法によって捜査されたという。読者のみなさま、いずれにしても、とにかく一方で、不遜な行為に走らないよう気をつけなさい。また他方で、びくびくすることはありません。真のキリスト者は不要な危険は回避する。だが、それ以外、何ものをも恐れない。真のキリスト者は己が召命の道に留まり、何か不思議なことに遭遇しても、慎重に吟味し、もしそれが真理と分かれば、もしそれが本当の霊と分かれば、そのときは、イエス・キリストの名において、その霊に慈愛に満ちた真剣な態度で、霊が本来属すべき場所へ戻りなさいと指示する。ついでに言うと、降霊実験は、

神を畏れぬ、赦されない不遜な行為である。招霊と除霊は、キリストの教えに反した、やってはいけない行為である。

## 第二百十七節　ブラウンシュヴァイクのカロリヌム大学の有名な心霊現象

先を急ぐ前に、ここでブラウンシュヴァイクの有名な心霊現象について語り、私の理論に従って注釈をしておきたい。というのも、この話に出てくる霊は、あれやこれやこの世の人に伝えたいことがあり、それがこの霊の往生を妨げていたからだ。この話の信憑性に疑いの余地はない。私はこの話を複数の確実な筋から聞いたし、いまここにそれを『奇跡の博物館』の第二巻第五章に語られたとおりに一字一句そのままお伝えする。

「一七四六年の聖ヨハネの祝日[110]のあとで、ブラウンシュヴァイクで、カロリヌム（王立）大学の監督官をしていたデーリエン氏が亡くなった。この人は自らの職務に常に誠心誠意取り組み、いつも変わらぬ穏やかな性格と、自然で賢明な実直さ、それに芯のある心根を兼ね備えた人物だった。

死の直前、この人はもう一人の監督官である友人のM・ヘーファー氏を、伝えたいことがあると枕元に呼んだ。ヘーファー氏はすでに就寝していたが、友人の望みをそのままに放っておくことはできなかったので、デーリエン氏の家へ出かけた。だが、ヘーファー氏の到着は遅すぎた。到着したとき、デーリエン氏はすでに亡くなっていた。

しばらくすると、カロリヌム大学構内のあちこちで、亡くなったデーリエン氏の亡霊を見たという噂が広まった。

ただ、この噂の元が若者たちだったので、人々はそれをただの噂として、むしろすべて、恐怖によって刺激された想像力のなせる業に過ぎないと見なした。

ようやく一七四六年の十月になって、多くの人がこの現象を嘘っぱちとは片付けることができなくなる格別の事件が起きた。M・ヘーファー氏がいつもの通り、夜の十一時から十二時の間、学生たちがすでに就寝したか、どこにも異常はないかどうかを確認するために大学内を巡回していたとき、亡くなったデーリエン氏がヘーファー氏の前に現れたのである。M・ランパディウスの部屋に入ったとき、ヘーファー氏はデーリエン氏がすぐそこに座っている姿を見たのだ。いつもの部屋着のガウンを着て、右手に白いナイトキャップを持っていた。顔は下半分、顎から目までしか見えなかったが、しかし非常にはっきりと見えた。思いがけない光景を目にしてM・ヘーファーはいささかならず驚いたが、それでも、職務を遂行することが己の義務と心得、勇を鼓していったん閉じたドアを再び開けて中へ入った。何事もないことを確認してから、再び部屋を出てドアを閉じようとしたとき、先ほど見た影が、さっきの場所にまだじっとしているのに気づいたのだ。ヘーファー氏は勇気を出して、三度部屋に入り、その影に向かって突進し、その影の顔の部分を持っていた灯りで照らした。ヘーファー氏はぎょっとして、その場に固まった。突き出した手を引っ込めることもできず、その手はそのときから次第に腫れだして、それから数か月もの間、彼は腫れた手のまま過ごさなければならなかった。

翌日、ヘーファー氏はこの奇妙な出来事を、数学教授のエーダー氏に話したが、エーダー氏は哲学者としてこの話を信じる気になれず、想像力のまやかしか、さもなければいかさまであると断定した。だが、一応、事実を正確に明らかにするために、その晩、一緒に現場へ行こうと申し出た。へーファー氏が見たのはただの錯覚で、実際には何もなかったか、あるいは誰かが彼を騙すために幽霊に扮していたのだと説得できると期待していたからだ。だから二人は、夜の十一時から十二時の間に現場へ行った。だが、彼らが部屋の扉を開けるやいなや、エーダー教授が口をあんぐりとあけてこう言った。

〈デーリエンがいる〉

へーファー氏は黙ったまま部屋に入った。再び扉のところに戻ってきたときにも、まだその影は、前日と同じ姿勢のままそこに座っていた。二人はかなりの時間、その姿をじっと見つめた。何もかも明瞭だった。黒いひげまではっきりと見分けられた。しかし、二人のどちらも、その姿に話しかける勇気がなかった。触ることはさらにできなかった。二人はただ、少し前に亡くなった監督官デーリエンを確かに見たと確信して、その場を立ち去ったのである。

この出来事の噂がどんどん広まった。噂を聞いた多くの人が真実を確かめようと現場に赴いたが、それらのどの試みも実を結ばなかった。つまり、幽霊は現れなかった。

エーダー教授はこの影をもう一度見たいと思い、その後も何度も一人で現場へ行き、今度こそ影に話しかけてみる覚悟で部屋の中をあちこち見回したが、何度行っても、期待した影の姿は見られなかった。それゆえ、エーダー教授は自分の考えをこう言葉にして口に出した。〈私はもう何度も、霊が気を許してくれるようにと出かけていった。もし霊に何か望みがあるのなら、私の前に現れてほしい〉

するとう何が起こったか。およそ二週間後、霊のことをもう全然考えていなかった頃、朝の三時から四時の間、教授は突然、何かが動く気配によって無理やり起こされたのである。目を開けると、ベッドの向こう、わずか二歩離れた位置にある戸棚のそばに、教授は影を見た。彼は上半身を起こし、その顔をはっきりと見た。八分後、影がひとりでに消えるまで、彼はじっとその姿を見続けた。

翌晩、というか翌朝、同じ時間に、エーダー教授は再び起こされた。彼は昨晩と同じ現象を見た。ただ違いは、戸棚の扉が、まるで誰かがそれに寄りかかっているかのように音を立てたことだ。今回、霊は昨晩より長く留まった。それゆえ、教授は言葉でこう語りかけた。〈悪霊よ、退散しなさい。ここに何の用がある？〉

この言葉を聞いて、影は恐ろしい動きをさまざま見せた。ひどく頭を振り、手を振り、足をばたつかせ、そのあまりの激しさにエーダー教授も不安になって必死に祈った。〈神を信じる者は〉……〈神よ、我らを助け給え〉……。すると、霊は姿を消した。

その後八日間、エーダー教授には何も起こらなかった。が、八日後、朝三時に再び霊が姿を現した。ただ今度は、霊が戸棚のところから寝ている教授のベッドまで近づき、頭をにゅっと出してのぞき込んできたので、教授は動転して、思わず霊に向かって激しく打ちかかった。霊は戸棚のところまで一時退いた。だが、教授がベッドの上に座り直すが早いか、霊は再び突進してきそうな気配を見せた。このとき、エーダー教授は、霊が短いパイプを口にしていることに気づいた。先ほどは驚きのあまり、それに気づかなかったのだ。霊がパイプをくわえていたこと、それから霊の、不満げというより、むしろ友好的な落ち着いた表情が、教授の恐怖を和らげた。彼は勇気を得て、霊に向かってこう話しかけた。〈借金がまだあるのか？〉

エーダー教授は、亡くなったデーリエン監督官が数ターラーの借金を残していたことを事前に知っていた。それゆえこの質問をしてみたのである。すると、こう問われて霊は、二、三歩退いた。まるで誰かが立ち聞きしていないか確かめるように、背筋を伸ばして辺りをうかがった。教授は同じ質問を繰り返した。すると霊は、右手で口を覆うようにしながら、部屋の中を行ったり来たりした。そのときはっきりと見えた霊のひげを見て、教授はこう質問した。

〈もしかして、床屋に支払いがまだ残っているのか?〉

すると霊は、何度もゆっくりと頭を振った。次の質問のきっかけは白いパイプだった。〈ではタバコの代金に借金があるのか?〉

すると今度は霊がたじろいだ。そして突然、姿を消した。

翌日、エーダー教授はこの新たな事件を宮廷顧問官のエーラートに打ち明けた。エーラートはカロリヌム大学の四人いる監督官の一人で、亡くなったデーリエン監督官の妹を家に預かっていた。エーラートはすぐに、借金の残りが払われるように手配した。

この首尾よくいったように見えた霊との対話の話を、ザイドラー教授が聞いた。ザイドラー教授はその日の晩、エーダー教授の家に泊まりたいと申し出た。なぜなら、霊がまた現れるだろうと考えたからだ。そして、それは実際そのとおりになった。

朝の五時を過ぎた頃、エーダー教授は突然目を覚まし、招かれざる客が戸棚のところではなく、その横の白壁のところに立っているのを見た。しかし、霊はその位置にじっとしておらず、まるでベッドの中で寝ているもう一人が誰か、知りたくてしかたがないとでもいうように、部屋の中を行ったり来たりした。ようやく霊はベッドに近づいた。すぐにエーダー教授がザイドラー教授をつついて〈見て〉と言った。ザイドラーはすぐに目覚めたが、何か白い物が見えただけで、他には何も見えなかった。次の瞬間、エーダー教授がこう言った。〈いま消えた〉

二人の教授はこの出来事について長いこと話し合った。エーダー教授は、霊が短時間しか留まらなかったことに不満だった。エーダー教授は霊を呼び出してもいいかと、ザイドラー教授に聞いた。だが、ザイドラー教授はそれには反対だった。そして、エーダー教授がそれ以上、何も喋らなかったので、ザイドラー教授は彼がまた眠ろうとしているのだと思った。たしかにエーダーはそうしようとしていたのだが、しかし、そのとき突然ベッドから跳び上がって、めくらめっぽう打ってかかり、恐ろしい叫び声を上げたのだ。〈立ち去りなさい。お前はもう十分、私を不安にした。何か望みがあるのなら、手短に述べなさい。あるいは、はっきりとした印で分からせなさい。そして、後日またこの場所に来なさい〉

ザイドラー教授はこの言葉をすべて自分の耳で聞いた。しかし、彼には何も見えなかった。エーダー教授が幾分落ち着いたところで、ザイドラー教授は今の動転の場面の原因を聞いた。それに対してザイドラー教授が得た答えは、二人が話しているときに霊が再び現れ、まずベッドの前に立ち、それからベッドに近づき、そして全身をその上に投げ出してきた、というものだった。

この晩以降、エーダー教授は毎晩、誰かと一緒に寝ることにした。そして、以前はなかったことだが、夜通し明かりを灯した。これは、その後エーダー教授が何も見ることがなくなったという点では効を奏したが、しかし、彼はほぼ毎夜、朝の三時過ぎか五時過ぎ、異様な感覚、というよりくすぐられるような感覚で目を覚ました。この感覚は、それ以前には感じたことのないものだったとエーダー教授は言った。教授はその感覚を、誰かに毛の細い羽根ブラシで頭の先から足先まで撫でられたときの感覚に似ていると表現した。ときどき、戸棚のあたりで物音を聞くこともあった。あるいは部屋の扉を叩く音を聞いた。しかし、次第次第にどちらの音もしなくなり、もうあの招かれざる客は片付いたのだと思うようになり、部屋の明かりも灯さず寝るようになっていった。

明かりを灯さず寝るようになって二晩、穏やかな夜を過ごした。だが、三日目の夜に、霊がいつもの時間にまた現れた。ただ、以前より明らかに暗い影だった。霊は手に何かを持っていて、それを奇妙な動作で振り動かした。それは何か絵のようなもので、真ん中に穴が開いており、その穴の中に、霊はときどき手を入れた。エーダーは勇気を出して、もっとはっきりと説明してくれ、さもないと何をしてほしいのか分からないと言った。〈もし、それが難しいのなら、もっと近くに寄ってくれ〉と。しかし、そのどちらの要求にも霊は頭を振って、姿を消した。

この同じ現象が、あと二、三回起きた。カロリヌム大学の別の監督官が一緒にいたときにも起きた。亡くなったデーリエンがこの絵のようなものを見せて何をしてほしかったのかをエーダー教授は長いこと熟考、調査して、故人が病気になる少し前に、「魔法のランタン〔角燈〕」にはめ込むための絵を何枚か、ある美術商から試験的に借り受けていたが、それを返していなかった事実が分かった。それで、その借り受けていた絵を元の持ち主である美術商に返却したところ、そのときからエーダー教授のもとに霊は来なくなった。エーダー教授はこの出来事を宮廷と、それからゲッティンゲンのゲバウアー教授、ゼーグナー教授のような偉い学者に報告し、宣誓供述書を提出すると申し出た」

# 第二百十八節　この話や類似の話を否定しようとする啓蒙主義の努力は理解できない

『奇跡の博物館』に掲載された話は以上である。この現象を想像力のまやかしに帰することは可能であろうか。こんなことが起こるはずがないと、どんな「良識」をもって否定しようとも、どんな先入見で否定しようとも、しかし、これは起こったのである。否定派は、霊を見た人間は単にそう思い込んだだけだと主張するだろう。事態を確かめに行った良識あるヘーファー氏の腕が腫れたのも、想像力（＝思い込み）のなせる業だったと主張するだろう。エーダー教授が、デーリエンが残したタバコ代の借金を言い当て、その清算の手配をし、同様に、借りっぱなしになっていた角燈のはめ絵を元の持ち主に返す算段をつけたのも、すべて想像力のまやかしのなせる業だったと主張するのだろう。そんなことは不可能だ。理性的な人間が、そんな非理性的な主張を真面目にすることは不可能である。

ならば、なぜ人はそのようなナンセンスを主張するのか。答え――迷信という恐るべき怪物の罠に陥らないようにするため、である。だが、これを迷信と言うならば、ちょうど自然界で特異な現象を観察し、五感で確認し、理性的に検証してから「同時代のみなさま、神懸けて、いったいこれが迷信でしょうか。判断してみてください」と結論を導きながら、でも実際は迷信でしたと言っているようなものになる。それが迷信だとすると、われわれの偉大な物理学者、化学者、天文学者、自然学者はみな、軽蔑すべき迷信的人間だということになる。なぜなら、彼らがやっていることはすべて、これに他ならないからである。だが、私は何が肝心なのかよく分かっている。このような現象からわれわれがまったく自然に推論すべき論理的に正しい結論こそ、人々が恐れている迷信そのものである。すなわち、これらの現象は、われわれという存在が死後も継続する、しかも、生前の記憶を保ったまま継続することを、反論の余地なく証明している。しかも、その他の証拠となる、真実で確実な現象を加えれば、われわれはまもなく、何の苦労もなく、魂の不死、死後の賞罰、死後われわれという存在が一段高い力を得ること、さらに、キリストによる救済の真理、一言でいえば、伝来の福音派の教えの真理を、まったく自明のこととして見いだすだろう。そのことによって、本来新たにキリスト教的になるべき機械論的哲学体系の伽藍《がらん》が、完全に破壊され、粉々に砕け散るのである。この機械論的哲学体系を、その貧しい資材と、感覚世界から抽出された観念から組み立てていたものこそ、いまや華美と軟弱さですっかり疲弊しきった啓蒙主義である。それゆえに、反キリスト的精神は、昔から心霊現象を恐れたのである。最初、それは、心霊現象をこけおどしとして、あるいは浅ましい迷信としてむしろ悪用した。だが、すでに恥ずべきものとしてレッテル貼りされた今となっては、完全に否定している。だが、そのどちらのご都合主義的態度にも、われわれは怖気づかず、聖書とそれが教える宗教の真理のための、真面目で厳かで、かつ論駁できない確証を捜し出し、それを検証するのだ。

## 第二百十九節　デーリエンが死後、幽霊となって現れた真の理由

だからデーリエンは、非の打ちどころのない、勇敢で誠実な男だった。だが、彼は死後、すぐに往生することはできなかった。われわれはデーリエンにすげない判断を下したくはない。この男は死後すぐに往生することもできたのである。だから、むしろ、彼が幽霊となって現れるという哀しい事態に至ったその原因を究明してみよう。それがわずかばかりの借金と、角燈のはめ絵の返却であったことは今や明白である。しかし、この程度のものは、じつにしばしば、清算、返却されることなく人は亡くなり、その後、故人がその清算、返却のためにわざわざこの世に舞い戻ることなど起こらずに終わるものだ。

しかし、デーリエンの場合、一つ別の事情が加わる。それは、亡くなるとき、彼の心を占めていたのが、まさにこの二点だったということだ。それゆえ、彼は親友のヘーファー氏を呼びにやり、おそらく、この二つの清算と返却を頼むつもりだったのだろう。だが、この望みはかなわず、彼は亡くなる。死の床で抱いていたこの望みがかなわなかった、というまさにそのことが、彼を苦しめ、いわば霊界の門扉の前で彼を引き留めたのである。

## 第二百二十節　死期が訪れたときキリスト教徒がすべき事。マタイ第二十二章の礼服を着ずに婚礼に来た男の話へのコメント

生前整理がいかに重要か、この話から分かろうというものだ。この世を離れる前に、この世のことは事前にきちんと整理しておきたいものだ。しかし、もしそれがかなわなかった場合、あるいは、わざと怠ってしまった場合、この

世のことは、もはや、死という、われわれの全存在のもっとも重要な刻限において、われわれがかかずらう対象ではなくなる。だから、先のような望みを抱くことは普通ない。もはやこれまで、何も変えられないと観念したとき、われわれは諦めと熱い恭順の心から、全能の神にすべての清算と、自らの栄誉の保持を委ねる。そして、堅い信頼を胸に、キリストによる永遠の救済の信仰をつかみ取る。この信仰でわれわれの魂はいっぱいに満たされるだろう。だが、われわれがその生涯を通じて為し得た善だけで、安心できると思ってはいけない。いよいよ往生する段になり、われわれは裁きの場へ引き出される。そこでわれわれが犯した罪が、われわれが為した善と対照される。すると、生前どんなに善良だった人間でも、顔色を失うだろう。

つまりそうではなく、われわれは裸のまま裁きの場に出て、まさにあの放蕩息子の心根そのままに、すべての者にお慈悲を垂れ給う、磔にされたあのお方の腕に飛び込むしかないのだ。われわれの魂の全力を挙げて、主を求め、ただ混じり気のない純粋な恩寵から、われわれを神の国へ迎え入れてくださるように懇願するほかないのだ。磔にされたイエスがそうしたように、われわれもそうすれば、その望みは抜け殻となった死体を離れ、高みへと大いなる飛翔をし、そうなれば、もはやこの世に舞い戻るなどということは、考えられなくなるのだ。

読者のみなさまは、今こそマタイによる福音書第二十二章十一－十三節の主のたとえを理解するだろう。王が客を見ようと入って来ると、婚礼の礼服を着ていない者が一人いた。この者は、自分勝手な理屈から、みすぼらしい汚い服を着てやって来て、その姿で招かれた食卓に着こうとも、自分は許されると思い込んでいたが、キリストの判断は違った。その場で唯一妥当な制服は、やはり婚礼の礼服だったという、あのたとえである。

## 第二百二十一節　ブラウンシュヴァイクの心霊現象について、さらに二、三のコメント

ここで問題になっている、あの亡くなった霊（＝デーリエン）は、予感の上級能力がなくとも見ることができ、したがって、この霊を目撃した人は複数人に及ぶ。この霊は霊界に来たばかりだったから、生きている人間とどうラポール状態に入ればよいのか、まだ知らなかったためか、あるいは、予感の上級能力を持つ人間を誰も見つけることができなかったためであろう。一方で、霊は自分の姿を見られる人間の予感能力を上級に引き上げるための試みもしている。ヘーファー氏に働きかけようとしたときがそうである。だが、ヘーファー氏の生身の肉体は、この働きかけに耐えることができず、腕が腫れあがり、彼自身それ以上、霊に近づこうとは思わなかった。エーダー教授のほうが、霊の働きかけに上手に対応し、ある程度ラポール状態に入ることができた。しかし、教授は霊と直接話をするところまではいけなかった。

## 第二百二十二節　霊が人の耳で聞こえるようには話すことができない理由

ここで注意していただきたいのは、このように現れた霊は誰に対しても、耳で聞こえるように話すことはできない

という点である。なんとなれば、霊にはそのための器官が欠けているからだ。予感の上級能力を持てそうな人間と出会ったときに、霊ができるのは、自分の考えをその人間の内部にインスピレーションとして伝えることだけで、それが人間の聴覚にさらに伝えられて、まるで外から声が聞こえたように聞いたほうは錯覚するのである。それゆえ、霊と話している人間の横にいても、その者には霊の声は聞こえないということが起きるのである。いつか、これらのことがすべて明らかになる日が来るだろう。そのときには、われわれはこれらすべてを当然のことと受け取るだろう。霊はまた、人間の言うことを耳で聞くのではない。霊はラポール状態に入った人間の魂の中を読むのである。それはちょうど磁気睡眠に陥った者が、磁気催眠をかけている催眠者の心の中を読むのと同じである。このことを注意して記憶していただきたい。そうすれば、多くの理解しがたいことが解明されることになるだろう。

エーダー教授の場合、そこまでは行けなかった。それは教授の肉体が、そこまでラポール状態に入ることができなかったからか、あるいは霊がそのやり方を理解していなかったからであろう。

## 第二百二十三節　霊の「創造力」についてのコメント

ここで再びきわめて注目に値するのは、霊が持つ「創造力」である。デーリエンは言葉で自分を理解させることができないと判断すると、口にパイプをくわえてみせ、魔法のランタン〔角燈〕を手に持った。むろん、すべて単なる靄《もや》状物質でできた影にすぎず、霊が自らの意思と想像力で目に見えるようにしたものである。読者のみなさま、いつかわれわれも、天界の物質を使って、あらゆるものを作り出すことができるようになるのですぞ。我らも天界に迎え入れられるように、真剣になろうではありませんか。

## 第二百二十四節　エーダー教授の振る舞いについて。人間の側の行動原則

エーダー教授の霊に対する態度は厳しいものだった。教授は霊に対して、それがデーリエンの魂であることを知っていながら「悪霊」と叱りつけた。教授は、霊が近づいてきたとき、めくらめっぽう打ってかかった。むろん、これはすべて不安の為せる業であったが、同時に考え足らずの結果でもあった。私が教授の立場だったら、こう言っただろう。「善なる霊よ。あなたは迷っているだけだ。この世のことにはもう関わるな。それはあなたの注意に値しない。この世のことは私に任せなさい。あなたが清算しなければならないことはすべて、あなたの友人であるわれわれが代わりに引き受ける。誰も、あなたに対して意趣が残る者が出ないようにする。それでもまだ心にひっかかることがあるならば、救世主に直接向かいなさい。すべてを片付けてくださる。救世主にこそ、あなたの気持ちのすべてを向けなさい。救世主のもとでのみ、あなたは平安を見いだすのです。主があなたを祝福してくださいますように。そしてあなたに平和をお与えくださいますように」

私なら、こう言って霊を説得しただろう。そして、仮に一度や二度ではうまく行かなくとも、最後にはうまく行き、その結果、霊は影が暗くなることなく、むしろ反対に神々しく輝いた姿で、私のもとから離れていっただろうと思う。近づいてきた霊がわれわれの身体に害をなすような場合は、まずはこちらが退き、それから霊の気持ちを神に向けさせ、「イエス・キリストの名において言う。私に触れてはならない」と霊に優しく言いなさい。

## 第二百二十五節　一七〇五年、ザクセン゠アイゼンベルクのクリスティアン公が遭遇したきわめて注目すべき心霊現象

さて、私はさらに注目すべき心霊現象を一つお話ししようと思う。この話も生前、未清算だったものが清算されねばならなかったという話である。ここで扱われている霊魂は、生きている人たちへの警告のために、神のみぞ知る裁きによって、永遠の運命が決するまではこの世とあの世の境に留まるように宣告されて亡くなった魂である。

十七世紀の終わり頃、ザクセン゠アルテンブルク侯国は三つの領地に分かれていた。一つはゴータに、もう一つはザールフェルトに属していた。三つ目のアイゼンベルク領には独自の領主がいた。しかし、その家系は一七〇七年にクリスティアン公が亡くなるとともに途絶え、アイゼンベルクは再び元のゴータ領に帰した。

このクリスティアン公が死の少し前、非常に奇妙な現象に遭遇した。それは歴史的に検証済みで、ザクセンの記録文書館に保管され、おそらく現在もそこにあるだろう。その話は『霊界についての月例会』（書肆ザムエル・ベンヤミ

ン・ヴァルター、一七三〇年、ライプツィヒ）の第十巻、三一九頁以下に掲載されている。私はそれを例によって、一字一句そのままにここに挿入したいと思う。

「一七〇五年頃、ザクセン＝アイゼンベルクの公爵、クリスティアン公（一七〇七年四月に亡くなることになる）が、日中、執務室奥の小部屋のベッドに横になって、あれやこれやの省察に耽っていたときのこと、突然、扉をノックする音がした。小部屋の前には警護の者とその他の従僕がいたので、なぜそんな音がするのか公爵には理解できなかったが、とにかく公は〈どうぞ〉と答えた。すると、ザクセン選帝侯の娘で、名をアンナという女性が、立派な先祖の衣装を着て入ってきた。公爵はベッドの上に起き上がり、背中に多少ぞっとする悪寒を感じながら、この女性に尋ねた。〈何用ですか？〉

それに答えて女性はこう言った。〈驚かないでください。私は悪霊ではありません。あなたに悪さはいたしません〉

それを聞いて公爵の悪寒は消えた。公は再び尋ねた。「あなたはどなたですか」

女性は答えた。〈私はあなたの先祖の一人です。私の夫は、あなたと同様、公爵でした。ザクセン＝コーブルクのヨーハン・カジミール公です。私たちは百年前に死にました〉

公爵が、何用あってここにいらしたか、とさらに尋ねると、女性は以下のように答えた。〈あなたにお願いがあるのです。私たちは死ぬ前に喧嘩をして和解しないまま、イエスの功徳《くどく》を頼みに二人とも亡くなりました。だから、夫と私を、神の定める時に、和解させてほしいのです。私は現在、まったくの至福の状態にあります。ただ、それでも、まだ神と直接まみえるまでには至っていません。これまでのところ、ごく穏やかな平安に包まれているだけです。一方、私の夫は、私の死の床で私との和解を拒み、しかし、そのことを後から後悔し、イエス・キリストへの力強い信仰を持てぬままこの世を去りました。それゆえ、これまでのところ、時間と永遠のはざまで、冷たい闇に置かれたままなのです。しかし、まだ至福へと至る希望を失ってはおりません〉

それに対して公爵ができない理由をいろいろ挙げると、霊は、その言い訳は通用しない、そもそもそれは私には関係ないなどと反論し、自分は死んだとき、子孫の一人が二人の和解を手助けしてくれることを知って非常に喜んだ、なぜならそのことで公爵が神の道具の一つであると分かったからだ、と言った。最後に霊は、八日間の猶予をあげると言った。八日ののち、この同じ時間に自分は再び現れて、明確な返事を聞きましょうと言って目の前から姿を消した。

さて、公爵には宗教上のことも、世俗のことも、哲学的なことも政治的なことも急使で遣り取りしている、非常に仲のいい神学者がいた。一四マイル離れたトールガウの教区監督で、その名をホーフクンツェと言った。公爵はこの神学者にすぐに使いを遣り、起こった出来事を文書で詳細に知らせ、自分はこの霊の要請に応えるべきかどうか、助言と鑑定を求めた。神学者にはこの話が、最初かなり疑わしい、夢のような話に思えた。それゆえにわかに信じられなかった。しかし、公爵の類いまれな敬虔さ、宗教上のことにおける博識と経験の豊富さ、さらにはその繊細な良心、同時に、霊が真っ昼間に現れた今回の事情をよく勘案し、公爵に以下のような返事をしても差し支えなかろうと判断した。すなわち、この霊が神の言葉に反する、迷信的な儀式やその類いのものを要求しているわけではなく、さらに、公爵にそれだけの勇気があるのならば、この霊の要請を叶えてやることに自分は反対しない。ただし、公爵はその際、熱心に祈ることを忘れないこと。さらにいっさいのいかさまを防ぐために、執務室と小部屋の入口は警護の者と従僕にしっかり見張りさせることを条件とした。

この間、公爵は過去の年鑑を調べさせて、霊が言っていたことがすべて真実であることを知った。しかも、埋葬された公爵夫人の衣装は、現れた霊が着ていた衣装とまったく一致していた。

さて、約束の日、約束の時間が来たので、公爵は小部屋の前の警護の者に人っ子一人通すなと厳命してから、ベッドに横たわった。その日、公は祈りと讃美歌と断食で一日を始めていた。だから、公爵はそのまま聖書を読みながら霊を待った。霊はきちんと、八日前とまったく同じ時間にやって来て、公爵の〈どうぞ〉の声とともに、先日と同じ衣装で小部屋に入ってきた。すぐに霊は、自分の要求に応えてくれる決心はついたかと公爵に尋ねた。それに対して公爵は〈あなたの要求が神の言葉に反しない限り、またいっさい迷信的な要素を持たぬものである限り、神の名において私はそれをいたしましょう。何をすればよいのか指示してほしい〉と答えた。

この返事に対して霊は、さらに以下のように答えた。〈私が求めているのは神の言葉に反したことなどではありません。私の夫は、私が生きていた頃、非常に単純に私の不貞を疑いました。私が宗教上の事柄で、ある敬虔な廷臣と、時に二人だけで話し込むことがあったからです。それゆえ、夫は私に対して和解できない憎しみを抱きました。その憎悪はあまりに激しく、私が無実の証拠をいかに十分に出そうとも、死の床で夫に和解に来てくれと、どんなに懇願しようとも、夫はその憎悪と悪意を手放そうとはせず、私の最期を見舞おうともしなかったほどでした。私はこの件で自分にできることはすべてやりましたから、救世主への真の信仰を胸に亡くなり、永遠の平安と静寂に到達することができましたが、それでもまだ神と直接まみえるまでには至っていません。

それに対して私の夫は、先日すでに述べたように、私の死後、私と和解しなかったことを後悔し、最後は真の信仰ながら、しかし力強い信仰は持てぬまま亡くなりましたが、これまでのところ、時間と永遠のはざまで、冷たい闇の不安に置かれたままなのです。けれどようやく、あなたが私たちをこの世で和解させ、そのことによって私たちを完全な至福へと送る、神が定めた時が来ました〉

〈しかし、そのために何をすればよいのですか。そもそも私にどう振る舞えとおっしゃるのか〉と公爵は尋ね、霊は次のように答えた。今夜、準備をして待っていてください。私と夫があなたのもとへ伺います。（というのも、私は昼間でも来ることができますが、私の夫にはそれは不可能なのです。）私たちはそれぞれ、私たちの不和の原因について弁明いたします。あなたはそれを聞いて、私たちのうちどちらが正しいか、判決を下してください。それから、和解の印に私たち二人の手を組ませ、主の祝福を私たちに述べてください。そうして私たちとともに神を讃えてください〉

公爵が〈そうしましょう〉と約束すると、霊は姿を消した。が、公は警護の者に引き続き誰も部屋に通さぬこと、さらに何か話し声が聞こえないかどうか注意するよう、きつく命令し、そのまま晩までの時間、敬虔な祈りを捧げながら過ごした。夜になり、公爵は見張りの灯りを二灯、点火させ、それを机の上に置いた。それから聖書と讃美歌集を持って来させ、二人の霊が現れるのを待った。霊は十一時過ぎにやって来た。まず公爵夫人が、昼間と同様の生きした姿で部屋に入ってきて、もう一度、二人の喧嘩の原因について公爵に釈明した。それから王侯らしい立派な服を着た夫の霊が入ってきた。その顔はひどく青ざめ、まさに死者のように見えた。夫の霊は夫婦の不和についてまったく異なる説明を侯爵にした。それを聞いてから、公爵は夫の主張が間違っていると判決を下した。すると夫の霊はその判決を肯定して、こう言った。〈あなたは正しい判決を下した〉

それから公爵は氷のように冷たい夫の手をとり、それを妻の手に置いた。妻の手にはごく自然な温かみがあった。公爵は二人に主の祝福を述べ、それに対して二人は〈アーメン〉と言った。それから公爵が〈主なる神よ、我ら汝を讃えん〉の讃美歌を歌いだすと、二人も唱和しているように聞こえた。歌を終えると、妻の霊は公爵にこう言った。〈この報いを、あなたは神からお受けになるでしょう。まもなくあなたは私たちのもとへいらっしゃいます〉

こう言うと、二人の霊は消えた。この話し合いが行われている最中、警護の者はいっさい公爵の声を聞かなかった。私の間違いでなければ、公爵はそれから一年後に亡くなった。詳らかにされていない理由から、遺体は生石灰[111]をまぶされて埋葬された。この話は以上である」

## 第二百二十六節　この話へのコメント。結婚後の異性の友達との付き合いについての警告

いくつかの重要なことが、この現象から指摘し得る。クリスティアン公だけが霊を見、霊の話を聞くことができたことから、公爵が予感の上級能力を持っていたことが分かる。おそらくこの能力を持っていたがゆえに、さらに、これから指摘する他の理由もあって、公爵はこの奇妙な裁きの判決を任されたのであろう。夫人が生前の衣装で現れた

こと、心は穏やかで平安を感じていると言いながら、いまだ神と直接まみえることができないでいるということは、彼女がまだ冥界にいること、夫とのいさかいが彼女を冥界に留めていること、そして、彼女の想像力はいまだこの世の紐帯《ちゆうたい》から自由になっていないことを証している。さる廷臣と親密な関係にあった点で、彼女は軽率であった。たとえその廷臣が、立派で敬虔な紳士であったとしても、である。なぜなら、夫がそのことで怒っていると知った時点で、彼女はその友と会うのを避けるべきであったからだ。読者のみなさま、このことをよく覚えておいてください。この敬虔な夫人は百年もの間、本来もっと早く到達できたはずの至福に到達できなかったのです。彼女自身はイエス・キリストへの真の信仰を抱きながら亡くなったのに。夫に何度も和解を提案したのに。なぜだか分かりますか。ただ彼女が、自分が夫の怒りの原因と知っていたのに、改めなかった、というただそのためですよ。両性の親密な付き合いは、たとえ精神的なものであっても、きわめて危険であり、特別の注意を要するものである。

## 第二百二十七節　あの世へ行く前に和解しておくことの重要性

ヨーハン・カジミール公の運命を思うとき、恐怖と戦慄を禁じ得ない。公は百年もの間、冷たい闇の中に留め置かれ、誤って思い込んだ妻の不貞に対する恨みを抱えて煩悶したのだ。しかも、広大で侘しい冥界に、いっさいの慰めもない状態で置かれていたのだ。いったい周りにどんな仲間がいたのか、あるいは誰もいなかったのか、とすれば、それはなんと寂しく孤独な状態であったか、考えるだに恐ろしい。公もキリストへの信仰は維持したまま、しかし妻とは和解できぬまま亡くなった。この信仰が、公の希望をつなぎ留める錨《いかり》となり、最後は彼を天上へ引き上げる磁石となった。だが、公は亡くなる前に、妻と和解しなかったことをすでに後悔していた。ここがきわめて重要である。ここを見逃さないでほしい。つまり、人は亡くなる前に和解しておくべきなのだ。今すぐにでもできるなら、一瞬も躊躇はしないでほしい。「我らの負い目を赦《ゆる》してください。我らも我らに負い目のある人を赦しましたように」[112]という聖書の畏《おそ》るべき言葉を思い出してほしい。

心にわずかでも恨みを抱き、それをいつまでも引きずっている魂は、往生することがかなわない。たとえ普段、どんなに信心深く敬虔な魂であったとしても、である。相手をいまいましく思うような感情は、天界の自然と秩序にそぐわない。十字架上で凄まじい恥辱を受けながら、恨みを晴らすのではなく愛を実践したキリストの血は、われわれの血管に流れるなら、我らのこの罪をも浄めてくださるものに他ならない。

## 第二百二十八節　亡くなった人の霊はどうやって熱さ・冷たさ、光と闇を感じるのか

だがしかし、そのように亡くなった霊は、いったいどのように熱さ・冷たさ、光と闇を感じるのだろうか。

第百八十二節でお話しした、生前、自分が埋めたお金に執着するあまり、それを父子に取りに行ってくれと依頼し

た霊は、真っ昼間に現れた。だが、この霊は怒ると、あるいは気分を損ねると、指先から火花を放って苦しみを表現した。どうも霊を包むエーテルの覆いは、それが地上にあって靄状の物質として留まっている間は、光子の変化の影響を受けるようだ。激しい感情に支配されると、霊魂はすさまじい苦痛なしに日の光に耐えることができなくなる。なぜなら、太陽光の中で光子は最大作用に達し、霊を襲った激しい感情が覆いを燃やしてしまうからのようだ。悪霊の場合、夜陰に乗じていようとも、この燃焼を免れることはできない。それに対して、穏やかな愛と平安を享受している、往生した敬虔な霊は、もはや激しい感情に囚われることもないから、純粋なエーテルの中に存在できる。そこでは熱さも冷たさも、闇の暗さも届かないのだ。敬虔な霊は本来の自分の居場所にいるから、まったき至福を享受できるのである。

カジミール公の場合、彼が冷たい闇の中へと追放されたことは、ある意味まだよかったとも言える。もし光のある場所だったら、公の嫉妬に火が点き、公を苦しめたに違いない。そうなると激しい感情はいや増しに増し、公はますます地獄行きに近づいたであろう。死後、生前の固定観念や、根づいてしまった激しい感情から自由になることがいかに難しいか、このことはじつに驚くべきことである。読者のみなさん、これらの固定観念や感情は、永遠に葬り去らねばなりません。哀れなカジミール公が百年もの間、冥界に留まったのは、ただこれができなかったためであることをお忘れなく。だからこそ、公の魂を解放し、次の段階へ進ませるために非常手段に訴えねばならなかったのだ。

## 第二百二十九節　公爵夫妻の霊の和解がなぜこの世に後戻りして行われたのかについての考察

けれど、公の魂の解放のためにまさにこの非常手段が採られたことが、我らの理性を働かせる。いったい霊界には、公爵夫妻を和解させることができるいかなる存在も他にいなかったのであろうか。霊界の自然法則に抗してまでも、なぜ一族の子孫に当たる人物がその任に選ばれたのか。二人の霊が選択したこのやり方自体、誤解と間違いから生じたものであることを私は確信している。超感覚的世界から感覚的世界への後戻りは、いかなるものであろうとも法則違反である。仮に主がそれをお許しになるとしたら、主にはそうするだけの神聖な理由がある。たしかに夫人は、永遠の平安に到達してすぐに、自分の子孫の一人が二人を和解させられることに気づいたと言っているが、彼女が自らの予感の上級能力を完成させたのはそのあとだったはずである。それが神の積極的な意思であった可能性は低い。だが、神が後戻りを許したことは確かだ。それはつまり、この哀れな夫婦の魂をなだめるにはこの方法しか残されていなかったからだ。もっと分かりやすく説明しよう。そうすれば、私の知る限りこれまでまともに考察されてこなかったきわめて重要な事柄を、私の読者の胸に真剣に刻み込むことができるだろう。

## 第二百三十節　肥大した名誉心があの世では悲しい結果をもたらす

重要な公職についている非常に敬虔な学者さんを思い浮かべてみよう。彼は当然、名誉と声望を享受している。あるいは大きな商売で成功してお金持ちになった商人を思い浮かべてみよう。早い話が身分ある名士たちだ。貴族でもいい。王侯でもいい。低位から高位までさまざまいるだろう。これらの身分ある名士たちの中から一人の真のキリスト教徒を選ぼう。そうしてこの人の立場に自分を置いて想像してみる。現在の低い身分のわれわれがこのキリスト教徒に対して抱いている考えを、この人の立場から検証してみる。この人の立場に身を置いてみれば、普段われわれが彼らに感じている特別感がいつのまにか、次第次第に心の中に根を下ろす。この、自分は特別なのよという感情は、身分の低い者が、われわれに敬意を表してくれる限り安泰だ。われわれは時に、わざと気さくに鷹揚に振る舞い、その身分の低い者を「我が兄弟」と呼びもしよう。だが、彼が何かわれわれに逆らう素振りを見せ、われわれが受けて当然と思っている敬意を表することをやめた途端、蔑《ないがし》ろにされたわれわれの特別感がすぐさま動き出す。

ここでわれわれが、すぐに十字架に向かい、謙虚で謙抑な気持ちを取り戻さなければ、心の中に火花が散る。愛の感情は消え、高慢と復讐の感情に火が点き、われわれは平気で他人を侮辱する人間になり、地獄とその主《あるじ》に進んでお供え物をするようになるのだ。そのあと、この怒りの火によって干からびてしまった心が、人々の宥和を旨とする天界に再び受け入れられ、我らに改めて愛と謙抑の感情が萌すようになるまでには、じつにじつに長い時間がかかる。自分は特別であるというこの差別意識が、死ぬ前までに完全に払拭《ふっしょく》されず、この意識を抱えたままあの世へと旅立った場合、完全なる至福に到達することはどうしても不可能になる。なぜなら、あの世の身分秩序はまったく違った法則で構成されているからだ。そこでは愛と謙抑の感情の度合いが、一言でいえば、聖化の度合いが、その人の価値と栄誉の度合いを決定する。そこでは王侯が、臣下の中で一番下だった者に出会い、貴人が靴磨きに、貴婦人が可哀そうな部屋付き女官に出会い、お金持ちが、普段自分が小銭をやって追っ払っていた惨めな襤褸乞食に出会う。これら身分の低かった者たちが、じつに立派な姿で現れる。それればかりか、彼らの下に配属されることさえあり得るのだ。もし、自分は特別であるという差別意識が、心の中にまだ生きていた場合、それはあの世でエーテルの覆いをまとった状態では、この世にいたときより遥かにめらめらと点火する。嫉妬と怒りの炎が燃え上がり、聖化された霊たちは近づかない。哀れな霊は、荒涼たる冥界の冷たい闇の遥かな彼方へと逃げ出すのだ。だが、もし彼がキリストへの真の信仰を抱きながら亡くなったのならば、この嫉妬と怒りの炎は次第次第に消え、愛と謙抑の感情の泉が開き、もはや火花は出せなくなり、高次の段階へと引き上げられることになる。

## 第二百三十一節　身分に関する重要な行動原則

人類の現今の体制では、生まれ、運、富、精神の能力が、その人が持つ徳や敬虔さに関わりなく、その人の身分を決定する。この秩序は、神が今生の生の秩序として望んだものであり、個々の人間は、これを尊重し、この秩序の法則に完全に従って振る舞う義務がある。そうしない者は罰せられる。この秩序が廃せられて機能しなくなると、どんな恐るべき結果をもたらすか、われわれはフランス革命の間に見ている。それゆえ、個々の人間が自分に相応しい栄誉と尊敬、また他人からの従順を求めるのは正当なことであり、当然のことなのだ。そして、それを怠る者が罰せられるのも当然なのだ。だがそれは、純粋に秩序の法則に対する義務の意識から行われねばならないことであって、けっして自分は特別であるという差別意識から行われてはならないのだ。

## 第二百三十二節　とくに君主の場合

ある君侯、王侯が真のキリスト教徒となり、真のキリスト教徒として国を治め、人々を幸せにした場合、彼はあの世で、普通に亡くなった人間よりもはるかにましな運命を期待できる。なぜなら、君主としての彼の魂は、子どもの頃からどれほど多くのことを耐え忍び、どれほど多くの危険を克服し、どれほど多くの誘惑を退け、どれほど多くのことを否認しなければならなかったか。もし彼の魂が、それらすべての生前自らが下した決断に忠実であり続ければ、あの世での彼の喜びはいかばかりか。わずかの事にしか忠実でなかった者にキリストが約束していることを思えば、多くのことを忠実に実行した彼に、キリストが報奨を与えないことがあろうか。だが、それにもかかわらず、もし彼が自分や一族は特別なのだという意識のままあの世へ渡ったなら、彼の享《う》ける至福は完全ではなくなる。だから、この差別優越意識は、この世でもあの世でも、完全に心から取り除かれねばならないのだ。

## 第二百三十三節　この原則を公爵夫妻の霊に当てはめてみると問題の本質が分かる

あの敬虔な公爵夫妻の霊には、これがあったのではないかと私は思う。二人を和解させるのは、一族の身分ある者に限ると、二人のうちどちらかが、あるいは二人ともが、堅く信じていたのではないか。身分の卑しい者はその任にあらず、また、彼らと同じ身分でも、自分の子孫でなければ信じることができないまま、あの世へ渡ったのではないか。だから彼らは、あんなにも長い間、待たねばならなかったのだ。なぜなら、一族の中には、予感の上級能力を持てる者が容易に現れなかったからだ。ようやく現れたクリスティアン公も一年後には亡くなってしまった。さらに、この任務を果たす者は、予感の上級能力だけでなく、それに相応しい宗教上のしっかりした考えを持っていなければならなかったからだ。

## 第二百三十四節　クリスティアン公が生石灰をまぶされて埋葬された理由

なぜ、善良で敬虔なクリスティアン公は生石灰をまぶされて埋葬されたのか。答えは明らかである。そうすることで自らの肉体が死後朽ち果てることを望んだのだ。だが何故に？　おそらく公は、二人の霊がこの世に現れるとき、まだ朽ち果てていない肉体を利用できたと考えたのだろう。公は、自分が死んだときに、これが起こるのを避けたかったのだ。善良な公爵よ。そんなことは心配しなくてもよかったのに。

## 第二百三十五節　何の願い事をするでもなく夜中に屋根裏部屋を徘徊する幽霊。ここに挿入するに相応しい、あるカプチン僧の注目すべき幽霊譚

次にお話しする心霊現象も、厳粛な神の裁きによって、永遠の運命が決するまではこの世とあの世の境に留まるように宣告されて亡くなった魂の話である。

ある都市に住む敬虔で教養ある市民で、職人の親方だった人物が、二、三年前に私に手紙を寄こし、彼の友人が遭遇したという驚くべき心霊現象について知らせてきた。その話にはまだ不確かなところがあり、今ここですっかり紹介するわけにはいかない。ただ、その手紙には、この親方自身が体験した別の話にも言及されていて、私は親方に返事を書き、こちらの話を詳しく知らせてほしいとお願いした。以下はそれに対する返事で、彼が書いたまま引用する。

「一八〇〇年の二月二十四日、私は××に住む忘れがたい友人の親方の工房に入り、そこで二年と六週間、修行をしてから、スイスのバーゼルへ職人として赴いた。私は子どもの頃から（二、三のそれらしい例外を除き）幽霊というものを見たことがなかったから、友人の親方の家で幽霊が出てもまったく平気だったし、昼も夜もまったく怖がらなかった。

親方の家では、ときどき夜遅く、私が寝室で一人、自分や同僚の徒弟のための何かを片付けていることがあった。そんなとき、私はけっして何も変わったものは見なかったが、しかし音は聞いた。私は親方の幽霊話をそのときは知らなかったし、そもそもそんなことに関心もなかったから、その音がどんなに奇妙な音でも、猫かネズミの仕業だろうと考えていた。五週間が経過した頃、ある晩、灯りを持たずに上階の自室から一階の居間へ降りて行ったことがあった。すると当

時雇われていた女中のD嬢（××出身）がそこにいて、にこにこ微笑んでこう言ったのだ。〈Lさんは怖がってない。でも、どうぞ一度、屋根裏部屋へ上がってみてください。はっきり言いますけどね、もし、うちの荷役人夫に遭ったら、あるいはその音を聞いたら、すっかり気が変わりますよ〉

私はこの言葉にびっくりした。だが、何も言わなかった。一方で、人々が屋根裏部屋に上がることを恐れていることが、私にも分かってきた。そう言えば、私以外に一人で屋根裏部屋に上がろうとするような人間はこの家の中にはいなかったからだ。ましてや灯りも持たずになど、他の人には考えられない。だから私でも、ああ幽霊が出るんだなと、まもなく気づいたのだ。

こうなると、そういうものを見てみたい、あるいはじっくり聞いてみたいという私の好奇心に火がついた。それからは夜になると、何か音が聞こえないかと、私はじっと耳をすますようになった。

ちょうど復活祭の休暇が目前だった。私は、この期間に何かが現れる、と前もって当たりをつけていた。そして実際、その通りになった。ある晩、私が相部屋の同僚徒弟たちと一緒に、寝室に上がっていくと、天井から、とはつまり、五階に当たる屋根裏部屋（私たちの寝室は四階にあった）の、これまでヘンな音が頻繁に聞こえていた辺りから、何かを引きずるような音がかすかに聞こえたきたのだ。その音は、まるで誰かが難儀そうに、古いスリッパを引きずりながら、暗闇の中で足の踏み場を探しているかのような音だった。この間、同僚の三人はみんなベッドにもぐり込んでいた。私と同じベッドで寝る同僚はシーツを頭からかぶり、何も聞こえないようにして寝ていた。しかし、私はじっと耳をすまし、息の音さえ立てずにいたぐらいだ。

すると、天井の音が隅のほうから、私たちのベッドのある辺りの上に移動してきた。突然、何かが落下したような大きな音がして、ベッドも窓も振動した。それはまるで、誰かが運んでいた重い荷袋を、床に叩き落としたような音だった。告白するが、私はそれまで、あんなにもぞっとする落下音を聞いたことがない。その後も、床を引きずるような音はしばらく続き、やがて静かになった。シーツをかぶっていた同僚が顔を出し、私のことを突っついて小声で言った。〈これで分かったでしょう。なぜ俺たちが荷役人夫の話をするのか〉

〈ああ〉と私は答えた。〈だが、信じる前に、まずは奴《やっこ》さんを見てみたい〉

〈しっ〉と同僚が唇に手を当てた。〈静かにしておくれよ。俺たちみんなを不幸にするつもりかい〉

私は笑って、屋根裏部屋に上がるために、すでにベッドから降りようとしていた。だが、同僚は私を抑え、後生だからじっとして、ここにいてくれと頼んだ。私は不本意だった。だが、みんなが寝静まって、もう一度音が聞こえたら実行しようと考えた。そのうちに私も寝入ってしまった。

翌日、私たちは親方に前の晩に起きたこと、それから私が何をしようとしたかを話した。親方は驚くことなく話を聞き、親方一流の力強い口調でこう言った。

〈そのことなら説明してやろう。お前たちが昨晩聞いたという物音は、この家では珍しいことじゃない。うちのじいちゃんがかつてこの家を買ったのも、じつはこれが原因なんだ。じいちゃんはH地方のM村出身で、徒弟修業の遍歴の途上でこの村にやって来た。じいちゃんはこの地で二、三年過ごしたあと、ここで所帯を持つと決心したんだ。この家は当時空き家だった。持ち主は富裕な男だったが、誰か適当な人がいたら売りたいと考えていた。じいちゃんはこのチャンスを利用し、家を買いたいと申し出た。持ち主はじいちゃんにすぐに鍵を渡し、自由に中を見てくれと言った。だが、自身は一緒について行こうとはせず、すぐにでも売りたい、値段は安くていいと言って、そのとき、この家がどうして不幸に陥ったか、先祖から伝え聞いている話をしたんだとさ。それは、この家は、今から三百年前にカプチン派の修道院だったというもので、その修道士の一人がその頃まだ、この家をさまよっている、とくに夜中、あの屋根裏部屋に出て、人々を不安にしているという話だった。その修道士がなぜさまよい出るのか、その理由は今のところ分かっていない。しかし、ここがかつて修道院だったという特徴は、この家にも、増築された側翼部分にも認められた。たとえば、飾られている宗教画、祭壇、中庭を囲む回廊なんかがあったし、真ん中の部屋のストーブの背後には「1550」という年号が記されているのがはっきり見えたそうだ。この部屋はこの年に、もともと僧房だった部屋から作られたに違いない〉

これは今でもその通り、そっくりそのまま見られるよ、と親方は言った。だが、その話を聞いても、じいちゃんは怯《ひる》まなかった。じいちゃんは引っ越して来て、ここに住みついた。今、たしかに私たちはこの荷役人夫が立てる物音を聞くし、ときどきすごいうるさい音になることもあるし、ぎょっとするような落下音がすることもある。しかし、当時はそこまで頻繁には音がしなかったし、音もそこまで大きくはなかった。じいちゃんも家族も何かを目で見るということはなかった。すでに当時から、この男は「荷役人夫」という名前で呼ばれていたらしい。そういう事情のまま、やがて善良なじいちゃんは亡くなり、すでに亡くなった親父がこの家を相続したわけだ。親父がこの家を相続した頃から、あの物音はだんだん大きくなってきた。

この頃、××という名のパン屋が一階に引き移って来て住んだ。いわゆる賃借りだ。ある朝、パン屋が窯《かま》の前で作業して、ちょうどパンを入れようとしていたところ、石造りの大きな地下室から、パン焼き窯のある廊下に通じる細い通路を、床を引きずるようなかすかな足音が上がって来る音を聞いたのだ。その音は、まちがいなく、何か生き物が近づいている音で、じっさいパン屋はまもなく、長い鬚《ひげ》をして僧衣をまとい、黒っぽいナイトキャップをかぶったカプチン僧が近づいて来るのを見た。しかし、パン屋はあまりに驚いてしまって、そこに留まり、何が望みか聞くような余裕はさらさらなく、部屋に逃げ込み、ドアを閉めて閂を掛け、パンを窯の中に入れたまま、その日一日、部屋から出られなかったため、すべてのパンを焦がしてしまった。この男がこの家に現れた、これが最初の出来事であった。

このあと、三階に住んでいるあの織物師が、三階から四階の間の階段を上っているときに、やはり同じ姿の修道僧の姿を目撃している。お前たちの寝室の隣にいた織物師の徒弟たちも、度重なる夜中の物音のために、もう四階で寝るのはやめて、どれほど不便だろうと三階の仕事部屋で寝るようになった。今は四階のあの寝室は空だ。〈この家の物音について話せることは、まあつまりこういうことだ〉と善良な親方は言った。

当面、私にはそれだけ聞けば十分だった。私は親方の善良な性質をよく知っていた。親方は霧の中で金棒を振り回すような無謀なことには慣れていない人だった。物音の主《ぬし》を突き止めて、二度と騒ぎを起こさせないようにすることが不可能ならば、むしろこれ以上騒ぎを大きくしないことを選ぶような人だったからだ。だから私は〈そのカプチン僧をこの目で見てみたいです〉と言った。

〈ほらほら、そう無鉄砲になるもんじゃねえよ。俺たちの忠告を聞いたほうが賢明だぜ〉とみんなが言った。

しかし、私は次に物音が聞ける機会が来るのを待ちきれなかった。だが、それは毎晩起きるわけでなく、不定期にしか起こらなかった。

当時はまだ、親方のすでに亡くなった兄も、羊毛加工業を営みながら三階に住んでいた。聖ヨハネの祝日の頃、ちょうど私たちの寝室の下に部屋があった、その親方の兄が病気になった。病がだんだん重くなると、それに従って屋根裏部屋の物音が激しくなっていった。私は普通では考えられない物音、何かが動き回るような音や、突然の落下音などを聞きながら、何時間も眠れぬまま過ごした。

私たちは再び親方にこのことを報告した。今回、親方は前回よりも深刻になった。というのも、物音のせいでノイローゼになった同僚の一人が、暇を申し出たからだ。私はこの同僚を〈心配するな〉とできるだけ励まし、その甲斐あって、同僚はクリスマスまで留まることになった。でも、親方の兄のほうの病気は嵩《こう》じて、十字架上で人類の罪を贖ってくださったお方、イエスへの信仰を胸に、最後の時に近づいていた。私はその臨終に立ち会った。それは忘れがたい記憶を私に残した。私はご遺体を三つ離れた部屋へ運ぶのを手伝った。遺体はそこで三日三晩過ごし、それから葬られることになっていた。そもそもその前から私は夜眠れず起きていたので、その部屋に遺体が安置されてからは、同僚の徒弟の一人と早々に寝についた。すると何が起こったか。屋根裏部屋の霊がひどい物音を立てて騒ぎだしたのだ。その物音は、今思い返してみてもぞっとするような物音だった。私たちがベッドに横たわると、天井の隅のほうから、ゆっくりと重たい何かが引きずるようにこちらに移動する音が聞こえ、私の部屋の同僚たちはまたしてもシーツを頭からかぶってベッドにもぐり込んだ。しかし、今回はそうした防衛策も無駄だった。というのも、そのあとすぐ、あのぞっとするほど恐ろしい落下音がして、この音は全員に聞こえるほど大きな音だったからで、みんな身震いし始めたからだ。

　私はじっと耳をすましていた。そして、物音が止んで静まり返ったと思ったら、今度は、骨の髄まで震えあがりそうな、くぐもった溜息のような音が聞こえてきて、私は背筋が凍りそうになった。この音を説明することは不可能だと思う。なぜなら、どんな人間も、どんな生き物も、あのように悲しげで、ぞっとするような音を出すことはできないと思うからだ。その音がしたとき、それはまるで、何か落下してきた重たいものが、ゆっくりとそこから立ち上がろうとし、しかし思うように立ち上がれず、再び重荷に耐えかねて崩れ落ち、しばらく気を失って倒れている、そんな感じの音だった。それから今度は、その何かが再び起き上がり、またまた滑り落ち、そんなことをしながら恐ろしい溜息を漏らした、そんな感じの音だった。一言でいうと、とにかくこうやって語るのも恐ろしい光景しか想像できないような音で、聞くに堪えない音だったのだが、なんと二日目の晩もそれが繰り返されたのだ。

　誰かの悪ふざけだったとは思わないでいただきたい。なぜなら、すでに述べたとおり、誰一人としてそんなことをできる状態にはなかったのだから。それに、その家の中に、屋根裏部屋へ上がる勇気のある者などいなかったし、外の人間が入ることも不可能だった。

　親方の兄の埋葬が済んでから、私たちはこの三日の間の夜に起きたことを親方に報告した。親方にはこの報告は心底胸にこたえたようだ。親方はこの話を宗教局委員××××と、それから宮廷牧師××××[113]にした。親方はとくに直近の物音に強いこだわりを持っていたが、話を聞いた二人は、親方の兄が天国へ行けたことが、この不幸な霊には辛かったに違いないこと、それゆえ霊はそんなふうにまだ家の中をさまよっていること、親方の兄の大往生が不満であるかのような霊の溜息とうめき声、それに異常な物音が、その証拠に思われること、という見解を示すのみだった。また、この霊が音は立てるが、姿を現さないことから、この霊の救済はすぐには実現しそうにないことも付け加えた。この見解は親方にとって、嬉しくもあり、悲しくもあった[114]。なぜなら、もしそのとおりならば、解決の糸口は容易に見つかりそうになかったからだ。

そのあと、私はと言えば、屋根裏部屋で夜、見張りをさせてくれと親方を執拗に説得した。むろん、実際に霊が姿を現さないか確かめるためである。この願いは聞き入れられた。私は、例の織物師と一緒に屋根裏部屋に上がり、深夜（午前零時）を過ぎるまで、息を潜めてじっと待った。だが、いくらじっと待っていようとも、屋根裏部屋はしんとしていた。私は、これ以上待っても、何も起こらないだろうと思った。それで私と織物師と、それから私の同僚の中で一番敬虔だった者一名が、朝まで自室で神の慈悲を求めて祈りを捧げようということになった。

この祈りは効果があったようだ。というのも、その晩、私たちは何も見ることはなかったけれど、それでもその晩以降、天井の物音はずっと静かになったからだ。

ところで、この夜の屋根裏部屋での見張りに関して、一つ付け加えておかねばならないことがある。あの晩、私の期待と好奇心は最高潮に高まった。とくに深夜零時頃がそうだった。私はせっかく許可が出たその晩の見張りで、何も見つけられないのがとても残念だった。だが、午前一時を過ぎて階下に降りたとき、また例の天井の物音が聞こえて、びっくりしたのだ。

さて、周囲の者たちは、あの物音の原因は霊の仕業に違いないからと、私に馬鹿なことをするなと忠告するのだが、そう忠告されればされるほど、その後も何度か屋根裏部屋に上がって見張りをし、私はどんどん恐れなくなっていった。そうして、いつか一人で霊に会い、じっくり奴の話を聞いてやろうと思った。

ある晩、私たちがちょうど作業着を脱いでいるとき、誰かが〈ああ、今夜は穏やかに過ぎてくれれば〉と溜息まじりに言った。〈俺がここにいりゃ、奴《やっこ》さんはうんともすんとも言わないさ〉と私は冷たく言い放った。すると、私がそう言い終わるやいなや、天井でぞっとするような落下音が三度し、そのあとも物音が続いたのだ。私の同僚の一人が〈ほら見ろ、お前がそんなこと言うから、奴さんお冠じゃねえか。俺たちを不幸にするのはやめておくれよ。頼むから静かにしててくれ〉と言った。私は黙った。たしかにちょっと軽率だったと思ったからだ。

別な時、夜中に物音で私は目が覚めた。私は、足を引きずるような物音と、それから溜息のような音も聞いた。それから静かになった。だがその後、足を引きずるような音が寝室のドアのほうに近づいてきた。それは天井からではなく、廊下のほうから聞こえてきた。そして実際、ドアの錠ががちがちと動く音がしたのだ。私は、今度こそ霊の姿を見られるかもしれないと期待して、ベッドから降りて、ドアに近づき、さっとドアを開けて飛び出し、廊下を見渡した。しかし、何も見えず、何の音もしなかった。再び寝室に戻ると、今度は天井でまた物音がした。周りの者たちはみな寝入っていた。だから、私はいよいよ温めていた計画を実行する恰好の時が来た、と考えた。時刻は午前二時半だった。

そうこうしているうちにも、あり得ない鈍い落下音と、動き回るような音は続いていた。私はあっという間に服を着て、その間も物音を聞きながら、霊に会えたなら、何を聞いて、どんな話をしてやろうか考えていた。その辺りの心も固まって、私は再びドアに近づき、真っ暗な廊下に出て、それから廊下を抜けて上階に通じる階段を、ネズミも気づかないほど足音を忍ばせて上った。階段を上っている間、屋根裏部屋からは相変わらず鈍い落下音と物音が聞こえていた。今度こそうまく行く、とそのとき私は思った。階段の最後の三段を残すのみとなった地点で、私は低くかがみ込み、その三段をひとっ跳びに飛び越えて屋根裏部屋に踊り込み、物音がした辺りへ顔を向けた。私はぞっとした。なんという静けさ。かすかな物音ひとつせず、辺りはまったくシーンと静まっていた。私は素早く辺りを見回した。すると、屋根裏部屋の左手の隅、煙突の柱の後方で、四・五フィートぐらいの大きさの灰色の影が、柴の束の山に隠れたのだ。私はすぐにそこへ走り寄り、束の山をかき分けてみたが、無駄だった。何も見えず、何の音もしなかった。私はなおしばらくそこに佇んでいた。だが、告白するが、このときになって私は心底恐ろしくなった。ここは幽霊が出る、と私ははっきり感じた。私の事前の準備など何の役にも立たないのだ。何を聞こうか、あれこれ考えていたことだって、結局役に立たない。なぜなら、もし慈悲深き神が私を見守ってくださらなければ、屋根裏部屋まで上がってきた私の怖いもの知らずの性格は、きっと高くついていたであろうからだ。

私がこの家で遭遇した同種の体験なら、他にもまだまだあなたにお伝えすることができます。ですから、この話をこの辺でやめてもお許しくださるでしょう。本来なら、今の話についてどう思うか、あなたのご意見を伺いたいのはやまやまですが。あれ以来、私自身、この件についていろいろ調べました。霊は相変わらず騒いでいるようですが、今では当初ほど、あるいは親方の兄が亡くなったときほど、やかましくはないようです。

宮廷顧問官殿、この話の真実であることは請け合いますが、それでも引用等で私の名前や、私が挙げている個人名を出すことは避けてください。私にはそうしていただかないと困る十分な理由があるのです」

この敬虔で言語明瞭な人物の手紙は以上である。

私はこの人物がかつて住んでいた村に住む知り合いに手紙を書いた。この知り合いは薬学博士で、学識ある、しかもたいへん信心深い男だった。私は彼に、その幽霊が出るという××家は今どうなっているか問い合わせた。この知り合いは、当時、この家の持ち主（＝親方）が相談した神学者の一人に会いに行き、現状がどうなっているか尋ねた。霊は相変わらず出現しているとのことだったが、しかしそれだけではなく、最近は家の者たちに、近未来に起きる出来事を予言するようになっているという。この新たな事態についてそれ以上聞けなかったのは誠に残念である。この恐ろしい出来事が起こったこの村に、私自身いつか再び行くことがあれば、自らこの家を訪ねていって、この新しい事態も、それからその後に起こったこともすべて聞き出して、この本の補遺として読者のみなさまにお知らせしようと思う。

## 第二百三十六節　危険なことになるかもしれなかった親方の勇気

賞讃すべきは、当時まだ徒弟だったこの親方が、事実を究明しようと示した勇気と大胆さである。親方の意図にやましいものはなかったので、敬虔で恵まれた人間として、彼には何も恐れるものがなかった。ただ、柴の束（ぶどうの木の枝の束）をかき分け、とはつまり、おそらく霊を覆う靄《もや》状のものを手でかき分けたときはさすがに危なかった。

下手をしてたら、触れた部分が、命取りになりかねない、非常に危険な腫れ物に侵されていた可能性がある。

私にはこのカプチン僧の霊は悪意のある霊ではなく、むしろ同情すべき、まだ天国行きを諦めていない、悩める霊のように思われる。だから、この霊の靄状物質は発火しなかったし、触れても毒ではなかったのだ。しかし、霊が灰色の影となって柴の束の山の中に隠れたあのとき、じつは霊はその覆いを離れて、本来の居場所へ帰っていき、もうそこには居なかったのだという可能性ももちろんある。

## 第二百三十七節　霊に向かって言うべきだった言葉

我が友が屋根裏部屋へ続く階段の三段をひとっ跳びに飛び越えたあのとき、彼が真剣に神の御加護を請い、霊に向かってこう話しかけてほしかったと私は思う。

「悩める霊よ。われわれの救世主イエス・キリストの名においてお願いする。あなたは何を心配しているのか。なぜこの家に出て、私たちを不安にするのか、私に話してほしい」

それに対して霊が何か答えていれば、先に進む手立てを得られただろうに。ひょっとすると、霊を往生させる手助けさえできたかもしれない。だが、霊の答えはない。しかし、だからといって、何かが失われたわけではない。それぐらい、ここまで彼が示した勇気は素晴らしい。これほどの敬神と勇気をもって、あらゆる幽霊の出没譚を調べてみれば、そのうち九九パーセントはまやかしかいかさまであることが分かるはずだ。

## 第二百三十八節

### カプチン僧は、まだ往生していない不浄霊、もしくはポルターガイストではない

謎めいていて、かつ恐ろしいのは、この霊の振る舞いである。往生していない不浄霊、もしくはポルターガイストは、生前活動していたその同じ場所で、死後も夜に、みすぼらしい靄状の姿で現れ、生前と同じ所作を繰り返して、自らの苦悩を和らげようとするが、その甲斐もないままであることは、昔から一般によく知られている。こういう霊は、生きていたときと同じ感覚を味わおうとするが、霊にはそのための器官が欠けている。霊が作り出す靄状物質もまた、そういう感覚を享受できる本質的なものではない。先の話のカプチン僧は、永劫の地獄が避けられないその種の霊には属していない。カプチン僧の霊が重たい袋を床に叩きつけるのは、かつての習慣的所作を繰り返して楽しんでいるのではなく、そうすることで、彼の恐ろしい苦悩を人々に伝えようとしているからだ。いつか誰か予感能力を持った者を見つけて、この者に働きかけ、この者と話をしよう、それまでは頑張ると思い定めているのだ。したがって、この霊の振る舞いは、言うに言えない彼の苦痛の嘆きなのである。

先に記した最新の知らせによると、今やこの霊は家の者と話をして、自分の考えを伝えることができるらしいから、現在の状況についてもっと詳しい報告がほしいと私は思っている。ひょっとすると霊に天国への道を示してやれるか

もしれないからだ。

## 第二百三十九節　カプチン僧が荷役人夫の役割を演じる理由の推測。またカプチン僧がプロテスタントの信者の死に際して、立てる物音を大きくして激しく反応した理由

この霊が行ったパントマイムは、重たい穀物の袋を苦労して担ぎ、重みに耐えきれなくなってそれを床に落としたか、あるいは担いだまま倒れてしまった人間のそれのようである。そこからこの霊は「荷役人夫」と呼ばれているわけだ。霊がなぜこの役割を演じるのか、説明は二通り考えられる。一つは、この霊は生前、穀物がらみの詐欺を犯していた。だから今こうすることで、まだ生きている人たちに自分の罪を告白し、自分のために祈ってほしいと訴えている、というものだ。もしかすると、この霊は、自ら近づいて作用を及ぼすことができる人間を見つけるまで、この思い出から抜け出せないのかもしれない。そういう人間が現れて「何の根拠があって、あなたは自分が救われる可能性がまだあると信じているのですか」と言われなければ分からないのかもしれない。

だが、もう一つの可能性は、耐え難い重荷を苦労して担ぐというパーフォマンスによって、霊は単に自らの恐るべき苦悩を訴えているだけなのかもしれない。その苦悩が、苦痛が大きくなればなるほど、荷袋の落下音は強まっていき、霊の歩き回る音もいっそう重苦しいものになっていった。したがって、私は、この霊にとって親方の敬虔な兄、例の

羊毛加工業者の大往生が悔しくてならなかったのだろうという、あの神学者たちの意見に全面的に賛同する。自分は死後すぐに天国へ行くこともかなわず、すでに何百年も地獄の苦しみに耐えねばならぬことが、この霊を苦しめた。

しかし、私はもう一つの事情も指摘しておきたい。この霊は生前、修道僧だった。だが、知られているように、彼が属していた修道会の修道僧は、カトリック教会の外部では何人《なんぴと》も天国に至ることはできないという固い信条を奉じていた。だからこの霊にとって、福音ルター派の人間――つまり異端者――が、そんなふうに死後すぐに天国に召されるのを見て、言葉にできぬほど胸が痛んだにちがいない。なぜなら、生前、修道院に閉じ込められていたときには、他宗派に対する敵意に満ちた、この非人間的な偏見を正す機会は、彼にはなかったからである。

## 第二百四十節　カプチン僧が二度、僧衣を着て現れたが、我が友の前には姿を現さなかった理由

この霊が二度、カプチン僧の姿で現れた事実は注目に値する。ひょっとすると、霊はパン屋と、あるいは織物師と話をしたいと望んだのかもしれない。それゆえ、いつもの着慣れた衣装を身にまとい、姿を現したのかもしれない。なのになぜ霊は、当時まだ徒弟だったあの親方の前には姿を現さなかったのか。彼はあんなにも霊に会いたい、会って話をしてみたいと願っていたのに。その答えは、霊はこの大胆で敬虔な人間を恐れたのである。さらに、彼には、霊が危険なく作用を及ぼすことができるような資質、予感の上級能力を得させることができるような資質がなかった

ことも考えられる。

## 第二百四十一節　心霊現象を前にして人々が示す理解できない態度

死後の生命の継続を証明する、これほど生真面目で、感覚にぞっとするほど生き生きと訴えかけてくる証拠が、われわれにこれほどわずかの感銘しか与えないのは理解できない。人々は、子どもたちがお化けを恐れるように、この霊のことを恐れるだけで、そこから先へは進まない。この話を熟慮して、そこから畏敬に溢れた結論、決心を引き出すかわりに、まるでお楽しみの童話のように、幽霊話を語り合うだけなのだ。亡くなった同胞が今まさに味わっている苦しみに思いを馳せることもない。偉大であるはずの、啓蒙された人々も、見える目があるのに、それで物を見ようとしない。そうして、見える者に蒙昧主義者（＝反啓蒙主義者）のレッテルを貼り、ひたすら馬鹿にするのみだ。神よ、憐み給え。

## 第二百四十二節　自分の遺骸がきちんと埋葬されるまで安らぐことができないと訴える霊

先に進む前に、ここで、ある奇妙な体験談をお話しして、それについての私の考えを述べておこう。私は、遺骸、すなわち遺体の残骸が、きちんと埋葬されなかったため、あるいは、教会に運ばれることさえなかったために、長い間、そう何百年にもわたって、その霊が安らぐことができずにこの世をさまよっていた、という類いの信頼できる話をいくつも知っている。この種の話は、教会や墓地を畏敬すべきものと考えているわれわれキリスト教徒の専売特許ではなく、古代の異教徒の中にも見られるもので、この世に舞い戻った霊がきちんとした埋葬をしてほしいとせがんだり、そうしてもらえなければ自分は安らぐことができないと訴えたりしている。プリニウス[115]が書簡の一つでそういう事例を語っている。アテネのある家に幽霊が出るという悪い噂が立ち、ある哲学者がその家に行き、霊に質してみたところ、霊は自分の遺骸がちゃんと埋葬されるまで安らぐことができないと言って、遺骸の在り処を教えたという。霊の希望を叶えてやると、霊はもう出現しなくなったそうである。

## 第二百四十三節　この種の要請は錯誤である。この種の要請を受けたときの行動指針

霊たちのこの類いの要請は、すべて錯誤である。今わの際の数時間で彼らの中に固着し、死後、彼らを苦しめて止まない狂気と化した錯誤である。感覚的なものに執着した状態で亡くなった人間は、死んでからも己が肉体に最大限執着する。自分が厳かに埋葬されることや、埋葬される場所にこだわる気持ち、はっきり言うと、それらはすべて迷信なのだが、そういう迷信を抱えたまま、あちらの世界へ行くと、その望みが叶えられるまで、当然のごとく彼らは

安らぐことができなくなる。

だが、まさにこの望みが、彼らが死後、さらに先の場所へ行くことを妨げている。なぜなら、彼らが信じている錯誤は取り除かれるどころか、逆に強められているからだ。この場合、そのような要請をする霊を満足させてはいけない。霊の要求に唯々諾々と従うのではなく、こちらから正しい認識を教えてやらねばならない。とくに、かつてどれほど偉大な聖人の肉体であろうとも、火葬され、その灰は風に飛び散り、獣たちの餌となり、ありとあらゆる方法で辱められ、粉々に破壊されてきた歴史、それにもかかわらず、彼らは聖別され、そのまったき祝福はいささかも損なわれていない歴史を霊たちに教えてやらねばならない。だから、そのような要請をしてきた霊には、真の源泉で平安を見いだし、惨めな土塊《つちくれ》に過ぎない人間にはもはや関わるなと教えてやらねばならない。

## 第二百四十四節　遺体を埋葬してやる必要性についての大事なヒント

ここで私は、重要なヒントを述べずにはおかない。復活したキリスト教の聖人にとって、死後、自分の遺骸がどうなろうが、どうでもいいことである。だが、そういう聖人というのは、いったいどのくらいの数いるのであろうか。また一方で考えてみてほしい。人が断頭台で処刑されたり、車裂きの刑で殺されたり、絞首刑に処せられたり、あるいはその他のむごたらしいやり方で死刑にされた場合、天国へ導かれなかった霊魂、いまだ感覚的なものに執着している魂は、死後いったいどんな苦しみを得るのであろうか。あるいは、死後、解剖に供され、縦横無尽に切り刻まれる哀れな人々の肉体を考えてみてほしい。死後、自分の肉体が解剖に供されると知って絶望とともに世を去る人がどれだけいることか。これらの人々の思い込みが間違っていることは、私は分かっている。しかし、モーセの掟に従い、たとえ悪をなした者の肉体でも、きちんと埋葬してやる慈悲を示してやらねばならない。同様に、解剖される者の肉体も、解剖のあとできちんと埋葬してやるのは当然であるし、一部は実際に行われているだろう。むろん、骸骨標本を作る場合もあろうし、授業もしくは展示用に組織のプレパラートを作成することもあるだろうが。

## 第二百四十五節　有名な「白い婦人」の幽霊。それはどこに出現するか

もっとも重要で、神秘的で、注目に値する心霊現象を、私は最後までとって置いた。この話で私はこの本を締めくくる。その心霊現象とは、例のいわゆる「白い婦人」に関するものである。

ボヘミアのノイハウス城[116]ほか、ベルリン、バイロイト、ダルムシュタット、そしてここカールスルーエ城などの地で、ときどき白い服を着た、かなり背の高い婦人の幽霊が目撃されていることは、いまではほとんど知らぬ人がいない事実である。この婦人はベールをかぶっているが、そのベール越しにその顔も目撃されている。通常、彼女は夜に姿を現す。とくに王室の血統の者が死を迎える直前に現れる。むろん、彼女が出現することなく亡くなった王侯一

族だって、これまでたくさんいただろうが。ときに彼女は、王室の血統に属する者ではなく、単に宮廷関係者である者の近未来での死を、自らの出現で予言することもある。

## 第二百四十六節　「白い婦人」の話の信憑性を保証する二つの決定的証言

メーリアン[117]の『ヨーロッパの景観』の第五巻に、この「白い婦人」の幽霊が一六五二年と五三年にベルリンの宮城で頻繁に目撃されたことが語られている。だが、この「白い婦人」現象が真実であると私が確信するに至ったのは、以下の二つの証言による。

白い婦人が時折ここカールスルーエ城で、あるときは某《なにがし》、あるときはまた別の誰それに目撃されたことは、古くから言い伝えられた伝説になっており、この話が真実であることは、理性的な人々からも信じられている。しかし、次の二つの現象が、この話の信憑性については決定打となった。

ある尊敬すべき貴婦人が、ある晩、まだ夕闇の中、夫と並んで当地の宮城庭園を散歩していた。白い婦人のことなどまったく考えていなかったにもかかわらず、突然彼女は、自分の横に白い婦人が立っているのをはっきりと認めた。白い婦人の顔全体がしっかり見えた。貴婦人はぎょっとし、反対側の夫のほうへ跳び退いた。すると白い婦人の姿は消えた。この夫が私に「そのとき妻は、驚きのあまり顔面蒼白になり、異常な脈拍になりました。しかし私には霊の姿は見えませんでした」とのちに教えてくれた。まもなくこの貴婦人の一族の者が一人、亡くなったそうである。

もう一つの証言は、やはり当地の、立派な官職に就いている教養ある紳士でキリスト教徒の男性から聞いたものだ。この人は私の親友でもある。狂信・迷信に陥っている可能性はこの男の場合、あり得ない。感覚の錯誤や、まやかしの犠牲になっている可能性もない。ましてや、この男が嘘を言うことなど考えられない。それは彼を知るすべての人が請け合ってくれるだろう。この紳士が、ある晩遅く、当地の宮城の中の廊下を、とくに何を考えるでもなく歩いていたという。すると、白い婦人が向こうから彼に向かって歩いてきたというのだ。最初、彼は、誰かこの城の女官なのだろうと思った。この城の女官の一人が悪ふざけから、彼を怖がらせようとしているのだろうと考えた。彼は婦人の姿に近づき、彼女に触れて引き留めようとして、とたんにその姿が消えてなくなったものだから、それが白い婦人だったことに気づいたのである。彼は婦人の姿を正確に見た。ベールの襞まではっきりと見たし、ベールを通してその顔をはっきりと認めた。婦人の身体の内部からは、弱い光が輝いていた。

## 第二百四十七節　白い婦人のさらなる出現記録。彼女が話した例は二、三しかない

白い婦人は、キリスト教の三大祭り[118]の頃によく姿を現す。通常、現れるのは夜だが、白昼姿を現すこともある。ボヘミアのノイハウス城では、およそ三百五十年前に初めて、しかもその後何度も姿を現し、しばしば、白昼、誰

も住まない城の塔の窓から身体を乗り出している姿が目撃されている。彼女は上から下まで白ずくめで、頭には未亡人がかぶる白いベール、それには白いリボンがついており、背の高いすっきりとした容姿で、しとやかな振る舞いをした。彼女がカトリックだったことは当然である。三百五十年前にはそれ以外の宗派がなかったのだから。

彼女が口を利いたという事例は二、三しかない。ある領主夫人が新しい頭飾りを試そうとして、部屋付きの女官と自室の鏡の前に進み出た。領主夫人が女官に、いま何時かと時間を尋ねると、突然スペイン風壁の背後から白い婦人が現れて「十時ですよ、奥様」と答えたのだという。領主夫人が肝を潰したのは想像に難くない。数週間後、彼女は病気になり、亡くなったそうである。

一六二八年の十二月、彼女はベルリンに現れ、そのとき人々は、彼女がラテン語でこう話すのを聞いたそうである。「veni iudica vivos et mortuos, iudicium mihi adhuc superest」訳せば「来たれ、生者と死者を裁くのだ。審判はもう目の前だ」。

## 第二百四十八節　恒例のチャリティーを怠った年に白い婦人が引き起こしたという、きわめて注目すべき騒動

白い婦人が出現したという多様な事例の中で、あと、どうしてもこれだけは紹介しておきたい。これはきわめて注目すべき事例である。

ボヘミアのノイハウス城の中庭では、聖木曜日[119]に貧者たちにいわゆる「甘い粥《かゆ》」の炊き出しを提供するチャリティー

がある。この食事は蜂蜜をかけたエンドウマメの煮込み料理で、ビールは飲み放題、おまけにプレッツェルが七個ついた。この日、年によっては数千人の貧しい人々がやって来て、これらの食事を満喫するのが習わしになっていた。

三十年戦争[120]のとき、スウェーデンがノイハウスの町と城を占領したあと、貧者たちにこの食事を提供するのを怠った。すると、白い婦人が現れて荒れ狂い、とんでもない大騒ぎを引き起こした。それは城の住人たちがもはや耐えられないほど凄まじいものだったそうだ。まず見張りの兵が、目に見えない何者かによって打ちのめされ、床に伸びていた。多くの歩哨兵が奇妙な姿をした何者かを目撃している。同時におかしな幻影がいろいろ目撃されている。将校たちさえ夜中にベッドから抜け出し、奇妙な幻影の跡を追って城内をさまよい歩いた。この騒動を鎮める手立てがなかったので、人々は途方に暮れた。そのとき一人の市民が司令官に、その年、恒例だったチャリティーの食事が貧しい人々に供されなかったことを指摘し、すぐにも例年通りチャリティーを行うべきだと進言した。人々はチャリティーを行った。すると、すぐに奇妙な騒ぎは収まり、不思議な現象はぱったりと止まったのである。

## 第二百四十九節　白い婦人は天国へも地獄へも行っていない

白い婦人がいまだ天国に到達していないことは確実である。なぜなら、天国へ行っていたら、われわれの前に姿を現すことはないからである。しかし、彼女は地獄の劫罰を宣告されたわけでもまたない。なぜなら、彼女の顔から出る輝きからは、しとやかな奥ゆかしさと、よく躾けられた謙抑、それに神に帰依した心情以外の何物も見えないからである。人々が神や宗教を中傷したり、揶揄したりすると、白い婦人が現れて、あからさまに怒ったり、脅迫するような表情をする姿が目撃されている。彼女はその種の不信心な行いに対しては暴力に訴えることも辞さずに行動している。

## 第二百五十節　白い婦人の出自、生涯。彼女は十五世紀に生きたペルヒタ・フォン・ローゼンベルクである可能性が高い

しかし、この秘密に満ちた驚くべき存在は、いったい何者であろうか。人々はオルラミュンデの伯爵夫人だと思っている。だが、霊界について識者たちと数か月に及び議論することによって、私は上記の情報だけではなく、この疑問についても誠に注目すべき貴重な情報を得た。あの有名なイエズス会の碩学バルディヌス[121]が、この疑問を解明するために懸命に努力していた。白い婦人について、バルディヌスは以下の、きわめて信憑性の高そうな話を提示している。

ボヘミアのノイハウスの古城に、有名なローゼンベルク家の先祖代々の家族の肖像画に混じって、白い婦人に酷似した女性の肖像画が飾られていた。この女性は当時のしきたりに則って白い僧服に身を包んでいて、名をペルヒタ・フォン・ローゼンベルクという。この婦人の生涯をかいつまんで要約すると、彼女は一四二〇年から三〇年の間に生まれ、父はウルリヒ・フォン・ローゼンベルク二世、母は一四三六年に亡くなったカタリーナ・フォン・ヴァルテン

ベルクだったという。父のウルリヒはボヘミア地方の城代を束ねる長で、教皇の命により、フス派を鎮圧するローマ・カトリック軍の大将軍に任命された。

### 第二百五十一節　彼女はヨーハン・フォン・リヒテンシュタインと結婚したが、不幸な結婚に終わり、それで彼女には恨みが残り、それが彼女の往生を妨げている

娘のペルヒタ、あるいは「ベルタ」と言うほうがよいのだが、彼女は一四四九年にシュタイアーマルク[122]のヨーハン・フォン・リヒテンシュタイン男爵のもとへ嫁いだ。だが、この夫が非常に自堕落な生活を送っていたために、ベルタはとても不幸だった。彼女の床は嘆きの床となり、ベルタは親戚の家に庇護を求めた。彼女が自らの受けた屈辱と、筆舌に尽くしがたい苦境をけっして忘れることができぬまま、恨みを抱いてこの世を去ったのはこういう理由による。この不幸な結婚は夫の突然の死によって終わりを告げ、ベルタは兄であるヘンリヒ四世のいるノイハウスへ戻った。ヘンリヒ四世は一四五一年に即位し、一四五七年に亡くなった。子どもはいなかった。

### 第二百五十二節　未亡人になった彼女はノイハウスの城を建て、毎年恒例の貧者のための「甘い粥《かゆ》」のチャリティーを始めた

その後もベルタはノイハウスに暮らし、あの城を建立した。この城の建設は臣下にとって誠に骨の折れる事業で、完成まで多年を要した。その間ベルタは、苦役に従事する臣下たちを根気強く励まし「まもなく城も完成します。完成した暁には賃金をしっかりと支払います」と言って力づけた。とくに、現場の作業に従事する者たちには「お前たちの主人のために頑張りなさい。城が完成したら、みなに甘い粥を大盤振る舞いします」と言った。当時この言い方は、誰かを家に招くときに年配の者たちが必ずいう言い回しだったからだ。

ようやく城が完成することになった秋、ベルタは約束通り、すべての臣下を招いて盛大な宴会を開いた。宴会の最中、ベルタは臣下たちに向かってこう言った。「お前たちの主人への忠誠を記念して、毎年このような宴会を開きます。お前たちの善行が後世にまで賞讃されるように」

その後、ローゼンベルク家とスラヴァータ家の諸侯たちは、このチャリティーを最後の晩餐の始まりの日に行うのが一層相応しいと考えて、その日に移行し、それが定着したのだ。

## 第二百五十三節　白い婦人の出現場所の詳細

ベルタ・フォン・ローゼンベルクがいつ頃亡くなったのかは分からない。だがおそらく、十五世紀の終わり頃であろう。いくつものボヘミアの城で、白い僧服を着たベルタの肖像画が見られる。これらの肖像画が描かれた時期と、白い婦人の幽霊の出現の時期はぴったりと重なる。ラウムラウ[123]、ノイハウス、トルツェボン[124]、イスルボカ[125]、ベッヒン[126]、トルツェン[127]などの地の、子孫によって住み続けられたボヘミアの城々で、白い婦人は頻繁に目撃されている。そして政略結婚により、これらの家々からブランデンブルク家やバーデン家、あるいはダルムシュタット家などに女性たちが嫁いでいるので、白い婦人はこれらの嫁ぎ先の家でも目撃されている。白い婦人が目撃されるどの地においても、彼女の出現の目的は、近い将来に身内に死者が出ることを告げることと、ときに近い将来の単なる災厄を予言することである。結局死者は出なかったが、彼女が出現することもあるからである。

## 第二百五十四節　白い婦人が天国に召されぬままあちこちに出現する理由

この秘密に満ちた驚くべき存在に関する私の考えは以下のとおりである。

ベルタが夫をけっして許せないという強い恨みを抱いて亡くなったことが、その後彼女が天国に召されぬまま、あちこちに出現するようになった主原因であろう。ベルタが愛の泉を自らの内に開くことができれば、すぐに彼女は救われる。というのも、ベルタが持つその他の長所、とくにその慈善心は、彼女がいずれ天福に与るだろうことを十分予想させるからである。彼女が姿を現すのは、まさにこの慈善心から起こしている行動でもある。なぜなら、ベルタが予感の上級能力を使って、一族の中で近々誰かが亡くなることを分からせるとき、彼女の意図はその者に、死に対して心構えをさせることであり、それが誰かを明示しないのも、そうすることですべての人に熟考を促すことができるからである。

## 第二百五十五節

彼女はまだ救われ得る。それにもかかわらず、彼女の状態は望ましいものではない。彼女は間違っている。心霊現象がいくらあっても人々は魂の不死を容易に信じない。本書の結論

白い婦人は、苦痛や苦悩は感じていないように見える。というのも、あらゆる目撃証拠は、彼女が落ち着いていて、むしろ明るい性格である点で一致している。まだ天国に召されていないだけなのだ。だから、望ましい状態とは言えないが、けっして耐えられないものではない。カトリックに帰依していたのは間違いない。なぜなら、彼女はプロテスタントの家系に反感を抱いている。だが、彼女の慈善心は道を過った。まだ生きている人々に影響を及ぼそうとするのは神の秩序に反している。「モーセと預言者に耳を傾けないのなら、たとえ死者の中から生き返る者があっても、その言うことを聞き入れはしないだろう」[128]というあの真理の言葉には、しっかりとした根拠がある。心霊現象によって回心する者はほぼ皆無である。ほとんどの者は驚きと恐怖でパニックに陥るだけだ。だが、私が理解できないのは、どうしても否定できない心霊現象がどれほど現れようと、人々に魂の不死を確信させるには至っていないことだ。啓蒙されているはずの自由思想家や機械論的哲学体系の信奉者たちが、否定しようのない心霊現象を目の当たりに

して、たしかにこの霊は亡くなった著名な誰某《だれそれ》の魂に違いないと確信したにもかかわらず、しかし、その魂の永続や、それが自意識を持つことについてはいまだ疑念を抱いているという例を、私は複数知っている。なんという頑迷さか。必要とあれば、まだまだ信頼のおける心霊現象の話を私は語ることができる。だが、これまで話してきたことで、証明すべきことを証明するためには必要十分であろう。私が目指してきたのは、ただ純粋な真実を、われわれの永遠の定めとの関連で提示することであり、そうすることで主に、われわれの魂を送り届けることであった。アーメン。

# 第五章　心霊学の理論のまとめと結論

## 第一節

神の創造、神によって創造されたものは、すべて神が実在するという観念が現実化したもの、もしくは神の発言された言葉そのものから出来ている。私はこの現実化した観念のことを「根本存在」と呼ぶ。神の他にいかなる存在も、神の手になる被造物のすべてを知ることはない。その本当の真実の様態を知らない。

## 第二節

数多《あまた》ある根本存在の中には異なる階層が存在する。それぞれ明確に自意識があり、自分とは違う他の根本存在があることも理解できる。つまり理性と自由意志を持っている。ここに属するのは霊、天使、人間である。

## 第三節

われわれ人間には内面がある。それはつまり想像力、思考力、判断力である。だが、理性を持つ他の階層の存在の意思を知ることはまったくできない。のみならず、われわれ自身の内面すら、われわれはほんの一部しか知ることができない。

第四節

現在の自然状態では、われわれは五感を通じる以外のいかなる方法でも、被造物の何らかの認識に到達することはない。

第五節

もし、われわれの感覚器に変化が起きて、その機能が取り換えられれば、われわれが抱く表象も、われわれが持つ認識も、現在とは違ったものになる。たとえば、もしわれわれの目が違った構造になっていれば、われわれが感じる色も形も、形も大きさも距離も、すべて現在とは違ったものになる。五感に属する他の感覚器についても同じことが言える。

第六節

われわれとは違った構造を持つ存在は、われわれとは違ったふうに世界を表象する。このことから必然的に、われわれが被造物を表象するやり方と、そこから帰結する知識と学問のすべては、ひとえにわれわれが持つ感覚器に依存していることになる。

## 第七節

神はすべてを真実、本来のあるがままに、時空を超えて表象する。なぜなら、神が空間の中で物を表象するとしたら、限りのない空間は現実にはどこにも存在しないのだから、神の表象自体も制限されたものになってしまうからだ。だが、それはあり得ない。神の表象に限りはない。したがって、われわれの外部の自然の中に存在するのは、空間ではなく、われわれが抱く空間のイメージだけであり、このイメージ（＝表象）はわれわれの感覚器に根ざしている。

## 第八節

もし、神が物事を時系列に従って順々に表象するとしたら、神は時間の中で生きていることになり、またしても制限されてしまう。だが、それはあり得ないので、時間もまた限りある存在の思考形式ということになり、真実の本質的なものではない。しかし、われわれ人間は時空の中でしか思考することができないし、してはいけない。

## 第九節

動物磁気の実験は、われわれ人間が、内部に、魂と呼ばれるもう一人の人間を持っていることを反論の余地なく証明している。この魂は「神的な火花」、すなわち、理性と意志を持つ永遠の霊と、それと分かちがたく結びついている光の覆いから出来ている。

## 第十節

動物磁気であれ、ガルヴァーニ電気であれ、エーテルであれ、これら光の物質は、さまざまに変化するだけで、すべて同一の存在であるように見える。光の存在、あるいはエーテルは、肉体と霊を、感覚世界と物理世界を、互いに結びつける働きをする。

## 第十一節

われわれの内部のもう一人の人間、すなわち魂が、感覚の働く人間霊魂という持ち場を離れ、それでも従前のように動き回ろうとすると、肉体は失神状態か昏睡状態に陥る。この間、魂は肉体の中にあるときより遥かに自由に、力強く、活動的に動き回る。魂が持つ能力はどれも高められる（高揚する）。

## 第十二節

魂が肉体を離れ自由になればなるほど、それだけ一層、魂の内的活動圏も強大になる。つまり、魂は自らの生存のために、もはや肉体を必要としない。肉体はむしろ邪魔である。魂はこの鈍重で悲しい牢獄に閉じ込められていた。肉体は魂が感覚世界を知覚するために必要だったからだ。だが魂が肉体を離れた今では、感覚世界は、魂が自らの永続化と完全化のための舞台装置として必要とするに過ぎなくなる。

## 第十三節

ここに記す命題はどれも、私が動物磁気の実験から導き出した確実で、確かな結論である。これらのきわめて重要な実験が反論の余地なく示しているのは、魂が、見たり聞いたり、臭いを嗅いだり、味を味わったり、触覚のために、感覚器を必要としないこと。それにもかかわらず、これらの感覚をわれわれ人間よりも遥かに高いレベルで駆使できること。しかし、その際、魂は物理世界とではなく霊界とより緊密につながっていることである。

## 第十四節

この状態のとき、魂は感覚世界について一切何も感じることはない。しかし、魂が、自然状態にあって感覚器が働く人物と共有関係（ラポール状態）に入る——たとえば、鳩尾《みぞおち》のあたりに手を置くなどによって——と、魂はこの人物を通じて、感覚世界を感じることができる。

## 第十五節

この高揚した状態にあるとき、魂はむろん時間の中で生きている。なぜなら、時系列の中でしか思考することができないのだから。あらゆる限りある霊たちは、時系列に従い、一つひとつ順々に思考、表象することができる状態にある。だが、それらの霊は空間の中に生きてはいない。

## 第十六節

空間というのは、感覚的物理的装置が生み出す現象に過ぎない。そこを出れば、空間というものは存在しない。魂が感覚世界を離れた途端、すべての「遠近」は消滅する。それゆえ、魂が数千マイルも離れたところにいる他の魂とラポール状態に入れば、互いに知っていることを伝え合うことができる。しかも、言葉に出さずとも、思考が継起するそのままに、すべてを瞬時に伝え合うことができる。

## 第十七節

まだ生きている人間同士の間で起きるこの相互作用は、その秘密の扉が容易に開かれ得るなら、現在の人間世界に恐ろしい混乱を引き起こしていただろう。しかし、慈悲深き神は、簡単にはそれが起こらないように配慮してくださった。すると、近頃あらゆる分野でますます隆盛を極める啓蒙主義と、ますます進行するキリスト教からの離反が原因で、人々は傍若無人にこの秘密の扉を蹴破って侵入し、聖なる秘密を荒々しく略奪して回るようになった。だが、もう限界だ。これらの秘密を冒瀆する者たちに呪いあれ。

## 第十八節

肉体から離れると、魂は自分が考えた場所へ自由に行くことができる。空間というものが、魂が肉体に閉じ込められているときの単なる表象形式に過ぎず、実際にはそこを離れれば存在しないゆえに、魂は自らが望めば、その望んだ場所に自由に行くことができる。

## 第十九節

同時に、時間も単なる思考形式に過ぎず、真実では存在しないため、亡くなった魂が、将来起きる出来事を現在生き生きと感じることがある。しかし、これは霊界の掟が許容する範囲でのみ起きることである。

## 第二十節

動物磁気や神経病、魂の長期にわたる集中と緊張、またその他の秘密の方法によって、まだ生きている人間が、もしその人に生来の素質があればの話だが、魂を一定程度、肉体から解離させることができる。これが起こった状態で、魂は霊界とラポール状態に入る。魂が対象を知覚する際に使う能力を、私は予感能力、もしくは予感器官と呼んでいる。さらに、魂が繊細な神経網から解離することを、予感能力の上級発達形（＝予感の上級能力）と呼んでいる。

## 第二十一節

われわれ人間は、この世の生活において、地上の感覚世界に関わることでは、正しい理性とその推論、さらに健全な知性によって導かれねばならない。しかし、超感覚的な事柄においては、聖書によって導かれねばならない。そして感覚世界と超感覚世界の双方において神慮によって導かれねばならないことは、もはや取り消すことができない確実な神の掟である。

## 第二十二節

というのも、時空が感覚世界のための思考形式、表象形式に過ぎず、それによっては根本存在の真実を明らかにすることができないので、たとえ数学的に正しい理性と推論であろうとも、それが感覚世界の思考形式に前提を置いている限り、その推論で超感覚的な世界の真理に至ることは不可能だからである。それゆえ、灰色の矛盾と危険な誤りが生じている。それがまさに、宗教的なものにまつわる、われわれの生きる今日の啓蒙主義の場合に他ならない。

## 第二十三節

われわれ人間が地上においては理性によって、霊的なあの世においては聖書によって、そしてその双方において神慮によって導かれねばならず、それにもかかわらず未来の事柄については、慈悲深き神が自らの意思によって、すなわちわれわれの意思とは関係なくご啓示くださることを除いて、何も知ることができないこと。このことが神の掟であるならば、われわれ人間が未来の出来事や空間的に遠く隔たった場所で起こる出来事を知ろうとしたり、霊界とつながることで秘密の学問を獲得しようとしたりするために、予感の上級能力を得ようとすることは、一つの重い罪であることは疑いようもない。

## 第二十四節

もし人間が、自ら望んだわけではなく、病気や、何らかの他の罪なき理由から、予感の上級能力を得た場合、この人は危険な状態に陥る。なぜなら、このきわめて魅力的な能力を濫用せずにいることは驚くほど難しく、高度な分別が必要になるからである。

## 第二十五節

十分に啓発されて分別のついたキリスト教徒が、この状態に入った場合、この人は自らが身に着けてしまった能力に重きを置くことはない。反対に、神の前でいっそう恭順になり、能力を濫用する誘惑に陥ることのないよう、知恵をお授けください、と熱心に神に祈る。そしてこの能力を使うことで人々に利益をもたらすことができると信じられる状態になってはじめて、この人は神を畏れながら、魂のこの病気の状態を利用する。それが望ましい。予感に関するW夫人の例（第百四十七節）とカゾット氏の例（第百四十九節）を参照してほしい。

## 第二十六節

世俗にまみれ回心していない人間が、予感の上級能力を獲得した場合、偶像崇拝と魔術の過ちを犯す危険がある。宗教指導者と医師は、この重要な点について、無知の者たちを諭《さと》す必要がある。

## 第二十七節

予感の上級能力を発達させることが非常に危険であるもっと重要な理由がある。予感の上級能力によって、霊界の霊たちが人間たちに影響を及ぼし、ありとあらゆるイメージを彼らに吹き込み、思い込みを植えつけることが可能になるからだ。この世をさまよう霊のほとんどは悪霊と、平凡な霊であり、悪霊は光輝く天使の姿を偽装して人々を誘惑しようとするし、平凡な霊はそれ自身まだ過誤の中にいる。一方で、人々の魂のほうは肉体の牢獄に囚われたまま、たとえ予感の上級能力を得ても、いまだ霊を試したりする能力までは獲得していないので（その人が十分啓発されていない無分別な人の場合はなおさらだ）、彼らは恐ろしく惑わされる可能性がある。まさにこれこそが、多くの狂信、異端、厭《いと》うべき信仰過誤の源泉になっている。

## 第二十八節

神慮が天使を通して誰かに不幸を警告するときの予感は真実の予感であり、これは単なる予感の上級能力からは区別されねばならない。前者には常に目的があるが、後者には通常目的が何もない。

## 第二十九節

予言の才能についても同じことが言える。これもやはり予感の上級能力とははっきり区別されるべきものだ。予言の才能には、常に人類の幸福を促進する目的があるが、予感の上級能力のほうは、しばしば「死体予知」程度の、取るに足らないことを予知するだけだ。

## 第三十節

われわれの世界体系の空間の中にある膨大なエーテルは、霊を構成している物質であり、同時に、霊はその中で活動している。殊に、地球を覆っている靄状の物質の輪は、その中心に至るまで、特に夜は、堕天使たちと、回心せずに亡くなった人間霊魂が留まる場所となっている。この空間のことを聖書は冥界と呼んでいる。これは死者の国である。

### 第三十一節

神の国が始まる前に、すべての悪霊の気は祓い清められる。悪霊は地中の大きな奈落へと追放される。

### 第三十二節

人間は死ぬと、魂が肉体から離れ、冥界で目覚める。感覚世界の物を、魂はもはや何も感じることがない。霊界は無限に広大な、薄暮の空間のように見える。その中で魂はテレパシーのように瞬時に移動することができる。亡くなった人の予感能力が上級レベルまで発達していれば、魂は冥界にいる霊たちと遭うこともできる。

### 第三十三節

冥界で遭遇した霊魂同士は、自らの意思で互いに考えを伝え合うことができる。一方が、他方に知ってほしいことを瞬時に伝えることができるし、相手の考えも瞬時に読み取ることができる。磁気睡眠中の者が、自らとラポール状態に入った者の魂を読み取れるのと同じである。

## 第三十四節

あなたが大切に思っている宝物がある場所、そこにあなたの心もある。この世からまだ完全に離れていない魂は、地下の暗い冥界に留まり、もし肉体の欲求にいまだ支配されたままであるなら、魂の死後の居場所は、墓の中の遺骸になる。

## 第三十五節

この世で悪徳に満ちた生活を送ったわけではないが、真のキリスト教徒とは言い難い、かろうじて市民的には立派な一生を送ったという者は、何もない荒涼とした冥界で、自らが大切に思っていたすべてのものが欠けており、何の楽しみもないことに苦しみ、過ぎ去ったこの世の生活を強烈に懐かしむ。その苦しみと、郷愁にも似たその懐古の情が長く続く間に、次第次第に魂は浄化され、至福へと至る最下級の段階にまで、なんとか準備される。

### 第三十六節

対するに、聖別への正しい道を歩み、イエス・キリストへの真の信仰を抱き、キリストの贖罪の恩寵を信じ、この世のことはすべて諦めて亡くなった真のキリスト教徒の魂は、冥界で目覚めると、すぐに天使によって迎えられ、冥界に留まることなく、純粋に光の世界へと引き上げられ、溢れるばかりの至福に包まれる。

### 第三十七節

神を畏れぬ者の魂は、肉体から離れると悪霊たちに取り巻かれ、さまざまな責め苦を受ける。神を畏れぬ度合いが高ければ高いほど、魂はいっそう深い奈落へ沈む。この魂が受ける苦しみは恐ろしい。

### 第三十八節

亡くなった者の魂には想像力ならぬ、創造力が備わっている。地上の生活、鈍重な物理世界において、それを働かせるのは非常に骨が折れ、おまけに不完全にしか使用することができないが、死後の世界では、想像力が表象する物事を自由自在に、実際に創り出すことができるようになる。

## 第三十九節

この世からまだ完全には離れていない魂の想像力は、過ぎ去った一生の間、大切にしていたものの表象(=イメージ)でいっぱいになっている。亡くなった魂が、この世でこれらのイメージを現実化してみようと試みても、そこに出てくるのは空虚な靄状の物質であり、いかなる楽しみももたらさない。そもそものとき魂には、楽しみを享受するための感覚器がもはやない。だから、よく古い館で幽霊が出現するのだ。惨めな霊たちが、失われたかつての楽しみを繰り返そうとするからだ。

## 第四十節

冥界をさまよう魂は、霊界の自然法則に支配されない。一つの魂が次の段階へと送られるまで、何百年も冥界で過ごすことがあり得る。だが、魂がこの世の肉体に戻って来ることだけはない。霊界には浄化の手段が十分ある。感覚世界へ舞い戻る必要などない。

## 第四十一節

憧れを満足させられないままこの世から亡くなった魂は、たとえその他の点で至福へと至る条件を満たしていようと、非常な苦しみを経験する。この苦しみから解放されようとして、魂はしばしば、この憧れを満たす術を心得ている、生きている人間のところへやって来る。そうしてこの目的を遂げようと、彼らには馴染みの手段に訴える。つまり、そのために幽霊として現れるわけだ。

## 第四十二節

それゆえ、人は、この世へのあらゆる愛着からできるだけ早く解放される必要がある。それは早ければ早いほどよい。人生の最期で、まだ片付けていなかったあれやこれやを思い出したが、自分でそれを行うことはもはやできないとき、人はそれらすべてを片付けてくれそうな誰かに委ねる。ひとたびその誰かを信頼したら、委ねられたその人は必ずそうしてくれるものと、彼は死後もずっと思っている。なぜなら、亡くなった人がこの世に舞い戻って姿を現すことは、神の秩序に反しているからだ。一方で、この規則には例外もあり得る。幽霊が会いに来た人は、現れた霊に対して真剣に向き合い、情愛を込めて教え諭さねばならない。

## 第四十三節

まだ冥界に留まっている霊から、われわれが学べることは何もない。というのも、彼らがわれわれより賢いことはないからである。唯一の例外は、彼らには未来が見える。しかし、これはわれわれが知ってはならないことだ。その上、彼らも間違う可能性がある。さらに、われわれを騙そうとする可能性もある。だから、われわれは何があっても彼らとの交流を避けねばならない。完成された霊、すなわち天国へ行った霊と、地獄に堕ちた霊が姿を現すことはない。

## 第四十四節

個々の人間は一つ、もしくは複数の守護霊を持っている。守護霊は「善なる霊」である。亡くなった敬虔な人間霊魂であることもあるだろう。子どもたちにはもっぱら善なる霊がついている。人間が悪に染まるに従って、次第に悪なる霊（=悪霊）が近づいて来る。しかし、だからといって、その人が悪に凝り固まり、完全に更生不可能になるまで、善なる霊がその人を離れることはない。更生不可能になってはじめて、善なる霊はその人を離れ、彼を恐るべき運命に委ねるのだ。

## 第四十五節

人が悪から善に向かうとき、善なる霊は喜び勇んで近づいて来る。そして人が信仰と聖化において成長すればするほど、善なる霊はいっそう活発に活動し、手を差し伸べてくれる。善なる霊は、悪霊より強い。しかし、人間の意志は自由である。人間が自ら悪霊に近づけば、善なる霊になす術はない。また、われわれは守護霊とも交流を持ってはならない。われわれはどんなときでも守護霊を頼りにしてはならない。

## 第四十六節

魂が、亡くなってから、最後の審判での復活までの間、意識もなく、何の活動もせずに安らっているという「魂の睡眠」は、聖書には何の記述もない、根拠のないことであり、魂の活動には肉体が必須であるという誤った偏見に過ぎない。動物磁気の実験と、数々の心霊現象が証明しているのはその反対であるので、魂の睡眠は誤りであり、これについてはこれ以上語る必要はない。

## 第四十七節

肉体から解放されると、魂はいっそう自由に、いっそう力強く活動し、肉体に閉じ込められていたときより遥かに高い能力を持つようになる。このことは実証済みの事実である。創造主が魂を、人がこの世に生きている間、制限されたあのような悲しい状態へと追放したのはいかなる理由からであるか。

## 第四十八節

その答えは簡単だ。魂が本来持っていた完全な状態から堕落したからである。楽園において魂は、霊界と感覚世界の双方とつながっていた。魂は、両世界の事物を受け容れた。魂は霊界で、生命の木の果実を手に入れたのだから、感覚世界の誘惑の木の果実は避けるべきであった。ところが、魂は両者を結びつけようとした。もし永遠の愛が、魂を楽園から追放せずに、しかし魂を霊界との関係からは除外したならば、魂は悪魔になっていただろう。この神秘主義的説明をお許しいただきたい。こういう説明も可能なのである。

## 第四十九節

だから、魂は鈍重な肉体の中に押し込められた。肉体は魂にとって、毛皮の上着である。その維持に金も手間もかかり、そのために魂はたいへんな苦しみを味わわねばならない。知識欲と幸福欲を満たすために、魂は不完全なイメージとその場しのぎの享楽を与えて肉体を騙す。だが、そんなことをしても、肉体はますます満たされなくなるだけだ。

## 第五十節

キリストによる救済の大いなる秘密の扉がここに開く。とはつまり、キリストの贖罪の死があったわけだが、しかし、この状態でもまだ、魂は救われない。霊界にいれば、魂が害をなすことは、この世におけるよりも少なかっただろう。それでもそれだけでは、永遠の愛にとってはまだ十分ではなかったのだ。魂は救済されねばならない。天国へ行けなくてはならない。しかも、神の忠告に忠実に従い、二度と天国から堕落することがないほどの天福に与らねばならない。

## 第五十一節

神の代弁者であるロゴス。永遠の秘められた、大いなる「一者」は、このロゴスを通じ、無限の連鎖の中に、時系列に従いその姿を現す。このロゴスが人間になった。それがキリストだ。キリストは彼の苦悩と贖罪の死と、復活を通じて、自らの肉体、その肉と血を酵素となした。この酵素の力を通して、真の信仰を抱くすべての魂が、キリストの肉と血を享受する。のみならず、生まれ変わり、肉体というこの世の牢獄から解放され、新たに獲得した天上の物質の中に入り、自らの復活のあとで再びかつて享受していた原初の完全な状態を引き寄せ、楽園へ移されるのだ。この完全な楽園に比べれば、最初にいた楽園は、その単なる影に過ぎない。

## 第五十二節

以上のことから明らかなのは、機械論的哲学は、その形而上学的啓蒙主義を含め、単なる、しかし非常に危険な妄想に過ぎず、何の根拠もないまやかしである、ということである。学問研究と自然科学の知識に関わる啓蒙主義は、それがわれわれ人間のこの地上における「囚われの身」を少しでも楽にし、この世においてわれわれが少しでも完全になるためにいい影響を及ぼす限りでは、好ましく有益であるが、われわれが再び永遠の祖国（＝天国）へ帰ることが問題になる超感覚的なものにおいては、神の言葉によって啓示されるより高度な光と、聖霊による照明がどうしても必要になるのである。この光を与えられることによって、われわれの理性ははじめて輝き、この暗い生を照らす満月として、われわれに正しい道がはじめて示され得るのである。

## 第五十三節

本来の天福はようやく復活後に始まる。このとき、キリストに倣い変容した肉体が、再び魂と一つになる。そのとき、変容した感覚世界と、霊界にとって完全な人間が創られる。

## 第五十四節

楽園というのは、冥界の中の一部であり、恩寵を受けた魂が留まり、次の段階に進む準備をする場所である。それは、第二コリント書の第十二章二－四節に書かれた「第三の天」に属するものである。ルカによる福音書、第二十三章四十三節において、キリストは、キリストとともに十字架に架けられた犯罪人の一人に向かってこう言う。「あなたは今日、私と一緒に楽園にいる」と。しかし、キリストは死の間と、復活の最中には冥界にいた（第一ペトロ書、第三章十九節）。そして、ヨハネによる福音書、第二十章十七節によると、キリストは復活後、まだ父のもとへ昇っていないと言っている。したがって、キリストは、この時点で、冥界の楽園にいたことになる。ここでは、神と直接まみえることはまだできない。

## 第五十五節

本来の劫罰は復活とともに始まる。罪人たちの肉体の復活（＝蘇生）の胚芽が、魂と一つになることにより、その者の人間としての全体が悪霊になり、奈落に堕ちる。その奈落の中心に池があり、炎と硫黄で燃えている。その池は地球の中心に位置して燃え盛っている。永遠の愛である慈悲深き主よ、この本のすべての読者をこの恐ろしい運命から守り給え！　アーメン！

# 註

001――現在のイタリア、南チロル地方の都市。
002――現在のドイツ、テューリンゲン州のイェーナ南方の小都市。
003――現在のドイツ、バーデン=ヴュルテンベルク州北東部の小都市。
004――「白い婦人」に関しては、本書第二百四十五節以下を参照。
005――バーデン大公カール・フリードリヒ(一七二八―一八一一)。
006――アブラハム・ゴットヘルフ・ケストナー(一七一九―一八〇〇)。数学者・警句作家。
007――「マタイ」第二十三章十一節。
008――二七四頃―三三七年。三一三年、キリスト教を公認。三二五年、ニケーア宗教会議を開いてアリウス派を異端とする。
009――一四七三―一五四三 ポーランドの天文学者。
010――コペルニクスは生前、自らの理論を出版しなかった。
011――物理学を筆頭とする自然を対象とする学問。
012――欧州各国の民間伝承で、大挙して現れて、ときに空中を飛び交う異界から来た猟師集団。
013――一六三四―九八。神学者・哲学者。
014――クリスティアン・トマジウス(一六五五―一七二八)。法学者・哲学者。
015――ここは「精神」ではなく「霊」と訳す。
016――フランツ・アントン・メスマー(一七三四―一八一五)。「メスメル」の表記で有名なオーストリアの医者。動物磁気説(メスメリズム)の提唱者。
017――ヨーハン・ローレンツ・ベックマン(一七四一―一八〇二)。物理学者・数学者。
018――アルノルト・ヴィーンホルト(一七四九―一八〇四)。
019――エーバーハルト・グメーリン(一七五一―一八〇九)。医師。
020――ヨーハン・クリスティアン・フリードリヒ・シェルフ(一七五〇―一八一八)。
021――緊張病やヒステリー、催眠状態などで受動的に強制された同じ姿勢を長時間保持し、元に戻ろうとしない症状。
022――レーオンハルト・オイラー(一七〇七―八三)。「オイラーの公式」で有名なスイスの数学者。
023――イタリアの医師で解剖学者のルイージ・ガルヴァーニがカエルの解剖中に発見した生体電気。
024――一七三三―一八一一。作家・出版業者。

025——動物界・植物界・鉱物界。詩人で劇作家のゴットホルト・エフライム・レッシング（一七二九－八一）の一七四七年に発表した詩「自然の三界」がもと。

026——エマヌエル・スヴェーデンボリ（一六八八－一七七二）。英語読みでは「スウェーデンボルグ」。スウェーデンの科学者・神秘思想家。

027——［原註——ヴュルテンンベルクのある高潔な神学者が女王に手紙を書き、この件について尋ねたところ、女王は返書で、それは真実ですと断言した。］

028——「使徒行伝」第三章二十一節。

029——「マタイ」第十七章一－九節、「マルコ」第九章二－九節。

030——天使たちは皆、奉仕する霊であって、救いを受け継ぐことになっている人々に仕えるために、遣わされたのではなかったですか。

031——一八〇三年から一八一二年まで刊行されたJ・A・ベルク／F・G・バウムゲルトナー著の個人雑誌『奇跡の博物館』全十二巻。

032——十八世紀フランスの哲学者・啓蒙思想家クロード＝アドリアン・エルヴェシウス（一七一五－七一）。父のジャン＝クロード＝アドリアン・エルヴェシウス（一六八五－一七五五）はルイ十五世の妃マリー・レクザンスカの侍医だった。

033——カール・フィリップ・モーリッツ（一七五六－九三）。小説家・心理学者。代表作『アントン・ライザー』。

034——一七八三－九三年刊。

035——註033を参照。

036——ゾロアスター教の一派。

037——幻視を信じない未亡人が幻視を見たというのもおかしな話だが、見ても気のせいだと思って信じなかったということとしか考えられない。

038——フランス革命（一七八九－九九）。

039——ガスパール・ド・コリニー（一五一九－七二）。ユグノー戦争（一五六二－九八）でプロテスタント側の指導者として戦ったフランスの提督。サン・バルテルミの虐殺（一五七二年八月二十三日－二十四日）で殺された。

040——アレッサンドロ・カリオストロ（一七四三－九五）。本名ジュゼッペ・バルサモ。イタリア出身の錬金術師・オカルティスト。高級詐欺師として有名。フリーメイソンのエジプト典礼派の創始者。

041——一六一六－八〇。フランスのリール生まれの神秘主義者。

042——正しくは、一五七二年。

043——ジャック・カゾット（一七一九－九二）。フランス革命を予言したといわれるフランスの作家。

044――ジャン＝フランソワ・ド・ラ・アルプ（一七三九－一八〇三）。スイス生まれのフランスの作家・批評家

045――本名フランソワ＝マリー・アルエ。一六九四－一七七八。フランスの作家・思想家。啓蒙主義の代表者。

046――セバスティアン＝ロッシュ・ニコラ・ド・シャンフォール（一七四〇－九四）。フランスの作家。

047――ジャンヌ・ダルク（一四一二頃－三一）のこと。

048――ドゥニ・ディドロ（一七一三－八四）。フランスの哲学者。百科全書派。

049――ニコラ・ド・コンドルセ（一七四三－九四）。フランスの数学者・哲学者・政治家。

050――フェリクス・ヴィック・ダジール（一七四八－九四）。フランスの医学者。

051――ジャン＝シルヴァン・バイイ（一七三六－九三）。フランスの天文学者。初代パリ市長。

052――クレティアン＝ギヨーム・ド・ラモワニョン・ド・マルゼルブ（一七二一－九四）。フランス革命前に出版統制局長、国務大臣などを歴任した政治家。『百科全書』等の出版に尽力。

053――ジャン＝アントワーヌ・ルシェ（一七四五－九四）。フランスの詩人。

054――フラウィウス・ヨセフス（三七頃－一〇〇頃）。帝政ローマの歴史家。『ユダヤ戦記』の著者。

055――ジェローム・ペション・ド・ヴィルヌーヴ（一七五六－九四）。パリ市長（一七九一－九二）。

056――大革命のときの死刑囚収容で名高い。

057――新バビロニア（紀元前六二六－紀元前五三九）の最後の王ナボニドゥスの息子で摂政（紀元前五五二－紀元前五四三）を務めた王子。旧約聖書では「王」。ダニエル書第五章。

058――家々を回ってどこどこで葬儀があるので来てくれと触れ回る役目の女性。人々はこの者を家の中には入れない。それは死が自分の家に入らないようにという配慮からである。玄関の前、もしくは窓の前で告知の口上を述べる。この役目の者は役所から報酬をもらっていた。

059――第百三十四節参照。

060――ルードルフ・ザハリーアス・ベッカー（一七五二－一八二二）。ドイツの大衆作家・ジャーナリスト。フリーメイソン、イルミナティのメンバーとして知られる。

061――註014参照。

062――四月三十日から五月一日にかけての夜。

063――カール・フォン・エッカルツハウゼン（一七五二－一八〇三）。ドイツの神秘家。『秘境的哲学と自然の神秘についての実証経験からの魔術の解明』（一七八八）。

064――ハイイーム・サミュエル・ジェイコブ・ファルク（一七〇八－一八二）。ドイツ生まれ、イギリスで活躍した錬金術師・カバリスト。「ロンドンのバール・シェーム」「ファルコン博士」の異名を持つ。

065――ヨーハン・ゲオルク・シュレプファー（一七三八－七四）。ドイツのオカルティスト。ライプツィヒのコーヒーハウスで多くの降霊実演をした。

066――おそらくユストゥス・ヘンニング・ベーマー（一六七四－一七四九）のこと。ドイツの法学者・教会法学者。その著書『プロテスタント教会法』には多くの降霊術と宝探し話が載っている。

067――「サムエル記」上、第二十八章。

068――「ヨハネの黙示録」第二十章四－六節。

069――註016参照。

070――ヨーハン・ヨーゼフ・ガスナー（一七二七－七九）。オーストリア生まれのカトリック司祭・悪魔祓い師。

071――「ヨハネ」第十一章。

072――一六六六－一七一四。神学者、敬虔主義者。『古い教父たちとその他の敬虔な人々の生涯』一七〇〇年、ハレ。

073――［原註――――われわれの知識、われわれの認識のすべては部分的であるとパウロは言った。パウロ自身は間違いなく聖霊を得ていたはずなのに。］

074――註063参照。

075――「ルカ」第一章五－二十五節。

076――「民数記」第二十二－二十四章。

077――プロテスタント教会は「煉獄」の存在を認めない。本書において「冥界」は煉獄と同じではないが、天国と地獄とは違う第三の場所という点では同じである。

078――「ヨハネの手紙」第一、第四章一節。

079――「ヨハネ」第十章二十七節。

080――「エフェソス人への手紙」第六章一節。

081――「シラ書」第三章二十六節。

082――「詩篇」第四十九章八節。

083――「ローマ人への手紙」第八章二十四節。

084――フィリップ・シュペーナー（一六三五－一七〇五）。ルター派の牧師。ドイツ敬虔主義の創始者。

085――エホヴァ神の別名。

086――「マタイ」第六章二十一節。

087――ローマ神話の復讐の女神。ギリシア神話のエリーニュスと同じ。気性の荒い女。悍婦。

088――蓄財・拝金の神・悪魔。

089――「マタイ」第十二章三十一－三十二節に近似の言葉がある。

090——註028参照。
091——一七一二‐八六。在位一七四〇‐八六。
092——一六八八‐一七四〇。在位一七一三‐四〇。
093——一六七〇‐一七三三。在位一六九七‐一七〇六、一七〇九‐三三。
094——フリードリヒ・ヴィルヘルム・フォン・グルンプコウ（一六七八‐一七三九）。
095——註031参照。
096——「イザヤ」第三十八章一節。
097——初代バッキンガム公ジョージ・ヴィリアーズ（一五九二‐一六二八）。
098——一六〇〇‐四九。在位一六二五‐四九。
099——初代クラレンドン伯爵エドワード・ハイド（一六〇九‐七四）。
100——一七〇二‐〇四年刊。
101——父も同じ名だった。
102——メアリー・ヴィリアーズ。一五七〇‐一六三二。バッキンガム伯爵夫人。
103——トーマス・モーティマー『ブリタニアのプルタルコス——ヘンリー三世からジョージ二世までの英国とアイルランドの偉人伝』独訳一七六四‐六八、ライプツィヒ&ツューリヒャウ。
104——「ルカ」第十六章三十‐三十一節。
105——本書の著者ユング＝シュティリングのこと。
106——［原註——この「濫用」は、固有名詞や、その他の個人の特定の手がかりになりそうな事柄をすべて省略することで避けられると私は考えている。］
107——この「牧師夫人」は手紙を送ってくれた牧師の妻ではなく、別の牧師の妻。
108——復活祭前の金曜日。
109——［原註——この黒い姿の霊は、牧師の祈りによって遠ざかり、現れなくなった。］
110——六月二十四日。
111——酸化カルシウム。水を加えると発熱する。
112——「マタイ」第六章十二節。
113——［原註——二人とも一般に知られた、学識のある敬虔な神学者であり、両名とも私の親友でもある。前者はすでに故人で天国で実践を続けているが、後者はまだ現役でこの世で活躍中だ。］
114——嬉しかったというのは、生きているわれわれに危害を加えるものではないと思われたからだろう。
115——ガイウス・プリニウス・カエキリウス・セクンドゥス（紀元六一‐一一二）。通称「小プリニウス」。ローマの政治家・文人。大プリニウス（二三‐七九）の甥で、のち養子。『書簡集』が有名。

116――ノイハウスは現在のチェコの都市インドルジフーフ・フラデツのドイツ名。

117――マテウス・メーリアン（一五九三‐一六五〇）。スイスの銅板画家・出版業者。『ヨーロッパの景観』全二十一巻は一六三三‐一七三八年に刊行。

118――クリスマス、復活祭、聖霊降臨祭。

119――復活祭前の木曜日。イエスが最後の晩餐に使徒の足を洗った記念の日。

120――一六一八‐四八年。

121――ヨーハン・ヤーコプ・バルデ（一六〇四‐六八）。ドイツのイエズス会士。ラテン語で詩作・劇作をした。

122――現在オーストリアの州。

123――現在のチェコの都市チェスキー・クルムロフのことか。

124――現在のチェコの都市トジェボニ。

125――不明。

126――現在のチェコの都市ベヒニェ。

127――不明。

128――「ルカ」第十六章三十一節。

# ユング＝シュティリング[1740–1817]年譜

▼——世界史の事項　●——文化史・文学史を中心とする事項　**太字ゴチの作家『タイトル』**——〈ルリユール叢書〉の既刊・続刊予定の書籍です

一七四〇年

九月十二日、ユング＝シュティリング（本名ヨーハン・ハインリヒ・ユング）、ヴェストファーレンのヒルヒェンバッハ近郊のグルント村で生まれる。父、ヨーハン・ヘルマン・ユング（自伝では「ヴィルヘルム」）、母、ヨハンナ・ドロテーア・カタリーナ・ユング（旧姓フィッシャー。自伝では「ドロテ」）。

▼プロイセンでフリードリヒ二世（大王）即位（〜八六）［独］▼オーストリア継承戦争（〜四八）［欧］▼マリア・テレジア、ハプスブルク世襲領相続（〜八〇）［墺］●リチャードソン『パミラ』（〜四一）［英］●ダリーン『馬物語』［スウェーデン］

一七四二年［二歳］

四月十九日、母ドロテ死去。

▼ブレスラウ条約締結、第一次シュレージエン戦争終結（マリア・テレジア、シュレージエンのほぼ全域をプロイセンに割譲）［独・墺］

●E・ヤング『夜想』（〜四五）［英］

一七四八年 ▼アーヘンの和約〔欧〕●クロプシュトック『救世主』の最初の三歌出版〔独〕●モンテスキュー『法の精神』〔仏〕●ラ・メトリ『人間機械論』〔仏〕●ポンペイ遺跡発掘開始〔伊〕

一七四九年 ▼農奴制廃止〔モルダヴィア〕▼第三次マタラム継承戦争（〜五七）〔インドネシア〕●フィールディング『トム・ジョウンズ』〔英〕●S・ジョンソン『願望の空しさ』〔英〕●ビュフォン『博物誌』（〜八九）〔仏〕●ディドロ『盲人書簡』〔仏〕

一七五〇年〔十歳〕

ヒルヒェンバッハのラテン語学校に通い始める。

▼鉄法（植民地の金属業禁止）成立〔英〕●バッハ歿〔独〕●ゴルドーニ『喜劇』『喫茶店』『嘘つき』上演〔伊〕●スマローコフ『ホレーフ』〔露〕

一七五一年〔十一歳〕

十月、祖父エーバーハルト死去。

▼田沼意次、側衆に（〜八六）〔日〕●グレイ『墓畔の哀歌』〔英〕●ディドロ、ダランベール『百科全書』刊行（〜七二）〔仏〕●ヴォルテール『ルイ十四世の世紀』〔仏〕●ピラネージ《ローマの壮麗》〔伊〕●トンマーゾ《ファルナーチェ》〔伊〕

一七五五年〔十五歳〕

五月一日から十一月十一日まで、リュッツェル（自伝では「ツェルベルク」）で学校教員。

十二月から翌一七五六年の復活祭まで、プレッテンベルク（自伝では「ドルリンゲン」）の私設学校教員。
▼フレンチ・インディアン戦争（～六三）［米・欧］▼リスボン大地震［ポルトガル］●C・F・ニコライ『ドイツにおける文芸の現状に関する書簡』［独］●レッシング『ミス・サラ・サンプソン』初演［独］●S・ジョンソン『英語辞典』［英］●ジャン＝ジャック・ルソー『人間不平等起源論』［仏］●モスクワ大学設立［露］

一七五六年［十六歳］
九月二十九日から、クレーデンバッハ（自伝では「ラインドルフ」）の学校教員。
▼七年戦争（～六三）［欧］●ヴォルテール『リスボンの災害についての詩』［仏］●ザロモン・ゲスナー『牧歌』［瑞］●ゴルドーニ『広場』［伊］●アルカディア・ルジターナ創設（～七四）［ポルトガル］●アレクサンドリンスキー劇場創立［露］

一七五七年［十七歳］
九月二十九日から一七五八年九月二十九日まで、ドライスバッハ・アン・デア・ジーク（自伝では「プライジンゲン」）の学校教員。
▼プラッシーの戦い、インドにおけるイギリスの覇権確立［印］●C・F・ニコライ、レッシングらと「文芸論叢」を創刊（～六〇）［独］●E・バーク『崇高と美の観念の起原』［英］●ルソー『演劇に関するダランベール氏への手紙』［仏］●ディドロ『私生児』［仏］●パリーニ『田園生活』［伊］

一七五九年　▼クネルスドルフの戦い〔欧〕▼カルロス三世即位〔西〕●ハーマン『ソクラテス回想録』〔独〕●C・F・ニコライ、レッシングらと「最新の文学に関する書簡集」を刊行（～六五）〔独〕●ヘンデル歿〔独〕●S・ジョンソン『アビシニア王子ラセラス』〔英〕●ヴォルテール『カンディード』〔仏〕●ジャン＝ジャック・ルソー「ヴォルテールへの手紙」〔仏〕●ディドロ『家長』〔仏〕●ダランベール『哲学要諦試論』（～七七）〔仏〕

一七六〇年〔二十歳〕

一月から九月まで、クラーフェルト（自伝では「クレーフェルト」）の教会堂付き学校で学校教員。

▼英軍、モントリオール、デトロイトを占領〔英〕●スターン『トリストラム・シャンディ』（～六七）〔英〕●ディドロ『修道女』〔仏〕●ゴルドーニ『田舎者』〔伊〕

一七六一年　▼カラス事件（～六五）〔仏〕▼パーニーパットの戦い〔印〕●ジャン＝ジャック・ルソー『新しきエロイーズ』〔仏〕●ディドロ『ラモーの甥』〔仏〕●ゴルドーニ『避暑地三部作』〔伊〕

一七六二年〔二十二歳〕

四月十二日、復活祭の月曜日、故郷出奔、遍歴の開始。

七月中旬、ゾーリンゲン（自伝では「シャウベルク」）での天啓。

ゾーリンゲンのシュテッカー親方（自伝では「ナーゲル親方」）のもとで仕立て職人。

ヒュッケスヴァーゲン（自伝では「ホルツハイム」）近郊の大商人ハルトコープ（自伝では「ホーホベルク」）家での家庭教師。

▼エカテリーナ二世即位［露］●マクファーソン『フィンガル』［英］●ジャン＝ジャック・ルソー『エミール』『社会契約論』［仏］●C・ゴッツィ『トゥーランドット』［伊］

## 一七六三年［二十三歳］

四月十二日、ハルトコープ家から出奔。

ラーデフォルムヴァルト（自伝では「ヴァルトシュテット」）のベッカー親方（自伝では「イザク親方」）のもとで仕立て職人。

九月二十九日から一七七〇年夏まで、クレーヴィンクラーブリュッケの商人ペーター・ヨーハン・フレンダー（自伝では「シュパーニアー」）家の家庭教師。

▼パリ条約［欧］●スマート『ダビデ賛歌』［英］●ヴォルテール『寛容論』［仏］●パリーニ『朝』［伊］

一七六六年　▼印紙税法の撤回［英］●カント『視霊者の夢』［独］●ヴィーラント『アガトンの物語』（〜六七）［独］●ヘルダー『近代ドイツ文学断章』（〜六七）［独］●レッシング『ラオコーン』［独］●ゴールドスミス『ウェイクフィールドの牧師』［英］

一七六八年　▼露土戦争（〜七四）［露・土］●ヴィンケルマン、暗殺される［独］●『大英（ブリタニカ）百科事典』初版（〜七一）［英］●T・グレイ『詩集』［英］●スターン『センチメンタル・ジャーニー』［英］●ケネー『フィジオクラシー』［仏］●ドルバック『神聖伝染』『ウジェニーあての手紙』［仏］●レーオンハルト・オイラー『あるドイツの王女への手紙』（〜七二）［瑞］

一七七〇年〔三十歳〕

二月十二日、ロンスドルフ（自伝では「ラーゼンハイム」）のクリスティーネ・ハイダーと婚約。

八月二十八日、大学入学のためにシュトラースブルクへ出立。

▼ルイ十六世、マリー・アントワネットと結婚〔欧〕●「ゲッティンゲン文芸年鑑」誌創刊（〜一八〇四）〔独〕●ゴールドスミス『廃村』〔英〕●ジャン＝ジャック・ルソー『告白』〔仏〕●ドルバック『自然の体系』〔仏〕

一七七一年〔三十一歳〕

六月十七日、病床のクリスティーネ・ハイダーと結婚。

▼タイソン党の乱〔ヴェトナム〕●スモレット『ハンフリー・クリンカー』〔英〕●クロプシュトック『オーデ集』〔独〕●ゾフィー・フォン・ラ・ロッシュ『シュテルンハイム嬢の物語』〔独〕

一七七二年〔三十二歳〕

三月二十三日・二十四日、シュトラースブルク大学での学業終了。

五月一日、エルバーフェルト（自伝では「シェーネンタール」）で医院開業。

▼ポーランド第一次分割〔欧〕●ディドロ『ブーガンビル航海記補遺』（〜八〇）〔仏〕●レッシング『エミーリア・ガロッティ』初

演〔独〕●「フランクフルト学芸報知」誌創刊（〜九〇）〔独〕●ヘルダー『言語起源論』〔独〕

一七七三年〔三十三歳〕

一月五日、長女ハンナ誕生。

春、最初の内障眼手術。

▼ボストン茶会事件〔米〕▼七月、ローマ教皇クレメンス十四世がイエズス会禁止（〜一八一四）〔伊〕▼プガチョフの乱（〜七五）〔露〕●ゲーテ『鉄の手のゲッツ・フォン・ベルリッヒンゲン』〔独〕●「ドイチェ・メルクール」誌創刊（〜一八一〇）〔独〕●クロプシュトック『救世主』〔独〕●ゴールドスミス『負けるが勝ち』上演〔英〕

一七七四年〔三十四歳〕

春、長男ヤーコプ誕生。

六月二十二日、エルバーフェルトでゲーテ、ヤコービ（自伝では「フォルクラフト」）、ラヴァーター、ハーゼンカンプ、コレンブッシュ他と一同に会す。

▼ルイ十六世即位〔仏〕●ゲーテ『若きウェルテルの悩み』〔独〕●レンツ『演劇覚書』『家庭教師』〔独〕●ヴィーラント『アブデラの人々』（〜八〇）〔独〕●ウルマン『日記』〔米〕●杉田玄白ほか『解体新書』〔日〕

一七七五年〔三十五歳〕

五月十日、次男ヨナタン誕生。

『ゼーバルト・ノートアンカーの著者に抗議する、ある牧童のぱちんこ *Die Schleuder eines Hirtenknaben gegen den hohnsprechenden Philister, den Verfasser des Sebaldus Nothanker*』出版。

▼四月十九日、アメリカ独立戦争開始〔米〕▼第一次マラータ戦争（〜八二）〔印〕●カリオストロ伯爵、フリーメイソン・エジプト典礼派創設〔欧〕●ユストゥス・メーザー『愛国的幻想』（〜八六）〔独〕●C・F・ニコライ『若きヴェルターの歓び』〔独〕●シェリダン『恋がたき』初演〔英〕●**ネルシア『フェリシア、私の愚行録』**（修正版、七八）〔仏〕●レチフ・ド・ラ・ブルトンヌ『堕落した百姓』〔仏〕●ボーマルシェ『セビリアの理髪師』初演〔仏〕●ラヴァーター『観相学的断片』〔瑞〕

一七七六年

▼七月四日、アメリカ合衆国独立宣言〔米〕●アダム・ヴァイスハウプト、秘密結社「イルミナティ」創設〔独〕●**レンツ『ツェルビーン、あるいは昨今の哲学』**『軍人たち』〔独〕●クリンガー『双生児』『疾風怒濤』初演〔独〕●ペイン『コモン・センス』〔英〕●ギボン『ローマ帝国衰亡史』（〜八八）〔英〕●アダム・スミス『国富論』〔英〕●ネルシア『新しい物語集』〔仏〕●クラシツキ『ミコワイ・ドシフィヤトチンスキの冒険』〔ポーランド〕●平賀源内、エレキテル製作〔日〕●上田秋成『雨月物語』〔日〕

一七七七年〔三十七歳〕

**『ヘンリヒ・シュティリングの少年時代** *Henrich Stillings Jugend*』出版。

▼ラ・ファイエット、アメリカ独立戦争に参加〔米〕●シェリダン『悪口学校』初演〔英〕●ラヴォアジエ「燃焼一派に関する報告」〔仏〕●サド、マルセイユ事件により再逮捕〔仏〕●ヴェッリ『拷問に関する諸考察』〔伊〕

一七七八年〔三十八歳〕

**『ヘンリヒ・シュティリングの青年時代』** *Henrich Stillings Jünglings-Jahre*、**『ヘンリヒ・シュティリングの遍歴時代』** *Henrich Stillings Wanderschaft* 出版。

九月二十一日、カイザースラウテルンの行政学院から官房学（国民経済学）の教授職に招聘。

十月二十五日、カイザースラウテルンへ転居。

▼ベンジャミン・フランクリン、米仏和親通商条約および同盟条約締結に成功〔仏〕●ヘルダー『民謡集』（〜七九）〔独〕●バーニー『エヴリーナ』〔英〕●ディドロ『運命論者ジャックとその主人』（〜七九）、『生理学の基礎』（〜八四）、『セネカの生涯に関する試論』〔仏〕●ヴォルテール歿〔仏〕●ルソー歿〔仏〕●ピラネージ歿〔伊〕●リンネ歿〔スウェーデン〕

一七七九年

▼キャプテン・クック、ハワイ島民に殺害される〔英〕●レッシング『賢者ナータン』（八三初演）〔独〕●S・ジョンソン『英国詩人伝』（〜八一）〔英〕●レチフ・ド・ラ・ブルトンヌ『わが父の生涯』〔仏〕●クラシツキ『寓話とたとえ話』〔ポーランド〕

一七八一年〔四十一歳〕

十月十八日、最初の妻クリスティーネ死去。

▼第二次マイソール戦争〔印〕●カント『純粋理性批判』〔独〕●レッシング歿〔独〕●フリノー『イギリス囚人船』〔米〕●バーボールド夫人『子供のための散文による賛美歌集』〔英〕●ジャン＝ジャック・ルソー『言語起源論』、『告白』(第一部)〔仏〕

一七八二年〔四十二歳〕

八月十四日、ゼルマ・フォン・セイント・ジョージと再婚。

▼アミアンの和約〔欧〕▼天明の大飢饉〔日〕●シラー『群盗』初演〔独〕●サド『ソドムの百二十日』(～八五)〔仏〕●ラクロ『危険な関係』〔仏〕●ジャン＝ジャック・ルソー『孤独な散歩者の夢想』〔仏〕●イリアルテ『文学寓話集』〔西〕●モーツァルト《後宮からの逃走》ほか〔墺〕●デルジャーヴィン『フェリーツァ』〔露〕●フォンヴィージン『親がかり』初演〔露〕

一七八三年〔四十三歳〕

七月二十三日、ゼルマとの長男カール誕生。

▼エカテリーナ二世、ウクライナに農奴制を導入〔露〕▼ロシア、オスマン帝国の属国クリム・ハーン国を併合〔露〕●ウェブスター『英語の文法的構造』(のちの『ウェブスター綴り字教科書』)〔米〕●クラップ『村』〔英〕●モンゴルフィエ兄弟、熱気球飛行実験に成功〔仏〕●ボーマルシェ『ヴォルテール全集』(～九〇)〔仏〕●ラジーシチェフ『自由』〔露〕

一七八四年〔四十四歳〕

日付不明、ゼルマとの長女ルイーゼ誕生。

十月二日、行政学院がハイデルベルクへ移転。

翌一七八五年にかけて『テーオバルト、あるいは熱狂者たち *Theobald oder die Schwärmer*』（上下巻）出版。

▼小ピット、茶の輸入関税を大幅引き下げ〔英〕▼ヨーゼフ二世、所領の公用語にドイツ語を強要〔墺〕▼コンスタンティノポリス条約締結〔露〕●ボーマルシェ『フィガロの結婚』初演〔仏〕●アルフィエーリ『ミッラ』〔伊〕●カント『啓蒙とは何か』〔独〕●ヘルダー『人類史哲学考』〔独〕●シラー『たくらみと恋』初演〔独〕

一七八五年〔四十五歳〕

『獣医学（第一部）*Lehrbuch der Vieharzneykunde*』出版。

▼マリー・アントワネット首飾り事件〔仏〕●ゲーテ、人間に顎間骨があることを発見〔独〕●モーリッツ『アントン・ライザー』（〜九〇）〔独〕●「タリーア」誌創刊（〜九一）〔独〕●ドワイト『カナンの征服』〔米〕●カートライト、力織機を発明〔英〕●W・クーパー『課題』〔英〕●ラヴォアジエ、水が水素と酸素の結合物であることを発見〔仏〕●メレンデス＝バルデス『詩集』〔西〕

一七八六年〔四十六歳〕

三月十六日、ゼルマとの次女エリーザベト誕生。

十一月七日、ハイデルベルク大学四百周年記念式典で記念講演。

『官房会計学 *Anleitung zur Kameralrechnungswissenschaft*』出版。

▼フリードリヒ・ヴィルヘルム二世即位〔独〕●ビュルガー『ほらふき男爵の冒険』〔独〕●フリノー『野生のすいかずら』〔米〕●ベックフォード『ヴァテック』〔英〕●バーンズ『詩集――おもにスコットランド方言による』〔英〕●モーツァルト《フィガロの結婚》初演〔墺〕●スウェーデン・アカデミー設立〔スウェーデン〕

一七八七年〔四十七歳〕

日付不明、ゼルマとの三女カロリーネ誕生。

二月、マールブルク大学の国家学の教授職に招聘。

訳書『ウェルギリウス・農耕詩 *Virgils Georgicon*』出版。

『獣医学（第二部）』出版。

▼財務総督カロンヌが失脚〔仏〕▼松平定信、老中になり倹約令を出す〔日〕●**シラー『ドン・カルロス』**初演〔独〕●ハインゼ『アルディンゲロ』〔独〕●ゲーテ『タウリスのイフィゲーニエ』（初演八九）〔独〕●ベルナルダン・ド・サン＝ピエール『ポールとヴィ

ルジニー』〔仏〕

一七八八年〔四十八歳〕

『国家警察学 *Lehrbuch der Staatspolizeywissenschaft*』出版。

▼合衆国憲法批准〔米〕●カント『実践理性批判』〔独〕●クニッゲ『人間交際術』〔独〕●「タイムズ」紙創刊〔英〕●スタール夫人『ルソーの著作ならびに性格に関する手紙』〔仏〕●レチフ・ド・ラ・ブルトンヌ『パリの夜』（〜九四）〔仏〕●ネルシア『一夜漬けの博士号』〔仏〕●ジャン＝ジャック・ルソー『告白』（第二部）〔仏〕

一七八九年〔四十九歳〕

秋、ノイヴィートへ旅してヘルンフート派（モラヴィア兄弟団）の共同体と交わる。

**『ヘンリヒ・シュティリングの家庭生活** *Henrich Stillings häusliches Leben*』出版。

▼ジョージ・ワシントン、アメリカ合衆国大統領就任〔米〕▼七月十四日、フランス革命勃発〔仏〕▼ベルギー独立宣言〔白〕●シラー『見霊者』〔独〕●ゲーテ『トルクァート・タッソー』〔独〕●ベンサム『道徳と立法の原理序説』〔英〕●ホワイト『セルボーンの博物誌』〔英〕●ブレイク『無垢の歌』〔英〕●シエイエス『第三身分とは何か』〔仏〕●カダルソ『モロッコ人の手紙』〔西〕

一七九〇年〔五十歳〕
五月十一日、ゼルマとの三男フランツ誕生。
五月二十三日、二番目の妻ゼルマ死去。
十一月十九日、エリーザベト・コワンと三度目の結婚。
▼メートル法の制定作業開始〔仏〕●ゲーテ「植物のメタモルフォーゼを説明する試み」（論文）〔独〕●カント『判断力批判』〔独〕●ウィンスロップ『日記』〔米〕●E・バーク『フランス革命についての省察』〔英〕●「オルフェウス」誌創刊〔ハンガリー〕●シェルグレン『新しい創造、または想像の世界』〔スウェーデン〕●ベルマン『フレードマンの書簡詩』〔スウェーデン〕●ラジーシチェフ『ペテルブルクよりモスクワへの旅』が発禁処分に〔露〕

一七九一年〔五十一歳〕
九月二日、エリーザベトとの長女ルベッカ誕生。
『内障眼摘出治療法 *Methode den großen Star auszuziehen und zu heilen*』出版。
▼六月二十一日、フランス王ルイ十六世が捕らえられる〔仏〕●ゲーテ、ヴァイマル宮廷劇場監督に〔独〕●ティーク『リノ』〔独〕●シラー『三十年戦争史』（〜九三）〔独〕●ペイン『人間の権利』〔英〕●カサノーヴァ『回想録』執筆（〜九八）〔伊〕●E・ダーウィン『植物の園』〔英〕●R・バーンズ『タモシャンター』〔英〕●ボズウェル『サミュエル・ジョンソン伝』〔英〕●サド侯爵

『ジュスティーヌ』〔仏〕●シャトーブリアン、アメリカ旅行〔仏〕●ボカージュ『詩集』（～一八〇四）〔ポルトガル〕●カラムジン『ロシア人旅行者の手紙』（～九五）〔露〕

一七九二年〔五十二歳〕

『国家学の体系 *System der Staatswissenschaft*』出版。

▼九月二十一日、王政廃止。第一共和政の成立（国民公会）〔仏〕●スタール夫人、コッペ滞在（～九五）〔仏〕●ネルシア『私の修練期、ロロットの喜び』『モンローズ、宿命でリベルタンになった男』〔仏〕●サド、反革命容疑で投獄される〔仏〕

一七九三年 ▼一月二十一日、ルイ十六世が処刑される。恐怖政治の始まり〔仏〕●ジャン・パウル『ヴーツ先生の生涯』〔独〕●ブレイク『アメリカ』〔英〕●ゴドウィン『政治的正義』〔英〕●シャトーブリアン、イギリス滞在（～一八〇〇）〔仏〕●ネルシア『アフロディテーたち』〔仏〕

一七九四年〔五十四歳〕

小説『郷愁 *Das Heimweh*』出版（－一七九六）

▼テルミドールの反動〔仏〕▼コシチューシコの独立運動〔ポーランド〕●ベルリンのブランデンブルク門完成〔独〕●フィヒテ『全知識学の基礎』（～九五）〔独〕●**ラドクリフ『ユードルフォの謎』**〔英〕●W・ゴドウィン『ケイレブ・ウィリアムズ』〔英〕●シェニエ、刑死。『牧歌集』〔仏〕●コンスタン、スタール夫人と出会う〔仏〕●レチフ・ド・ラ・ブルトンヌ『ムッシュー・

ニコラ』〔〜九七〕〔仏〕●ボグスワフスキ『架空の奇跡、あるいはクラクフっ子とグラルの衆』〔ポーランド〕

一七九五年〔五十五歳〕

一月四日、エリーザベトとの長男フリードリヒ誕生。

『霊の国の風景 *Szenen aus dem Geisterreich*』出版（–一八〇一）。

個人雑誌「灰色の男 *Der graue Mann*」創刊（–一八一六）。

▼恐怖政治の終わり。総裁政府の成立〔仏〕▼パタヴィア共和国成立〔蘭〕▼ポーランド王国滅亡〔オーストリア、プロイセン、ロシアの第三次ポーランド分割〕〔ポーランド〕●カント『永遠平和のために』〔独〕●シラー『素朴文学と情感文学について』〔独〕●ゲーテ『ヴィルヘルム・マイスターの修行時代』〔〜九六〕〔独〕●「ホーレン」誌創刊〔〜九八〕〔独〕●J・ハットン『地球の理論』〔英〕●パリーニ『ミューズに』〔伊〕●**スタール夫人『三つの物語』**〔『断片集』所収〕〔仏〕●本居宣長『玉勝間』〔〜一八一二〕〔日〕

一七九六年〔五十六歳〕

十月二十日、エリーザベトとの次女アマーリア誕生

▼フランス軍、ライン川を越えて進軍しライン右岸の大混乱〔独〕▼ナポレオン、イタリア遠征〔伊〕●ヴァッケンローダー『芸術を愛する一修道僧の心情の披瀝』〔独〕●ジャン・パウル『貧民弁護士ジーベンケース』〔〜九七〕〔独〕●M・G・ルイス『マンク』〔英〕●ラプラス『宇宙体系解説』〔仏〕●スタール夫人『情熱の影響について』〔仏〕

一七九七年　▼カンポ・フォルミオ条約締結〔墺〕●ゲーテ『ヘルマンとドロテーア』〔独〕●ヘルダーリン『ヒュペーリオン』（～九九）〔独〕●ティーク『民話集』〔独〕●ラドクリフ『イタリアの惨劇』〔英〕●サド『ジュリエットあるいは悪徳の栄え』〔仏〕

一七九八年　▼ナポレオン、エジプト遠征〔仏〕●Fr・シュレーゲル『ゲーテの〈マイスター〉について』〔独〕●シュレーゲル兄弟ほか「アテネーウム」誌創刊（～一八〇〇）〔独〕●シラー『ヴァレンシュタイン』第一部初演〔独〕●ティーク『フランツ・シュテルンバルトの遍歴』〔独〕●ノヴァーリス『ザイスの弟子たち』〔独〕●ヘルダーリン『エンペドクレスの死』（～九九）〔独〕●C・B・ブラウン『アルクィン』『ウィーランド』〔米〕●マルサス『人口論』〔英〕●コールリッジ、ワーズワース合作『抒情民謡集』〔英〕●ラム『ロザマンド・グレイ』〔英〕●W・ゴドウィン『「女権の擁護」の著者の思い出』〔英〕●フォスコロ『ヤーコポ・オルティスの最後の手紙』〔伊〕●本居宣長『古事記伝』〔日〕

一七九九年〔五十九歳〕

二月二十二日、エリーザベトとの三女クリスティーネ誕生。

『キリスト教の勝利の歴史 *Die Siegesgeschichte der christlichen Religion*』出版。

▼ブリュメール十八日のクーデター。統領政府の成立〔仏〕●**Fr・シュレーゲル『ルツィンデ』**〔独〕●シュライアマハー『宗教論』〔独〕●リヒテンベルク歿、『箴言集』〔独〕●C・B・ブラウン『アーサー・マーヴィン』（～一八〇〇）、『オーモンド』『エドガー・ハントリー』〔米〕●W・ゴドウィン『サン・レオン』〔英〕●チョコナイ＝ヴィテーズ『カルニョー未亡人と二人のあわて者』〔ハンガリー〕

一八〇〇年　▼ナポレオン、フランス銀行設立［仏］●**シラー『メアリー・ステュアート』**初演［独］●ノヴァーリス『夜の讃歌』［独］●ジャン・パウル『巨人』（～〇三）［独］●議会図書館創立［米］●エッジワース『ラックレント城』［英］●スタール夫人『文学論』［仏］

一八〇一年　▼大ブリテン・アイルランド連合王国成立［英］●C・B・ブラウン『クララ・ハワード』『ジェイン・タルボット』［米］●パリーニ『夕べ』『夜』［伊］●シャトーブリアン『アタラ』［仏］●サド逮捕［仏］●ヘルダーリン『パンとぶどう酒』［独］●A・W・シュレーゲル『文芸についての講義』（～〇四）［独］

一八〇二年［六十二歳］

九月六日、父ヘルマン（自伝では「ヴィルヘルム」）死去。

▼ナポレオン、フランス終身第一統領に［仏］▼イタリア共和国成立［伊］▼アミアンの和約［欧］●ノヴァーリス『青い花』［独］●シェリング『芸術の哲学』講義（～〇三）［独］●シャトーブリアン『キリスト教精髄』［仏］●スタール夫人『デルフィーヌ』［仏］●ノディエ『追放者たち』［仏］●ジュコフスキー訳グレイ『村の墓場』（『墓畔の哀歌』）［露］

一八〇三年［六十三歳］

六月二日、選帝侯でもあるバーデン大公カール・フリードリヒが、シュティリングに、民衆宣教文学の執筆に専念する一種の聖職禄を提案。

九月十日－十七日、マールブルクからハイデルベルクへ転居。

ドイツ南部の宗教的覚醒者たちによる東方植民運動開始。

個人雑誌「キリスト教的人類の友――市民と農民のための物語集 *Der christliche Menschenfreund: in Erzählungen für Bürger und Bauern*」創刊（－一八〇七）。

個人雑誌「キリスト教的人類の友の聖書物語 *Des christlichen Menschenfreundes biblische Erzählungen*」（－一八一六）。

▼ナポレオン法典公布、ナポレオン皇帝となる〔仏〕●クライスト『シュロッフェンシュタイン家』〔独〕●スタール夫人、ナポレオンによりパリから追放、第一回ドイツ旅行（〜〇四）〔仏〕●フォスコロ『詩集』〔伊〕●ポトツキ『サラゴサ手稿』執筆（〜一五）〔ポーランド〕

一八〇四年〔六十四歳〕
『ヘンリヒ・シュティリングの教授時代 *Henrich Stillings Lehr-Jahre*』出版。

▼十二月二日、ナポレオン、皇帝に。第一帝政〔仏〕●**シラー『ヴィルヘルム・テル』**初演〔独〕●ジャン・パウル『美学入門』〔独〕●セナンクール『オーベルマン』〔仏〕●スタール夫人、イタリア旅行（〜〇五）〔仏〕

一八〇六年〔六十六歳〕
『ハインリヒ・シュティリングの生涯 *Heinrich Stillings Leben*』出版。
十二月八日、選帝侯のお膝元のカールスルーエへ転居。

▼プロイセン、ロシアとライン同盟を締結（神聖ローマ帝国滅亡）〔欧〕▼ナポレオン、大陸封鎖令発布〔欧〕●クライスト『こわれ甕』（初演〇八）〔独〕●アルニム、ブレンターノ『子供の魔法の角笛』（～〇八）〔独〕●シャトーブリアン、近東旅行（～〇七）〔仏〕

一八〇七年〔六十七歳〕

六月十七日、家族もカールスルーエへ転居。

▼ティルジット和約締結〔欧〕●ヘーゲル『精神現象学』〔独〕●**クライスト『チリの地震』**〔独〕●スタール夫人『コリンヌ』〔仏〕●フォスコロ『墳墓』〔伊〕●エーレンシュレーヤー『北欧詩集』〔デンマーク〕

一八〇八年〔六十八歳〕

**『心霊学の理論——予感・幻視・心霊現象の何を信じ、何を信じてはいけないか** *Theorie der Geisterkunde oder was von Ahnungen, Gesichten und Geistererscheinungen geglaubt und nicht geglaubt werden müßte*』出版。

▼フェートン号事件〔日〕●フリードリヒ《山上の十字架》〔独〕●フィヒテ『ドイツ国民に告ぐ』〔独〕●Fr・シュレーゲル『古代インド人の言語と思想』〔独〕●A・フンボルト『自然の諸相』〔独〕●**クライスト『ミヒャエル・コールハース』**〔独〕●ゲーテ『ファウスト』（第一部）〔独〕●Ch・フーリエ『四運動および一般的運命の理論』〔仏〕●ゴヤ《マドリード市民の処刑》〔西〕

一八〇九年　▼メキシコ、エクアドルで独立運動始まる〔南米〕●ゲーテ『親和力』〔独〕

一八一〇年　▼オランダ、フランスに併合〔蘭〕●W・フンボルトの構想に基づきベルリン大学創設（初代総長フィヒテ）〔独〕●クライスト『短編集』（〜一一）〔独〕●スコット『湖上の美人』〔英〕●**シャトーブリアン『殉教者たち』**〔仏〕●スタール夫人『ドイツ論』〔仏〕

一八一一年　▼ラッダイト運動（〜一七頃）〔英〕●フケー『ウンディーネ』〔独〕●ゲーテ『詩と真実』（〜三三）〔独〕

一八一二年　▼米英戦争（〜一四）〔米・英〕▼ナポレオン、ロシア遠征〔露〕▼シモン・ボリーバル「カルタヘナ宣言」〔ベネズエラ〕●グリム兄弟『グリム童話集』（〜二二）〔独〕●**フケー『魔法の指輪』**〔独〕●ガス灯の本格的導入〔英〕●バイロン『チャイルド・ハロルドの巡礼』（〜一八）〔英〕●ウィース『スイスのロビンソン』〔瑞〕

一八一三年　▼ライプツィヒの決戦で、ナポレオン敗北〔欧〕▼モレロス、メキシコの独立を宣言〔メキシコ〕●オースティン『高慢と偏見』〔英〕

一八一四年〔七十四歳〕

六月十日、ブルッフザールでロシア皇帝アレクサンドル一世に謁見。

▼ウィーン会議（〜一五）〔欧〕四月六日、ナポレオン退位。王政復古〔仏〕●ホフマン『カロー風の幻想曲集』〔独〕●シャミッソー『ペーター・シュレミールの不思議な物語』〔独〕●スティーヴンソン、蒸気機関車を実用化〔英〕●オースティン『マンスフィールド・パーク』〔英〕●スコット『ウェイヴァリー』〔英〕●ワーズワース『逍遥』〔英〕●スタンダール、ミラノ滞在（〜二一）〔仏〕●カラジッチ『スラブ・セルビア小民謡集』『セルビア語文法』〔セルビア〕

一八一五年〔七十五歳〕

十月、カールスルーエでゲーテと最後の再会。

▼ワーテルローの戦い［欧］▼穀物法制定［英］●Fr・シュレーゲル『古代及び近代文学史』［独］●ホフマン『悪魔の霊酒』［独］●アイヒェンドルフ『予感と現在』［独］●バイロン『ヘブライの旋律』［英］●スコット『ガイ・マナリング』［英］●ワーズワース『ライルストーンの白鹿』［英］●レオパルディ『イタリア人に捧ぐ——ピチェーノ解放に際しての演説』［伊］

一八一六年 ▼金本位制を採用、ソブリン金貨を本位金貨として制定（一七年より鋳造）［英］●ホフマン『夜曲集』［独］●グリム兄弟『ドイツ伝説集』（～一八）［独］●ゲーテ『イタリア紀行』（～一七）［独］●コールリッジ「クーブラカーン」、『クリスタベル姫』［英］●P・B・シェリー『アラスター、または孤独の夢』［英］●スコット『好古家』『宿家主の物語』［英］●オースティン『エマ』［英］●コンスタン『アドルフ』［仏］●グロッシ『女逃亡者』［伊］●インゲマン『ブランカ』［デンマーク］●フェルナンデス＝デ＝リサルデ『疥癬病みのおうむ』（～三一）［メキシコ］●ウイドブロ『アダム』『水の鏡』［チリ］

## 一八一七年 ［七十七歳］

三月二十二日、三番目の妻エリーザベト死去。

四月二日、ユング＝シュティリング、カールスルーエで死去。

断片『ハインリヒ・シュティリングの老年時代 *Heinrich Stillings Alter*』出版。

▼全ドイツ・ブルシェンシャフト成立［独］●ホフマン『砂男』［独］●キーツ『詩集』［英］●リカード『経済学および課税の原理』［英］●バイロン『マンフレッド』［英］●コールリッジ『文学的自叙伝』［英］●レオパルディ『ジバルドーネ』（～三二）［伊］●プーシキン『自由』［露］

# 解説

ジョージ・ブッシュ

今日、霊界、なかんずくその現象と法則について言及しようとする者にとって、それをまったくの「未開の大地」(terra incognita)、あるいは単なる理論上の問題と見なすことはほとんど不可能である。かつて、それが可能だった時代が確かにあった。〔ロマン主義的〕推量作業が〔啓蒙合理の〕科学的演繹にとって代わり、一人の男〔暗にスヴェーデンボリを指す〕が鋭く豊饒な想像力を駆使して、求められている期待に応えたとみなされた頃である。

それまで自然科学の世界では思弁が学問的手続きに先行し、発想豊かな人々が書斎に座ったままこの世界の仕組みについての理論を、地学(geology)〔現代で言えば宇宙物理学〕の事実とは関係ないところで試行錯誤することができた〔本解説は一八五一年の執筆である〕。同様に、霊界の生成論(cosmogony)についても似たようなプロセスが過去に流行した。奔放な推量の対象としての霊界に関して言うと、そこは空想の産物の王国であった。問題を投げかけるのも空想ならば、それに応えるのも空想だった。理性の声も判断も、そこでは発せられることがなかったし、普遍的問題について最大規模の思弁が何らかの決定的で実際的な影響力を行使することもなかった。

だが、時代の精神にやっと変化が訪れた。地学が宇宙生成論の夢に取って代わり、前方への道が拓け、われわれは今、心理学と心霊体験の経験知に基づく理想が、合理とリアルに道を譲るべき地点に到達したのだ。

この分野における思いがけない発展によって、霊界は確かに存在するばかりでなく、従来考えられていたより遥かにわれわれが住むこの世界の近くにあるという、広く行き渡った確信が生まれた。もはや、かつての書斎の思弁家が、ゆったりと椅子に座ったまま、頭の中だけで無限に遠く隔たった場所としての霊界を弄ぶことはできなくなった。必然的に、この結論の妥当性を疑うことも不可能になり、かつての思弁家は理性に従い、現世の感覚的平面の上位に位置する「不思議の世界」の確かな存在を、深く意識して文章を書くことを求められるようになった。

もともと物笑いの種のほかには何も提供してこなかった「トンデモ話」から、強烈な光が前方に放射され、人間の霊魂の法則を覆い隠してきた濃い影に光を落とし、この世の存在とあの世の存在をつなぐ、あの隠れたリンクを多かれ少なかれ暴露しようとしている。真偽の疑わしい動物磁気の実験が、学会と宗教界から、最初どれほどの不信と侮蔑をもって遇されたか。両者が歩み寄ったのは、たいへんな努力の後であって、それでようやく、動物磁気の実験にはわれわれ人間の魂の仕組みに直接関わる、きわめて重大な真実が存在することが認められたのである。ここ数年で、これら動物磁気の真実に関わる証拠がコンスタントに蓄積され、夢遊状態、宗教的恍惚、病気が原因のトランス状態や、その他の異常な条件下で起こる一連の現象の証拠群に加えられるようになった。聖書に出てくる決定的証拠のことと、故人の霊との会話の可能性のことは、むろん言うまでもない。魂と魂の相互作用、すなわち、動物磁気で互いにつながれた際に二つの魂がテレパシーでコミュニケーションがとれること、場合によっては一方が他方の意思に完全に従属することが、確定済みの事実と認められている。さらに、これらの現象の中に、あの世の霊との相互交通、もっと言えば、あの世とこの世の二つの世界の住人の間での相互交流の可能性を認めることはけっして難しくなかった。

人間存在の二大領域（自然界と霊界）間の交流のリアリティーを確定すること。これが本書の中心的課題である。本書の著者は、彼の故国ドイツの同郷人たちの間で深く尊ばれた自伝を書き残した人物で、彼が生きていた時代のもっとも優れた精神の持ち主の一人であった。ゲーテやヘルダーなど、同時代の著名な文学者たち（literati）何人かと同じ時代を生きた仲間であり、個人的な友達であった。今までのところ、この著者はむしろ謙虚で熱烈なキリスト教徒として知られ、哲学の徒の仲間とは認識されていない。それは当然のことで、この哲学の徒たちときたら、聖書の啓示を軽視して、自分たちが信奉する合理主義の高みから得るインスピレーションばかりを重視するのだから。

だが、シュティリングは違う。彼は、自分が敬虔主義派であると公言して憚《はばか》らない。先に触れた彼の魅力的な自伝は、神慮を心から信頼し、素朴に楽しく、それに従う人間の生活を描写している。それは度重なる困難、試練、窮乏、そして悲惨な危機に遭遇し、ときには驚くべき神慮の介入によって救い出される生活であった。そのような神慮の介入は、かつて記録されたどんな宗教体験の記録を調べても、これに匹敵するようなものはほとんどなかったと言える類いの神慮であった。本書においても特にそうなのだが、この著者、シュティリングがドイツの信心深い人々の間で非常に慕われているのは、まさに彼の自伝に記されているようなこの質朴な信心という性格ゆえなのである。「シュティリング」と言えば、ドイツの人は「ああ、あの……」と誰でも分かるほどなのだ。

それにもかかわらず、彼が高い知性を持った人物であり、彼が生きた時代の最初の形而上学作家の一人にランクされる資格があることは、本書における哲学的記述のみならず、彼の浩瀚《こうかん》な著作に見られる特質から豊富に実証されている。シュティリングの知性は優れて直観的な知性であり、霊界の真実を素早く容易に理解できる能力は際立っている。その能力はいったいどこから来たのか。それは、彼の持って生まれた性質の中にあった情動の優位性に求められるべきだろう。いつの時代も、知性の鋭い活動と直観が生み出されるのは、愛の情熱の中からなのである。

本書の大きな目的は、まず何よりも、あの時代の流行だった機械論的哲学体系と、そこから必然的に帰結する不信心を打ち倒すことである。第二に、超常現象の領域で否定しようのない強力な事実を大量に羅列し、それらを適当な場所に基礎づけることで、これはこれまでに行われていてもおかしくない作業であった。第三に、死後の魂の状態について明快で説得的な光を投げかけることである。死後の魂の状態に関しては、現在もきわめて正しくない言説が流布している。最近も、個人の心の中の祝福（＝聖化）を促進するという触れ込みで、多種多様で厳粛な方法が提唱されたりしている。

それゆえ、本書は世間の普遍的関心に応える著作である。なぜなら、この本の主題がそのようなものだからだ。それゆえ、この本を読む天真爛漫な（candid）読者が、心の中で、この本の記述の深い重要性と警告を確信し損なうことを想像するのは容易ではない。

この本の主題は、これまで、ひょっとすると大衆の支持を得ないものと思われてきたかもしれない。もしそう思われていたとしても、それはそれで正当な判断であった。なぜなら、それは、その独特の性質から、嘲笑とからかいの対象になりやすいテーマであり、それゆえ、真面目な人々の間で評判のよくない主題だからである。学問のある者や頭脳の鋭敏な者たちは、この手の話を容易に「不思議過多」と見なし、その仮説を論駁するために自らの研究対象にするのさえ汚《けが》らわしいと考えるからだ。とにかく、このテーマはどこへ行っても明確で信頼のおける証拠を得ることが不可能な主題と見なされがちなのだ。

しかし、十分に検証された事実は否定しようがない。無理に否定しようと、いくら議論しても無駄である。あるいは、ほとんど自然界のデータから、霊界の物事を判断しようとしても無駄である。

証拠というものには一定の法則があって、それは、そこで記録される事実が無価値なものと見なされた場合、乱暴に踏みにじられる運命にある。この世とあの世の住人の間に交流が存在する事実を支持するために、これまで提出されてきた証拠は、生と死の問題の中ではもっとも有効性の高い証拠であったと言ってよい。実際、これまでこの種の体験を一度もせず、あるいは反駁できない証拠によって確認された他人の体験を一つも聞くこともなく一生を終える人はほとんどいないとさえ言えるだろう。

しかしながら、それゆえ、本書が多くの人々の懐疑主義に遭遇するであろうことは確実である。彼らは本書で扱われているような、このように真偽の疑わしい心霊現象を、錯乱した想像力、あるいは目の錯覚のせいにし、したがってこのテーマを真面目に考えることを軽蔑したがるからだ。

しかし、それにもかかわらず、おそらく大勢の人々が、人間の目からあの世の崇高な現実を遮断するカーテンを開いてみせる作品、事実と合理の力強い羅列でその言説を強めてみせる作品、すなわち本書のほうを歓迎することになるだろう。

G・B

一八五一年三月、ニューヨークにて

# 訳者あとがき

本書は、十八世紀中葉から十九世紀初頭にかけて生きた、ドイツの敬虔主義の作家と言われるヨーハン・ハインリヒ・ユング＝シュティリング（Johann Heinrich Jung-Stilling 一七四〇－一八一七）の著作『心霊学の理論――予感・幻視・心霊現象の何を信じ、何を信じてはいけないか』（*Theorie der Geisterkunde oder was von Ahnungen, Gesichten und Geistererscheinungen geglaubt und nicht geglaubt werden müßte*, 1808）の全訳である。

作者のユング＝シュティリングは、一七七七年に刊行された自伝の第一書『ヘンリヒ・シュティリングの少年時代』（*Henrich Stillings Jugend*）によってドイツの文壇に登場した「疾風怒濤《しっぷうどとう》」時代の作家である。シュトラースブルク大学で文豪のゲーテ（一七四九－一八三二）、ヘルダー（一七四四－一八〇三）などと学友として親しく交わり、間違いなく、十八世紀後半のドイツの文学者の中で、特筆に値する輝きを放った人物だったのだが、有名になった自伝小説を除いては、敬虔主義という、プロテスタントの中のルター派（福音派）の流れの、さらに傍流の系譜に属する「宗教作家」と見なされることが多く、日本でも、訳者がこの自伝小説の第四書の途中まで（全部で第六書まである）を、二〇二一年に翻訳刊行（幻戯書房）するまで、ほとんど知られることがなかった。

この自伝小説の訳書『ヘンリヒ・シュティリング自伝』の「訳者あとがき」でも書いたが、ユング＝シュティリングの文学史上における最大の重要性は、俗に「ドイツ教養小説」と呼ばれる文学伝統のもっともプロトタイプと目される作品が、彼の書いた自伝小説であった、ということが、まずもっとも強調されねばならないことである。

この作家が貧しい境遇から苦労して、学校教員と仕立て職人の職を転々としながら、医者になり、その後は大学教授、それから最後はバーデン大公お抱えの宮廷顧問官に迎えられ、民衆宣教文学の執筆に専念するようになる経緯については、是非とも先の拙訳の訳書と解説を実際に手にとって読んでみていただきたい。「敬虔主義」のなんたるか、ということも、これを読めばかなり明確な輪郭をつかんでいただけることと思う。

十九世紀に徹底的なキリスト教批判を展開した哲学者フリードリヒ・ニーチェが、「今なお繰り返し読まれる値打ちのあるドイツ語散文」として、ユング＝シュティリングの自伝の第一書を挙げていること（『人間的、あまりに人間的II』）は、自伝の「訳者あとがき」にも記したが、この作家の重要性を強調するためにどうしても欠かせないエピソードなので、今回も書いておく。

本書『心霊学の理論』は、ご覧のとおり、世に心霊現象と呼ばれる多様な事柄――霊、霊界、魂、幽霊、ポルターガイスト、幽体離脱、幻視、透視、ドッペルゲンガー、予感、予知、予言、テレパシー、魔術、妖術等々――の大博覧会のような本である。挙げられる実例は多岐にわたり、作者が実際に経験したもの、作者の知人や友人から採集したもの、遠くの知人から手紙で知らされたもの、出版物から取ったものなど、じつにさまざまで、驚くほど豊富な実例が提示されている。

訳者としては、読者のみなさまには、とにかくこれら実例をじっくりと読んで、楽しんでいただきたいというのが最大の希望である。

なんとなれば、訳者の目には、ここで提示されているさまざまな実例も、それが本当に「心霊現象」か、厳密な意味での検証に耐える例は非常に少ないのではないか、と思っているのだが、それにもかかわらず、やはり、これだけの実例を集めて提示した作者の努力は賞讃に値するからだ。のみならず、このテーマが人類の永遠に色褪せることない不朽のテーマであると考えるからである。

長年、横文字文献の読み手として西欧の文学に携わってきた訳者である私は、その過程で、キリスト教や神学の最重要の根本問題とは何か、という点で、次の三点に要約されるだろうという確信を得るにいたった。

一、「悪」はどこから来るか
二、自由意志はあるのか
三、人は死んだらどうなるか

神学というのも、突き詰めて言えば、この三点の問題に還元されることが、私にははっきりと分かった。そして、本書のテーマは、この三番目、人は死んだらどうなるか、について述べられたものので、しかし、これは今後どれだけ人類の存在が長く続こうと、一〇〇パーセント分かることはけっしてない永遠のテーマである。

だからこそ、このテーマを扱った本は廃れることがない。読者のみなさまには、この「人は死んだらどうなるか」という、けっして一〇〇パーセント知り得ることのない世界への興味を存分に保ちながら、本書に書かれた実例をひとつひとつ自身で吟味していただければと願う次第である。

本書には、第一章「機械論的哲学の吟味とその反証」で、先に挙げた三点の第二点「自由意志はあるのか」、さらに第一点『悪』はどこから来るか」に関わる議論も提出されている。私には、この第一章も非常に興味深かった。なぜなら、そこでは、ライプニッツに代表される機械論的哲学の十八世紀における隆盛と、それへのアンチテーゼという、十八世紀西欧の思想界にとって最大級に重要な問題の見取り図が、簡潔に素描されていると見えるからだ。すべて存在するものは最善であると謳ったライプニッツの楽天的世界観は、逆に言えば、人間の自由意志の否定であり、それに異を唱えたのは、フランスでは『カンディード』(*Candide*) を書いたヴォルテール（一六九四－一七七八）であった。

ユング＝シュティリング自身、人間の自由意志が否定されるライプニッツの機械論的世界観との対決が、大げさに言えば彼の若き日の人生を賭けた思想的課題であったことを、前記自伝の中で認めている。引用しよう。

　数学はもうあまり勉強しなかった。それに対して、哲学にはまじめに取り組んだ。ヴォルフのドイツ語の著作をすべて読み、同様にゴットシェートの全哲学著作とライプニッツの『弁神論』を読んだ。バウマイスターの小論理学と形而上学に書かれていることを、シュティリングは自ら実証してみた。この学問に習熟するより心地よいことはこの世になかった。ただ、一抹の空虚感と、哲学体系に対するある種の不信の念は感じた。というのは、この学問にはたしかに、神に対する素朴な子どもらしい感情を窒息させるものがあった。哲学は、真実の鎖を好む。しかし、すべてがそこに結びつく本物の哲学的鎖を、我々はいまだ持っていない。シュティリングはそれを見つけようと思った。だが、見つからなかった。彼はさらに探求した。一部は独自の思索で、一部は過去の著作を読んで。そして、今までのところ、彼はこの道を悲しい思いで歩いてきただけだ。というのは、彼はいまだその手掛かりを得ていないのだから。

（『ヘンリヒ・シュティリング自伝』二六七頁）

だから、本書『心霊学の理論』は、ユング＝シュティリングの哲学的思索の総決算でもある。生涯、敬虔なキリスト者であった彼は、十八世紀の宗教批判の旗手ヴォルテールのことを蛇蝎《だかつ》のごとく嫌ったのだが、ライプニッツ流哲学体系への批判という点で、両者には差がない。ユング＝シュティリングの場合、自由意志は「神慮」という、より大きな枠組みの中にポジティヴに包摂されてゆくのだが、結論的に言えば、自由意志の擁護という点でも両者には違いがない。この点は非常に興味深い。

本書が出版された一八〇八年という時代は、一七七二年に亡くなった稀代の霊界探訪者スヴェーデンボリから、十九世紀後半にアメリカで絶大な影響力を発揮した神智学のブラヴァツキー夫人へと至る近代西欧神秘主義思想の系譜の大動脈のちょうど中間に位置する時代である。スヴェーデンボリについては日本でも鈴木大拙の翻訳をはじめ、さまざまな翻訳本や解説本が出版されているが、本書第百十七節で紹介されているエピソードは、日本のスヴェーデンボリ研究家も初めて知る貴重な記述であろう。

本書は、当時、作者ユング＝シュティリングが奉職していた前記バーデン大公の直接の依頼によって執筆された。出版されるとたちまち、ドイツ語圏の読書界に賛否両論を巻き起こし、すぐに何度も版を重ねたという。のみならず、オランダ語、英語、フランス語、スウェーデン語版が立て続けに出版された。それは、この書が語るぞっとするような怪談話が、読者の怖いもの見たさの快感を刺激したからに他ならない。とくにドイツロマン派の作家たちの間で、この書は大きな反響を呼び起こした。ヴィルヘルム・グリムやフリードリヒ・フケーはこの作品にいたく感動し、アヒム・フォン・アルニムはこの「生きている信仰の立派な擁護者」の本に好意的で詳細な書評を書いたという。

しかし、バーゼルの宗務当局（プロテスタント）には人心を惑わす「危険な書」と映ったらしい。一八〇九年には発禁処分を受けてしまい、ユング＝シュティリングは同年のうちに『「心霊学の理論」の弁明』（*Apologie der Theorie der Geisterkunde*）というパンフレットを出版して、自己弁護をしている。一八三五～三八年にシュトゥットガルトで刊行されたユング＝シュティリングの最初の全集（リプリント版は一九七九年刊行）にこの作品が収録されていないのは、禁書扱いだったからだろう。

二十世紀に近くなってからは、精神分析学のあのカール・グスタフ・ユング（一八七五－一九六一）が、若い頃、ユング＝シュティリングのこの作品を熟読している（リチャード・ノル『ユングという名の

〈神〉』一九九九年、新曜社、老松克博訳)。ロックフェラー家からパトロン的に支援を受けていたことが今では事実として知られているこの稀代の神秘家にして精神分析学の泰斗が、フロイトに師事する前の時期に繰り返し読んだ十九世紀の心霊学書がユング＝シュティリングの本書と、ユスティヌス・ケルナー(一七八六－一八六二)の『プレフォルストの女見霊者』(一八二九年、本邦未訳)であったことが、リチャード・ノルの本には詳しく書かれていた。なお、ユング＝シュティリングの本姓はユングであるが、カール・グスタフ・ユングとは親戚関係ではない。

本書における著者のメッセージは明らかである。それは「死後に人間の霊魂が赴く霊界は存在する。したがって、魂は永遠である。生命は永遠である。これだけの証拠を前にして目に見えない世界を頭から信じないのはよくない判断である」。そして、それにもかかわらず「霊界とはけっして交流してはなりません」ということだ。この「霊界とは決して交流してはいけません」という結論部分だけをとれば、カントが『視霊者の夢』(*Träume eines Geistersehers*, 1766)で出した結論と同じである。それは、私たちは、あの世のことに淫して、いま生きているこの世界から逃げてはいけないのである。それは、ユング＝シュティリングのようにキリスト教的な倫理的意図からでなくても、すべての人に共通の行動指針であると訳者も信じる。それゆえ、本書が宗教に帰依する、しないにかかわらず、多くの読者に読まれることを心から希望する次第である。

なお、第二章「人間本性についての省察」では、動物磁気（メスメリズム）、エーテル説、それにスヴェーデンボリなどによって当時貴族たちの花形のイベントとなった降霊実験など、時代の最先端の「科学」理論が多数紹介されているが、二十一世紀の現代では、これらの理論のほとんどすべてが否定されていることは付け加えておく。

だが、現代科学が果たして絶対と言えるのか。まだ議論の余地があるように思う。スピリチュアル・ヒーリングやエゾテリスム（秘教的知識）の隆盛が衰えを見せることはない。

本書は、じつにさまざまな読者に向けて書かれた「開かれた作品」である。背筋が寒くなるような幽霊話にどうしても惹きつけられて読まずにはいられなくなるという人、西欧哲学史、とくに十八世紀のそれに関心のある人、キリスト教や宗教一般が霊界をどう理解してきたのかに関心のある人、それぞれの読者が個々の興味、関心に応じて、本書から第一級の読書体験を得ることを期待してやまない。

もしも、序論と第一章の話が難しすぎると感じる向きがあれば、第二章の第六十四節から読み始めることをお勧めする。ここから読み始めても、この本の類いまれな面白さは十分に読者を魅了するであろう。

❖ ❖ ❖

翻訳の底本にしたのは、

*Theorie der Geisterkunde oder was von Ahnungen, Gesichten und Geistererscheinungen geglaubt und nicht geglaubt werden müßte.* Nördlingen (Greno), 1987

であるが、初版本のリプリント版である、

*Theorie der Geisterkunde, in einer Natur- Vernunft- und Bibelmäßigen Beantwortung der Frage: Was von Ahnungen, Gesichten und Geistererscheinungen geglaubt und nicht geglaubt werden müßte.* Nürnberg, 1808

も参照した。

翻訳に際しては、

*Theory of Pneumatology; In Reply to the Question, What Ought to Be Believed or Disbelieved Concerning Presentiments, Visions, and Apparitions According to Nature, Reason, and Scripture.* New York, 1851

の英訳本を適宜参照した。

本文中、（＝　）で言い換えているものは原則として訳者による。「＝」のつかない（　）は、原則として原文による。

註番号および〔　〕によって、日本の読者のために訳註を加えた。原典にわずかばかり付いていた原註も後註で示したが、それには〔原註――〕と入れてある。

原著には冒頭にバーデン大公カール・フリードリヒに捧げる献辞があるが省略した。

また三八七頁に掲載した図版は、「白い婦人」のモデルではないかと本文で言及されているペルヒタ・フォン・ローゼンベルクを描いた肖像画であるが、これは日本語版訳書に特別に加えたもので、原著にはない。

解説を書いているジョージ・ブッシュ（George Bush）は、この英訳本の訳者である。この英訳本の「訳者序文」を「解説」として本書に収載した。

因みに、このジョージ・ブッシュ（一七九六―一八五九）は、第四十一代米大統領ジョージ・H・W・ブッシュ、第四十三代米大統領ジョージ・W・ブッシュの遠い先祖に当たる聖書学者だそうで、ニューヨーク大学でヘブライ学を教えながら、スヴェーデンボリなど多数の心霊学書を英語に翻訳している。

最後になるが、このたびも編集をご担当くださった幻戯書房の中村健太郎氏に厚く御礼申し上げます。

二〇二五年一月五日

牧原　豊樹

［著者略歴］

**ユング＝シュティリング**［Jung-Stilling 1740–1817］

ドイツの小説家。本名ヨーハン・ハインリヒ・ユング。現在のノルトライン＝ヴェストファーレン州の村グルントに、学校教員で仕立て職人の息子として生まれる。強い敬虔主義的環境に育ち、学校教員と仕立て職人の職を転々としながら、二十代後半に医学の道を志す。シュトラースブルク大学医学部で学び、ゲーテ、ヘルダー、レンツなど当代ドイツ文学の俊英らと知り合う。一七七七年、ゲーテが手を入れて出版した『ヘンリヒ・シュティリングの少年時代』によって一躍有名になり、その後、医者、さらに大学教授等をしながら、キリスト教の民衆宣教文学を執筆。その文学的名声はロシアから中東、米国まで文字通り世界中に渡った。

［訳者略歴］

**牧原豊樹**［まきはら・とよき］

一九六四年、北海道室蘭市生まれ。金沢大学文学部文学科卒業（独語独文）、東京都立大学大学院人文科学研究科修士課程修了（独文学）。編集者・翻訳家。訳書に、ユング＝シュティリング『ヘンリヒ・シュティリング自伝　真実の物語』（幻戯書房、二〇二一年）がある。


〈ルリユール叢書〉

心《しん》霊《れい》学《がく》の理《り》論《ろん》

二〇二五年五月七日　第一刷発行

著　者　ユング＝シュティリング

訳　者　牧原豊樹

発行者　田尻　勉

発行所　幻戯書房

郵便番号一〇一-〇〇五二

東京都千代田区神田小川町三-十二　岩崎ビル二階

電　話　〇三（五二八三）三九三四

ＦＡＸ　〇三（五二八三）三九三五

ＵＲＬ　http://www.genki-shobou.co.jp/

印刷・製本　中央精版印刷





ISBN978-4-86488-321-4　C0398

## 〈ルリユール叢書〉発刊の言

　厖大な情報が、目にもとまらぬ速さで時々刻々と世界中を駆けめぐる今日、かえって〈遅い文化〉の意義が目に入りやすくなってきました。例えば、読書はその最たるものです。それというのも読書とは、それぞれの人が自分のリズムで本を読み、日々の生活や仕事、世界が変化する速さとは異なる時間を味わう営みでもあります。人間に深く根ざした文化と言えましょう。本はまた、ページを開かないときでも、そこにあって固有の時間を生みだすものです。試しに時代や言語など、出自を異にする本が棚に並ぶのを眺めてみましょう。ときには数冊の本のなかに、数百年、あるいは千年といった時間の幅が見いだされるかもしれません。そうした本の背や表紙を目にすることから、すでに読書は始まっています。

　気になった本を手にとり、一冊また一冊と読んでいくと、目には見えない書物同士の結び目として「古典」と呼ばれる作品があることに気づきます。先人の知を尊重し、これを古典として保存、継承していくなかで書物の世界は築かれているのです。かつて盛んに翻訳刊行された「世界文学全集」も、各国文学の古典を次代の読者へと手渡し、共有する試みでした。

　古今東西の古典文学は、書物という形をまとって、時代や言語を越えて移動します。〈ルリユール叢書〉は、どこかの書棚でよき隣人として一所に集う——私たち人間が希望しながらも容易に実現しえない、異文化・異言語・異人同士が寛容と友愛で結びあうユートピアのような——〈文芸の共和国〉を目指します。

　また、それぞれの読者にとって古典もいろいろです。私たちは、そのつど本を読みながら、時間をかけた読書の積み重ねのなかで、自分だけの古典を発見していくのです。〈ルリユール叢書〉は、新たな古典のかたちをみなさんとともに探り、育んでいく試みとして出発します。

Reliure〈ルリユール〉は「製本、装丁」を意味する言葉です。
ルリユール叢書は、全集として閉じることのない
世界文学叢書を目指し、多種多様な作品を綴じながら、
文学の精神を紐解いていきます。
一冊一冊を読むことで、読者みずからが〈世界文学〉を
作り上げていくことを願って——

［**本叢書の特色**］

❖名作の古典新訳から異端の知られざる未発表・未邦訳まで、世界各国の小説・詩・戯曲・エッセイ・伝記・評論などジャンルを問わず紹介していきます（刊行ラインナップをご覧ください）。

❖巻末には、外国文学者ならではの精緻、詳細な作家・作品分析がなされた「訳者解題」と、世界文学史・文化史が見えてくる「作家年譜」が付きます。

❖カバー・帯・表紙の三つが多色多彩に織りなされた、ユニークな装幀。

## 〈ルリユール叢書〉刊行ラインナップ

[以下、続刊予定]

| | |
|---|---|
| アルキュオネ　力線 | ピエール・エルバール[森井良＝訳] |
| 綱渡り | クロード・シモン[芳川泰久＝訳] |
| スカートをはいたドン・キホーテ | ベニート・ペレス＝ガルドス[大楠栄三＝訳] |
| 汚名柱の記 | アレッサンドロ・マンゾーニ[霜田洋祐＝訳] |
| エネイーダ | イヴァン・コトリャレフスキー[上村正之＝訳] |
| 故ギャレ氏／リバティ・バー | ジョルジュ・シムノン[中村佳子＝訳] |
| 不安な墓場 | シリル・コナリー[南佳介＝訳] |
| 撮影技師セラフィーノ・グッビオの手記 | ルイジ・ピランデッロ[菊池正和＝訳] |
| 笑う男[上・下] | ヴィクトル・ユゴー[中野芳彦＝訳] |
| ロンリー・ロンドナーズ | サム・セルヴォン[星野真志＝訳] |
| 箴言と省察 | J・W・v・ゲーテ[粂川麻里生＝訳] |
| パリの秘密[1〜5] | ウージェーヌ・シュー[東辰之介＝訳] |
| 黒い血[上・下] | ルイ・ギユー[三ツ堀広一郎＝訳] |
| 梨の木の下に | テオドーア・フォンターネ[三ッ石祐子＝訳] |
| 殉教者たち[上・下] | シャトーブリアン[高橋久美＝訳] |
| ポール＝ロワイヤル史概要 | ジャン・ラシーヌ[御園敬介＝訳] |
| 水先案内人[上・下] | ジェイムズ・フェニモア・クーパー[関根全宏＝訳] |
| ノストローモ[上・下] | ジョウゼフ・コンラッド[山本薫＝訳] |
| 雷に打たれた男 | ブレーズ・サンドラール[平林通洋＝訳] |
| サッフォの冒険／エローストラトの生涯 | アレッサンドロ・ヴェッリ[菅野類＝訳] |
| 歳月 | ヴァージニア・ウルフ[大石健太郎・岩崎雅之＝訳] |
| 過ち | ケイト・ショパン[大串尚代＝訳] |

＊順不同、タイトルは仮題、巻数は暫定です。＊この他多数の続刊を予定しています。